죽어야
   사는
남자

죽어야 사는 남자

손선영 장편소설

GOLD

::Contents::

이 남자가 사는 법	⋯ 7
이 여자가 사는 법	⋯ 231
그 남자가 사는 법	⋯ 307
사는 법	⋯ 365
작가 후기	⋯ 430

이 남자가 사는 법

1

 모든 것이 변했다. 10년 만에 처음으로 햇살이 상쾌하다고 느껴졌다. 아침 9시 10분. 하늘을 보며 기지개를 켠 그는 오늘 있을 일을 상상했다. 상상의 나래 속에 두 팔을 펼쳤다. 기대감에 그도 모르게 나타난 행동이었다. 방이역 4번 출구를 향해 뛰는 사람들이 그를 흘금거렸다. 자전거를 탄 여인은 멀찍이 그를 둘러가기까지 했다. 눈을 감고 팔을 펼친 그가 정상으로 보이지 않은 모양이었다.
 아, 당신들이 내 마음을 알기나 할까. 생각만으로도 세상이 변하다니. 눈을 뜨며 그들에게 혀를 찼다. 그랬다. 그에게 오늘은 새로운 시작이었다. 누가 뭐라 하건 오늘은 그가 다시 태어나는 날이었으니까. 이름을 잊고 산 지 10년 만에 이름을 찾기로 한 날이었으니까.

제길, 가을 하늘 정말 공활하네. 애국가 3절 중 한 소절이 탄식 대신 입에 붙었다. 한 번도 생각해 본 적 없던 '공활'이란 단어가 묘하게 마음을 자극했다. 한자 뜻대로라면 '텅 비고 넓다'일 것이었다. 제길, 내 인생도 공활하네. 4절처럼 따라붙은 말에 그는 쿡, 웃고 말았다.

망할 놈의 IMF. 주인 없는 탄식을 뱉은 그는 다시 하늘을 보았다. 신이 있었던가. 있었다면 왜 그런 시련을 주었을까. 10년이 지난 지금에 이르러 극복할 만큼의 시련이었다는 말은 작위적이지 않을까.

기분이 먹먹했다. 만으로 9년, 햇수로 10년이라. 결코 짧지 않은 시간이었다. 지난 10년이 달로 나뉘고 날로 분화하고 시간으로 극소화해 기억이 될 찰나, 보라가 떠올랐다. 눈웃음이 예쁜 보라의 모습에 지난했던 과거가 저만치 사라졌다.

휴대전화를 꺼냈다. 액정 창에서 밝게 웃는 보라를 보았다. 다른 길로 새지 않을게. 휴대전화를 쥔 손에 힘을 준 그는 후, 하고 큰 숨을 쉬었다. 떨렸다. 인근 방이1동 주민 센터로 가는 길은 용기가 필요했다. 그만큼 10년은 녹록치 않았다. 새로 시작하는 거다. 보라와 새로 시작하는 거다. 주문을 외듯 혼잣말을 읊었다. 자신도 모르게 입을 앙다물었다. 발걸음은 새지 않았지만 생각은 자꾸 다른 곳으로 빠져나가려 했다. 기억, 기억이라는 악몽으로.

만 9년을 넘게 주민등록 말소자로 살았다. 빚이 문제였다. 아니, 빚만 문제였다면 어떻게든 버텨냈을 것이다. 10년 전, 어느 점술가의 5천 원짜리 인생 상담처럼 행운도 한꺼번에 오지만 악운도 한꺼번에 온다던가. 기억이 그의 뒷목을 서서히 점령해 갈 즈음 문자가 울렸다.

—오빠, 힘내. 알았지? 내가 응원할게.

보라였다. 기억이라는 악몽이 화려한 보랏빛 그녀로 변해갔다. 그래, 지난 일 떠올릴 거 뭐 있어? 오늘만 생각하자. 그리고 내일을 생각하자. 내게는 보라가 있으니까. 한꺼번에 왔던 불운, 한꺼번에 가겠지. 내게 보라가 왔듯이 이제 행운만 다가올 거야. 그는 자신을 다독였다. 걸음을 멈추고 크게 심호흡을 했다. 이제 10미터 앞이다. 그곳에 방이1동 주민 센터가 있었다. 몇 번의 눈치를 받을 테지만 그 정도는 아무렇지 않게 뭉갤 수 있었다. 불안에 숨죽이고 도망치며 살아왔던 지난 10년에 비한다면 그것은 아무것도 아니었으니까.

2차선 도로를 건넜다. 넝쿨이 대추나무를 감싼 정원이 보였다. 경계가 없는 주민 센터 마당 앞에 무춤 서버린 그는 숨이 콱 막혀왔다. 벽이라도 있는 것처럼 정신이 아득해졌다. 말소된 주민등록을 찾는 일, 그것은 인생을 다시 찾는 일이었다. 열 걸음만 내디디면 건물 안으로 들어갈 수 있었다. 그런데 기억이 발목을 붙들었다. 발버둥 치며 살려고 노력했던, 그러다 죽을 결심으로 몸을 내던졌던 지난날이 발목을 붙들었다. 컥, 울분이 북받쳤다. 다시 이름을 찾는 오늘이라. 끙, 눈물이 떨어졌다. 안 돼. 지난 일 떠올려서 뭐하나. 결국 전화를 든 그는 보라의 단축번호 0을 눌렀다.

[헤헤. 오빠, 그새 내가 보고 싶었구나.]

맑은 목소리가 귓전에서 울렸다. 컥. 감정이 기도를 막았다. 후, 입으로 숨을 쉬며 "보라야." 하고 그녀를 불렀다. 탁한 목소리가 전화기를 때렸다.

[뭐야, 오빠 울어?]

맑은 목소리가 탁한 목소리를 되받았다. 잠시 호흡을 고른 그는 전화기 너머 보라를 상상했다. 웃고 있을 그녀를 생각하자 기분이 나아졌다.

"이제 들어가려고. 까짓것 내 불운, 이제 날려 버려야지. 보라가 있잖아. 나 이제 동사무소 들어간다."

대답을 듣지 않고 서둘러 전화를 끊었다. 좋은 모습만 보이리라 다짐해 놓고 그새 눈물을 보이다니. 쓴웃음이 얼룩처럼 입가에 들러붙었다. 열 걸음만 참자. 열 걸음만 걸어 들어가자. 쓴웃음을 떼어내며 발끝에 힘을 주었다.

"어떻게 오셨습니까."

30대로 보이는 여성이었다. 길지도 짧지도 않은 머리가 어깨에 닿을락 말락 했다.

"저기, 주민등록 살리려구요."

눈을 마주치지 못했다. 그러나 그녀의 얼굴을 응시했다. 두꺼운 안경알에 긁힌 자국이 많다고 생각했다. 결국 보고 있던 것은 얼굴이 아니라 안경이었다.

"주민등록증은요?"

"어, 없습니다. 잃어버렸습니다."

여인은 서류 두 장을 내밀었다. 〈주민등록재등록신고서〉와 〈주민등록재발급신청서〉였다.
이지훈이란 이름을 썼다.
"글씨가 예쁘시네요."
여자가 건넨 말이었다. 그녀의 배려에 잠시 긴장이 풀어졌다. 글씨, 그것도 버리기 전 삶의 단편이었다. 생각해 보니 10년 만에 남 앞에 써 보인 글씨였다. 인사과에서 근무한 탓에 연습했던 글씨체가 여전히 남아 있었다. 의례적인 말이란 걸 알면서도 기분이 나쁘지 않았다. 그러고 보니 그에게도 화려했던 과거가 있었다.
"다 썼습니다."
서류작업을 마친 그가 여인에게 그것을 내밀었다. 여인이 눈웃음을 지었다.
"사진은요?"
여인의 물음에 사진을 꺼냈다. 보라가 가지고 가라던 사진이었다. 3×4 명함판 사진. 여인은 웃음 다음으로 벌금 고지서를 건네려고 했다.
"이게 좀 이상하네요. 전산 착오가 있나. 음, 일단 주민등록증 분실도 함께이니까 삼 주 후에 오세요. 그때 과태료 고지서 받아 가시구요."
"네."
대답을 하며 벌떡 일어섰다. 얼른 등을 돌렸다. 발급신청확인서를 접으며 주민 센터를 나왔다.
피시방으로 뛰어온 그는 지하로 내려가는 계단 앞에서 가쁜 숨을 내쉬었다. 당황하고 놀란 모습을 짓기 싫었다. 지하에는 보라가 있었다.

그래, 다 잘될 거야. 전부 잘될 거야. 지금까지 얼마나 모질게 아팠는데.

호흡을 고르며 계단을 내려갔다.

그래, 다른 것은 아무것도 필요 없다. 나는 보라만 있으면 된다. 보라를 생각하자 가슴이 뛰었다. 행복해졌다. 검은 선팅지가 발린 새시 문을 밀자 어서 오세요, 라는 맑은 목소리가 들렸다. 맑은 저 목소리, 보라의 모든 것은 그의 것이었다. 목소리에 웃음이 달려왔다. 오빠, 하는 반가움과 함께.

"피곤할 텐데 내 방 가서 자지."

이번에는 투정이 섞였다.

"그리고 오빠 방 빼자. 응?"

그녀의 작고 까만 눈이 반짝거렸다. 그가 과거에 묻혀 사는 남자라면 보라는 과거를 버린 여자였다. 그런 탓인지 그녀나 그, 둘은 상처가 될 질문은 하지 않았다. 그러나 보라 역시 가족이 없으며 한때의 실수로 몸을 판 적이 있다는 사실은 알고 있었다. 언제인가 까만 눈에 한껏 눈물을 매단 보라는 이런 나도 여자로 보이느냐 하고 물었다. 그녀의 손가락이 기억을 지우듯 그를 건드렸다.

"십 년 별 거 아니네. 두 시간도 안 돼서 이름을 찾았잖아. 헤헤, 잘됐다."

그녀가 손을 맞잡았다.

응. 고개를 끄덕여 보인 그는 보라의 원룸으로 가겠다고 말했다. 그녀와 맞잡은 손끝을 기억하며 피시방을 나섰다.

피시방에서 서쪽인 방이시장 쪽으로 걸었다. 10분 정도를 걸어 그가 세 들어 사는 지하 방으로 들어갔다. 매캐한 냄새가 코를 찔렀다. 지하 4세대가 함께 쓰는 화장실 탓이었다. 냄새가 과거 기억이라도 되는 것처럼 그는 세차게 고개를 흔들었다. 방으로 들어간 그는 옷가지 모두를 챙겨 나왔다. 주인집에 방을 나가겠다는 말을 전하고 되돌아섰다. 보증금 100만 원, 월세 18만 원이 지탱해 준 노숙자가 아니었던 삶이여, 이제 안녕.

이제 진정 새로운 시작인가.

보라는 알지 못했다. 방이역 인근 벤치에서 삶을 꾸리던 노숙자가 피시방에 취직을 했던 이유, 녹색 의류 기부함을 뒤져 그나마 냄새나지 않는 옷을 입고 다시 사람이 되려 했던 이유, 그게 바로 보라 때문이었음을.

왔던 길을 되돌아왔다. 사거리를 지나 방이역 1번 출구를 지나 100미터를 걸었다. 그녀가 사는 회색 원룸 건물이 보였다. 오늘부터 그녀와 함께 지내기로 한 곳이었다. 그곳에서 새로 태어나기로 약속했다. 보라의 남자, 이지훈으로. 2011년 10월 5일 수요일, 그날부터.

보라의 원룸 문을 한 번 더듬었다. 그녀와, 그의 시작점이다. 키를 끼우자 강아지 치치가 달린 열쇠고리가 달랑거렸다. 문을 밀고 들어가자 그녀의 화장품 냄새가 고스란히 다가왔다. 마치 그녀가 그를 반기는 것처럼. 순간 아뜩해졌다. 단번에 긴장이 풀렸다. 덜컥, 문이 닫히는 소리가 뒤에서 그를 밀었다.

　황급히 샤워를 마쳤다. 덜 마른 몸이었지만 그것마저 행복하게 느껴졌다. 꿈처럼 다가왔던 여인과 정말 동거를 하게 되다니. 정말 잘살 거야. 누구보다 행복하게 해줄 거야. 생각 사이로 천천히 눈을 감았다.

　웨딩드레스를 입은 그녀가 그려졌다. 그녀는 하얀 웃음을 짓고 있었다. 성당은 고요했다. 반겨주는 이 없지만 성당에서 둘은 사랑을 속삭이고 있었다.
　보라야, 사랑한다. 보라 너도 나, 이지훈을 사랑하지?
　아니.
　보라의 웨딩드레스가 검게 변해갔다. 보라는 들고 있던 부케를 떨어뜨렸다.
　왜, 왜 그래?
　끙, 한숨을 쉬며 몸을 일으켰다.
　꿈을 꾸었나.
　계란 프라이 냄새가 급하게 달려들었다.
　"지훈 오빠, 악몽 꿨어? 갑자기 고함을 치더라."
　"아, 아니. 그런 건 아니고. 그냥 꿈자리가 뒤숭숭하네."
　침대에서 일어난 그는 보라를 안았다. 그녀의 어깨가 가슴에 닿았다. 샴푸 냄새가 프라이 냄새를 밀쳐냈다.
　그래, 좋은 일만 생길 거야.
　그녀를 조금 더 세게 보듬었다. 잠시 눈을 감았던 보라가 계란

타겠다, 하며 핀잔을 주었다. 보듬은 그의 팔을 풀며 그녀가 말했다.

"그런데 오늘 주민등록증 찾으러 간다고 하지 않았나? 면접도 보기로 했잖아. 우와, 이제부터 '너는 달, 나는 해'[1]가 아니네. 함께 낮 생활을 하는 거네. 나갈 때 새 옷 입고 가. 그리고 오빠, 이제는 매일 밤마다 팔베개 해줘야 된다?"

그럼, 당연히 그래야지. 어떻게 얻은 여잔데. 어떻게 살아온 세월인데. 풀었던 팔을 도로 그녀에게 감았다. 팔에 힘을 주듯 사랑해 보라야, 라고 말했다.

2011년 10월 25일 아침. 이지훈의 그림자는 주민 센터를 향하고 있었다. 한 걸음 내디딜 때마다 태양이 등 뒤에서 그를 부추겼다. 3주 전처럼 긴장되지 않았다. 오히려 기대 탓에 심장이 뛰었다. 새시 문을 밀고 주민 센터에 들어갔다. 동시에 그를 반겨주었던 3주 전 그녀가 눈에 들어왔다. 아직 업무준비가 되지 않은 듯 공무원들은 분주해 보였다.

너무 일찍 왔나. 맞은편 벽에 있는 시계가 8시 56분을 가리켰다. 그래도 4분 정도야.

"저 주민등록증 찾으러 왔는데요."

"아, 네."

대답을 얼버무린 그녀가 책상 서랍을 열었다. 그러나 새로이 발급받을 주민등록증을 꺼낸 것은 아니었다. 고개를 잠깐 숙인

---

[1] 이덕화, 유지인 주연의 청춘영화. 해와 달을 모티프로 이루어지지 못한 사랑을 담은 영화. 1977년 작.

그녀가 얼른 뒤에 있는 시계를 향했다. 손에 쥔 볼펜을 책상 위 고무판에서 빠르게 두드려 댔다. 그러다 볼펜을 놓쳤다. 잠깐이지만 그녀의 손이 파리하게 떨렸다.

무슨 일이 있는 걸까.

노숙자 생활을 하며 모든 것이 무뎌졌지만 단 하나 날카로워진 것이 있다면 타인에 대한 감각이었다. 그를 지나치는 누군가가 그에게 천 원짜리 한 장을 던져 줄 의향이 있는지, 그렇지 않으면 욕을 할 것인지, 그것도 아니라면 경멸에 찬 눈길을 보낼 것인지 따위의 본능적인 그런.

지금 저 여인은 무슨 생각을 하는 걸까.

그의 감각이 그를 부추겼다. 그래, 그녀는 떨고 있다. 그를 보자마자 안절부절못하고 있다. 짧은 찰나, 뇌는 그에게 결론을 속삭였다. 그녀는 겁을 집어먹고 있다고. 다시 왜, 라는 질문이 뇌를 향했다. 단지 그를 보았기 때문에. 그렇다면 무엇이 잘못된 걸까. 왜 그를 보자 그녀는 손이 파리하게 떨리고 누군가를 기다리듯 시계를 보며 초조해하는 걸까. 그렇다면 그녀는 그가 아닌 다른 누군가가 이곳으로 오기를 기다리는 것이 아닐까. 그때 창구 너머 뒷문을 통해 한 남자가 들어오는 것이 보였다. 반사적으로 그는 몸을 일으켰다. 동시에 그녀가 고함을 질렀다.

"이 사람이에요, 살인자 이대형!"

팔을 펼친 그녀가 검지로 그를 찌르듯 가리켰다. 뒷문을 통해 들어오는 남자에게.

살인자, 이대형? 무슨 소리일까. 살인자라니. 난 이지훈인데.

날이 선 그의 감정보다 빨리 몸은 되돌아선 뒤였다. 늪 구덩이를 탈출하듯 주민 센터를 박차고 나왔다. 뒤이어 고함 소리가 달려왔다.

"잡아, 이대형 저 자식 잡아!"

이지훈은 고함 소리보다 빨리 발을 내디뎠다. 황급히 우측으로 몸을 틀었다. 사거리가 보였다. 조금 멀어진 고함 소리가 다시 달려왔다. 삼보연구소를 지나 남해횟집을 지나쳤다. 횟집 비린내가 그를 스쳐 갔다. 사거리. 빨간 불. 지나치는 자동차. 그 사이를 뚫고 달렸다. 빵, 버스가 경적을 울렸다. 하얀색 택시가 경적보다 조금 늦게 그를 스쳐 갔다. 방이역 사거리가 멀리서 보였다. 멀리 보는 찰나, 아트박스 캐릭터양말 가판대를 밀치고 말았다. 우당탕, 가판대 넘어지는 소리가 거칠게 부서졌다. 아야, 그것에 엉겨 붙는 남자의 소리가 들렸다. 뒤를 보기는 힘들었다. 반응하지 않으려 똑바로 앞을 응시했다. 가까워진 방이역 사거리가 보였다. 거기까지 달려가긴 너무 멀었다. 대림아파트 신호등 앞. 정차된 택시. 급하게 달려들었다.

"가락시장요."

고개를 돌리자 그를 향해 뛰어오던 남자가 멈춰 서는 것이 보였다. 남자는 상체를 숙이며 가쁜 숨을 몰아쉬었다. 고개를 돌린 그 역시 가쁜 숨을 몰아쉬었다. 이지훈이었던, 그러나 살인자 이대형이 되어버린 그가.

2

 사무실 안은 범죄자로 들어차 있었다. 그들 대부분은 초범이 아닌 재범이며 3년 이하의 징역으로 끝날 사람들이었다. 폭행, 사기, 고소고발 따위의 범죄들, 범죄자들. 그들은 쉽게 악순환의 고리를 끊지 못한 채 다시 범죄자가 될 확률이 높은 사람들이었다.
 백용준이 앉은 맞은편에도 회사를 부도낸 IT업체 대표가 앉아 있었다. 변호사를 선임할 줄 알았는데 그러지 않겠다며 씁쓸하게 웃었다. 생의 욕심이 다 빠져 버린 모습. 그가 체포되지 않았다면 자살이라는 악수를 두었을 것 같았다. 소위 화이트칼라 범죄자들은 고분고분한 편이었다. 굳은 인상이 못내 마음에 닿은 백용준은 "담배 한 대 피우시겠습니까?"라며 물었다.
 수갑을 찬 그를 송파경찰서 뒤뜰로 데리고 나왔다. 걱정하지 마시라는, 지금까지 경험으로 이럴 것이라는 여러 이야기를 던져주고 싶었지만 그게 무슨 소용이란 말인가. 백용준은 말없이 담뱃불을 붙여주며 그를 보았다. 그는 로또라도 당첨된 것처럼 고마워했다.

"마누라가 돈이 좀 생기니까 바람이 나서요. 여섯 살이나 젊은 녀석이랑. 뭐, 모델이라던가. 그냥 죽고 싶을 따름입니다."

하늘이 꺼질 듯 담배 연기를 뱉은 그가 백용준에게 말했다.

경솔한 행동이었다. 남자의 이름은 김기환. 41세였다. 번듯한 대학을 나와 벤처회사를 설립한 그는 인터넷수신기에서 속도를 빠르게 하고 안정적으로 유지하게 하는 부품을 개발했다. 코스닥 상장이 유력한 회사였지만 대표인 그가 도박에 빠지고 말았다. 원인은 부인의 외도.

백용준이 허락했던 담배만큼의 시간이 모두 타버렸다.

"들어갑시다."

그 외에 어떤 말도 해줄 수 없었다. 죄를 지은 것은 사회에서이고 죗값을 받는 것은 그의 몫이었다. 그 사이에서 백 경사가 할 일이란 그를 검거하고 검찰로 인도하는 중재 역할이 전부였다. 그와 감정을 섞어 이것은 이렇다, 저것은 저렇다 하는 것은 변호사나 할 일.

자리에 앉은 백 형사가 다시 조서를 타이핑할 때 사무실 전화가 울렸다. 백에 구십아홉은 업무전화일 것이었다. 딱딱했지만 차분한 목소리로 "강력형사 이팀 백용준입니다."라고 말했다.

[저기 기억하실지 모르겠는데… 일전에 저랑 선보셨죠. 저 박

미숙이라고 합니다.]
백용준은 그도 모르게 자리에서 벌떡 일어섰다.
"아, 네. 당연히 기억하죠."
손끝이 감전된 것 같았다. 얼마나 기다린 전화였던가.

잠실 롯데호텔 커피숍에 자리를 잡고 앉았다. 약속한 시간은 8시. 흘금 시계를 보자 7시 40분, 20분이 남았다.
백용준은 석촌 호수를 따라 산책 겸 집을 나섰다. 어머니의 성화에 못 이겨 나서기는 했지만 맞선은 처음이었다. 어떻게든 미루거나 무산시키려 했지만 불효라는 한 마디에 꼬리를 내리고 말았다. 어머니는 작년에 사주었던 송아지가 다 컸다며 여물을 주고 왔다는 말과 함께 이제는 송아지 말고 손자를 보고 싶다는 내색을 은근히 비치기까지 했다.
요즘 세상에 맞선이라니.
고개를 저으며 최대한 발걸음을 느리게 하며 걸었다. 하지만 총각 생활이란 게 직장 아니면 집이라 대중 시간을 맞추었는데도 시간이 남고 말았다.
담배를 꺼내자 직원이 다가왔다. 알았다는 손사래를 친 백용준이 마뜩찮음에 물을 마시는데 여인이 다가왔다. 파란색 아이섀도를 엷게 바른 아가씨였다. 코가 무척 작았는데 얼굴마저 작아서 오밀조밀 조화롭게 보이는 얼굴이었다. 하늘색 실크 블라우스와 검은 치마가 잘 어울렸다. 전체적으로 차분하고 똑똑해 보이는 직장인의 모습이었다. 하이힐을 신지 않은 것이 굳이 어색하다면 어색하다랄까. 눈이 마주친 그녀는 곧장 그에게 물었다.

"백용준 씨죠?"

엉거주춤하게 반쯤 일어선 모습으로 "네." 하고 대답했다. 그것보다 백용준은 마치 첫 미팅이라도 하듯 뛰는 심장 탓에 그대로 얼어버렸다. 저녁이나 사주고 아직 결혼은 생각이 없다고 전한 뒤 안녕이라고 말할 생각이었는데.

"맞선은 좀 아니죠?"

여인은 대뜸 그에게 물었다.

그게, 말을 흐린 그는 헛기침을 한 뒤 자리에 앉았다. 당최 다음 말이 생각나지 않았다.

"맞선 처음이신가 봐요?"

하얀 눈동자를 깜빡이며 요점만을 콕콕 짚어내는 그녀가 신기했다. 백용준은 얼결에 턱을 쓰다듬었다. 딱 그가 들을 만큼 끙, 하는 소리를 내며.

"수줍음을 많이 타시나 봐요? 아니면 연애 한 번 못해보셨거나……. 뭐, 그것도 아니라면 저한테 관심 있으신 거겠네요."

"그게……."

손사래를 한 번 친 그녀는 말문이 막힌 백용준을 향해 "농담입니다."라고 말했다.

"백용준 씨 얼굴에 저 좋아한다, 쓰여 있네요. 아, 이것도 농담. 그런데 눈은 놀란 토끼 눈을 하시고 갑자기 입을 벌린 채 꼼짝을 않으시니 장난을 치고 싶잖아요."

입을 가리고 웃는 그녀의 눈이 초승달처럼 변하자 백용준은 더 가슴이 뛰었다. 흡사 여우에게 홀린 기분이랄까.

커피가 나오고 그녀가 몇 마디를 보탰다. 직업에 관한 이야기. 덧붙여 공무원에 관한 이야기. 그녀 입장에서 백용준이 건네는 대답은 네, 아니오, 따위가 전부라 무성의하다고 여겨졌으리라. 골몰하던 그가 아, 하는 탄식을 냈을 때 하얀 눈동자는 궁금증을 담뿍 담고 백용준을 응시했다.

"이제 생각났습니다. 오래전에 잊었다고 생각했는데…… 동네에서 함께 지내던 친구를 많이 닮으셨군요. 그게 이제 생각났습니다. 잊고 있었는데."

거짓말은 보태지 않았다. 그렇다고 정확한 진실도 아니었다. 어린 시절 교통사고로 죽어버린 옆집 류민을 닮았다는 사실을 숨겼다. 그가 미치도록 좋아했던 일곱 살의 첫사랑, 그녀를 빼쏘았다는 사실을 말할 수 없었다. 그렇다고 설레는 감정을 모르쇠로 일관할 수도 없었다. 물이 끓듯 가만있지 못하는 심장 탓에 식은 땀마저 났다.

"오호, 뭔가 사연 있는 발언이신데……. 모른 척하죠 뭐. 아, 그러고 제가 직업을 이야기하지 않았는데요. 자꾸 공무원 이야기를 꺼낸 건 제가 공무원이라서 그래요. 9급부터 시작했는데, 지금은 7급이에요. 저도 나이가 있다 보니."

저녁을 먹고 헤어지기까지 아쉬운 일분일초가 지났다. 새로 태어난 류민을 대하는 기분이었다. 조용하고 말 없던, 그리고 늘 아파 보였던 그녀가 아니라 활발하고 자기주장 당당한 멋진 그녀, 박미숙으로.

다시 만나고 싶다는 말을 몇 번이나 하고 싶었다. 그러나 종국에 오버랩되는 류민의 얼굴 탓에 뭉그적거리고 말았다. 그것을 그녀는 관심이 없다는 뜻으로 받아들였던 모양이었다. 그녀는 몇 번이나 맞선이란 게 참, 또는 맞선은 아니죠, 등의 이야기를 꺼냈다. 전화번호 또한 예의상 가르쳐 주고 연락하라는 정도로 비쳤으리라.

"전화 기다렸습니다."
수십 번을 연습한 말이었다. 그녀가 전화한다면 꼭 그렇게 말하고 싶었다. 그녀를 기다렸다고.
박미숙은 할 이야기가 있다며 오늘 저녁에 만날 수 없느냐고 물었다. 백용준은 얼굴이 화끈거리는 것이 느껴졌다. 그녀가 이토록 적극적으로 나오다니. 그가 기다렸던 만큼 그녀 역시 많이 고민했던 것이 틀림없었다.
김기환의 서류작업을 후배 김 형사에게 맡겼다. 김 형사는 의아해하는 눈빛이었다. 한 번도 이런 적이 없었으니까. 정작 중요한 것을 중요하지 않게 여겼기에 늘 손해를 보았다. 과거에 사로잡혀 현실을 망치는 일은 이제 그만두고 싶었다. 박미숙, 그녀만큼은 그런 식으로 놓치기 싫었다. 벌써 서른여덟 살의 나이, 시도조차 해보지 않고 가능성을 날려 버리는 무모함은 이제 버려도 좋지 않을까.
"전에 맞선 봤던 여자한테 전화라도 왔나 봐?"
삼십 년 넘는 민완 형사답게 정덕화 팀장은 날카롭다. 게다가 사소한 것까지 기억하다니. 정 팀장에게 고개를 숙이며 사무실을 빠져나왔다. 오히려 팀장이 용인해 주는 게 낫다. 적어도 팀장이 부르기 전까지는 자유로울 것이다.

그녀와 만났던 호텔 커피숍으로 향하는 내내 첫사랑과 형사라는 직업이 부딪혔다. 그렇지만 그것들이 박미숙을 가려서는 안 된다는 판단이 섰다. 잊지 못하는 첫사랑은 첫사랑일 뿐이며 형사라는 것 또한 그냥 직업일 뿐이다, 라고.

커피숍에 자리를 잡고 시계를 보았다. 휴대폰 액정 창에 '6:10'이 떴다. 공교롭게도 그날처럼 20분이 남았다. 백용준은 목소리를 가다듬었다.

"아아, 보고 싶었습니다."

연습이라고 쳐도 통 시원찮은 목소리였다. 이래가지고서야.

"만나고 싶었습니다."

가래가 걸린 듯 어색했다. 하기야 그가 남녀를 가리지 않고 주기적으로 타인에게 뱉은 말은 미란다 원칙이 가장 많을 테니까. 물 한 잔을 더 시키고 가글을 하듯 목소리를 워밍업했다.

"당신이랑 사귀고 싶습니다."

그러나 나아질 기미라곤 보이지 않았다. 바닥을 보며 고개를 저었다. 이때 풉, 하는 웃음소리가 들렸다. 고개를 돌렸을 때 예의 초승달 모양으로 변한 눈웃음을 짓는 박미숙을 발견할 수 있었다. 그도 모르게 벌떡 일어섰다. 그가 일어선 속도보다 빠르게 심장은 뛰기 시작했다.

"저기……."

"말씀 안 하셔도 충분히 알았습니다. 그런데 어쩌죠? 오늘은 남자나 여자, 이런 일 때문에 온 것은 아닌데."

그녀의 말끝이 자신 없다는 듯 뭉개졌다.

그녀의 말에 그의 마음이 쿡, 뭉개지고 말았다. 하지만 인연이 어떤 것이던가. 납치범을 사랑하는가 하면 사촌이나 원수끼리도 사랑에는 어쩌지 못해 가십으로 오르내리는 것이 아니던가. 낙담은 잠시, 백용준은 금세 주먹을 쥐었다. 자꾸 만나고 자꾸 엮이다 보면 어떻게든 되겠지.

"그럼 무슨 일 때문에?"

그녀는 서류 한 뭉치를 꺼냈다.

3

 김해 서부경찰서 전진영 경장에게 수사협조 공문이 전달된 것은 저녁 무렵이었다. 이런 건 애들이나 시키시지. 작은 신음이 새 나왔다. 김해 서부경찰서 홈페이지 경찰 방을 통해 몇 개의 공문을 열람하고 게시판을 살폈다. 일어나기 싫은 아침잠을 깨듯 "아, 진짜."라며 기지개를 켰다. 예상하고 있던 바지만 수사협조 공문은 귀찮을 것이 분명했다. 의경들에게 맡길 수 없거나 같은 맥락에서 그가 하지 않으면 안 되는 일이기 때문이었다.
 공문을 살피던 그는 5년이 경과한 미결사건 파일이 있는 지하 창고로 향했다.
 사건 번호를 보며 박스 하나를 꺼냈다. 5단 새시앵글에서 키보다 높은 가장 위 칸에 있는 박스였다. 공문과 대조하던 그는 누가 듣기라도 하듯 "이거네."라며 서류뭉치를 꺼냈다. 그것을 들고 수사지원과 사무실로 들어선 그는 책상에 툭 서류를 던졌다.

내용은 10년 전 살인사건이었다. 첫 장을 여는 순간 해결하기는 틀렸을 걸, 이란 생각을 했다. 1년이 넘은 미결 사건 중 해결되는 것은 이미 수치가 말해주고 있었다. 그런데 왜 이걸 보자고 했을까. 자료를 요청한 곳은 송파경찰서였다. 팩스를 보내주기 전에 눈대중으로 사건을 살폈다. 그저 그런 살인사건이었다. 맨 마지막 장을 넘길 때였다. 노란 포스트잇, '이 사건을 다시 뒤지는 분은 반드시 제게 연락 주십시오.'라는 글이 눈에 들어왔다. 휴대전화 번호와 함께 황재현 경사라는 이름이 보였다. 황재현 경사는 그도 알고 있었다. 얼마 전까지 지역형사 1팀에 배속되어 강력사건을 담당했다. 현재 그는 인근 장유지구대에서 근무하고 있었다.

팩스 마지막 번호를 누르려다 결국 수화기를 들었다.

"황재현 경사님?"

[누구?]

"아, 저 수사지원팀에 있는 전진영입니다."

그 순간 전화기 너머 황재현은 전화한 이유를 짐작한 것 같았다. 분명히 그럴 거라고 전진영은 추측했다.

"실은 살인사건 협조의뢰가 왔는데요."

[혹시······.]

"아마 짐작하시는 게 맞으실 겁니다. 그 살인사건······."

[장대한 건인가?]

전진영은 역시, 하고 생각했다. 그러면서 자신이 지금까지 형사과에 지원하지 않는 이유를 떠올렸다. 작은 것 하나라도 캐묻고 따지고 사람을 곱씹지만 눈앞에서 놓친 사건이 생길 때는 그것을 어쩌지 못해 상처로 안고 살아가는 사람들이 바로 강력계 형사들이다. 그로서는 못할 노릇이었다. 여린 그에게 이런 일이 생긴다면 그는 버티지 못하고 술이나 도박에 빠질 거라고 지레짐작했다.

"서울 송파서에서 사건내용을 팩스로 볼 수 없느냐는 협조 공문이 왔습니다."

[그래? 일단 그쪽으로 가지.]

7시 45분. 전진영은 자장면을 시킬까 하다 황재현 경사를 기다리기로 했다. 그가 도착한 시간은 8시 15분 정도였다. 황재현은 키가 작고 통통한 몸매였다. 언뜻 그를 보며 형사에 어울리지 않는다는 인상을 받겠지만 그는 누구보다 빨랐다. 게다가 태권도 선수를 했던 터라 몸 전체가 고무공 같은 탄력을 지녔다는 것을 전진영은 체육대회에서 보았다.

"조금 빨리 마치고 왔네."

황재현이 악수를 건네며 눈인사를 했다. 전진영은 고개 숙여 인사했다. 곧바로 전진영이 황재현에게 송파서에서 전달된 공문을 내밀었다.

그저 그런 살인사건이 기재된 공문.

황재현을 기다리는 동안 전진영은 사건 파일을 숙지했다. 사건은 별다른 내용이 없었다. 이미 주요 용의자로 공개 수배된 사람마저 있었다. 의문조차 달 것 없는 사건이었다. 그런데 왜 황재현 경사는 연락을 달라는 메모까지 써 붙였을까. 이 사건에 대해 공개

수배된 자가 잡힌다고 해도 현재 황재현 경사와는 별다른 연결점이 없었다. 그저 과거에 이 사건을 담당했다는 사실을 제외하면.

서류를 다시 살펴보는 황재현에게 전진영은 "일반적인 사건이던데요."라고 의견을 개진했다.

"그렇지. 너무 일반적인 사건이지. 범인도 빤히 드러났고. 당시 반장님도 그랬지. 파볼 게 없는 사건이라고. 우리 입장에서 말하자면 범인이 드러나는, 뭐랄까 반찬이 부실한 밥만 있는 사건 있잖아. 그런 거."

"파일에 기록된 대로 빚에 몰린 피의자가 궁지에 몰려 살인을 저질렀다고 보면 되겠던데요. 너무 당연한 사건이라……. 다른 살인사건과 차별점이라면 사체가 발견된 시간이던데요. 수사파일에서 보니 적어도 죽은 지 일주일 이후에 발견되었다고."

전진영은 파일을 떠올렸다. '적어도 일주일'이란 법의학 소견은 사체가 땅속에서 발견된 때문이었다. 살해 후 온전히 땅속에만 묻혀 있었다면 사후 경과 시간을 정확히 추정하기가 쉽지 않다.

"맞아. 처음에는 별거하던 부인이 범인이 아닌가 했지. 여기, 서부서에 영필이 알지? 취조를 담당했던 최영필 형사는 부인이 범인이라고 단정하고 시작을 했었으니까. 그런데 장대한이 살던 원룸을 담당했던 과학수사팀에서 전혀 엉뚱한 사람을 지목했던 거야. 이대형. 곧 국과수와 경찰청 지문분석계에서도 이대형을 지목했고. 명백히 그가 살인자였지."

전진영은 '그런데 왜?'라는 표정을 지었다. 그런 빤한 사건을 왜 잊지 못하고 있느냐고. 그러나 거기까지였다. 황재현 경사가 그 후로 굳게 입을 다문 때문이었다.
 한참 생각에 잠겼던 그가 말을 꺼냈다.
 "이 파일 내가 직접 전해줘도 되겠나? 파일은 내가 다시 가지고 올게. 필요하다면 내가 대여했다고 기재해도 좋아."
 전진영은 서류를 들고 나가는 황재현에게 목소리로만 인사했다. "서류, 최대한 빨리 주십시오."라고. 자장면이라도 함께 먹자는 말은 꾹 삼키고 말았다.

 황재현은 문을 나서자마자 백용준 경사에게 전화를 걸었다. 전진영이 메모해 준 번호였다. 전화는 신호음만이 되받았다. 지구대에도 전화를 걸었다. 여름에 사용하지 않은 휴가를 내일부터 며칠만 쓰겠다는. 예전 사건을 파헤치러 간다는 말에 조장인 김 경위도 "알겠네." 하고 말을 삼킬 뿐이었다. 김 경위는 왼손바닥으로 오른손 등을 문지르며 주위에 있는 누군가에게 큰소리로 말했을 것이다. "황 경사 휴가 가겠다네." 하고. 그의 얼굴에는 못마땅한 마음이 주름으로 나타나 있을 것이 분명했다. 그는 공명심이 컸는데 의욕이 앞서 엉뚱한 잡범을 살인자로 몰아 좌천된 인물이었다. 그렇지만 언제든 지구대 내에서 강력사건이 발생하면 그것으로 만회하겠다는 엉뚱한 생각을 가지고 있는 듯했다. 그래서 그에게 부하 경찰들은 잘 훈련된 군견 같아야 했다. 황재현의 짐작이 정확하다 장담할 수는 없지만 어쨌든 그런 탓인지, 김 경위는 길들이기 힘든 자신과 같은 존재를 달가워하지 않았다. 만약 휴가 기간 동안 10년 가까이 수배되었던 이대형을 잡는다면 그는 뭐라고 할까.

김해 서부경찰서를 나온 황재현은 집으로 갔다. 창고로 쓰는 방을 뒤져 10년 전 사용했던 수첩을 챙겼다. 그런 뒤 고속버스를 탔다. 백용준을 만나고 싶었다. 이대형을 쫓으며 늘 들었던 생각은 '왜?' 라는 것이었다. 백용준에게도 마찬가지였다. 이미 공개수배된 이대형을 잡으면 그만이지 수사 자료를 요구할 이유는 없었다. 어쩌면 백용준도 '왜?' 라는 의문에 부딪혔던 것일까.

왜, 왜일까. 이토록 이 사건에 집착하는 나는 차치하고라도 백용준이란 경사 역시 나처럼 사건의 평이함이 만든 미로에 빠져버린 것일까.

쓸데없는 생각을 하는 자신에게 코웃음이 났다. 언제부터 내가 이런 걸 신경 쓰고 살았지. 팔짱을 끼고 눈을 감았다. 황재현은 가뭇없이 뒤로 밀려나는 풍경들이 지난날처럼 생각되었다. 수없는 사건을 해결했지만 결국 남은 것은 해결하지 못한 사건들이었다. 몇 건 되지 않는 그 사건들이 왜 뇌리에 남을까. 자랑스럽게 해결한 사건들이 더 많은데. 언젠가 추억을 먹고 살 나이 즈음에나 그것이 자랑스러울까. 생각에 생각이 꼬리를 물었다. 그러다 눈가를 스치는 불빛에 생각은 꼬리가 잘리고 말았다. 창밖으로 꼬리를 문 차와 밝은 네온들이 서울이라는 사실을 알려주고 있었.

버스에서 내린 시간은 새벽 4시였다. 심야우등 12시 김해발 서울행, 정확히 4시간이 걸렸다. 아직 지하철이 다니지 않는다는 것 정도는 알고 있었다. 이곳저곳 살피다 강남 터미널에 있는 우동가게에 앉았다. 채 2분이 지나지 않아 우동이 나왔다. 가을날 새벽, 우동에서 겨울처럼 모락모락 김이 피어올랐다. 식욕을 자극하는 향기가 군침을 돌게 했다. 젓가락으로 우동을 휘휘 젓는데 장대한이 떠올랐다. 그의 몸은 온통 검푸르렀으며 구더기가 자라고 있었다. 그의 머리카락 역시 부패로 빠지기 시작한 뒤였다. 구더기만 한 튀김가루들이 우동 국물에 둥둥 떠다녔다. 참담한 심정에 젓가락을 놓고 이마를 건드렸다. 그러자 머리카락 하나가 빠져 우동 국물에 떨어졌다. 순간 헛구역질이 나왔다. 경찰생활만 22년째였다. 벌써 익숙해졌다고 생각했는데. 머리카락을 덜어냈다. 가게주인이 흘금 그를 보았다. 눈을 감고 호흡을 가다듬으며 우동가락을 집었다. 아무 맛도 느껴지지 않았다. 그래도 새벽의 추위는 어느 정도 달랠 수 있었다.

첫 지하철을 타고 송파서에 도착했을 때는 6시 반이 조금 못 된 시간이었다.

백 팩을 메고 들어선 사무실은 여느 경찰서나 마찬가지였다. 이 시간쯤에는 주로 술에 관련된 사람들이 붙들려 온다. 무전취식, 음주폭행이나 난동 따위의. 그들은 술이 깨면 손발이 닳도록 빌기 시작한다. 대부분 초범이 아니기 때문이다. 두 명이 소파에 널브러져 자고 있었다. 그들을 흘긋 바라보는 형사의 눈이 퀭하게 황재현에게 머물렀다 떠났다. 밤새 고생깨나 한 모양이었다. 웃음이 났다.

대한민국은 어딜 가나 비슷한 모양이군.

생각을 집어넣으며 자신을 보았던 경찰에게 다가갔다.

"백용준 형사를 만나러 왔습니다."

눈이 충혈된 형사는 입을 벌리며 "접니다."라고 말했다. 나부대대한 얼굴이었다. 눈에 띄지 않는 회색, 검정, 흰색이 들어간 체크무늬 남방과 베이지색 점퍼, 회색 면바지를 입고 있었다. 안경만 쓰지 않았을 뿐 전체적으로 자신과 비슷한 인상이었다. 백용준이 대여섯 살 어려 보이고 키가 10센티미터 정도 크다는 것만 제외하면.

"이것 때문에 왔습니다."

황재현은 파일을 책상 위로 내밀었다. 그것을 살펴보던 백용준이 벌떡 일어섰다.

"김해 서부서에서 연락은 받았습니다. 제가 휴대폰을 받지 못했습니다."라며 턱짓으로 소파에 누운 남자 둘을 가리켰다. 저 둘 때문에 꽤나 힘들었다는 뜻이리라.

"이렇게 오실 거라고는 생각지도 못했습니다. 이 사건에 좀 궁금한 점이 생겨서요."

"궁금한 점이라면?"

"그것보다 서부서 형사분 말로는 별다른 사건도 아닌데 이상하게 집착하신다고, 용의자도 수배된 상태고… 그래서 궁금하다더군요. 저 역시 마찬가지입니다만, 왜 이렇게 이 사건에 집착하시는 겁니까?"

"글쎄요. 완전한 살인이라서일까요?"

4

"자장면 하나랑, 아, 아니, 곱빼기로. 짬뽕 좀 얼큰하게 해서. 사장님한테 군만두 하나 달라 그러고. 씨팔아, 알았냐? 안 가지고 오면 맞는다. 응?"

애꿎은 양자강 배달원을 윽박지른 양 상사는 너털웃음을 터뜨렸다. 백두산 부대에서 날고 기던 그가 배달원이나 윽박지르는 신세라니. 그가 생각하기에 사회는 여전히 편향적이었다. 제대를 한 이유도 그랬다. 총을 들고 탈영을 하려던 이병을 잡아 족쳤다. 문제라면 나무에 묶어놓고 곡괭이 자루로 팼다는 정도? 하필 그때 사단장의 불시검문이 있었다. 꼬이려면 어떻게든 꼬이는 게 파리고 인생이라고. 이름도 기억나지 않는 이병 녀석은 다른 사단으로 전출을 갔고, 그는 불명예제대를 했다. 연금도 퇴직금도 없이 군대보다 치열한 사회 가장자리에 내동댕이쳐졌던 것이다.

꼬인 인생을 말하자면 책상에 앉아 펜대를 돌리고 있는 김 사장도 만만치 않았다. 김 사장의 말대로라면 그는 잘나가던 형사였다. 어쭙잖게 관할구역에서 관례적인 관리비를 받은 것이 화근이었다. 상관에게 그대로 전달할 돈이었다고 한다. 문민정부 출범 초기, 몸 사리고 있어야 할 때 상관 심부름 한 번 잘못한 것이 결국 지금에 이르렀다. 소소한 이야기는 하지 않으니 잘 모르고.

김 사장은 이제 이 바닥에서 자리를 잡았다. 이 바닥이란 소위 무엇이든 도와드립니다. 흥신소는 어감이 강압적이고, 심부름센터는 격이 낮아 보였다. 결국 김 사장이 합의 본 회사명은 '㈜무도'. 그래 봐야 '무엇이든 도와드립니다'의 줄임말. ㈜가 의미하는 것은 모르겠고.

그런데 데리고 쓰려는 녀석들이 하나같이 문제였다. 이 바닥에 있다 보니 걸리는 게 전과자고 밟히는 게 폭력배들이었다. 폭력배 따위가 아니라, 김 사장이 머리를 쓰면 몸을 쓰고 행동해 줄, 제대로 된 사람이 필요했던 것이다. 그러다 군 복무 경험이 있는 형사에게 양 상사를 소개받았다. 김 사장에게 양 상사는 거절 못할 인재였다. 태권도 7단에 근실한 군인 출신이니. 양 상사가 생각할 때도 타이밍이 절묘했다. 김 사장과 양 상사 7대 3, 수입배분 조건이었다. 양 상사도 침이 흘렀다. 하필 첫 업무가 대기업 회장의 부탁. 흔해 빠진 자식 문제, 그러나 자식을 찾아달란 것이 아니라 시끄러운 혼외 자식을 파묻어달라는 것. 적당히 합의를 본 뒤, 적당한 폭력과 압박이 맞을 테지만, 얼마간의 돈을 쥐어주고 필리핀으로 밀항하게 만들었다. 살인에 대한 대가가 3억이었으니 그러고도 엄청난 돈을 손에 쥐었다. 김 사장은 집을 샀고, 양 상사는 서울 잠실에 떡하니 전세를 얻었다. 그게 벌써 15년 전.

양자강 배달원이 사무실에 들어와 조용히 음식을 내려놓았다. 척하면 척, 배달원 녀석 무언가 구린 게 있는 것이다. 다섯 평 남짓한 사무실, 책상 두 개와 응접 테이블과 소파 네 개가 전부인 단출한 공간이었다. 어느새 짬뽕 냄새가 사무실을 감고 돌았다.

자장면 랩을 벗겼다. 눈치를 보다 짬뽕도 랩을 벗겼다. 그제야 탁자에 앉는 김 사장. 요즘 들어 부쩍 상관 행세다. 군만두를 벗기다 욕이 튀어나왔다.

"아, 씨팔 장깨들. 군만두 열 개 주면 될 걸 서비스 달랬다고 일곱 개를 넣었네. 먹다가 싸움 나게."

일부러 김 사장이 들으라고 양 상사는 목청을 높였다. 김 사장이나 중국집 사장이나 똑같이 아니꼽다는 뜻을 담아.

"그만해라. 쪽 팔린다. 다음에 많이 팔아주면 알아서 주겠지."

낮고 굵은 목소리가 다섯 평 사무실에 울렸다. 그래도 위엄 서린 목소리 하나만은 수준급. 거역하기 힘들었다. 사장과 직원 관계는 그렇게 정리되는 셈. 양 상사는 가녀린 목소리로 "드십시오." 하고 말했다.

"그래, 동생도."

전화가 울린 것은 그때였다. 사무실 전화니 일거리임에 틀림없으리라. 양 상사는 벌떡 일어나 전화를 받았다.

"주식회사 무돕니다."

[어, 양 상사? 나.]

"예, 형사님. 오랜만이십니다. 일거리라도?"

김 사장의 친구였다. 송파경찰서 형사인 그는 법적으로 해결하기 힘든 사건을 넌지시 알선해 주었다. 그렇다고 윤리적으로 나쁜 일은 없었고 대부분 형사들이 나서기 힘든 것들이었다. 강간한 녀석을 응징하고 싶은 부모, 형사가 나서기 힘든 오래전 사람 찾기 의뢰, 당장 가출이라고 보기 힘든 자식을 찾아 나서는 일 등. 어떻게 소개하는지 모르겠으나 그가 넘겨주는 일은 보수도 괜찮았다. 보통 천만 원대. 소개에 관해 어림짐작으로 김 사장이 그에게 사례할 것이라고 생각할 따름이었다.

얼른 김 사장에게 전화를 넘겼다. 그새 굳어버린 자장면을 헤집으며 전화를 응시했다. 제발 큰 건이었으면. 부쩍 칭얼대는 런던 다방 미스 김에게 망사 스타킹에 명품 티 팬티라도 쥐어줘야 콧소리가 낮아질 테니.

말도 꺼내기 전에 미스 김이 "오빠." 하며 문을 밀고 들어왔다. 전생부터 양반은 아니었던 모양. 얼른 입을 닦았다. 뽀뽀라도 할 심산. 그러나 양 상사는 안겨오는 미스 김을 슬쩍 밀쳐냈다. 김 사장의 얼굴 때문이었다. 10년이면 강산도 변하는 세월, 그의 얼굴만 봐도 기분을 안다. 그런데 김 사장 얼굴에 '나 지금 답답하고 화남' 이라고 쓰여 있었다.

"저기, 사장님. 왜 그러십니까?"

눈치껏 사장님이라고 추켜세웠다.

탁, 전화기를 내려놓은 김 사장은 "에이에스!" 하고 화를 짓눌렀다. A/S라니. 짧은 머리를 굴려도 그럴 만한 일은 없었다.

15년이 지나며 김 사장과 양 상사도 양심에 털이 나버렸지만 그럴 만한 일은 전혀 생각나지 않았다. 그렇시만 미스 김 탓에 캐묻기도 어정쩡한 상황이었다. 양 상사는 남아 있는 자장면에 젓가락을 탁, 꼽으며 "이 집 자장면은 갈수록 맛이 없네." 하고 엉뚱한 데 화풀이를 했다. 괜스레 미스 김에게 화를 낼 수는 없었으니. 김 사장도 밥맛이 떨어졌는지 책상에 앉아 탁자 근처로 다가오지 않았다.

"커피나 한 잔 따라 드려."

양 상사는 결국 미스 김에게 책임을 전가했다. 커피는 싫지 않은지 김 사장은 덤덤히 손을 가져갔다.

"그런데 에이에스라니 뭡니까?"

분위기를 살피며 양 상사는 김 사장에게 물었다.

"그게 말이야……."

김 사장은 생각에 잠기듯 미간에 힘을 주었다.

5

 한정욱은 넥타이를 맸다. 결혼 8년 차. 이 정도면 결혼 생활에 있어 환상은 깨어진 지 오래였다. 그렇다고 환상을 대신해 정으로 살 만큼 돈독한 정이 들어선 것도 아니어서 상대의 단점만 부각되어 보이는 시기이기도 했다. 사랑이 주는 열정이 사그라지고, 그나마 남았던 환상이 깨지며 현실이 어둠처럼 들이닥칠 때 무엇보다 필요한 것은 믿음과 인내였다. 하지만 한정욱은 지난 8년보다 더 빨리 허물어져 가는 그의 인내심이 겉으로 드러나기 시작했다. 아내는 까무잡잡한 얼굴이 매력이었다. 한때 건축 인테리어 기사가 꿈이었다. 자격증도 땄다. 그녀가 원하는 바람대로 인생이 풀려가는 듯했다.
 그렇지만 몸이 문제였다. 신장이 좋지 않아 그렇다는 사실을 알고 난 뒤부터 힘들어하는 그녀 모습이 오히려 사랑이 되었다. 그러나 그것도 잠시. 결혼을 하고 가족이 된 뒤부터 힘들어하는 그녀 모습에 오히려 역정이 났다. 병원에 안 가고 뭐하냐고. 아프면 고쳐야지. 잔소리가 늘어갔다. 흔한 커플들처럼 사랑했던 이유가 헤어짐의 이유로 바뀌어가는 중이었다. 이 고비를 넘기지 못한다면 한정욱은 얼마 후 이혼 서류를 준비해야 할지도 몰랐다.

거울을 보았다. 넥타이의 매듭이 오른쪽으로 치우쳤다. 바로잡아 보려고 해도 잘 되지 않았다.

"줘봐요. 제가 해볼게요."

"당신이 뭘 안다고."

늘 이런 식이었다. 아무렇지 않게 아내에게 맡겨도 될 일을 이런 식으로 무시하곤 했다. 그것은 그녀가 쉽게 포기하고 마는 습성을 비난하는 데서 시작된 버릇이었다. 물론 그것이 건강 탓이라는 걸 알면서도 쉽게 고쳐지지 않았다. 손을 뻗어 넥타이를 고쳐 매주려던 그녀는 금세 손을 접어 뒷짐을 졌다.

그때였다. 옆집 대문이 열리며 엘리베이터까지 배웅을 하는 부부의 목소리가 들려오기 시작했다. 5분만 빨리 출근하면 엘리베이터 층계참에서 나누는 사랑의 밀어를 듣지 않아도 되는데.

"오늘 몇 시쯤 마칠 거야?"

"7시 땡 하면 달려올게."

"오늘은 적어도 두 번이다, 알았지?"

"자기는. 옆집 사람들 들을라, 그런데 뭐 먹고 싶어?"

"자기."

"아아, 정말. 자기는."

엘리베이터 열리는 소리. 잘 가, 하며 손을 흔들고 있을 모습.

엘리베이터 부저가 울리며 닫히는 소리. 그런 뒤 옆집 문이 열렸다 닫히는 소리.

한정욱은 그제야 한숨을 내쉬었다. 이런 아침이면 그는 관음증 환자라도 된 느낌이었다. 그도 그럴 것이 옆집 부부 이야기는 숨어서 듣고 싶으면서도 정작 듣고 싶지 않은 탓이었다. 언제 조각날지 모르는 그의 사랑 앞에 옆집 부부가 속삭이는 밀어는 한정욱을 고통스럽게 할 뿐이었다. 그런데도 어느 날인가, 집사람 몰래 옆집의 밀어를 들으려 기다리는 자신을 발견하고 넥타이도 매지 않은 채 집을 나와 버렸다. 관음증 환자라도 된 듯한 기분이었다. 그런 사실을 알 리 없는 아내는 그녀에게 화가 나서 급히 나가 버렸다고 생각했을 것이다.

"미안. 사실 이러려고 그런 것은 아니었는데."

일주일 전부터 생각했던 말을 겨우 실행으로 옮겼다. 뒷짐을 졌던 아내는 움찔 놀라는 모습이었다. 아내가 결혼하고 8년 만에 듣는 미안하다는 말일 테니 그럴 만도 했다. 한정욱은 아내를 보며 "정말 미안해." 하고 덧붙였다.

아내는 머뭇거리다 "뭐가?"라며 어색하게 물었다.

"옆집 부부가 이사 온 후부터 내가 계속해서 당신을 옆집 여자와 비교하는 것 같더라고. 못 죽어서 사는 게 현실이라고…… 사실 나 자신을 돌아볼 기회가 없었어."

"아니, 아니. 내가 먼저 말할게. 나 사실은 당신 말고 다른 남자가 있었어. 휴. 몇 번이나 말하려고 했는데…… 당신에게 잘못했다고 말하고…… 아니, 잘못했다고 생각하지는 않아. 그만큼 당신은 내게서 멀어져 있었으니까. 근래 몇 년 동안 당신이 내 남편인 적이 없었잖아. 그냥 의무감이랄까, 당신에게서 느껴지는 것은 그런 거였어. 당신 말처럼 내가 아파서 그런가 싶어서 늘 병원을 갔었어. 그러다 알게 됐어."

한정욱은 자신도 모르게 침대에 털썩 주저앉았다. 그만큼 충격이 컸다. 남자들이야 직장을 핑계로 단란주점이나 룸살롱 등에서 다른 여자를 접할 기회가 많다. 그러다 보면 한두 번은 바람을 피게 된다. 그런 다음날이면 죄책감에 부인에게 최선을 다하지만 그것도 잠시, 몇 번 그런 일을 겪다 보면 죄책감마저 사라진다. 그렇지만 내 마누라가 바람을 피울 것이라는 생각은 꿈에도 하지 않는다. 이유는 없다. 이유라면 그냥 내 마누라니까. 내 마누라는 그러지 않을 거라고 믿으니까. 한정욱도 결혼 생활 중 세 번이나 여자 경험이 있었다. 집사람이 그것을 알아차렸을 거라 생각하지는 않았지만.

"당신, 내가 모를 거라 생각했지? 당신이 다른 여자랑 잔 거?"

아내의 말에 한정욱은 끙, 하는 신음 소리를 내고 말았다.

"아마 작년 가을인가 그랬지? 당신이 속옷에 립스틱을 묻히고 왔던 게. 당신은 몰랐을 거야. 그즈음 병원에서 그 남자를 만났어."

"의…… 사야?"

한정욱은 마른침을 삼키며 겨우 말을 뱉었다.

"아니, 남자간호사. 당신도 병원 가보면 알겠지만 이런저런 검사할 때 가운 하나만 걸치고 있을 때가 많잖아. 얼마나 수치심을 느끼는지……. 그런데 너무 다정하더라고. 솔직히 그 남자의 다정함이 당신이었으면 했어. 정말 그가 당신이었으면 했어, 믿지 않겠지만."

한정욱은 다른 여인과 동침을 했던 기억이 불현듯 떠올랐다. 이미 익숙해진 집사람의 감촉이 아닌 다른 여인의 감촉은 확실히 자극적이었다. 본능에 미쳐 버린 개처럼 한 번의 정사를 끝내고 난 뒤 심각한 죄책감에 시달렸다. 그렇지만 그 죄책감이 집사람을 위한 것인지, 스스로를 위한 것인지 판단할 수 없었다. 판단할 기준이나 근거도 없이 사고를 쳐버린 탓이었을까. 죄책감에 시달릴수록 마음이 닫혀갔다. 그런데 아무리 생각해도 한정욱 자신이 아내를 사랑하고 있다는 것은 명확한 사실이었다. 표현할 수 없지만, 또 처음 만났을 때만큼 뜨겁지는 않지만 분명히 아내를 사랑하고 있었다. 그랬다. 오늘의 책임은 결국 자신에게 있었다. 그녀를 책임질 수 없었다면 결혼하지 말았어야 했다. 책임의 문제가 아니라 해도 끝까지 사랑할 자신이 없었다면 가정은 꾸리지 말았어야 했다. 하지만 그녀를 사랑하고 있다.

결국 나머지는 내 몫이란 말인가.

"저기…… 미안한데, 나 알고 싶지 않아. 그거 속속들이 알고 나면 더 죄책감을 받을 것 같아. 잠시만 오늘 회사 못 간다고 전화부터 하고."

한정욱은 전화기를 들고 거실로 나왔다. 집사람의 한숨 소리가 고통스럽게 들려왔다. 회사에 전화를 걸고 나서 그는 생각에 잠겼다. 결론은 간단했다.

방으로 들어간 그는 침대에 앉은 아내를 향해 무릎을 꿇었다.

"왜…… 왜 그래?"

아내는 놀란 얼굴로 그를 보았다.

"창희야, 미안. 이렇게 이름 불러보는 게 얼마만인지 모르겠다. 예전에 너는 이름이 있는 여자였는데 결혼을 하고 가정을 꾸리면서 이름 없는 아내로 만들어 버렸어. 그걸 알기까지 팔 년이란 시간이 걸렸네. 나, 당신 지금도 사랑해. 조금 전에도 말했지만 당신이 남자를 만났다는 거, 알고 싶지 않아. 그거 내가 알면 나 아마 미쳐 버릴지도 몰라. 딱 거기까지만 하자. 내가 잘못했다는 거, 아는 데까지만. 그 정도면 충분히 내 잘못에 대한 응징은 될 거야. 요 며칠 계속 머릿속에서 그 생각이 들더라. 당신의 까무잡잡한 피부가 좋았고, 건강하지 못했던 탓에 더 애절하게 사랑했었다고. 그런데 지금은 우윳빛깔이 아닌 피부를 싫어한다고 생각하고, 당신 아픈 게 미치도록 싫더라고. 왜 그랬을까, 예전에는 그것을 사랑해서 결혼했는데. 가만 생각해 보니 정답은 간단하더라고. 다른 사람과 비교를 하면서부터 그랬던 거야. 콩깍지가 씌었을 때는 방귀 소리마저 사랑스럽다가 남들이 보이기 시작하니까 비교가 된 거야. 다 내 탓이었어. 정말이야. 그 말하기가 그렇게 힘들었던 거야. 팔 년이 걸렸던 거야, 팔 년이나."

아내는 눈물을 떨어뜨리고 있었다. 그러다 눈이 마주치자 서럽게 울기 시작했다. 한정욱은 아내를 살며시 보듬었다. 그도 모르게 눈물이 떨어졌다.

"옆집 부부가 없었다면 정말 깨닫지 못했을 거야. 저들은 왜 저렇게 사랑할까. 우리랑 나이도 비슷하고 결혼한 지도 비슷하다는데. 더구나 그쪽이나 우리나 아이가 없고……. 정말 우리가 모르는 사연이라도 있는 걸까. 그러다 번득 생각이 들더라고. 그들은 지금까지 사랑했던 이유를 잊지 않고 있는데 나는 잊어버리고 말았구나라는."

"미안하고 고마워."

아내는 눈물을 떨어뜨리며 정욱을 보듬었다. 정욱도 그녀를 거칠게 안았다.

"여보, 오늘 옆집 부부 우리 집에 초청할까. 어떻게 그렇게 금슬이 좋은지도 물어보고."

아내는 말없이 고개를 끄덕였다. 그녀의 눈물이 하나하나 의미를 담고 떨어져 내렸다.

한정욱은 큰 숨을 내쉬었다. 다행이 인생의 고비 하나가 이렇게 사라지는구나 느껴졌다. 옆집 남자에게 진심으로 물어야겠다고 생각했다. 오래도록 그렇게 금슬이 좋은 이유가 무엇인지. 아니면 그가 짐작하기 힘든 사연이라도 있는 것인지.

6

비가 내렸다. 가을바람은 플라타너스 잎을 자꾸 땅으로 끌어당겼다. 땅으로 떨어지는 플라타너스가 공중에서 회전하며 한가하게 부서졌다. 아직 마르지 않은 땅에 떨어졌던 플라타너스는 검게 썩어가고 있었다.

보라는 눈을 감았다. 시간을 잊은 분주함에 머릿속이 아뜩해졌다. 세상은 어제와 변한 것이 아무것도 없는데.

그는 어디로 갔을까.

비가 내렸던 어제는 마음 한구석에 홍수가 난 것만 같았다. 엷은 비를 피하며 뛰어가는 사람들이 한가롭게 느껴졌다. 세상은 아무것도 변한 것이 없는데 그는 어디로 갔을까.

보라는 그를 처음 만났던 기억을 떠올렸다. 1년 전 이즈음이었다. 피시방 지하 문을 밀고 남자가 들어왔다. 아침 9시 40분. 일반인들이라면 직장에 나갈 시간이었다. 재떨이들을 치우고 걸레를 빨아 청소를 하던 중이었다. "어서 오세요." 인사를 던진 보라는 하던 일을 계속했다. 55석의 좌석과 피시들을 모두 청소하고 허리를 들었을 때 그녀는 고개를 갸웃했다. 10시 10분. 문이 열리고 닫힌 소리는 더 없었다. 그렇다면 카운터에 서 있는 남자는 30분쯤 전에 들어왔던 남자일 텐데. 그녀의 무심함이 손님에게 큰 결례를 범한 것이다. 보라는 얼른 카운터로 뛰었다.

"피시방 처음오세요?"

손님이 무안하지 않을 정도로 상냥하게 말했다.

"이 카드를 가지고 가셔서 컴퓨터에 번호를 치시면 됩니다."

말을 하면 할수록 심장이 떨려왔다. 고개를 들 수 없었다. 그의 눈빛 때문이었다.

보라는 그녀가 생각하는 선에서 산전수전 다 겪었다고 생각했다. 남자도 만나볼 만큼 만나봤다. 세상 더러운 꼴들도 볼 만큼 보았다. 스물여덟 살, 그녀가 10년 가까이 사회를 겪어본 뒤 가지게 된 인생관은 '안 쓰면 모인다'였다. 중졸에 배운 것 없이 성매매까지 해보았던 그녀에게 피시방 정직원은 나쁜 직업이 아니었다. 그녀가 가진 인생관처럼 얼마 되지 않는 월급이라도 안 쓰고 아끼면 저축까지 할 수 있었다. 너무 간단한 진리였다. 실천하는 것도 습관이 되고 나니 어렵지 않았다. 그렇지만 10년 동안의 방황에서 무엇보다 소중한 경험은 '사람 위에 사람 없고 사람 아래 사람 없다'는 격언을 알게 된 사실이었다. 이 부분에서 남자 역시 그랬다. 세월의 부침을 겪은 그녀를 상식선에서 살아왔던 남자라면 용납하지 못했을 것이다. 그녀와 같은 경험이 없기 때문이다. 그들과 그녀는 달랐다. 남자의 진심과 진실, 돈이 아닌 무형의 재산을 볼 줄 알게 되었다. 비록 더럽게 살았다지만 세월은 그만큼 많은 것을 그녀에게 되돌려 주었다.

번뜩 떨리는 마음을 다잡으며 고개를 들었다. 어두운 피시방 안에는 남자의 눈빛만이 빛나고 있었다. 날 것 그대로의 눈빛이었다. 어울리지 않는 옷차림과 바지, 헝클어진 머리에서 순탄치 않은 남자의 인생이 느껴졌다. 그런데 눈빛만은 달랐다. 애절하고 고독하며 반대로 살아 있는 긴박함이 느껴졌다.

잠깐 사위를 살피고 남자를 다시 보았다. 이런 남자는 10년 만에 처음이었다. 눈빛을 대하는 것만으로도 심장이 떨리고 마음이 아련해졌다. 남자의 눈빛에서 그녀를 원하는 원초적 갈망이 느껴졌다. 그를 보는 것만으로 젖어들어 가는 그녀를 발견할 수 있었다.

아, 어쩌다가 이런 일이.

입술을 깨문 그녀는 "무슨 일이시죠?"라고 물었다. 짧은 두 문장을 말하면서 떨리는 그녀 자신이 낯설었다. 그런데 그가 내민 것은 시집이었다. 기형도의 '입 속의 검은 잎'. 시집은 낡게 바래지고 때가 타 있었다. 남자가 겪은 인생만큼 시집도 순탄치 않은 날들을 겪어온 것만 같았다.

"……주고 싶었습니다. 몇 번이나 이러면 안 된다고 생각했지만 제 마음을 막을 자신이 없었습니다."

그렇게 말한 뒤 남자는 그 자리에서 시를 외웠다.

"입 속의 검은 잎! 택시운전사는 어두운 창밖으로 고개를 내밀어, 이따금 고함을 친다, 그때마다 새들이 날아간다. 이곳은 처음 지나는 벌판과 황혼, 나는 한번도 만난 적 없는 그를 생각한다."

남자는 가끔 감정에 겨운지 얕은 한숨을 내쉬었다. 그런 뒤 마음을 다잡으려는 듯 입술을 굳게 다물고 다시 시를 외웠다.

"택시운전사는 이따금 뒤를 돌아다본다. 나는 저 운전사를 믿지 못한다, 공포에 질려 나는 더듬거린다, 그는 죽은 사람이다. 그 때문에 얼마나 많은 장례식들이 숨죽여야 했던가. 그렇다면 그는 누구인가, 내가 가는 곳은 어디인가. 나는 더 이상 대답하지 않으면 안 된다, 어디서 그 일이 터질지 아무도 모른다, 어디든지. 가까운 지방으로 나는 가야 하는 것이다. 이곳은 처음 지나는 벌판과 황혼, 그 입 속에 악착같이 매달린 검은 잎이 나는 두렵다."[2]

시를 다 외우고 난 그가 그녀를 보았다. 시에 매달린 떨어지지 않는 강렬함.

그녀는 자신도 모르게 윽, 하는 짧은 비명을 질렀다. 살면서 이토록 강렬한 남자를 다시 만날 수 있을까.

찬찬히 그를 훑어보았다. 남자는 키가 작았다. 기껏해야 170센티미터 정도. 그러나 결코 작아 보이지 않았다. 입술을 앙다문 그에게서 말할 수 없는 뜨거움이 느껴졌다. 동그란 얼굴과 큰 눈에서 고생 하나 겪지 않았을 것 같은 동심이 보였다. 그러나 모서리가 깨진 안경알에서 그의 생활을 짐작할 수 있었다. 그는 이따금 뒤를 돌아보았다. 무언가를 기다리듯 불안한 모습이었다. 마치 시 속 택시 기사가 그렇게 하듯. 그러나 그녀를 바라보는 눈빛만

---

[2] 기형도, '입 속의 검은 잎' 인용.

은 날 것 그대로였다. 뜨거웠다. 갈구했다. 하얀 눈, 검은 눈동자가 그녀를 담겠다는 듯 끊임없이 반짝거렸다.

"다, 당신에게 제 인생을 걸기로 했습니다. 제 인생을 다시 시작하기로 했습니다. 당신께서 허락만 해주신다면. 그래 주신다면……."

그제야 보라는 보았다. 두 주먹을 불끈 쥔 남자의 어깨가 파리하게 떨고 있다는 것을. 어두워서 보이지 않던 눈빛에서 눈물 한 줄기가 떨어져 내리는 것을. 그녀는 무릎이 탁 꺾이며 카운터 의자에 주저앉았다. 계산하거나 짐작할 수 없는 미지의 감정 앞에 그녀는 손을 들고 말았다.

"밤 아홉 시에 마칩니다. 기다려 주시겠습니까?"

보라가 말했다.

"하루, 아니, 이틀. 당신이 말씀하시는 그날, 어느 시간이라도 기다리겠습니다."

남자가 서둘러 말을 마쳤다. 감정의 소모가 끝나 버린 듯 남자에게서 느껴지던 날 선 기운이 서서히 줄어들었다.

남자를 내보내고 한동안 보라는 아무것도 할 수 없었다. 월요일, 가장 조용한 평일 오전이라 손님이 없어 다행이었다. 점심을 걸렀다. 생각이 생각을 물고 늘어졌다. 생각의 끝에 떨어지지 않는 까치감처럼 남자가 매달렸다. 그녀가 알고 지냈던 남자를 떠올렸다. 사랑보다 육체를 원했던 남자. 돈이면 다 된다고 생각했던 남자. 처음에는 사랑이었다 육체를 알고 난 뒤 양다리를 걸친 남자. 그녀에게 남자는 세상의 다른 이름이었다. 각양각색의 인간 군상이었다. 자아에 눈뜨고 늪 같은 생활에서 탈출한 뒤 그녀는 결심했다. 나를 위해 살겠다고. 그때까지 남자는 없다고. 그것이 2년 전이었다. 그동안 그녀는 월세 여관 생활을 벗어나 작은 원룸을 장만했고, 월급의 절반 이상을 꼬박꼬박 저축했다. 특별했던, 아니, 기울어졌던 인생이 일반적으로 변해가는 중이었다. 행복했다. 하나하나 새로 만들어져 가는 평범함이 좋았다. 그 단순한 평범함이 사랑스러웠다. 그런데 남자가 왔다. 기우일까. 남자라는 동물? 또 다른 남자, 경험했던 남자들과 전혀 다른 그를, 어떻게 받아들여야 할까. 그렇지만 그의 눈빛이 잊히지 않았다. 강렬하고 갈망하던 간절한 눈빛. 그의 애절함이 절절이 다가왔던 고뇌의 찰나생멸. 그는 과연 평생 진실을 다해 그녀를 지켜줄 수 있을 남자일까.

밤이 되어 보라가 문을 나섰을 때, 남자는 피시방 앞 벤치에 앉아 있었다. 벤치는 밤이 되면 노숙자들이 자리 잡는 곳이었다. 그때 그녀를 번뜩 스치고 가는 기억이 있었다. 눈이 내리던 밤이었다. 그때 벤치에는 어깨를 들썩이며 눈물을 흘리는 남자가 있었다. 눈물은 곧 눈에 뭉개져 소리 없이 사라졌다. 눈물에 반응한 보라는 잠깐 그를 바라보다 만 원짜리 한 장을 꺼냈다. 그에게 만 원짜리를 쥐어주자 남자는 보라에게 그것을 되건넸다. 남자가 말했다.

"지금 제가 방황하고 있지만 거지는 아닙니다. 굶는 것도 제 일이고 우는 것도 제 일입니다."

보라는 황망한 손길을 거두며 미안하다고 말했다. 남자는 "아닙니다, 죄송합니다." 하고 고개를 숙였다. 맞다, 바로 그 남자였다. 제 일이라고 말하던 뚝심 있던 남자가 오늘, 보라에게 인생을 걸겠다고 말했다. 어떻게 받아들여야 할까. 정의할 수 없었다.

"저기, 소주나 한 잔 하실래요?"

벤치에서 기다린 그에게 보라가 용기를 내 물었다.

남자는 말없이 그녀를 따랐다.

소주가 두 병이 비었다. 그토록 말이 없었다. 보라도, 남자도, 빈 소주병에서 지난 세월이 부딪혔다. 보라가 이름을 말했다. 남보라입니다. 이지훈입니다. 무모하고 무턱대면서도 진중하고 뚝심 있었다.

"저는 장례식을 하며 숨죽이듯 살았습니다. 뒤돌아보는 택시 운전사처럼 살았습니다."

결국 남자가 꺼낸 화두는 '입 속의 검은 잎'이었다. 생각이 막힌 내내 보라는 남자가 놓고 간 시집을 펼쳐 보았다.

"먼저 양해를 구해야 할 것 같군요."

"무슨?"

"제 얘기 삼십 분만 해도 될까요?"

보라는 황망히 그를 바라보다 고개를 끄덕였다. 이미 이 자리가 그를 용납한 것이나 다름없는데 여전히 남자는 진지했다. 그렇지만 남자의 이야기를 듣는 것도 나쁘지는 않겠지. 보라는 그를 똑바로 응시했다. 이지훈과 두 번째, 마주친 눈빛이었다.

7

"좋은 아침. 좋은 아침입니다."

건물을 들어서며 이지훈은 활기차게 인사했다. 조직의 아침이 시작된 것이었다. 8월의 더운 공기가 사무실까지 따라붙었다 에어컨 바람에 나부러졌다. 자리에 앉기 무섭게 판매실적에 대한 공문이 컴퓨터에 떠올랐다. 여름 한철은 음료회사 일 년이 좌지우지되는 시기였다. 민감한 부분에 대한 보고는 사내 인터넷에 즉각 공문으로 공지되었다.

"어제 뉴스 봤어?"

장 대리였다.

"네? 뉴스라니?"

이지훈은 어제 이동훈을 만났다. 마창 지사 근무 시절 만났던 동기였다. 이름이 비슷해 형제처럼 잘 지냈다. 그는 야심가로 자신이 가진 지위를 십분 활용해 지역 유지가 되고 싶어 하는 친구였다. 이틀간의 연수교육 탓에 서울에 온 것이었다.

오랜만에 만난 이동훈은 신수가 훤해져 있었다. 에쿠스를 직접 몰고 왔으며 이태리제 구두와 카르티에 시계를 차고 이지훈을 맞았다.

"서울의 북창동이 그렇게 물이 좋다며?"

묻자마자 이동훈은 이지훈을 태우고 북창동을 향했다. 본사가 있는 종로에서 얼마 걸리지 않는 거리였지만 이동훈은 이지훈에게 자신의 달라진 위상을 과시하고 싶어 하는 것 같았다. 이지훈은 그가 하는 대로 가만두었다. 평생직장이란 말은 IMF 이후 무색해졌다. 동기 중에 경제적으로 잘나가는 친구가 있다는 것은 언젠가 무기가 될 수 있었다. 그런 친구가 평생직장을 원하지는 않을 테니까.

룸살롱에서 일식 요리를 시켜 먹었다. 대한민국은 돈이라면 안 되는 것이 없는 사회 중 하나니까. 아가씨들이 식사 수발을 들며 입에 넣어주기까지 했다. 이동훈은 질펀한 밤 문화를 이끌겠다는 듯 만 원짜리를 뿌려대며 큰소리를 쳤다. "오늘 제일 색골 빠지게 노는 것들에게 수표 두 장 오케이?"라고 해가면서. 돈이 뿌려질수록 아가씨들의 옷차림은 헐거워졌다. 이지훈은 생경한 모습에 혀를 내둘렀다. 그렇지만 밤 속으로 빠져드는 것에 그도 반대하지 않았다.

어제 뉴스라. 어제의 기억을 접어 넣으며 마우스를 집어 든 이지훈은 포털 사이트를 검색했다. 그가 몸담고 있는 회사인 해웅음료를 검색창에 써넣었다. 기사는 검찰에서 표적수사를 시작한다는 내용이었다. 여름철이면 붉어지는 거대 음료회사와 판매 대리점 간에 벌어지는 유착관계와 뇌물수수 등에 관한 것으로 H라는 이니셜이 보였다.

기사가 뜨자마자 장 대리는 "몇몇 걸려들겠지?"라며 고개를 갸웃했다.

음료대리점과 지사들 간에 형성된 유착관계는 그가 직접 경험해서 알고 있었다. 정가 절반 가격으로 대형마트와 동네 마트들에게 물건이 전해지려면 유착관계와 뇌물 없이는 절대 불가능했다. 생산일이 한참 지나도록 팔리지 않는 물건들이 재수거되어 싸게 공급된다. 그것을 '날린다'라고 표현한다. 지사에서는 본사에 보고할 목표 탓에 할 수 없이 대리점을 쥐어짜고 계약한 대리점은 결국 병당 5원, 10원의 이익만을 남긴 채 물건을 마구 날린다. 심지어 월말 결제일이 다가오면 원가보다 아래로 물건을 날려댄다. 990원, 1,990원 등 사지 않으면 안 될 것 같은 심리적 마지노선을 기재한 채로.

이지훈은 기사를 보며 이동훈이 떠올랐다. 이동훈은 민주주의 사회를 가장 잘 활용하며 살아가는 부류였다. 그가 얼마나 많은 비리를 저지르고 있을까. 그래도 3년 전에 보증을 섰던 대출 건 이야기는 꺼낼 것을 그랬다. 다른 보증인으로 대체해서 세우면 안 되겠느냐고.

에이, 뭔 일이야 있으려고. 암, 그럼.

미간에 힘을 준 그는 인사교육 프로그램을 준비하기 시작했다.

가을에 있을 신입직원 채용과 1년 차 직원 교육 프로그램 탓에 이지훈은 눈코 뜰 새 없는 날을 보냈다. 이동훈을 만난 지도 얼추 한 달이 넘었다. 여름 시즌은 L사, H사가 시장을 양분한 가운데 해웅음료는 작년보다 1퍼센트 상향된 실적으로 마무리되었다. 단지 1이라는 숫자를 위해 얼마나 많은 불법과 비리, 뇌물 등이 오갔을까. 그래도 본사 인사과로 근무 부서를 옮겨온 뒤 일할 맛이 났다. 양심에 거리낄 일이 없다는 게 얼마나 편한지 실제로 알게 됐다.

장 대리는 주식이 올랐다며 야단이었다. 슬쩍 사내 게시판으로 술 한 잔 마시겠냐고 쪽지를 보냈다. 한창 정신이 없던 이지훈은 '10시 안에 마치면요'라고 답을 보냈다. 그에게서 날아온 답은 'ㅋㅋㅋ'. 어쩌겠다는 건지. 그때 전화벨이 울렸다. 휴대전화라 받을까 말까 했는데 수신번호 뒷자리가 '0112'였다.

"네, 이지훈입니다."

[창원 서부경찰서 수사과 송영태 경사입니다. 이동훈 씨 아십니까?]

순간 이지훈은 그가 보증을 섰던 일이 잘못되었나 생각했다. 그런데 보증 때문에 경찰이 왜 전화를 걸지? 그럴 일은 없다. 그렇다면 무엇 때문일까. 머릿속은 전자가 원소 사이를 튀어 다니듯 복잡해졌다. 마른침을 삼키며 "네." 하고 대답했다.

[이동훈 씨가 이지훈 씨에게 상납을 하고 뇌물수수를 했다는 의혹이 있습니다. 그래서 창원 서부경찰서 수사과로 출두해 주셨

으면 합니다. 서울에 계시니까 가까운 곳에 가셔서 진술을 하셔도 됩니다.]

청천벽력 같은 이야기였다. 상납이라니, 뇌물수수라니. 전화를 끊자마자 이동훈에게 전화를 걸었다. 휴대전화는 꺼져 있었다. 마창 지사로 전화를 걸었다. 들려온 답은 이동훈의 잠적이었다.

가만 이게 어떻게 흘러가는 거지? 어떻게 일이 돌아가는 거냐고?

이지훈은 황급히 종로경찰서를 향했다. 전화를 걸었던 송영태 경사와 몇 번 전화를 주고받은 뒤 진술을 끝마쳤다.

매달 이동훈의 통장에서 이지훈에게 10만 원씩 계좌 이체되는 사실이 있으며, 지난달에는 300만 원의 돈이 통장으로 입금된 의혹이 있다는 것이었다. 그것은 사실이었다. 3,000만 원 보증에 대한 대가로 이동훈은 미안하다며 10만 원씩을 매달 통장으로 입금했다. 이지훈은 한사코 받지 않겠다고 했지만 막무가내로 그가 입금했다. 300만 원은 지난달 북창동에서 놀았던 돈이었다. 그가 서울에 오며 카드를 놓고 왔다는 말에 이지훈이 카드로 계산했던 것이다. 그것을 이동훈이 다음 달 입금했고. 사실 그대로 진술했지만 정말 죄를 지은 것 같았다. 거리낌이 없었는데도 진술을 받는 경찰은 시종일관 고압적인 자세였다.

제기랄. 터져 나오는 욕지거리를 겨우 참았다. 그런데 이동훈은 어디로 간 것일까.

사무실에 들어서자 이미 저녁나절이 되었다. 책상에 앉자 전화가 울렸다. 가슴이 떼꾼하게 느껴졌다. 또 무슨 일일까. 불안한 예감은 빗나가지 않았다. 이번에는 감사실이었다. 역시 이동훈 잠적 건. 경찰보다 감사실이 주는 심리적 압박이 더 강했다. 다그치는 그들 역시 형사보다 더 완강했다. 부하직원이라 심하게 대해도 된다고 생각한 모양이었다. 인간적인 모멸감을 느끼며 경찰서에서 했던 이야기를 되풀이했다. 그런 뒤 사무실에 돌아왔을 때는 밤 10시. 눈치를 보던 장 대리는 퇴근하지 않고 그를 기다리는 중이었다.

―술 한 잔 할래?

그의 쪽지였다.

―까짓것 한 잔 먹죠.

밤새 장 대리에게 신세한탄을 했다. 강원도 오지에서 자랐던 일. 교통사고 탓에 고아 아닌 고아가 되어버린 일. 그 탓에 군대 면제를 받았던 일. 외톨이였던 대학 시절. 생면부지의 사람들에 섞여 일해야 했던 마창 지사 이야기. 그리고 그를 궁지로 몰아넣은 이동훈에 대한 일까지.

"잘리지는 않겠죠?"

그 말에 장 대리는 대답하지 않았다.

술을 마시기 전, 이지훈은 종로 노상에서 5천 원짜리 점을 보았다. "좋은 일도 함께 오고 나쁜 일도 함께 오는 괘야, 삼재네." 하고 노인이 말했다. 호기심이 실망으로 변했고, 그것은 곧 폭음으로 이어졌다.

술이 덜 깬 정신으로 출근했을 때 산더미같이 밀린 업무가 그를 맞았다. 미친 듯 일을 하는데 전화가 걸려왔다. 낯선 번호, 벨소리에 가슴 한구석이 아려왔다. 받지 말까. 아니, 이동훈은 아닐까. 가뭇없는 상상을 하며 폴더를 열었다.

[창원 한빛 새마을금고 김현오 과장인데요. 이지훈 씨 되십니까?]

"네, 그런데요."

[아 네, 좋지 않은 소식을 전해야 할 것 같아서…….]

남자가 말을 흐렸다. 망설이던 남자는 이지훈의 다그침에 이야기를 시작했다.

횡령과 사기 등으로 형사사건에 휘말린 이동훈이 잠적을 했다. 그에게 전 금융권을 통틀어 2억 7천만 원의 융자가 있다. 알고 있었느냐는.

이지훈은 어안이 벙벙했다. 그가 알던 이동훈이 사회적인 요령을 체득했고, 민주주의를 활용하지만 그 정도 빚은 있지 않을 것이라고 맞받았다.

모르시는 말씀. 그는 지금 카드 채권과 융자까지 모두 합쳤을 때 빚이 3억 원이 넘는다. 그런 까닭에 보증인인 이지훈 씨에게 융자 상환 청구를 할 수밖에 없다. 그래서 사전 양해를 드린다. 남자는 마침을 찍듯 이야기를 끝냈다.

남자의 이야기에 이지훈은 눈앞이 깜깜해졌다. 3,000만 원이면 적어도 3년을 모아야 할 돈이었다. 처음에는 억울하다고 생각되었지만 곧 마음이 진정되었다. 그것보다 친구인 이동훈에게 무슨 일이 일어난 걸까.

"제가 적절한 방법으로 상환할 수 있는 방법을 알려주십시오. 그렇다고 해서 급여에 압류를 하거나 하는 무식한 방법은 하지 마십시오. 그럴 경우 저도 적극적인 소송을 하겠습니다. 결과가 어떠하든 간에요."

이지훈은 입술을 깨물었다. 태어나 소송이란 말도 처음 입에 담았다. 그렇다고 해서 소송을 걸어봐야 별 이득이 없다는 것쯤은 이미 알고 있었다. 그가 할 수 있는 거라고는 자존심이 꺾이지 않는 게 전부였다.

"어휴, 무슨 그런 말씀을요. 최대한 이지훈 씨가 편안하게 갚을 수 있는 방법을 강구해서 연락 다시 드리겠습니다. 시간이 많지 않으니 일주일쯤 뒤에 전화 드리겠습니다. 불쾌하셨을 텐데 고맙습니다."

이지훈은 탁, 소리가 날 정도로 세게 전화를 내려놓았다. 사람 하나 잘못 만나 별별 일이 다 생기는구나. 생각이 입 밖으로 나오며 끙, 하는 신음이 되었다. 그러다 번뜩 무언가가 머리를 스쳐갔다.

내가 보증을 서줬던 곳이 창원 한빛상호신용금고던가, 아니라면 창원 한빛 새마을금고던가. 생각이 가슴을 헤집었다. 심장은 벌렁거렸고, 파르르 손이 떨렸다. 그는 인터넷으로 창원 한빛상호신용금고를 검색했다. 그의 입에서 젠장, 이란 단어가 튀어나왔다. 없기를 바랐던 한빛상호신용금고란 곳이 버젓이 존재하고 있었다.

아니, 아니다. 내 기억이 잘못되었을 수도 있어. 굳이 설레발

칠 필요는 없지. 그래. 녀석이 잠적했다고 하지만 그렇게 나쁜 녀석도 아니고. 잘될 거야. 분명히 잘될 거야.

생각은 그랬지만 이해 가지 않았던 지난 기억이 떠올랐다. 이동훈은 이유 없이 서울에 올라와 법제가 바뀌었다며 보증서를 두 장 더 받아갔다. 꼼꼼히 따져 봐야 했지만 사람이란 존재가 이런 일에는 오히려 무심해진다. 정작 중요한 일인데도 믿는다, 라며 회피하고 싶었다. 그래서 금액란과 서명란에 사인만 한 뒤 "알아서 해." 하며 큰소리를 친 게 전부였다.

이지훈이 바라던 결말은 정확히 말해 이루어지지 않았다. 그로부터 일주일 뒤 채권회수를 위해 보증인에게 채무독촉을 하는 전화가 두 곳에서 더 걸려왔다. 한빛캐피탈과 한빛상호신용금고였다. 금액은 공히 3천만 원씩, 세 곳 도합 9천만 원에 이르렀다. 팩스로 송부받은 보증서 금액란에는 자신이 써준 '삼천만 원'이란 글씨가 쓰여 있었다. 뺄도 박도 못할 판, 벌써 이자가 연체되어 22퍼센트 연체이율이 적용되는 통에 이자마저 불어나고 있었다.

처음 사무실에서는 이동훈 잠적 사건으로 인해 이지훈에게 시말서 정도가 요구될 것이라는 소문이 나돌았다. 그러나 경찰에서 문제 삼았던 일이 결국 회사 검사부에서 크게 불거지고 말았다. 매달 10만 원씩을 이유 없이 줄 이유가 없지 않느냐는 것이었다. 게다가 룸살롱에서 향응까지 제공받은 것으로 낙인찍히기에 이르렀다.

검사부에 불려간 이지훈은 참담한 심정에 한숨만 내쉬었다. 이례적으로 이지훈을 부른 것은 검사부 부장이었다. 이지훈과 같은 평사원은 상대해 주지도 않는.

"그래서 말인데 사표를 쓰고 나가는 게 어떻겠나?"

"그게 무슨 말씀입니까?"

"회사에서는 말이야, 아니, 수뇌부라고 정정하지. 회사 수뇌부에서는 요즘 들어 이렇게 터지는 모럴 해저드 현상에 대해 심각하게 우려하고 있네. 벌써 은행권이나 여타 금융권에서는 심심찮게 터지고 있고. 다들 쉬쉬하고 무마하지만. IMF 이후 사회 전반적인 현상이 되었다고 볼 수 있어. 우리도 이런 일을 우려하고 벌써부터 경계해 왔었네. 이동훈 역시 검사부 레이더망에 잡힌 지가 꽤 됐지. 단지 겉으로 드러나지 않았을 뿐이었어. 얼마나 자금 유용을 잘했던지 그동안 잡을 수가 없었어. 여기저기서 잘 빌리고 잘 막아 썼더라고. 그런데 이번에 카드 하나가 연체되기 시작하면서 다른 자금까지 묶이게 된 거야. 마산창원 지역에서는 밤의 황제로 정평이 났더구만, 이동훈 그 친구. 자네 입장에서야 억울하다 생각될지 몰라도 회사 입장에서는 똑같은 일의 재발을 막을 수밖에 없다네. 그리고 그 일이 재발하는 맨 앞 선에 자네가 있고. 파면을 시키면 자네가 다른 회사에 취직하기도 힘들고 퇴직금도 나오지 않으니까 정중하게 묻는 거네, 자네에게."

검사부장이 돌려 말했지만 퇴직금을 받고 그만두라는 이야기였다.

"담배 피겠나?"

그가 해줄 수 있는 최선의 선처라는 듯 검사부장이 담배를 내밀었다. 마치 그것이 사표 양식인 것만 같았다. 끊었던 담배였는데 지금은 그마저 간절했다. 담배 연기가 탁하게 번져 갔다. 암울한 심정처럼 산산이 흩어져 갔다.
　이지훈 자신이 타고 다니는 자동차 대출, 그리고 마이너스 대출 통장. 이동훈 명의 세 곳의 보증까지 합치면 갚아야 할 돈만 1억 원이 넘었다. 그렇지만 대졸 입사 5년 차 퇴직금이라고 해봐야 채 1천만 원이 되지 않을 것이었다.
　그날부로 사직서를 썼다. 암담했다. 이제 무엇을 해야 할까. 이지훈은 슬픔조차 생각나지 않았다. '어떻게'라는 세 글자만 북을 치듯 머리에서 울려댔다.
　일주일이 지나지 않아 외국계 보험회사에 취직을 했다. 생각 외로 보험사 수입이 나쁘지 않았다. 죽을힘을 다해 일을 했지만 문제는 다른 곳에서 터졌다. 조금이라도 빨리 상환을 받으려던 탓인지 한빛 새마을금고에서 급여에 압류 신청을 했다. 그 사실을 급여통장을 관리하던 상업은행에서 알게 되었다. 상업은행은 곧바로 급여통장에 지급정지 신청을 해버렸다. 채무금액만큼 돈을 갚지 않으면 통장에서 돈을 찾아갈 수 없는 제도였다. 아무리 일을 해도 10원도 쥘 수 없는 현실이 펼쳐진 것이었다. 차비도 없고, 밥도 먹을 수 없는 현실. 보험사에서도 결국 그 사실을 알게 되었고, 퇴직을 강요했다.
　그 이후는 악몽이라고밖에 표현할 수 없었다. 매일 혼자 사는 원룸으로 채권회수를 위해 누군가가 찾아왔다. 전화도 하루에 수십 통이 걸려왔다. 전화를 피하고 집에 있어도 없는 척했다. 수순으로 채권은행에서 그에 대한 주민등록 말소 신청을 했다. 그나마 다행이라면 재빠르게 원룸을 뺀 탓에 보증금 1,000만 원을 쥘 수는 있었다. 며칠 뒤 알게 되었지만 한 곳에서 원룸 보증금마저 압류조치를 취했다는 것이다. 단 하루 차이였다. 법원에서 압류 통지를 내렸지만 이미 보증금을 쥐고 나간 다음날이었다. 짐은 주인에게 팔라고 했다. 너무 급하게 외국으로 나간다고 둘러댔다. 평소 성실한 청년이었던 탓에 주인은 의심 없이 그러겠노라고 말했다.

　어느덧 찬바람이 목을 감고 돌았다. 벌써 11월이었다. 가을이 짙어져 낙엽이 뚝뚝 떨어졌다. 훌쩍 지나가 버린 지난날은 어디에 세월을 담았을까. 인생을 어떻게 살아온 것일까. 열심히 살았다고 생각했는데. 회한이 낙엽을 따라 흩어졌다. 모든 것이 싫었고 어떤 것도 하고 싶지 않았다. 털썩, 자리에 주저앉은 이지훈은 방이동 한구석 벤치에 있었다. 그나마 다행이라면 숨겨놓은 보증금이었다. 그렇지만 그것으로는 어림도 없었다. 명예를 회복할 방법도, 살아갈 어떤 기대를 가질 수도 없었다. 그의 인생은 보기 좋게 실패한 것이었다.

　이제 어떻게 살아가야 할까.

　벤치에 몸을 누이며 스르르 눈을 감았다.

8

"김 형사!"

백용준은 소파에 누운 그를 불렀다. 단순히 살인자 이대형에 관한 사건 파일을 확보해 둘 생각이었다. 이 사건 때문에 누군가를 만나게 될 거라고는 생각지 않았다. 한데 사건 파일을 요청한 지 하루가 지나기 전에 한 남자가 그를 찾아왔다. 황재현 경사, 그보다 연배가 위로 보이는 형사였다. 그 사실을 알게 된 것은 밤 12시가 지나서였다. 강도 사건 지원 때문이었다.

현장에서 지구대원들이 강력계에 지원을 요청한 탓에 급하게 출동하게 되었다. 흔히 벌어지는 일은 아니었다. 덕택에 모세혈관 하나하나까지 감정의 날이 서 있는 기분이었다. 인질과 대치하다 강도는 권총을 보고 결국 칼끝을 내려놓았다. 심문과 조서는 김 형사에게 맡긴 뒤 자리에 앉았을 때 메모지가 보였다. 김해

서부서로 전화해 달라는. 커피를 먼저 마실까, 전화부터 할까 고민하던 차에 전화가 걸려왔다. 역시 김해 서부서였다. 확인을 위해 사건 파일을 요청했지만 그만큼 다급하게 생각하던 문제는 아니었다. 그러나 반드시 확인이 필요한 사안이기는 했다.

"네, 백용준입니다."라고 말하자 서부서 전진영 경장이 인사를 했다. 그리고 그가 건넨 말은 예전 사건 담당자인 황재현 경사가 직접 서울로 갔다는 것이었다. 허, 하는 탄식이 새나왔다. 긁어 부스럼을 만든 것 같은 기분 때문이었다. 그리고 지금, 부스럼 같은 남자가 이미지에서 현실로 탈바꿈해 눈앞에 서 있었다.

"식사하셨습니까?"

"대충은요. 우동 한 그릇."

"아무래도 이곳보다는 이야기하기 편한 곳이 낫겠죠? 사실 강도 사건 탓에 칼 든 범인과 대치를 했더니 모골이 송연합니다."

무슨 일인지 알겠다는 듯 황재현은 검지를 관자놀이에 가져다 대며 톡톡 두 번 두드리는 시늉을 했다.

"소주 한 잔 하시겠습니까?"

백용준은 조금 이른 퇴근을 했다. 물론 정덕화 팀장에게 개략적인 보고를 한 뒤. 10분의 이동. 북청 순댓국. 자리에 앉으며 백용준이 물었다. 고개를 젓지 않는 것으로 보아 싫지는 않은 모양새였다.

금세 몇 잔이 비워졌다. 백용준이 허겁지겁 순대국밥을 들이켠 반면 황재현은 타이밍을 기다리는 것 같았다. 사건을 꺼낼 적절한 타이밍.

"아, 이거 죄송합니다. 저녁 먹은 뒤로 아무것도 먹지 못한 터라."

소주 한 잔을 마저 털어 넣으며 백용준은 눈인사를 했다.

"네, 드십시오." 하고 짧게 말한 황재현도 소주를 비웠다.

"사건부터 이야기하는 게 맞을 것 같습니다만······."

결국 백용준이 황재현에게 사건에 대한 이야기를 꺼냈다. 그렇다고 기 싸움 같은 것은 아니었다. 백용준은 당연히 사건에 대한 이야기가 먼저라고 생각되었다. 소주를 한 잔 더 마신 황재현은 이야기를 시작했다. 지난 세월을 복기하듯 그의 눈빛은 먼 어딘가를 응시했다.

신원미상 사체 신고는 추석 다음날, 2002년 9월 23일 오전 5시 40분 112를 통해 이루어졌다. 김해 터널이 관통하는 장유폭포 인근 야산 오솔길이 사체 발견 장소였다. 당일 새벽 5시에 폭풍주의보가 해제되었으며 날씨는 비교적 맑았다. 기온은 15℃. 인근 지구대가 5시 56분 첫 임장자로 현장에 도착했다. 산까지 최대한 차를 가지고 오른 탓에 비교적 빨리 도착할 수 있었다. 김해 서부서 과학수사팀과 지역형사 1팀이 도착한 시간은 6시 42분경이었다.

장유폭포 인근은 외식 가게들로 채워져 있었다. 폭포를 배경 삼아 백숙이나 유황오리, 개고기 등을 팔았지만 노래방 시설과 민박까지 겸하는 곳들이 대부분이었다. 그러나 주말이 낀 3일간의 추석 연휴 탓에 장사치 거의 전부가 가게를 비운 상태였다. 오히려 시체가 발견된 것이 신기하다고 판단되었다. 그 탓에 최초 발견자에 대한 조사 또한 철저히 진행되었다.

과학수사팀 서인 경사는 "사체가 유기된 지 일주일이 넘었겠는데요. 유기된 것은 그렇다 치더라도 사후경과는 일주일이 지난 것이 확실합니다."라며 셔터를 눌렀다. 그러다 셔터에서 손을 떼며 서 경사가 검지를 펼쳤다. 서 경사의 검지가 가리킨 끝을 황재현이 바라보자 검은 사체 위를 기어 다니는 구더기가 보였다. 주변 땅과 흙을 바라보던 서 경사가 마저 말을 이었다.

"뭐, 당연하고 웃긴 얘기지만 추석 이전에 묻은 것은 확실하고요."

황재현은 추석 때 내린 비를 생각했다. 그렇다면 서 경사의 이야기는 틀리지 않을 것이다. 그런데 땅에 묻혀 있었다면 정확한 사후경과 시간을 알아내기 어렵다. 부검을 한다 해도 부검의가 가리킬 시간대가 넓어질 것이 뻔했다.

한 시간 뒤 서 경사는 몇몇 확실한 이야기를 더 뱉어냈다. 사체 경직은 완전히 풀렸으며 거인양외관 상태라는 것이었다. 거인양외관은 부패가스가 체내에 들어차 온몸이 붓는 부패의 단계로 하복부 피부의 변색시장, 부패망 형성, 부패수포 형성 다음 단계였다. 즉, 한창 부패가 진행되는 중이라는 뜻. 거인양외관은 더운 여름에는 삼 일 만에 진행되지만 겨울에는 한 달 가까이 걸리기도 한다. 반면 사체가 땅속에 파묻혔을 경우 두 달이 넘게 걸리는 부패 단계이기도 했다. 서 경사의 확신에서 사체는 사후경과 최소 일주일이 넘었다는 사실은 비교적 정확하다고 판단되었다.

유류품 중에 지갑이 있었다. 주민등록증 이름은 장대한. 36세 남성이었다. 황급히 안복필 팀장에게 그 사실을 보고했다. 별명이 '안뽑힐 반장'이었다.

"사인은 뭡니까?"

황재현이 서 경사에게 물었다.

"자상입니다. 자상은 단 한 곳, 왼쪽 가슴 하부 흉골에서 비스듬히 위로 들어간 것으로 보입니다만 이건 정확하지 않습니다. 늑골을 정확히 관통해 한 방에 심장을 찌른 것 같습니다."

"출혈이 많았을까요?"

황재현은 이미 그것에 대한 정답을 알고 있었다. 그렇지만 자신이 가진 상식에 대해 거듭 확인하고 싶었다.

"글쎄요. 출혈은 그렇게 많지 않았을 겁니다. 이건 지극히 개인적인 생각입니다만 찔리는 순간, 심장마비로 죽었을 수도 있습니다. 아니라 해도 출혈은 극소량이었을 겁니다. 심지어 상대에게 피가 튀지 않았을 정도로요. 흉기는 날이 하나만 있는 비교적 두꺼운 칼 같습니다. 부검을 해보면 더 정확해지겠죠. 이상입니다."

서 경사는 몇 번 셔터를 더 누른 뒤 "됐습니다." 하고 말했다.

채 반나절이 지나지 않아 김해 장유면에 위치한 원룸 오피스텔에 황재현과 수사팀 최영필 경장이 출동했다. 사체로 추정되는 장대한은 김해 장유면 무계리에 위치한 아파트에서 가정을 꾸리고 있었다. 직업은 특급호텔 조리부장. 나이 차가 많은 부인 조영미는 27세, 호텔 캐셔 출신으로 미모가 출중했다. 사내 커플이었다. 15개월 전부터 부부는 별거를 해오던 중이었다. 조영미는 가정을 꾸린 아파트에서, 장대한은 근처 오피스텔에서. 그래도 명절 때만큼은 부부인 척했다고 한다. 조영미는 명절이라 연락이 오겠거니 했으나 전화는 없었다고 말했다. 거짓말은 곧 드러난다는 뉘앙스를 주었음에도 그녀는 단호했다. 문을 닫으려 할 때 그녀가 풀썩 마루에 주저앉는 것이 보였다. 그것은 그녀가 범인이라기보다 그제야 남편의 죽음이 다가왔을 것이라고 황재현은 생각했다. 엘리베이터를 타려 할 때 흐느끼는 소리가 크게 들려왔다. 그 순간 최영필은 "방음이 좋지 않네요."라고 말했을 뿐이었다. 황재현은 착잡한 마음에 어떤 생각도 들지 않았다.

원룸 오피스텔 관리인을 불렀다. 인근 부동산 업자였다. 김해장유는 신도시에 속해 이런 건물에 대한 관리나 기타 제반업무를 부동산 업자가 맡고 있는 곳이 많았다. 이런 곳의 건물 주인은 주로 외지 자산가였다. 보조키로 문을 열고 들어가려 하다 멈칫했다. 원룸 곳곳에 뿌려진 혈흔 때문이었다.

세 시간 뒤 툴툴거리며 서 경사가 이곳으로 불려왔다. 그를 기다리는 동안 최 경장과 황재현은 근처 중국집에서 요기를 해결했다. 서 경사는 "점심 안 드셨죠? 끝나고 같이 먹어요."라고 말했다. 멋쩍은 웃음을 지은 황재현은 "그럼 아직 안 먹었어."라며 얼버무렸다. 점심을 두 번 먹어야 하나 황재현은 걱정했다.

휴대용 가변광원장치를 꺼낸 서 경사는 원룸 구석구석을 살피기 시작했다.

"우와, 여기 완전 왕건인데요. 곳곳에 혈흔과 발혈점이 있습니다. 피가 터진 낙하흔이 보이죠? 마치 격투라도 한 것 같네요. 지문도 장난 아닙니다. 죄송하지만 사무실에 전화 좀 걸어주십시오. 과학수사팀 정 순경 오라고 해주세요. 저 혼자로는 오늘 안에 마치기도 힘들 것 같습니다."

남자가 무언가에 몰두했을 때 나는 반짝이는 목소리였다. 그 탓에 황재현은 한 시간 뒤 원룸을 빠져나올 수 있었다. 서 경사의 점심은 그렇게 엇나갔다.

원룸을 나오자 안복필 팀장에게서 전화가 걸려왔다. D조회, 즉 신원조회를 통한 결과통보였다. 사체 신원은 장대한으로 경찰청에서 통보되었다. 지문조회 확답이었다.

그날 밤 9시, 살인사건에 대한 회의가 진행되었다.

"누구부터 할래?"

안복필 팀장이 물었다. 손을 든 것은 서인 경사였다.

"아무도 안 뽑힐 것 같아...... 죄송합니다, 썰렁하군요. 사체부터 하겠습니다."라고 서인 경사가 말하자 그제야 쿡쿡, 웃음소리가 곳곳에서 들렸다. 시작은 아침에 했던 이야기의 요약이었다. 사후 일주일이 지났다는 것, 자상으로 볼 때 단번에 심장을 찔렸다는 것 등.

"그런데 한 가지 의문이 가는 일이 있었습니다. 장대한이 살았던 원룸에서 격투의 흔적이 무수히 발견되었습니다. 좁은 곳이기는 했지만 곳곳에 발혈점이 있었습니다. 높낮이 역시 불규칙했고 이십칠 평방제곱미터 정도, 약 여덟 평의 공간에 누가 뿌리기라도 한 것처럼 흩어져 있었습니다. 장대한의 사망 장소는 이곳이라고 확신합니다."

"그런데 의문이라니?"

"격투잖습니까? 그렇다면 심장을 단번에 찌르기가 쉽지 않았을 겁니다. 장대한의 몸 곳곳에 상처가 있었을 것 역시 뻔하고요."

황재현은 순간 허를 찔린 기분이었다. 이래서 사람이 중요했다. 그가 보지 못하는 것까지 보는 사람은 분명 존재하니까.

"살인사건을 조작했다는 겁니까?"

잠깐을 참지 못하고 성미 급한 최영필이 끼어들었다. 서인은 즉각 대답하지 않았다. 뜸을 들이던 그는 거기까지가 한계라는 듯 한 발 물러섰다.

"그냥 추측일 뿐입니다. 살해 장소가 늘 상식대로 이루어지는 건 절대 아니니까요."

서인의 날카로운 추측에 팀원들 모두는 의뭉스런 눈빛을 거두지 못했다.

"아, 그리고 지문 또한 곳곳에서 발견할 수 있었습니다. 심지어 피 위에 정확히 찍힌 오른손 엄지 지문까지 있더군요. 지문은 경찰청에 넘겼습니다. 채취한 피는 국과수에 넘겼구요."

바통을 이어받은 것은 최영필이었다.

"장대한이 살던 원룸은 장유면 무계리 인색 오피스텔입니다. 말이 오피스텔이지 월세나 받자고 지어놓은 원룸입니다. 그의 방은 302호였습니다. 별거 중인 부인이 골랐다고 하더군요. 원룸 좌우 301호와 303호에 위치한 거주자들에게 연락을 했습니다.

그들은 평범한 회사원들로 301호는 우체부 김성돈, 303호는 정유영으로 은행원이었습니다. 302호에서 다투는 소리나 기억날 만한 어떤 일이 있었느냐는 질문에 모두 고개를 저었습니다."

이어 황재현도 조사한 사실을 토해냈다.

"부인 조영미에 관한 것인데요. 그녀는 칠 개월 전까지 남편이 아닌 다른 남자를 만났던 것 같습니다. 휴대전화 거래조회에서 나타난 번호였습니다. 그런데 현재는 해지된 번호라 누구인지 알아내려면 며칠 시간이 걸릴 것 같습니다. 아, 조영미는 남편의 죽음으로 막대한 보험금을 받게 될 것 같습니다. 장대한이 특급호텔에 근무하며 고액거래처 보험사들에게 많은 보험을 들어놓았습니다."

안복필 팀장은 생각에 잠겼다. 곧 "자, 모두 조바심 내지 말고. 어째 사건은 쉽게 해결될 것 같아?"라고 모두에게 물었다. 대답은 예스였다. 사체와 원룸에 대한 감식을 담당했던 서인 경사가 특히 자신감이 넘치는 대답을 했다. 황재현도 범인을 잡는 것은 시간문제라고 생각되었다. 그것은 원룸, 즉 사건발생 현장 때문이었다. 그 정도로 많은 흔적이 남아 있다면 경험상 범인은 독 안에 든 쥐였기 때문이다.

재떨이에는 벌써 다섯 개비째의 담배가 짓눌려져 있었다.

"그런데 상황을 복기하다 보니 완전한 살인이었던 겁니다."

"완전한 살인이라뇨?"

황재현의 이야기에 백용준은 깜짝 놀라 반문했다. 완전범죄도 아니고 완전한 살인이란 무엇일까, 아니, 어떤 뜻일까.

"무슨 말인지 모르시겠습니까?"

백용준은 황재현이 되묻자 마뜩찮아졌다. 그렇지 않아도 털이 쭈뼛쭈뼛 설 정도의 밤이었는데 대답할 수 없는 이런 질문이라니. 그를 바라보다 결국 고개를 젓고 말았다.

"실컷 살인을 하고 유기까지 하지 않았습니까? 이런 상황이라면."

황급히 말을 끊으며 백용준이 이야기를 이었다.

"아, 알아냈습니다. 이런 상황이라면 오히려 앞뒤가 맞지 않다 이거군요. 범인이 모든 상황을 드러내고 신분을 노출했으니까요. 말이 안 되는 것 같지만 반드시 잡히고 말겠다는 의지로 비칠 정도로……."

"이제 눈치챘군요. 당시 수사본부에서는 원룸에서 나온 지문이 범인이라고 확신하고 있었습니다. 그러다 결정적인 단서가 발견되었습니다. 바로 살해도구였습니다. 군용 나이프였는데, 그 뭐라고 합니까? 단어가 잘 기억이 나지 않는데, 가스레인지 위에서 윙 하고 도는 거."

"렌지 후드요?"

"아, 네. 맞습니다. 처음 현장을 감식하던 서인 경사가 너무 많은 지문과 혈흔이 나오던 탓에 동료인 정미선 순경까지 불러서 현장 감식을 했죠. 그 둘이 그러더라고요, 너무 많은 현장 흔적이 나왔던 탓에 심지어 들뜨기까지 했다고요. 이런 현장은 처음이었다고요. 그래서 제가 한 번 더 가보지 않겠느냐고 물었죠. 그게 직감이었는지 모르겠지만 살해도구가 장대한의 원룸 안에 있을 것 같았거든요. 그러다 후드 안에 끼워져 있는 군용 나이프를 발견했습니다. 그것은 정말 빼도 박도 못하는 증거였습니다. 이대형의 지문이 묻어 있는 것도 모자라 장대한의 피까지 있었거든요. 완전한 증거였습니다."

"그래서 완전한 살인이 된 거군요."

백용준은 고개를 끄덕였다. 완전한 살인이라는 말이 딱 들어맞는다고 생각되었다. 잡히기 위한 완전한 살인.

"파일을 보지 않아도 아시겠지만 범인이라고 추정되는 이대형이 그 뒤로 잡히지 않는 겁니다. 자신을 드러낸 완전한 범죄를 저질러 놓고 나 잡아보라는 식으로요. 당시 수사본부 사람들 얼마나 열받아 했는지. 그러다 다시 사건을 복기해 보게 되었죠. 왜 그런 거 있잖습니까, 산에서는 산이 보이지 않다가 조금 멀리 떨어지면 산 전체가 보이는."

"그거야 저도 가끔……."

"형사라면 누구나 그럴 겁니다. 미친 듯이 사건에 몰두할 때는 보이지 않다가 뒤늦게 보이는 그런 증거들이나 정황 같은 거. 이 사건도 그랬죠. 이미 범인이 이대형이니까 이대형만 찾으면 된다, 뭐 그랬거든요. 그러다 문득 현장사진을 보며 생각이 든 겁니다. 살인 도구인 칼에만 피가 묻었고, 왜 사건 현장에 장대한의 피는 없을까, 하는. 아무리 심장을 단번에 찔렸더라도 조금의 흔적은 남아야 하는 것 아닐까. 생각해 보십시오, 당신이 만약 심장이 찔렸다면 어떻게 하시겠습니까. 최소한 일 분이라도 살아 있었다고 가정하고요."

그 말에 백용준은 제일 먼저 심장 부근을 움켜쥐었다. 칼에 찔린 상상이었다. 상대가 칼을 빼자마자 심장을 움켜쥐었을 것은 분명했다. 이것은 본능이라 자신이 있었다. 그렇다면 오른손이나 왼손에 자연스럽게 피가 묻었으리라. 그것보다 먼저, 격투를 했다는 정황증거가 있었다. 곳곳에 피가 뿌려진 흔적이 있고 피가 뿌려진 발혈점 역시 몇 곳이나 되었다고 했다. 남자가 남자를 피 터지게 할 만큼 힘을 썼다? 그렇다면 장대한의 주먹 곳곳 역시 상처가 생겼을 가능성이 높았다.

"장대한의 손등. 그리고 일반적인 오른손잡이라면 오른 손바닥에 각각 다른 피가 묻어 있어야겠군요. 그냥 상식선에서만 생각해도 손등에는 이대형의 DNA나 피가, 또 손바닥에는 장대한 자신의 피 흔적이 남았어야 하겠군요. 그리고 말씀 놓으십시오. 제가 분명 아래인 것 같은데."

"추측한 대로입니다. 말씀…… 그건 시간 지나면 자연스레 되겠죠. 어쨌든 장대한의 사체 손바닥에는 장대한의 피가 있었습니다. 주먹에도 피가 묻어 있었고요. 아직 누구의 피인지 확인되지 않았지만 피는 A형 남자의 것이었습니다. 하지만 그 정도 상처, 즉 치명적인 상처라면 현장 어딘가에 장대한의 흔적이 남았을 겁니다. 찔린 것은 서 있을 때고 가슴을 쥔 채 쓰러졌을 테니까요."

"그 흔적이 없었다는 거군요."

오로지 이대형에 대한 흔적만이 존재했다는 뜻이다. 말을 꺼낸 백용준 역시 생각에 잠겼다. 황재현은 거푸 담배를 피웠다.

"거기다 십 년이 지났습니다. 죗값을 치르기 전까지 살인자는 절대 행복해서는 안 됩니다. 살인을 저지른 범죄자가 행복하게 살고 있다면 저는 죽을 때 눈을 감지 못할 겁니다. 이런 완전한 살인 앞에서……."

완전한 살인이라. 황재현이 이 살인사건에 의심을 품은 이유는 너무 완벽한 현장구성 때문이었다. 친절하게도 범인이 이대형이라고 가르쳐 주는 완벽한 현장구성. 마치 영화 세트장을 방불케 할 정도로 일사불란하게 구성된 현장, 그리고 살인자 이대형. 거기서 황재현의 형사적 직감이 발동한 것이리라. 이제 백용준의 차례였다.

"제가 이 사건을 곱씹은 계기는……."

백용준은 박미숙을 떠올렸다.

"이대형이 동사무소에 주민등록을 살리겠다고 왔답니다. 그것도 가명을 쓰면서."

"뭐야, 바보가 아닐 텐데. 벌써 십 년을 도망 다녔으면서 주민등록을 살린다고요? 이해가 가지 않는군요."

"그렇습니다. 도저히 이해가 가지 않았거든요. 세상 어떤 살인마가 날 잡아가라고 동사무소에 온단 말입니까? 아, 물론 이 일은 동사무소 직원이 직감적으로 범죄자가 아닐까, 하는 기지 탓에 알아낸 겁니다."

황재현은 심정이 복잡한지 팔짱을 끼고 눈을 감았다.

"혹시 동사무소 CCTV 확인하셨습니까?"

눈을 감은 채 황재현이 물었다. 백용준은 점퍼 안주머니를 뒤졌다. 백용준이 프린트된 A4용지를 펼쳤다. 그 순간 백용준은 무언가가 뒤통수를 내리치는 기분이었다. 황재현이 동사무소 CCTV를 물은 이유를 깨달았기 때문이었다. 동시에 백용준은 맙소사, 하고 탄식을 지르고 말았다. 완전한 살인이라, 그제야 그 의미가 그에게 맞부딪혀 왔다.

"눈치챘습니까?"

9

 오— 예에. 양 상사는 자신도 모르게 휘파람을 불었다.
 혼자 산 지 너무 오래된 터라 전셋집은 홀아비 냄새로 가득했다. 빌라를 전세 얻을 때만 해도 새집이었다. 주인은 남자 혼자 산다는 말에 좋아했다. 더구나 군인으로 제대한 사람이었으니 집 버릴 일은 없지 않겠냐며. 그게 벌써 14년 전. 그동안 주인은 몇 차례 집을 방문했다. 횟수가 거듭될 때마다 인상은 썩은 무처럼 굳어갔다. 그나마 최근 5년간 전세를 올려준 탓에 많이 회복되었지만.
 거실을 청소하고 특히 화장실을 집중적으로 청소했다. 드디어 런던 다방 미스 김이 저녁에 집에 한 번 들르겠다고 말을 했다. 얼마나 오랫동안 작업을 했던가. 그녀에게 작업하는 동안은 수도승처럼 다른 여자를 멀리했다. 그리고 보니 지금까지 다른 년들

밑 닦아주는 데 들어간 돈이 전세보다 많았다. 제길. 그나저나 미스 김 겉옷을 어떻게 벗겨낼까.

집에 들르겠다는 말은 양 상사가 생각하기에 몸을 한 번 주겠다는 것과 같은 뜻으로 생각되었다. 미스 김은 이제 겨우 25살이었다. 특히나 그녀의 풍만한 엉덩이가 양 상사를 달뜨게 만들었다. 커피를 시키고 그녀의 엉덩이를 톡 건드릴 때마다 희열이 느껴졌다. 어려서 이런 일을 해온 탓인지 나이 차가 많은 그에게 특별히 경계하는 눈빛도 없었다. 그렇지만 워낙 변죽이 심한 그녀라 준비가 필요한 것은 분명했다. 그는 반지도 준비해 테이블 아래에 두었다. 미스 김보다 3년 전쯤 런던 다방에 있던 서령이라는 아이와 교제를 했다. 그녀를 위해 준비했던 것이다. 동거를 하겠다고 약속한 뒤 찾아온 것은 남자 둘이었다. 불륜으로 고발하겠다나 어쨌다나. 그 순간 죽지 않은 앞차기와 돌려차기가 불을 뿜었다. 사람 봐가면서 까불라고 큰소리까지 쳤다. 결국 사람은 사라지고 반지만 남았다. 당시는 반지나 받고 가지, 라고 서글퍼했지만 오늘 생각하면 서령에게 주지 않은 것은 잘한 일이었다.

현관문을 열어놓고 카레를 준비했다. "오빠, 오늘 카레 해주라." 하며 콧소리를 빵빵 날린 미스 김을 생각하자 크하하 웃음이 났다. 안친 밥이 취사에서 보온으로 넘어갔다. 군에서 요리법을 익힌 카레 맛도 일품이었다. 소주를 한 잔 할까 하다 포도주를 준비했다. 머릿속으로 포도주 따는 것을 생각했다. 매번 잘 열리지 않았기 때문에. 이때 문 열리는 소리가 들렸다.

"어, 거기 앉아."라고 소리친 뒤 "바로 밥 먹을래?" 하고 물었다. 그런데 등 뒤가 섬뜩했다. 싱크대에 언뜻 그림자가 비쳤다. 덩치가 작은 그녀가 아니었다. 양 상사는 순식간에 주저앉으며 바닥을 훑듯 오른 다리를 돌렸다. 예상치 못했던 발목 공격에 덤벼들던 상대가 쿵, 소리가 날 정도로 넘어졌다. 넘어지면서도 남자는 반짝이는 칼을 놓지 않았다. 프로였다. 벌떡 일어선 양 상사는 가스레인지에서 끓고 있는 카레를 녀석을 향해 던졌다. 일어서던 상대 얼굴을 겨냥했다. 언뜻 턱에 난 상처가 보였다. 코트를 입은 상대가 얼굴 중요 부위를 가린 탓에 목 부분에 카레가 묻었을 뿐이었다. 그렇지만 매우 뜨거웠을 것은 뻔했다. 땅에 떨어진 카레와 냄비를 신경 쓸 겨를은 없었다. 거의 동시에 양 상사는 앞차기와 돌려차기를 했다. 앞차기가 꽂히는 통에 명치를 겨냥했던 돌려차기가 빗나갔다. 그제야 "어, 뜨거." 하는 비명이 들렸다. 남자는 막무가내 칼을 휘두르며 뒷걸음질 쳤다. 둘 사이를 가르듯 "오빠." 하는 소리가 들렸다. 높고 앙칼지며 콧소리를 앙앙대는, 미스 김이었다.

"나가, 얼른 도망가."

고함을 질렀다. 양 상사의 외침에 이어 주고받는 대사처럼 으악, 하는 비명 소리가 들렸다. 그 순간 미스 김의 목에 칼을 들이댄 녀석이 보였다. 그제야 확실히 녀석이 보였다. 상대를 볼 새도 없이 움직인 본능 탓이었다. 김 사장이 몇 번이나 조심하라고 일렀던 이구아나 녀석이었다. 돈이라면 하지 않는 일이 없다던 잡놈이라고 말했다. 입이 이구아나 주둥이처럼 둥글게 튀어나왔고 큼지막하게 송송 맺혀 있는 땀구멍이 흡사 파충류를 연상시켰다.

"놔줘, 놔주라고. 나랑 결혼할 여자야, 그럼 없었던 일로 할게."

양 상사는 그 와중에도 작업이 섞인 멘트를 날렸다. 이구아나는 결투에서 그와 상대가 되지 않았다. 그 탓인지 조금 여유가 생겼다. 그러나 미스 김은 달랐다. 벌써 아이섀도가 번졌고, 뚝뚝 떨어지는 눈물이 벌벌 떠는 몸과 보조를 맞추었다. 현관까지 그녀의 머리채를 잡고 뒷걸음질 치던 녀석은 "없던 일로 해줘."라고 말한 뒤 미스 김을 발로 찼다. 미스 김은 약속이나 한 것처럼 양 상사에게 안겨들었다. 이구아나를 쫓고 싶었지만 미스 김이 먼저였다. 울고 있는 그녀를 안고 한참을 달랬다.

"오빠, 저 자식 꼭 잡아서 죽여줘."

울음을 그친 그녀가 건넨 말이었다. 양 상사는 그러고 싶은 마음은 없었다. 긁어 부스럼 만드는 꼴이니까. 그렇지만 녀석이 왜 자신을 겨냥했는지 이유는 알아야 했다.

"기다려 봐."

양 상사는 김 사장에게 전화를 걸었다. 전화를 받지 않았다. 가만. 나에게 올 정도라면 혹시 김 사장도. 생각이 미친 양 상사는 미스 김에게 "야, 여기 청소 좀 해. 너를 노린 남자 같은데 집보다 여기가 나을 거야. 문 꼭 잠그고 도어스코프 보고 나 아니면 아무도 문 열지 마."라고 큰소리 친 뒤 집을 나왔다. 역시 작업성 멘트, 그녀를 붙들려는 거짓말이었다.

사무실로 뛰었다. 아니나 다를까 사무실은 엉망이 되어 있었다. 그나마 살풍경하지 않게 사무실을 유지해 주던 캐비닛은 문이 열린 채 넘어져 있었고, 테이블도 뒤집어져 있었다. 김 사장이 보이지 않았다. 다시 김 사장에게 전화를 걸었다. 그때 "뭐야, 이거." 하는 저음이 들렸다. 문 뒤였다. 동시에 긴장이 풀렸다. 김 사장이었다.

"그래 가지고 미스 김 집에 가둬놨습니다."

사무실을 정리하며 있었던 일을 설명했다. 소파에 털썩 주저앉은 김 사장은 이구아나라, 하고 생각에 잠기는 듯했다.

"우리 실수한 것 같다. 에이에스하지 않겠다고 한 거. 그리고 이거 경고인 것 같다."

김 사장의 말에 "설마요." 하고 부정했다.

낮 내내 김 사장과 양 상사는 그 일에 대해 진지하게 논의했다. 결론은 NO였다. 이유는 간단했다. 10년 전에는 가능했을지 몰라도 지금은 발각될 가능성이 컸다. 그만큼 A/S가 필요한 분야에서 많은 보완이 이루어졌기 때문이다.

"그럼 어떡하죠?"

양 상사는 부루퉁하게 물었다. 그것은 NO였던 대답이 YES로 바뀌어야 하지 않겠냐는 의중이 담긴 것이기도 했다. 그만큼 선택의 폭은 사라졌다. 먹고살자고 했던 일인데 죽자고 덤비면 손해를 보는 건 '㈜무도', 바로 자신들이었다.

"그냥 합시다, 에이에스."

양 상사의 말에 김 사장은 끙, 하고 한숨을 내쉬었다. 그 역시 생각이 많아진 모양이었다. 그렇지만 이미 답은 나와 있었다.

김 사장이 결국 수화기를 들었다.

"접니다. 김 사장."

[어이구, 어쩐 일인가?]

"이구아나가 왔었습니다. 양 상사에게 나가떨어졌습니다만…… 사무실은 엉망이 됐구요. 어쩌시려고 이런 겁니까?"

[이구아나가 좀 무모하지 않나? 그렇다고 해서 이구아나가 양 상사 상대가 될 거라고 생각하지는 않았어. 똥개가 가겠다는 걸 말렸거든. 그 정도면 내가 해줄 수 있는 최선이었다고. 알지? 똥개, 무엇이든 죽여 드립니다, 하고 웃기던 녀석.]

김 사장의 목에서 끙, 하는 신음 소리가 다시 터졌다.

"에이에스, 하겠습니다. 어쩔 수 없는 상태라는 거, 알겠습니다."

[아직은 좀 두고 보자고. 에이에스는 이제 다른 데 넘어갔으니까.]

전화를 끊으며 김 사장은 털썩 주저앉았다.

"똥개가 자네에게 가려는 걸 막았다네."

순간 양 상사의 입이 벌어졌다. 똥개는 대한민국에서 살인청부업으로 명성을 얻은 녀석이었다. 그것도 알 만한 사람은 다 알 수 있을 정도로 광고까지 하고 다녔다. 어차피 청부살인은 표가 나지 않는 법. 그 탓에 똥개가 저지르는 청부살인이 한 해 열 건이 넘는다는 얘기까지 나돌았다. 한 발 더 나아가 해외에서 납치되거나 연락이 끊긴 재력가들은 모두 똥개에게 당했다는 이야기마저 떠다녔다. 그만큼 전설적인 살인청부업자였다.

"무슨 경찰이… 살인청부업자를 고용합니까? 똥개 역시 우리처럼 파트너였단 말입니까?"

양 상사도 납득할 수 없었다. 그렇지만 똥개라면 피하고 볼 일이었다. 1대 1, 정식 대련이라 해도 그를 이긴다는 보장이 없었다. 그런데 똥개가 무기를 들고 설친다면.

"까짓것 합시다, 에이에스. 형님, 뭐 우리가 언제 잡힐 거 겁내고 했습니까? 하지만 죽는 거랑은 얘기가 다르니까, 합시다."

말은 뱉었지만 김 사장과 양 상사 모두 이어붙일 이야기가 없었다. 결국 김 사장이 던진 말은 "밥이나 먹자."였다. 양 상사는 양자강에 전화를 걸어 탕수육과 고추짬뽕 두 그릇, 고량주를 시켰다. "오늘은 제가 낼게요."라는 말을 덧붙이며. 김 사장은 "만두 서비스라고 말해, 열 개다." 하고는 씩 웃었다.

양자강 배달원이 양 상사를 보며 크게 웃었다. 만두 열 개를 가져온 게 틀림없었다.

고량주가 비고 술이 얼근히 들어갔다. 김 사장은 평소 입에 담지 않는 씨발, 이란 말을 계속해서 던졌다. 분이 풀리지 않는 탓이었다. 자존심에 상처가 갔을 것도 분명했다. 그러다 양 상사는 번득 이런 생각이 스쳤다. 그쪽도 갈 때까지 간 것 아닐까 하는.

"형님, 이거 제 생각인데요. 에이에스하지 않겠다는 우리한테 불만이 있어서 이러는 게 아니라면요?"

아쉬운 듯 젓가락으로 빈 접시를 건드리던 김 사장은 "무슨 소리야?" 하고 물었다.

"아니, 형님. 생각해 봐요. 우리가 에이에스하지 않겠다는 건 이쪽 계통 사람이면 다 이해할 거라고요. 물론 기분은 나쁠 겁니다. 그건 인정해요, 우리보고 의리를 저버렸다고 말하는 것도. 그래서 킬러를 보낸다? 그거 좀 앞뒤가 안 맞는 거 아닙니까? 그런데 다르게 생각해 봐요. 어려운 문자는 모르겠지만 그쪽 입장에서 생각해 보자 이겁니다. 그 형사가 우리한테 킬러를 보낼 정도면 혹시 형사 목에 칼이 날아올 지경이 아니냐는 거죠. 그러니까 저렇게 발악을 하는 거 아니냐, 이 말입니다."

"아니, 어떻게 양 상사 머리에서 그런 생각이 나오나? 십 년 만에 첨인데. 그리고 전후사정을 생각할 때 일리도 있고. 우리도 그럼 대비를 해야겠군. 어쩌면 에이에스만으로 끝날 문제가 아닐지도 몰라. 자칫하면 정말 우리 목이 날아갈지도 모르고. 대비책을 세워보자고."

말을 마친 김 사장은 특유의 너털웃음을 터뜨렸다. 양 상사가 했던 이야기 뒤에 이어붙일 비책이 생각난 모양이었다. 양 상사는 무언가 한몫 단단히 한 것 같아 내심 자랑스러웠다.

"으악, 김 사장님. 그러고 보니 미스 김을 집에 두고 왔어요. 얼른 가서 엉덩이라도……."

말을 채 마치기도 전에 사무실을 뛰어나왔다. 술을 마시던 김 사장이 똥개가 올지도 모른다고 말했다. 그나저나 똥개는 어떤 녀석일까.

똥개다, 무엇이든 죽여 드립니다, 라고 말하고 다닌다는 똥개. 양 상사는 부쩍 차가워지는 기온 사이로 뛰어 들어갔다.

10

"눈치챘습니까?"

백용준은 "네, 그런 것 같습니다." 하고 말했다.

일견 사건은 간단했다. 결론에도 쉽게 도달했다. 범인은 바로 이대형이라고. 주민등록증에 찍힌 희미한 사진으로 공개수배까지 했다. 외견상 무리가 없었다. 현대사회에서 살인만큼 악랄한 범죄는 없겠지만 형사 입장에서 보자면 그저 그런 살인이었다. 하지만 황재현은 집요하게 이 사건을 물고 늘어진 게 분명했다. 더구나 범인이 잡히지 않았다. 무려 10년이 지나도록. 수사는 어느새 흐지부지되었을 것이며, 결국 캐비닛 모서리 속에 서류는 파묻혔을 것이다.

황재현이 물었다. 눈치챘느냐고. 그랬다. 10년이 지나도록 범인이 잡히지 않은 이유는 신원까지 너무 쉽게 밝혀진 데 반해 범인에 대한 다른 자료가 없었다. 해상도가 낮아 알아보기 힘든 주민등록증 사진을 제외하면 졸업사진조차 한 장 없었다. 이대형이라는 용의자가 밝혀졌지만 그는 베일에 싸여 있었던 것이다.

"이대형에 대한 다른 자료가 보이지 않는군요. 사진도, 가족도."

"빙고."

황재현은 씁쓸하게 웃었다.

"백 형사도 그런지 모르겠습니다만, 사건을 쫓다 보면 쉽게 풀릴 것 같은 사건들도 생기죠. 질서정연한 증거와 착하기까지 한 흔적들, 그리고 범인체포. 그런데 너무 쉬워서 풀리지 않는 사건도 생깁니다. 너무 쉬워서요. 모든 수사요원이 지목하고 사건을 풀고 범인을 밝히죠, 그런데 범인이 아닌 겁니다. 전혀 엉뚱한 범인. 전 이 사건이 그랬습니다. 다른 사람들은 이대형이 범인이라고 말했죠. 사건 발생에서 귀결까지 모든 것들이 이대형을 가리킵니다. 그런데 아무리 생각해도 아니라는 느낌이 드는 겁니다. 어쩌면 이대형은 범인이 아닐지도 모른다. 하지만 어떤 이견이나 반대의견을 낼 수가 없었습니다. 말씀드렸다시피 너무 쉬운 사건이었거든요. 그런데 지금 보십시오. 범인이 잡혔는지. 이제야 겨우 흔적 하나를 찾아낸 겁니다."

긴 담배 연기를 흩뿌리며 황재현은 다시 한 번 씁쓸하게 웃었다. 그러고는 손가락으로 동사무소 CCTV 캡처 사진을 가리켰다. 흔적 하나가 바로 이것이라는 듯.

"앞서 말씀드렸지만 이 사건을 김해 서부서에 문의하게 된 이유는 이해가 가지 않았기 때문입니다. 범인이 왜 남의 주민등록을 도용하려 했을까. 게다가 만 구 년을 넘게 도망 다닌 범인이라면 공소시효인 십오 년이라고 숨어살지 못하란 법 없는데 왜 지금, 그것도 남의 주민등록번호로 주민등록을 재등록하려 했을까."

백용준이 말을 하는 내내 황재현의 눈은 사진에 고정되어 있었다. 10년을 넘게 잊지 못했을 범인, 그러나 사진도 없고 흔적도 없었던 범인이 드디어 얼굴을 드러냈다.

"이대형에 대해 말씀해 주십시오."

백용준이 황재현에게 물었다.

"이대형은 천애고아입니다. 경남에서 오지나 다름없는 산청 산자락이 고향입니다. 보통 이 정도면 고아원에서 자라기 마련인데 어느 할머니가 키웠다고 합니다. 학교도 다닌 적 없고, 나이가 찰 때까지 농사를 지었습니다. 그리고 마산에서 일했다고 합니다만."

"그림자 같은 사람이군요, 이대형."

담배를 길게 내뱉은 황재현은 "맞습니다."라고 대답했다.

"피해자와 이대형의 연결고리는 없습니까?"

"그 때문에 당시 수사팀 내에서도 의견이 분분했습니다. 이대형이 확실히 범인이라는 쪽과 조금 더 두고 보자는 쪽으로. 물론 더 두고 보자는 것은 저였습니다. 현장을 볼 때 원룸 안에서 사건이 벌어졌다는 게 증명이 되었죠. 좁은 원룸에 사는 사람들은 옆집에 누가 사는지도 모르는 게 태반입니다. 그런 탓에 낯선 사람들에게 매우 배타적입니다. 배타적인 원룸이라 면식범일 가능성이 거의 백 퍼센트입니다. 그런데 아무리 탐문을 하고 피해자 주변을 살펴도 이대형이 떠오르지 않는 겁니다. 연결고리가 전무했습니다. 당시 동료들도 속으로는 제 편을 들고 싶어 했을 겁니다. 형사라는 직업이 증거에 따라 움직이는 것은 당연한 것 아닙니까? 동료들도 많이 힘들어 했습니다."

"들을수록 이상하네요. 표면상으로 죽일 이유가 없는데 죽였고, 정황으로는 면식범이어야 하는데 피해자와 살인자 사이에 연결고리도 없고, 만으로 9년, 햇수로 10년을 넘게 숨어 지내다 이제 와서 전혀 엉뚱한 사람으로 주민등록을 신고하려고 하다니. 이것도 범죄와 연관되어 있을까요? 아니라면……."

"아니라면 주민등록을 살려야만 하는 이유가 생겼겠죠. 그런 게 뭐가 있을까?"

황재현은 도무지 알 수 없다는 듯 인상을 찌푸렸다.

"혹시 결혼을 하려 했던 것 아닐까요? 여자가 생겼다면 가능한 이야기 아닙니까? 사람들이 그렇게 싫어하고 비판하지만 세상 모든 일은 신파에서 시작하고 신파로 마무리하지 않습니까? 살인자라고 해서 사랑하지 말라는 법도 없지 않습니까?"

"신파라……. 그런데 어떻게 해서 김해 서부경찰서까지 연락을 하신 겁니까? 검거만 하면 그만이었을 텐데요. 사건 파일까지 요청하고……."

황재현의 질문에 백용준은 박미숙을 떠올렸다.

박미숙이 그를 만나자고 한 것은 이틀 전이었다. 그녀는 한동안 고민했다고 말했다. 주민등록을 살려달라고 왔는데 그가 적은 주민등록번호는 말소자의 번호가 아니었다.

"처음에는 전산착오가 있나 생각했습니다. 공공연한 비밀입니다만 주민등록시스템이 바뀐 뒤 제법 에러가 있었습니다. 대부분 정정되었습니다. 그렇지만 혹시 에러가 났을 수도 있으니까요."

박미숙은 아이스 아메리카노를 스트로로 마셨다. 얼음 사이에서 흡입 소리가 후루룩 하고 난 탓에 얼른 스트로를 입에서 뗐다.

"그런데 직감이라고 해야 할까요. 설명할 수는 없는데 기분이 자꾸 이상한 거예요. 그래서 그가 적어냈던 주민등록번호를 조회해 보았습니다. 그랬더니 정상적으로 살고 있는 평범한 사람이더라고요. 결국 말소된 주민등록을 살리겠다고 왔던 사람이 거짓을 적어냈다고밖에 볼 수 없었죠. 이 부분에서 제 직감이 자꾸 말을 걸었는데요, 아무리 생각해도 그가 범죄자라는 생각이 드는 거예요. 이건 거듭 말씀드리지만 설명할 수 없는 그런 거예요."

흡사 비밀이라도 말하는 듯 그녀는 목소리를 낮추었고, 눈빛은 어느 때보다 반짝거렸다. 그 이야기를 듣고 있던 백용준은 애인이 속삭이는 소리를 듣는 것처럼 마음이 설레었다. 그렇지만 어떤 근거도 없이 직감이라고 말하는 부분에서 형사 특유의 증거주의로 그녀를 꼬집고 싶었다.

말을 마친 그녀는 서류 뭉치를 펼쳤다. 그녀는 이지훈이라고 기재된 부분에 볼펜으로 동그라미를 치며 "이 사람은 평범한 사업가였어요."라고 말했다.

"그러니까 이지훈이라고 제게 왔던 사람은 다른 사람이었던 거죠."

그런 뒤 지문이 찍힌 서류를 내밀었다. 〈주민등록증재발급신청서〉였다.

"이 지문이 아마 범죄자일 겁니다. 누군지 찾아서 해결해 주세요."

박미숙은 오밀조밀한 그녀의 얼굴에 의문과 확신을 번갈아 나타내며 백용준을 뚫어지게 보았다.

"그렇게 된 거군요. 그런 뒤 백 형사가 지문조회를 했을 테고, 그 결과 이지훈이 아닌 살인자로 공개 수배된 이대형이란 사실을 알게 되었단 말이죠?"

백용준과 황 경사는 서로 마주 보며 소리 내어 웃었다.

"그나저나 이제 가봐야 될 것 같습니다. 벌써 여덟 시 사십 분이네요. 오늘 이대형이 주민등록증을 찾으러 오는 날입니다. 10년 만에 주민등록을 찾는 날이니 반드시 오늘 올 겁니다. 얼른 가서 기다려야죠."

"저도 따라가고 싶습니다만."

황재현은 오른 주먹을 입에 가져다 대며 흠, 하고 헛기침을 했다.

오늘 가짜 이지훈, 즉 지문의 주인이었던 살인자 이대형이 온다는 보장은 없다. 그렇다면 지난한 시간과의 싸움이 될 것은 뻔했다.

"그럼 조금 쉬시다 저랑 교대하는 것은 어떨까요? 제가 점심까지 지키고 선배님께서 점심 때 저랑 교대하시는 게."

백용준은 권총을 슬쩍 내비쳤다. 혼자 있어도 별일은 없을 거라는 뜻이기도 했다.

10분 정도 걸어 황재현을 잠실에 있는 대형 찜질방에 들여보냈다. 주민 센터까지 오는 길을 설명했으나 가급적 택시를 타라는 충고도 보탰다.

"제기랄."

백용준은 가쁜 숨을 몰아쉬며 애꿎은 땅을 발로 찼다. 아련한 통증이 척추까지 전해졌다. 모든 것이 단 10분 사이에 벌어진 것이다. 찜질방에서 주민 센터를 향해 걸어오던 도중 박미숙에게서 전화가 걸려왔다. 그 사람이 왔다며 벌벌 떨고 있었다. 급하게 택시를 타고 방이1동 주민 센터에 도착한 것은 찜질방에서 시계를 본 지 7분 뒤였다. 후다닥 주민 센터 뒷문으로 뛰어들었다. 놈과 눈이 마주쳤다. 그 순간 녀석은 재빠르게 도망치기 시작했다. 박미숙의 행동에서 눈치를 챘으리라. 이럴 줄 알았으면 박미숙에게 살인자라고 말하지 말 걸 그랬다는 후회가 밀려들었다.

녀석은 정말 살인자였을까? 주민등록을 다시 하겠다고 버젓이 동사무소까지 찾아왔는데 들킬 거란 생각은 하지 않았을까? 아니라면 어떤 커넥션이 그의 뒤를 받쳐 주는 것일까?

가쁜 숨을 몰아쉬는 내내 의문이 떠나지 않았다. 그저 눈이 마주친 것만으로도 도망칠 거였으면서 굳이 주민등록을 만들려는 이유는 무엇이었을까. 그러고 보니 저렇게 배짱 좋은 살인자가 또 있을까.

가판대에 걸려 넘어진 발목에 알싸한 통증이 전해졌다. 그리고 이대형이 잡아탄 택시가 통증과 반대로 멀어져 갔다.

백용준은 사거리 도로 중앙으로 뛰어들었다. 그런 뒤 손님이 탄 택시를 무작정 세웠다. 경찰이라고 설명도 하기 전에 뒷자리 손님이 겁에 질려 내렸다.

"저기 사거리에서 꺾어지는 저 회색 택시 따라갑시다, 얼른."

신분증을 보여주자 택시는 속도를 높여 앞차를 따랐다. 휴대전화를 꺼냈다. 모든 일이 순식간이었다. 박미숙이 사건의뢰를 한 것에서 황재현을 만난 것까지. 그것도 모자라 눈앞에서 이대형을 놓쳤다. 택시를 타고 쫓는 현실이 어제 꾼 꿈만 같았다.

"이대형, 놓쳤습니다. 그래도 택시로 쫓고 있습니다. 어쨌든 황 선배님, 준비하고 계십시오. 상황 바뀌는 대로 전화하겠습니다."

전화를 끊으며 백용준은 그도 모르게 "어우, 제길!"이란 고함을 질렀다.

11

양 상사는 술 한 잔에 마음이 진정되었다. '대찬 인생'을 부르며 잠실 신천에 있는 빌라까지 뛰었다. 떨고 있을 미스 김을 달래며 엉덩이를 조몰락거릴 생각에 슬슬 달뜨기 시작했다. 칼을 들고 설쳤던 이구아나에 대한 생각은 이구아나가 서식한다는 갈라파고스 섬까지 날아가 버린 뒤였다. 머릿속은 온통 미스 김에 대한 생각만 가득했다. 그녀가 입고 있을 팬티는 그가 선물했던 것일까. 엉덩이에 분홍색 망사가 들어가 여간만 섹시한 것이 아니었는데. 하트 무늬가 들어간 흰색 브래지어는 또 어떻던가. 그것을 들쳐 낸 뒤 그 속에 숨어 있을 사과 같은 속살을 생각하느라 가슴마저 뛰었다. 어떤 느낌일까. 몰캉거리면서 큰 느낌일까. 탱탱하면서도 작은 느낌일까. 아, 이게 얼마 만에 안아보는 여자던가. 이미 그의 생각은 벗은 그녀를 넘어 침대 속에서 있을 일까지 상상하고 있었다. 아랫도리가 뻐근해질수록 발걸음이 빨라졌다.

"어, 아. 미스 김, 사랑해."

에이, 젠장. 이럴 때는 내시 같은 목소리가 하염없이 싫었다. 김 사장 같은 저음으로 미스 김, 사랑해, 하고 말하면 그녀가 자지러질 텐데. 목소리를 깔고 "미스 김, 사랑해." 하고 재차 연습했다. 그 순간 달뜬 상상은 사라지고 통통한 그녀의 얼굴이 눈앞에 펼쳐졌다. 6개월쯤 전, 미스 김이 런던 다방에 취직했다. 뒷모습을 보고 육덕 진 아줌마이겠거니 지레짐작했다. 그런데 젖살이 아직 빠지지 않은 어린아이였다. 놀란 눈으로 그녀를 불렀다. "나 여기 단골인데." 하고 살살거리며. 그녀가 "그러세요." 하며 웃었다. 런던 다방에 오는 여자들마다 작업을 걸었던 탓에 여주인은 고까운 눈으로 파리채를 휘저었다. 그러거나 말거나. 그날 이후, 양 상사는 하루에 두 번은 사무실로 미스 김을 불렀다. 그러기를 한 달, 양 상사는 사랑이라는 단어를 생각하게 되었다. 여자는 데리고 놀면 그만이라고 생각했던 그가 사랑을 떠올리게 된 것이었다. 몇 번이나 미스 김에게 사랑한다는 말을 하고 싶었지만 그러지 못했다. 백두산 부대에서 날고 기던 양 상사가 저런 계집아이 하나에게 맥을 못 추다니. 모른 척하려 했지만 채 하루도 지나지 않아 커피를 시켰다. 미스 김, 하고 엉덩이를 톡 건드리면서. 이게 사랑일까. 몇 번이나 반문했지만 그의 심장은 계속해서 예스라고 말했다.

사랑을 떠올리자 얼굴이 화끈 달아올랐다. 제길, 이럴 줄 알았으면 반지라도 새것을 살걸. 괜스레 반지에 신경이 쏠렸다. 런던 다방 주인 여자가 반지를 기억하지 못해야 할 텐데.

"아, 몰라."

고개를 흔들며 계단을 뛰어올랐다.

그래, 태어나 처음 찾아온 사랑이다. 소꿉친구 미순이도 사랑은 아니었다. 함께 태권도를 했던 제숙이도 사랑은 아니었다. 군에서 제대한 뒤 수많은 여인과 몸을 섞었지만 역시 사랑은 아니었다. 그렇지만 미스 김은 사랑이었다. 사랑한다, 미스 김. 사랑하고 쭈욱 사랑할 테다. 그러니 오늘 내 청혼을 받아다오.

달뜬 마음에 몇 계단을 성큼성큼 뛰어올랐다. 벨을 누르려다 놀라게 해주고 싶었다. 열쇠를 소리 나지 않게 꽂아 최대한 조심조심 시계 반대방향으로 돌렸다. 덜컥, 열려야 하는데 소리가 나지 않았다. 벌써 이 집에서만 14년째다. 조심조심 다시 키를 돌렸다. 역시 헛도는 느낌이었다. 문이 열려 있나. 그제야 양 상사는 손잡이를 돌렸다. 걸려 있으리라 생각했던 문이 힘없이 삐익 열렸다. 순간 코를 자극하는 냄새. 녹슨 쇳가루 같은 냄새가 뇌까지 파고들었다.

피다, 피 냄새다.

양 상사는 화다닥 거실로 뛰어들었다. 거실은 여느 때와 다를 바 없었다. 고개를 갸우뚱하는 양 상사의 눈에 테이블 아래가 허전했다. 척하면 척인 집이 아니었던가. 놓아둔 반지가 보이지 않았다.

"미스 김."

양 상사는 조심스럽게 그녀를 불렀다. 묵묵부답. 신발을 벗어

던지며 다시 "미스 김." 하고 불렀다. 여전히 묵묵부답. 순간 피 냄새가 거짓이 아닐지도 모른다는 불안감이 엄습했다. 한달음에 침실 문을 열었다. 밝지 않았지만 그녀의 윤곽을 확인할 수 있었다.

잠이 든 건가. 하기야 벌써 11시가 넘었다. 그럴지도 모르지. 그렇지만 이 피 냄새는.

그녀를 깨우기 싫었지만 "미스 김?" 하고 큰소리로 불렀다. 의아한 생각에 불을 켠 뒤 미스 김을 보았다. 일그러진 표정. 무언가 이상했다. 혹시, 불안감이 그를 옥죄었다. 이불을 들춰볼까. 아니야, 잠든 걸 거야. 생각이 상충했다. 그러나 오른손은 이불을 들추는 중이었다. 그 순간 그가 본 것은 피였다. 나체의 그녀가 이불처럼 휘감고 있는 것은 검붉은 피였다.

"이게, 이게 어떻게…… 미스 김."

양 상사는 자신도 모르게 얼굴을 감싸 쥐었다. 손바닥을 떼자 그도 알아차리지 못한 눈물이 흘러내리고 있었다. 119를 부를까. 아니면 112? 머릿속이 혼란스러웠다. 그런데 그녀가 죽었다는 사실보다 어떻게 뒷일을 수습할지가 먼저 머리를 헤집었다.

아, 나쁜 놈. 양 상사, 나쁜 놈. 나 양 상사는 미스 김을 사랑하지 않았나 보다.

자책감이 그를 사랑이라는 울타리 밖으로 내몰았다. 사랑하는 그녀보다 먼저 뒷일을 생각했던 것은 오랜 습관이었다. 늘 구린 일을 하며 생존이라는 벼랑 끝에 내몰렸던 본능적인 그의 방향타였다. 그 순간 떠오른 것도 김 사장이었다. 양 상사와 같은 본능적인 방향타를 가진 사람, 그러나 그보다 한수 위인 남자. 본능처럼 그에게 전화를 걸었다.

허겁지겁 달려온 김 사장은 자다 깬 모양새였다. 그렇지만 날선 눈빛만은 그의 심정을 대변하고 있었다.

"동생, 설마 자네가 그런 것은 아니겠지? 자네랑 지나온 세월이 얼만데 내가 이 정도로 의리를 버리겠나마는 만약 자네가 그랬다면 큰일이야."

쭈뼛쭈뼛 말을 건네는 김 사장은 에이, 아니지, 하는 인상이었다.

김 사장의 말에 양 상사는 화가 치밀었다. 사람을 어떻게 보고. 김 사장이 담배를 내밀며 "침착해."라는 특유의 저음을 발했다.

그래, 침착하자. 그제야 양 상사의 눈에 냉철하게 상황이 들어오기 시작했다. 119를 불렀거나, 112에 신고를 했더라면 살인자로 몰린 것은 누구였을까. 양 상사의 침실에서 옷을 벗은 채 별다른 저항도 없이 죽어 있는 여자. 양 상사는 그도 모르게 눈물을 흘리기 시작했다. 그리고 불과 30분 전 그가 사랑한다고 속삭이려 했던 여인의 참혹한 주검 앞에 무릎을 꿇었다.

미안하다, 미스 김.

"이년 이거, 본명이 김아라라고 늘 그러더니 이름이 왕봉자다야. 이름 참. 성하고 이름하고 매치가 안 되냐. 왕…… 봉자."

"봉자라도 좋아요. 사랑하고 싶었는데. 사랑한다고 말하고 싶었는데."

양 상사의 등을 다독이던 김 사장은 "누가 그랬을까?" 하는 의문을 던졌다. 그 순간 양 상사의 머릿속에는 똥개라는 이름만 오도카니 들어앉았다. 똥개. 그의 경고였을까.

"에이에스 꼭 하겠다고 전화 다시 안 하셨죠?"

양 상사의 물음에 김 사장은 "응." 하고 씁쓸하게 대답했다.

"이 자식들, 목까지 찬 게 분명해요. 우리가 에이에스하지 않으면 안 되도록 몰아붙이는 거잖아요. 일단 전화부터 넣으세요. 그 형사라는 사람한테. 에이에스 우리가 직접 맡겠다고. 미스 김은 우리가 알아서 한다고 말씀하시고요. 냉철하게 갑시다. 대신 받은 것은 그대로 돌려주도록 방책도 짜고요."

묵묵히 양 상사를 바라보던 김 사장은 "알겠다."라고 대답하며 휴대전화를 꺼냈다.

김 사장이 전화를 하는 사이 양 상사는 침대시트로 미스 김을 감쌌다. 군대식 침대 시트를 쓰는 탓에 그녀를 돌돌 말 수 있었다. 사탕처럼 끝과 끝을 돌려 묶은 뒤 그 끝과 끝을 한 번 더 묶었다. 시트는 시체가 든 봇짐이 된 것이었다. 어차피 발견되지 않는다면 현관 계단에 흐른 피는 아무 의미가 없었다. 휴대용 은박 돗자리를 꺼냈다. 어깨로 맬 부분을 제외하고 그녀를 감쌌다. 돗자리에 테이프를 붙이는데 손이 벌벌 떨려왔다. 그에 비해 미스 김은 무거운 고깃덩이일 뿐 어떤 움직임도 없었다.

전화를 끝낸 김 사장이 양 상사에게 다가왔다. 그의 얼굴이 일그러져 있었다.

"선물 잘 받았냐고 묻더라."

"씨팔 새끼들, 형님 밑에 있으면서 고분고분하니까 이 양 상사를 우습게 봤나 봅니다. 받은 만큼 돌려준다는 걸 모르다니. 나중에 복잡해지면 형님은 저 모른다고 하슈. 다 죽여 불라니까."

"일단 시체부터. 그리고 하나씩 생각하자. 마음만 앞서봐야 되는 것 하나 없다."

김 사장은 빌라를 나갔다. 5분이 지나지 않아 개조된 스타렉스 밴을 몰고 나타났다. 차 안에는 러시아산 도감청 장비부터 곡괭이와 야삽까지 필요한 장비는 모두 갖추어져 있었다. 그가 밴을 몰고 온 이유는 뻔했다. 파묻자는 것.

김 사장과 양 상사 콤비가 살인을 한 적은 없었다. 그러나 이 일을 하다 보면 어쩔 수 없이 그런 상황이 닥치리라는 것이 그들의 생각이었다. 세상만사 유비무환이니까. 그들은 어쩔 수 없이 그래야 할 경우를 대비했다. 그랬던 탓에 밴 속에 장비들을 담아둔 나무상자는 양 상사가 웅크리고 누웠을 때의 최소한을 계산하여 만든 것이었다. 만약의 상황이 닥친다면 차에 피를 흘려둘 수 없었으니까.

"준비 다 됐다."

김 사장은 그들이 관이라고 부르는 나무상자를 들고 들어왔다. 덩치가 작은 미스 김을 나무상자에 담자 축구공 하나가 들어갈 정도의 공간이 비었다. 양 상사는 그것이 미스 김의 마지막 숨 쉴 공간인 것 같아 다시 눈물이 났다.

"너 정말 미스 김, 아니, 왕봉자 사랑했나 보다."

김 사장이 진심을 담아 말했다.

손등으로 눈물을 훔친 양 상사는 뚜껑을 닫은 나무상자를 김 사장과 들었다. 네모반듯한 상자라 남들이 보더라도 관이라고 생각하지는 않을 것이었다. 이제 그녀는 서울과 춘천 사이 김 사장이 매입한 천 평 농장 어딘가에 묻힐 것이다. 잘 가라, 그래, 잘 가라. 사랑이라고 말하려 했던, 놓쳐 버린 사랑아.

12

"빚쟁이한테 쫓겨서요."

숨을 몰아쉰 이지훈은 택시 운전사의 물음에 틀리지 않은 대답을 했다. 그렇다고 지금 쫓는 자가 빚쟁이는 아니었지만.

"살기 힘들죠. 이 짓만 저도 이십 년입니다. 속도 내서 알아서 가겠습니다."

머리가 벗겨진 택시기사는 자신도 그런 경험이 있는 것처럼 맞장구를 쳤다. 하기야 택시기사 20년이면 시장 장돌뱅이는 저리 가라일 테다. 듣고 보고 배우는 것이 얼마나 많을까.

그런데 내가 이지훈이 아니라 이대형이었을까.

보라를 만난 1년은 그나마 또렷하게 생각났다. 그렇지만 흘러가 버린 9년은 정확히 기억나지 않았다. 죽지 못해 살았던 세월인데 기억난다면 그것이 이상할 것이었다. 얼마 전 보라와 보았던 첩보원 본 시리즈 영화가 떠올랐다. 로버트 러들럼이 원작자이며 3부작인 그 영화에서 주인공은 끝까지 기억과 사투를 벌였다. 이름조차 몰랐던 선원으로 시작했던 1부에서 그를 실험하고 살인자로 키워낸 의사에게 복수를 하려던 3부 마지막까지 주인공 본은 기억과 또 그 자신과 싸웠다.

나는, 나란 사람은?

이지훈은 어린 시절을 떠올렸다. 그는 고아였다. 이제는 없어져 버린 베드로의 집에서 8명의 친구들과 살았다. 베드로 신부님은 똑똑했던 지훈을 아꼈다. 다른 친구들이 중학교를 졸업하자마자 취업을 했던 것에 비해 그는 고등학교까지 다녔다. 그리고 대학까지 다녔다. 그 탓에 어린 시절 친구들이 무얼 하고 사는지 알지 못했다. 베드로 신부님까지 돌아가신 뒤 그를 기억하는 사람은 없었다. 그렇지만 희망을 잃지 않고 살았다. 일류는 아니었지만 해웅음료에 취업해 대기업으로 커가던 회사와 함께했다. 그러다 이동훈 빚보증으로 빚더미에 앉았다. 그로부터 만 9년, 햇수로 10년이었다. 보라를 알게 된 이후를 제외한 나머지 기간은 거의 기억나지 않았다. 사람이란 게 생이라는 욕심을 손에서 놓고 나면 멍텅구리와 다를 바 없어졌다. 매일매일 지나는 시간이 기억과 배치되며 사라졌다.

내가 이지훈이 아니라 이대형이었을까. 혹시 지난 10년 동안 비밀 집단에서 생체실험이라도 받았던 것은 아닐까. 지금까지 허무맹랑하다고 치부해 왔던 일이 그에게 실제 벌어졌던 것은 아닐까.

피식, 웃음이 났다. 바보가 아닌 바에야. 아무리 생각하고 지난 날을 곱씹어도 그럴 리는 없었다. 이대형이라는 이름으로 살았을 리는.

"급하게 택시 한 대가 따라붙는 것 같은데… 일단 제가 알아서 운전하겠습니다."

택시기사가 생각 사이로 끼어들었다. 얼결에 "네."라고 답한 그는 뒤를 돌아보았다. 그 차가 그 차 같아 추적하는 차를 알아볼 수 없었다. 그렇지만 택시기사는 웽, 하는 엔진음이 들릴 정도로 세차게 가속페달을 밟았다.

"그러면 이렇게 합시다. 어딘가 꺾어지는 곳이 있으면 저를 급히 내려주시고 기사님은 계속 달리십시오. 그렇게 합시다."

택시기사는 "좋은 생각입니다."라며 흔쾌히 동의했다. 가락시장까지 기껏해야 사천 원, 택시기사에게 삼만 원을 쥐어주었다. 택시기사는 구불구불한 길을 계속해서 달렸지만 그를 내려줄 만한 곳을 찾지 못했다. 그렇게 달리다 그가 내린 곳이 어느 공원 앞이었다. 택시기사는 계속해서 미터 요금기를 켠 채 "조심하세요." 하고 인사했다.

방향감각을 상실한 그는 무작정 큰 도로를 향해 걸었다. 그러다 눈에 든 곳이 송파경찰서였다. 하필 이럴 때 경찰서라니. 쓴웃음이 났다. 무슨 오기인지 알 수 없으나 그는 경비경찰에게 다가갔다.

"옷 같은 것 살 만한 데가 어디 없습니까?"

경비경찰은 "저쪽으로 가시면 말입니다."라며 설명을 시작했다. 그때 택시 한 대가 그의 뒤를 지나쳐 갔다. 택시를 향해 거수경례를 마친 경찰은 문정 로데오거리라며 설명을 이었다.

지갑을 열었다. 2만 원이 전부. 보라 이름으로 된 통장에서 돈을 찾아야 했다. 로데오거리 인근에 있는 은행에서 10만 원을 찾았다. 작은 백 팩과 모자, 셔츠 두 장과 양말, 바지 하나를 샀다. 보라를 만난 1년을 제외하면 노숙자 생활만 9년을 했다. 온전히 노숙자로 산 것만은 아니지만 그 정도면 한 달 정도는 기꺼이 지낼 수 있었다.

곧 겨울이 닥칠 텐데.

걱정이 앞서기도 했다. 그렇지만 오기가 생겼다. 왜 고난은 나를 피해가지 않을까. 모든 고난은 왜 나와 부딪혀 갈까. 지금까지 그가 고난을 피해 도망쳤다면 이제는 그것에 맞서야 할 때가 온 것이었다. 이유는 간단했다. 10년 전 그가 무너질 때 없었던 것이 지금은 있었다. 바로 보라였다.

"보라야, 사랑한다. 보고 싶다. 어떻게 이런 일에 휘말렸는지 모르겠지만 이번만은 고난에 무너지지 않으마."

그는 마치 보라가 듣고 있기라도 한 것처럼 읊조렸다. 그리고 그 자신에게 몇 번이나 되풀이하며 다짐했다. 이번만은 피해가지 않겠노라고. 무너지지 않으리라고.

도로 표지판을 따라 걸었다. 목적지는 지하철 잠실역.

방이역으로 향할까 생각했지만 떨리는 심장이 그곳은 아니라고 대답했다. 방이역은 이지훈이 생활하는 곳이나 마찬가지였다. 노숙자일 때는 노숙자로, 다시 살아보겠다고 결심을 했을 때는 결심의 장소로. 하지만 심장이 아니라고 대답한 이유는 간단했다. 바로 보라가 있는 곳이기 때문이었다. 지금도 그가 왜 도망을 쳤는지 이해할 수 없었다. 잡히는 것도 무섭지 않았다. 그런데 살인자, 이대형이라고 했다. 아무리 10년을 엉망으로 살았다지만, 또 실패한 인생이었지만, 살인자는 아니었다. 아니, 살인자라고 해도 좋다. 그렇지만 자신을 구원해 준 여인, 보라에게 피해를 끼치는 것은 죽기보다 싫었다. 살인자라는 누명보다 그것이 더 싫었다.

잠실을 향해 걸으며 이지훈은 내내 보라 생각에 불안했다. 형사가 그를 잡기 위해 동사무소까지 잠복을 했다면 보라에게 들이닥치는 일도 시간문제일 것이 뻔했다. 보라를 지켜줄 수 있는 일이 뭘까. 그러다 너무나 간단한 사실에 코웃음을 치고 말았다. 살인자가 아니라는 사실을 증명하는 것, 바로 그것이었다. 그러고 보니 그가 잠실로 향하려던 이유 역시 간단했다. 바로 보라와 접촉하려 했던 것.

1시간 남짓 걸어 잠실역에 도착했다. 잠실역은 서울에서도 몇 번째로 유동인구가 많은 곳이었다. 이곳이라면 그가 살인자로 수배되었다 해도 쉽게 들킬 염려는 없었다. 무엇보다 그가 살아왔던 지난 10년이 그것을 증명하고 있었다. 노숙자로 살았다는 것은 눈에 띄지 않았다는 것을 의미했다. 경찰을 떠나 일반인들조차 눈길을 주지 않았다. 보라를 만났던 지난 1년 역시 마찬가지였다. 뒤늦게 만나 불타오른 사랑 탓에 보라의 원룸에서 옴짝달싹 않았던 탓도 있지만 일반적인 삶을 영위했다. 남들보다 눈에 튀지도 않았으며 뒤처지지도 않았던 일반적인 삶, 그것이라면 경찰에게 들키지 않는다. 그가 지난 시간을 회상하며 경험으로 얻은 결론이었다.

잠실역 화장실에 들어간 그는 거울에 자신을 비춰보았다. 메이저리그 캡, 보라가 사준 검은색 맨체스터 유나이티드 바람막이 점퍼, 몸에 붙는 카키색 면바지. 파란색이 살짝 들어간 안경과 백팩이 나이보다 어려 보였다.

화장실을 나온 그는 지하철 대여용 사물함 근처로 갔다.

"보라야, 있잖아. 나 참 못나게 살았다. 그래서 네게 자신이 없어지거나 확신이 서지 않을 때 이곳에 늘 편지를 넣어둘게. 이곳은 우리만의 우편함으로 만들자."

"우와, 어떻게 그런 생각을 다했어? 좋다, 내가 좀 구두쇠이긴 한데 여기 대여비는 내가 낼게. 한 달 오만 원이라, 좀 아깝기는 하지만 오빠와 내 사랑을 위한 거라면 내가 기꺼이 희생하지."

1년 전 그날처럼 보라가 웃고 있는 것 같았다. 사물함 비밀번호는 보라의 생일 0808, 매월 5만 원을 내고 장기 대여 중이었다. 그 안에 지하철 타블로이드 신문을 넣었다.

살인자에 대해 다시 생각해 보았다. 그 생각에 얽매여 잠실역을 나왔다. 보라를 만나기 전 9년이 아무리 엉망이었다지만, 또 기억마저 가물거린다지만, 그는 살인자가 아니었다. 그렇지만 그를 살인자, 이대형이라고 불렀다.

나는 이지훈이라고. 살인자, 이대형이 아니라고. 내 인생 돌아볼 게 뭐가 있었나. 그렇지만 보라만은. 그가 속으로 생각했다. 붙잡히면 모든 것은 끝난다. 남아 있는 시간이 얼마일까. 그가 붙잡히지 않고 활동할 수 있는 시간. 인생과 맞장을 뜨자. 그리고 살인자가 아니라는 것을 증명하자.

13

 피시방 조명이 보라의 기분만큼 우중충했다. 평소 눈부시지 않아 좋다고 생각했던 조명이었다. 조명을 반사하지 않던 벽은 또 어떠했던가. 차분하고 안정적이었다. 그러나 오늘만큼은 참담함을 대변하는 것 같았다. 게다가 평소 보이지 않았던 먼지와 얼룩들이 굴곡진 마음처럼 느껴졌다.
 아르바이트를 구하지 못해 야근을 하고 교대하던 사장은 입을 달싹거렸지만 결국 묻지 않았다. 보라도 알지 못한다는 걸 그도 알고 있는 탓이었다. 사장 입장에서는 안달이 날 것이었다. 벌써 보라는 3년째 이곳에서 일했고, 지훈도 1년을 채웠다. 걱정 없이 가게를 운영하던 사장 입장에서는 화가 날 만도 하리라. 그렇지만 근면하게 일했던 그녀와 지훈에게 무턱대고 화를 낼 수도 없었을 것이다. 보라가 지훈 때문에 힘들 거란 걸 누구보다 잘 아는 사람이 사장 자신이기 때문이었다.

보라는 지훈의 몫만큼 깨끗이 하겠다고 피시방을 걸레질할수록 마음에는 먼지가 앉았다.

당신 도대체 어디 간 거야? 그렇게 뜨거운 눈길로 내 인생에 끼어들 때는 언제고, 자신을 찾겠다고 나가서 돌아오지 않는 거야?

보라는 어느새 피시방 책상 대신 떨어지는 눈물을 닦고 있었다. 10월 27일, 벌써 3일째. 어디로 간 거니, 도대체. 닦아내면 떨어지고 지워내면 떨어지는 눈물이 그의 그림자처럼 떨어지지 않았다.

"남보라 씨?"

흐느끼던 보라는 얼른 눈물을 훔쳤다. 고개를 돌렸을 때 남자는 "경찰입니다." 하고 말했다. 눈물보다 먼저 가슴이 떨어졌다. 어렵지 않게 경찰이 자신을 찾아온 이유가 추측되었다. 사라진 이지훈.

"왜 그러세요? 지훈 씨가 혹시 잘못되기라도 했나요?"

"혹시 이대형이라는 사람, 모릅니까?"

보라는 고개를 저었다. 경찰 한 명은 출입구 앞에 서 있었다. 보라는 두 명의 경찰에게 앉기를 권했다. 탁자 하나가 있는 따로 마련된 흡연실이었다. 자판기 커피를 건넸다. 커피를 건네며 그제야 경찰을 똑바로 보았다. 경찰이라고 말했던 남자는 40대 후반이나 50대 초반 정도의 중년이었다. 그에 반해 문을 지키던 남자는 대학생같이 앳된 모습이었다.

"팀장님, 전 그냥 바깥에 있겠습니다."라고 말한 젊은 형사는 보라를 향해서도 인사를 한 뒤 출입구로 사라졌다. 위험이 없다고 판단했기 때문인 듯 중년의 형사도 오른손을 들어 나가라고 권했다. 그의 오른손에서 사파이어 반지가 어울리지 않게 조명을 반사했다.

남자가 확대 복사된 사진을 꺼냈다. 그의 손에는 복사된 '주민등록재등록신고서'가 있었다. 그의 명함도 함께였다. 송파경찰서 강력형사팀 1팀장 송호근.

"지훈 씨."

보라는 자신도 모르게 두 손으로 사진을 들었다. 눈물이 맺힌 것은 거의 동시였다.

"당신이 알고 있던 사람은 이지훈이 아닙니다. 그는 이대형입니다."

"이대형이라뇨? 그는 이지훈입니다."

보라는 그를 만났던 날부터 하나하나 되짚어 떠올렸다. 그것은 송호근 팀장이 알아들을 수 있는 착한 말들로 현화되었다. 그리고 사진 속 남자는 이대형이 아니라 이지훈이라는 설명으로 보라는 이야기를 마무리했다.

팔짱을 끼고 이야기를 듣던 송 팀장은 "아직도 이해를 못하시네, 그는 이대형입니다."라고 낮게 말했다.

"우리가 여기까지 왜 왔다고 생각하시는 겁니까? 한낱 노숙자 이지훈을 찾아 이곳까지 왔다고 생각합니까? 보증금 백만 원짜리 방에 살다가 며칠 전 방을 빼서 당신과 동거를 시작한 남자를 찾아왔다고 생각합니까? 순진한 건지, 머리가 좋은 건지 모르겠군요."
보라는 일순 자존심이 땅으로 꺼지는 것을 느꼈다. 송호근은 그녀를 뼛속까지 긁어대는 중이었다. 보라는 그와 만났던 날을 설명했으며, 태어나 처음으로 눈빛에 반해 버린 사랑이라고 말했다. 형사는 그것을 보증금 따위를 운운하고 동거를 말하며 싸구려 사랑에 빗대어 반박하는 중이었다. 어쩌면 형사로서 단련된 심문 기술로 그녀를 자극하는 것이겠지만 그것은 그녀에게 보기 좋게 먹혀들고 있었다. 보라는 참을 수 없는 분노를 느꼈다.
"당신이 뭔데 사람을 들었다 놨다 하는 겁니까? 당신이 사람을 판단할 기준이라도 가지고 있단 겁니까? 비열하고 파렴치하군요."
"그러나 살인이라면 이야기가 달라지겠죠. 이지훈, 바로 사진 속의 그가 이대형이라는 살인자라면요. 아시겠습니까?"
보라는 그가 말하는 살인자라는 이야기가 무엇인지 알아들을 수 없었다.
"남보라, 당신은 지금까지 살인자를 숨겨주고 있었던 거요. 마음 같아선 당신을 철창에 처넣어 살인자를 비호한 대가를 치르게 하고 싶지만 얘기를 나눠보니 몰랐던 것 같소. 그리고 그를 잡기 위해서도 당신이 자유로운 게 낫겠지. 어차피 당신에 대해서도 조사할 만큼 하고 온 거요. 갈 곳이 없다는 것도 알고 왔고, 또⋯⋯."
송호근은 거기까지 이야기한 뒤 비릿한 웃음을 지었다. 잘 알고 있지 않으냐는 듯. 어쩌면 그것은 그녀가 화류계 여인으로 생활했던, 그녀로서도 들추기 싫은 추악한 과거를 웃음으로 보여준 것일지도 몰랐다. 한 번 떨어졌던 자존심이 송호근의 웃음에 짓밟히고 있었다. 그런데 이지훈이 살인자라니. 그녀가 욕먹는 것은 참을 수 있었다. 어차피 없던 일도 아니었고, 지울 수 있는 일도 아니었다. 그녀는 살면서 체득한 여유로 그 정도는 웃으며 뭉갤 수 있었다. 그렇지만 그녀가 선택한 남자가 살인자라니. 그 역시 그녀처럼 좋지 않은 과거가 있었다지만 그는 살인자가 아니었다. 어쩌면 그가 살인자가 아니라는 사실을 증명해 줄 수 있는 것도 그녀뿐인 것은 아닐까.

"아시겠소? 그는 노숙자 이지훈이 아니라 살인자 이대형이었던 거요."

송호근의 입매가 더욱 가늘어지며 위로 치솟았다. 담배를 문 그는 그녀를 향해 훅, 하고 한 모금의 연기를 살인가스처럼 날렸다. 이제 손들고 항복하라는 듯.

"지금쯤 당신이 사는 원룸에 형사들이 출동할 거요. 방 열쇠를 주시면 최대한 깨끗이 쓰고 돌려주리다. 최대한 깨끗이 쓰고."

송호근은 그녀를 창녀 대하듯 했다. 방을 쓰고 돌려주겠다는 말에서 더 이상 그와 대면해야 할 이유를 느낄 수 없었다. 흡사 창녀의 방을 빌려 쓰고 정사를 치른 뒤 돌려주겠다는 뉘앙스의 말에서 분노마저 느껴졌다. 열쇠를 꺼낸 보라는 그의 사파이어 반지 앞에 소리가 나도록 열쇠를 떨어뜨렸다.

"그럼 또 봅시다."

송호근은 담배를 테이블 아래에 툭 던지며 일어섰다. 만약 그가 오늘 방문한 목적이 보라를 자극하기 위함이었다면 제대로 성공한 것이었다.

그의 뒷모습을 보며 침이라도 뱉고 싶었다. 그런데 그가 말하던 이대형은 누구란 말인가. 이지훈은 또 누구란 말인가. 지훈을 믿지 못해서가 아니라 저렇게 확신을 가지고 이곳을 방문한 형사 탓에 머릿속이 복잡하기만 했다. 형사가 두고 간 사진을 집었다. 계산대까지 옮겨온 보라는 지갑을 열었다. 그와 잠실역에서 단 한 번 찍었던 스티커 사진 속 인물은 형사가 가지고 왔던 증명사진 속의 인물과 같은 얼굴이었다. 형사가 가지고 왔던 사진이 보라를 향해 웃지 않는 것만 달랐을 뿐.

밤 9시가 되도록 시간 가는 줄 몰랐다. 그 정도로 머릿속에는 지훈의 생각이 가득했다. 처음에는 '살인자 이대형'이라는 말이 먹장구름처럼 떠돌았지만 그것은 얼마 지나지 않아 1년 전 그녀를 젖어들게 만들었던 남자 '이지훈'으로 바뀌었다. 그것이 '사랑하는 이지훈'으로 바뀌는 데는 채 반나절이 걸리지 않았다. 생각은 곧 걱정으로 바뀌었다. 도대체 그는 어디에 있는 것일까. 벌써 삼 일째인데 밥이라도 먹고 다니는 걸까. 양말이라도 빨아 신고 다니는 걸까. 노숙생활을 접은 뒤 몸에서 냄새나는 것을 그 어떤 것보다 싫어했다. 나중에 그것이 이지훈이란 남자로 인해 보라가 어떤 손해라도 생길까 걱정했던 이유라는 걸 알았을 때 그녀는 자신도 모르게 눈물을 흘렸다. 이지훈, 그 남자는 그만큼 그녀를 사랑하고 아끼며 챙겼다. 그런 그가 철심처럼 뼛속 깊이 보라에게 박혀 있다는 것을 이틀 전에 깨달았다. 살인자라도 좋으니 얼굴만이라도 한 번 볼 수 있다면.

"퇴근해야지."

생각에 잠긴 그녀를 피시방 주인이 깨웠다.

네, 네. 벌떡 일어선 그녀는 무작정 집을 향해 뛰었다. 분을 이기지 못하고 열쇠를 너무 쉽게 준 것은 아니었을까.

집에 들어선 그녀는 절망하고 말았다. 채 열 평도 되지 않을 원룸을 깡그리 짓밟아놓았다. 수사가 아니었다면 도둑이라도 들었다고 생각했을 것이다. 무엇보다 그와 함께 했던 모든 기억이 지워지고 없었다. 결국 현관을 들어서지 못한 그녀는 되돌아섰다. 그가 없는 이곳이라면 그녀가 있을 이유도 없다고 생각되었다.

정처 없이 떠돌던 발걸음이 멈춘 곳은 그와 자주 가던 전주식당이었다. 어느새 보라의 모든 생활은 지훈과 하나하나가 맞추어져 있었다. 발걸음이 멈춘 식당까지도. 그것은 지훈도 마찬가지일 터였다. 단지 생활이 반대라 쉬는 날인 화요일과 사장이 짬을 주는 한두 시간이 전부였지만.

"아줌마, 저 밥 주세요. 늘 먹던 걸로."

메뉴라고 해봐야 김치찌개였다. 둘만 살던 원룸에서는 김치를 담글 일이 없어 늘 조금씩 사먹었다. 그랬던 탓에 삭은 김치찌개를 좋아했던 둘은 일주일에 두세 번 이곳에서 식사를 해결했다. 사장이 매상을 챙겨가는 아침 시간이나 함께 쉬는 화요일 등에.

주인아줌마가 "내 정신 좀 봐." 하고는 그녀를 바라보았다. 겨우 눈물을 참으며 김치찌개를 먹는 보라에게 "남편 왔다 갔어."

라며 웃음을 지었다.

"다른 날과 달리 수염이 덥수룩하고 얼굴이 비척한 게 보기가 안 좋아서 내가 밥 한 그릇 서비스로 줬어. 그리고 뭐라더라, 잠실에서 기다린다고 오면 전해달라던데. 내가 부인 언제 올 줄 알고 기다리느냐고 그랬더니 그러면 안다던데."

보라는 설핏 말뜻을 이해할 수 없었다. 잠실에서 기다린다니. 잠실이라면.

벌떡 일어선 그녀는 밥값을 계산한 뒤 곧바로 택시를 잡았다. 그가 살인자로 쫓긴다면 섣불리 잠실에서 기다리지는 않을 것이었다. 그렇다면 그가 기다리겠다는 말은 뻔했다. 잠실에 들를 때마다 열쇠고리나 인형 따위를 넣어두며 1년 후에 꺼내보자고 했던 대여함, 그것이었다.

택시에서 내리자마자 역 지하로 뛰어내려 갔다. 그녀의 생일을 따서 '08' 번이라야 한다며 지훈이 우겼던 사물함이 오도카니 눈에 들어왔다. 가쁜 숨을 몰아쉬며 비밀번호를 눌렀다. 그가 어떤 대단한 것을 준비해 두었을까, 심장이 뛰었다. 그러나 눈에 들어온 것이라고는 지하철 타블로이드 신문이 전부였다. 그것 하나만이 그전과 달라진 것이었다. 신문을 집어 든 그녀는 허탈감에 사로잡혔다. 겨우 이 타블로이드 하나를 주려고 잠실에서 기다린다고 말했다니. 무릎이 푹 꺾였다. 그러다 번뜩 생각이 미쳤다. 형사와 지훈의 얼굴이 번갈아 나타났다. 그 가운데 보라가 있었다. 보라는 얼른 화장실로 뛰어들었다. 보나마나 형사는 그녀를 뒤쫓고 있을 것이었다. 그리고 지훈이 단지 타블로이드 때문에 기다린다고 말한 것은 아니었을 거라는 확신 때문이었다.

보라가 화장실에서 나왔을 때 형사 두 명이 그녀를 제지했다. 속옷을 제외한 거의 모든 곳을 수색당했다. 하지만 그들이 발견한 것은 아무것도 없었다.

감시는 얼마나 계속될까.

안도의 한숨을 내쉬었다. 그리고 지훈은 보기보다 용의주도했다. 타블로이드 신문에 모나미 볼펜으로 겨우 알아볼 만큼 꾹 눌러놓은 흔적이 있었다. 글자 하나하나를 읽자 단어가 되었다.

나. 범. 인. 아. 님. 누. 명. 반. 드. 시. 잡. 겠. 음. 사. 랑. 해. 목. 숨. 보. 다.

신문은 한 면 한 면 찢어서 변기 곳곳에 나누어 버렸다. 어떤 것은 변기 속에 넣었다. 단지 20자의 흔적이 전부였지만 20년이라도 기다릴 수 있는 희망을 느낄 수 있었다. 그가 누명이라고 말했다. 범인을 잡겠다는 대목에서 소름이 돋았지만 어쩔 수 없는 선택일 것이었다. 그는 벼랑 끝에 몰렸으니까. 그리고 마지막 말이 사랑한다는 것이었다. 목숨보다 사랑한다는. 그 말이면 충분했다. 그가 그녀를 떠나지 않았다는 것을 확인했으니까. 설사 그가 살인자라고 해도 그를 기다릴 수 있었다. 충분한 용기가 생겼다.

주위를 둘러보던 그녀는 그가 들을 만큼 큰 소리로 외쳤다.

"이지훈, 사랑해. 기다릴게."

14

한정욱이 703호 초인종을 누른 것은 부인과 사랑을 나눈 한 시간 뒤였다.

그녀를 보듬었을 때만 해도 그가 반응한 이유는 눈물 때문이었다. 하나하나가 의미였던 그녀의 몸짓과 표정은 어느 때부터인가 의미를 잃은 지 오래였다. 그런데 진심을 나눈 그 찰나 만에 그녀의 눈물은 다시 의미가 되어 있었다. 가족에서 가장이라는 위치는 참으로 오묘해서 날 선 것들을 무디게 만들었고, 예쁘고 아름다웠던 것들을 흉하고 무의미하게 만들었다. 때때로 현실에 실망하고 아파하는 이유가 결국 부인이었다고 판단하기에 이르렀다. 거기다 현관 방음이 좋지 않은 탓에 옆집 이야기를 들으며 왜 우리 집사람은 저러지 못할까, 하고 비교하고 책망했다. 그런데 그녀가 외로웠다, 라고 고백했다.

돌이켜 보니 그것은 부인인 창희의 잘못이 아니라 한정욱 자신의 잘못이었다. 한정욱 그밖에 몰랐던 여자가 외로웠다면, 분명히 그것은 자신의 탓이었다. 그녀의 속살보다 오히려 다른 여인의 속살에 오감의 끝이 자극했다. 그가 세상의 다른 이면을 본 탓이다. 그러나 세상은 상식과 정도만을 가르칠 뿐 잘못된 것에서 빠져나오는 법을 가르치지는 않았다. 그것은 온전히 한정욱의 몫이었으며 세상 남자들의 몫이었고, 반대로 세상 여자들의 몫이었으며 결과적으로 부인 오창희의 몫이었다. 대화가 사라지자 관심이 사라졌고, 관심은 곧 사랑의 종말을 의미했다. 그렇다고 영원히 다시 시작할 수 없는 종말은 아니었다.

한정욱은 부인의 눈물에 안도했다. 그것에 반응하는 아직 남아있는 감정에 감사했다. 힘을 주며 그녀를 안았다. 그녀의 두 볼을 양 손바닥으로 감쌌다. 얼마 만에 이토록 가까이서 마주 보는 얼굴이던가. 함께 침대를 쓰고 매일 식탁에서 대하면서도 이토록 가까웠던 적이 얼마 만이던가. 그도 모르게 창희에게 입을 맞추었다. 더 세게 그녀를 안았다. 약속이나 한 것처럼 그와 그녀의 혀가 부딪혔다. 심장이 뛰었다. 도대체 얼마 만에 창희로 인해 뛰는 심장이던가.

한정욱과 오창희는 대학교 캠퍼스 커플이었다. 그들 모두 집이 부유하지 않았던 탓에 지방 국립대학에서 장학금을 받았다. 한정욱이 군을 제대하기 전까지 오창희는 고등학생이었다. 그리고 그와 오창희가 가진 인연이라면 장학금을 받고 같은 대학에 재학하고 있는 것이 전부였다. 그들이 대학교 커플이 된 것은 교내 등록금 인상 반대 시위 때문이었다. 그곳에서 같은 경영학과 후배였던 그녀를 처음 보았다. 모든 여학생들이 화장을 하고 꾸미며 대학에서 여자임을 뽐낸 데 반해 화장을 하지 않은 창희는 수풀 속의 청초한 난처럼 돋보였다. 대학에서 단과대 대표를 하며 뭇 여학생들의 인기남이었던 한정욱의 관심이 그녀도 싫지는 않은 듯했다. 한 달 이상 한정욱은 그녀를 위해 노력했다. 매일 등하교 길에서 그녀를 기다렸고, 편지를 썼으며 기타를 들고 강의실에 들어가 교수에게 양해를 구한 뒤 '사랑의 서약'이라는 노래까지 불렀다. 그 노력 앞에 오창희는 무장해제 되었다.

가르쳐 주지 않아도 남녀 간의 은밀한 일은 어찌 그리 잘 알게 되는지. 오창희는 몸이 좋지 않을 때면 자주 한정욱의 자취방에서 쉬었다. 처음 그녀를 안았던 날도 그녀가 몸이 좋지 않은 날이었다. 땀 흘리고 눈물 흘리던 그녀를 안아주었다. 그 접촉은 곧 입으로 옮겨갔다. 입술과 입술, 사랑과 사랑이 부딪히는 접점에서 사랑은 더 많은 것을 요구했다. 심장의 파문이 커질수록 육체의 언어도 커져갔다. 달뜬 한정욱의 육체를 오창희가 받아들이는 데는 짧은 5분이 필요했을 뿐이었다.

5분의 후유증은 생각보다 컸다. 준비 없는 육체의 언어 앞에 진행형의 다른 육체가 생겨난 것이었다. 친구의 도움으로 수술비를 마련해 어쩔 수 없는 선택을 해야만 했다. 육체 하나가 사라진 그날, 그녀는 그가 보았던 어떤 모습보다 서럽게 울었다. 그날, 한정욱은 결심했다. 그녀를 두 번 다시 울리지 않겠다고. 인스턴트 미역국을 끓이며 그 역시 울었다. 능력 없는 남자로 그녀 옆에 남지 않겠다고. 언제까지고 그녀를 행복하게 해주겠다고 맹세했다.

"내가 당신 울린 게 이번만은 아니었는데… 정말 미안하다. 다 내 잘못이었어."

한정욱은 진심으로 사죄했다. 약속을 잊었던 자신에 대해, 그녀를 잊었던 자신에 대해, 바뀌어 버린 한심한 자신에 대해.

그녀에게 미안했고 또 미안하지만 실로 오랜만에 그녀로 인해 심장이 불타올랐다. 그녀도 그것을 느꼈을 것이다.

땀범벅이 된 그녀가 부끄럽다며 먼저 욕실로 들어갔다. 여전히 그녀는 여자였다. 단지 그것을 그가 잊고 지냈을 뿐이었다. 이왕 이런 오늘. 생각에 얼굴이 달아올랐다. 어금니를 꽉 깨물며 한정욱도 욕실로 뛰어 들어갔다. 그녀가 놀란 표정을 지었다. 수줍어하고 놀란 그녀를 보자 불끈불끈 다시 힘이 솟아올랐다. 여보, 외친 그는 와락 그녀를 껴안았다.

초인종을 누르자 아내가 팔짱을 힘 있게 꼈다. 인터폰에서 "누구?"라며 말을 흐렸다. 한정욱의 얼굴을 확인한 탓이었을 것이다.

"옆집입니다."

아내가 달뜬 목소리로 말했다. 오토도어락 열리는 소리가 곧이어 들렸다.

"무슨 일이시죠?"

여인은 경계하는 빛이 역력했다.

"저 실은… 오늘 저희 집에 초대하고 싶어서요. 벌써 나란히 산 지 몇 년이나 되었는데 함께 식사하거나 밥 먹은 적도 없고, 너무 남처럼 지내는 거 아닌가 싶어서요."

"그건 좀."

"아, 안 됩니다. 사실 아침마다 내외분의 은밀한 사랑 소리에 저희는 부부싸움을 했습니다. 요즘 좀 위기였거든요. 당신들을 모르는 상태에서 매일 현관에서 나누는 사랑 소리가 서로를 비교하게 했어요. 비교하고 비교당하고, 저희 기분을 아시겠습니까? 얼마나 힘들었을지?"

여인은 한정욱의 이야기에 진심으로 미안하다는 표정을 지었다.

"그러니 오늘은 저희와 반드시 저녁을 드시는 겁니다. 아침에 층계참에서 나누시는 이야기도 다 들었습니다. 일곱 시에는 올 거라며 두 번해야 된다 하던."

그 말에 오창희는 "이이가 주책이야!" 하며 한정욱을 꼬집었다.

"저 남편 대신 제가 부탁드릴게요. 오늘은 저희와 저녁을 함께 해주십시오. 파티라고 봐도 될 거예요. 저희가 진심을 다해 준비해 놓겠습니다. 그러니 거절하지 말아주십시오."

오창희가 고개를 숙여 옆집 여인에게 인사를 했다.

여인은 어쩔 수 없다는 듯 "네, 그렇게 하겠습니다." 하고 말했다.

한정욱은 몇 년 만에 집사람과 손을 잡고 마트에 갔다. 얼마 만인지 기억조차 나지 않았다. 집사람이 잡은 손을 놓지 않는 것으로 미루어 5년은 넘지 않았나 짐작해 볼 따름이었다. 와인을 샀다. 좋은 한우를 샀다. 카트를 밀고 다니며 시식도 했다. 놀이공원에 놀러온 어린아이들처럼 신나게 장을 보았다. 백화점은 아니었지만 잠실에 있는 대형 마트에서 그녀의 속옷도 샀다. 여전히 집사람은 함께 속옷가게에 들르는 것이 부끄러운지 잡은 손바닥이 땀으로 흥건했다.

점심을 먹고 출발했는데 집에 도착했을 때는 5시가 다 되어갔다. 사온 것들을 바지런하게 준비했다. 집사람 창희나 한정욱도 요리 솜씨가 좋은 편은 아니었다. 그렇지만 정성을 다해 준비하면 옆집 사람도 알아줄 것이라고 생각되었다. 인터넷에서 본 레시피대로 스테이크를 준비했다. 식탁이 예뻐 보이는 법이라고 쓰인 글을 읽으며 한정욱은 식탁을 세팅했다.

"이 정도면 되겠지."라고 아내가 말했을 때 기다렸다는 듯 초인종이 울렸다. 한정욱과 오창희가 마중을 함께 나가 현관문을 열었다. 옆집 남자와 여자는 꽃을 한 아름 안고 있었다. 옆집 남자와 여자는 현관 앞에서 고개 숙여 인사했다.

"어서 들어오십시오."

그들이 신을 벗기 무섭게 한정욱은 남자에게 이야기를 꺼냈다.

"얼마나 질투 났는지 아십니까?"

한정욱의 질문 아닌 질문에 남자는 깜짝 놀랐다는 듯 얼굴이 붉어졌다.

"아침마다 두 분께서 주고받는 사랑의 대화에 저희 부부 아주뻑 갔습니다. 어쩜 그렇게 사랑할 수 있는지."
한정욱의 말에 "부부라면 그래야 하는 것 아닙니까." 하며 남자가 웃었다.
"이거 보세요. 이러니 저희 집사람이 질투를 하죠."
그 말에 아내는 얼굴이 붉어지며 "내가 언제 했다고."라며 한정욱의 옆구리를 건드렸다.
"일단 앉으시죠."
식탁 자리를 권한 한정욱은 참지 못한 이야기보따리를 풀기 시작했다.
"낮에 부인께도 말씀드렸지만 솔직히 저희 부부 요즘 위태로웠습니다. 인생이라는 게 어른들이 있다고 해도 세세한 하나하나까지 가르쳐 주지 않으니 부부 관계에 위기가 왔을 때 슬기롭게 헤쳐 나간다는 게 여간만 어렵지 않더라고요. 특히 워낙 닭살 커플이신 두 분께서 옆집에 계시다 보니 서로 하나하나 모든 게 비교되었습니다. 옆집은 어떤데 당신은 어떻더라, 그런 당신은 어떠하냐 하면서요."
"정말 저희가 몹쓸 죄를 지었군요."
옆집 남자의 이야기에 두 가족이 모두 웃음을 지었다.
"그런데 오늘에야 깨달았습니다. 사랑하는 옆집 부부가 잘못한 게 아니라 모든 것을 비교하려고 하고 또 사랑하던 기억을 잃은 제 탓이라는 것을요. 그제야 아, 옆집 부부에게 감사해야겠구나, 싶더라고요. 또 생각해 보니 몇 년을 한 층에서 살면서 식사 한 번 해본 적도 없고 이름도 모른다는 게 민망하고 미안하더라고요. 해서 저희 부부가 욕심을 좀 부렸습니다. 오늘만큼은 반드시 식사를 하자고요. 죄송합니다."

한정욱이 웃으며 죄송하다고 말하자 옆집 부부는 손사래를 치며 아니라고 대답했다.

"그런데 보니 앤 클라이드[3]가 살아났다고 해도 두 분처럼 행복하게 지내지는 못했을 겁니다."

그 이야기에 옆집 남자의 얼굴이 몰라보게 붉어졌다. 딱딱하고 어색해진 분위기. 순간 한정욱은 그가 실수라도 한 것인가 싶어 재빨리 남자에게 손을 뻗어 자신을 소개했다.

"참 제 소개가 늦었군요, 전 한정욱이라고 합니다. 금성전자에 다니고 있습니다. 집사람은 오창희라고 합니다."

한정욱은 명함을 찾아 꺼냈다. 명함을 건네며 집사람과 함께 고개 숙여 인사했다. 마치 우리의 사랑을 되찾아주어 고맙다는 것처럼.

옆집 남자가 명함을 꺼냈다.

"저는 이지훈이라고 합니다. 저도 한때 어려웠습니다만 지금은 재기하여 사업을 합니다. 큰 것은 아니고 자그마한 패밀리 레스토랑입니다."

명함을 받은 한정욱은 이지훈에게 "어, 저 여기 압니다. 제법 큰 식당인데……. 식사한 뒤 이야기 더 합시다." 하며 그제야 악수를 나누었다.

---

[3] 영화 〈우리에게 내일은 없다〉의 두 주인공. '보니 앤 클라이드'는 영화의 원제이나 한국 상영 당시 일본의 제목을 그대로 차용했다. 1967년 작. 실화에 근거했으며 두 남녀의 범죄와 파멸을 다룬 로드무비이다.

한정욱은 정도라고 생각하며 살아왔던 지난 인생이 이지훈이라는 남자 앞에서 부끄럽다는 생각만 가득해졌다. 남자가 보기에도 이렇게 듬직하다니. 이지훈, 그는 정말 인생을 멋지게 살고 있지 않은가.

15

 벌써 밤 9시 26분. 그녀는 나타날 기미를 보이지 않았다. 이틀째 잠복이지만 초조함만 더해갈 뿐이었다. 어제는 8시 30분까지 그녀를 기다렸다. 그러나 그녀는 나타나지 않았다. 오늘은 그녀가 나타날 때까지 기다리기로 했다.
 이지훈이 생각할 때 형사들은 그의 흔적을 더듬느라 혈안이 되어 있을 것이다. 그런 와중에 고생하고 눈물 흘릴 보라를 생각하니 어금니에 힘이 꽉 들어갔다. 손톱에 살이 패일 정도로 주먹을 쥐었다. 그가 힘든 것은 아무것도 아니지만 보라가 힘든 것은 달랐다. 슬퍼하고 힘들어할, 더구나 형사들에게 살인자를 방조한 여인으로 취급당할 것을 생각하자 참을 수가 없었다. 자수라도 한 뒤 살인자는 그가 아니라고 항변하고 싶었다. 그렇지만 분명히 살인자라고 말했다. 의심의 여지가 없다는 뜻이었다. 추론해

본다면 오랫동안 수배되어 있었을 가능성이 컸다. 말소된 주민등록을 살리는 시점에서 형사가 나타났다는 것이 그의 추론을 반증했다. 만약 그가 상상하는 추론이 맞는다면 자수를 해도 살인자로 낙인찍힐 가능성이 컸다. 그럴 바에야 적극적으로 무죄를 항변하는 것이 낫다고 판단되었다. 대답은 간단했다. 살인자를 찾아나서는 것.

찬바람에 점퍼 깃을 세웠다. 날씨는 하루가 다르게 차가워졌다. 이대로 오래 버티기 힘들었다. 생존하지 못한다면 결국 손을 들어야 한다. 호주머니에 손을 넣고 어깨를 움츠렸다. 그가 서 있는 곳은 방이1동 주민 센터 옆 학원 건물이었다. 오토센서 등이 있는 탓에 가급적 움직이지 않았다. 방이1동 주민 센터 옆문에 비친 상가의 전자시계가 [9:29]에서 [9:30]이 되었다. 그때였다. 차르륵, 셔터를 내리는 소리가 들려왔다. 체육복 차림의 여인이 헤어밴드로 머리를 묶은 채 셔터를 내리고 있었다. 어두웠지만 그녀를 알아볼 수 있었다. 그를 향해 손가락질하며 이 사람이에요, 하고 큰소리를 쳤던 여인. 그녀가 방이시장이 있는 서쪽으로 방향을 틀자 이지훈은 모자를 꾹 눌러썼다.

낮 시간 내내 그가 있었던 곳은 강남고속버스터미널 주변이었다. 형사들이 단 하루 만에 그의 흔적을 찾아냈을 것은 불 보듯 뻔했다. 적어도 낮 시간에는 방이동 인근에서 벗어나야만 했다. 방이역이 있는 큰 사거리를 끼고 있지만 주민 센터, 즉 동사무소와 그가 일하던 피시방, 그리고 보라의 집은 동일 선상에 걸쳐져 있고, 각각 500미터 정도 간격이 있었다. 형사의 입장에서 생각하고 또 생각했다. 그를 찾으려고 그들은 어디에 있을까. 처음 떠오른 장소는 보라가 있는 곳이었다. 바로 피시방과 보라의 집. 그곳에 일단의 형사들이 잠복하고 있을 것이 뻔했다. 우연이라도 그 근처에 가는 멍청한 짓은 할 수 없었다. 낮 시간 방이역 인근 역시 마찬가지일 것이다. 그 탓에 낮 시간 내내 유동인구가 많은 강남고속버스터미널 주변을 맴돌았다. 대합실에 설치되어 있는 유료 피시와 지하의 피시방, 그리고 상가에 있는 피시방을 주기적으로 돌았다. 그가 인터넷으로 찾아본 것은 수사실무, 수사기법 따위였다. 철저하게 형사 입장에서 생각하기 위함이었다. 그리고 도주한 지 삼 일째 되는 오늘, 어쩌면 형사들은 자신이 서울을 벗어났다고 판단할지도 몰랐다. 그렇다고 해도 보라에 대한 감시를 늦추지는 않았을 것이다. 더욱 방이동 인근을 낮 시간에 배회할 수 없는 이유이기도 했다. 도주한 것처럼 보여야만 했으니까. 그렇지만 밤이라면 달랐다.

밤 시간, 그가 할 수 있는 일이 무엇일까. 그것은 다름 아닌 왜, 라는 의문에 대한 답을 찾아가는 것이었다. 노숙자로 지내고 보라와 사랑을 나누는 내내 그가 살인자로 몰린 일은 없었다. 남자 혼자라면 가끔 있는 불심검문에라도 응해야 했겠지만 9년을 노숙자, 1년을 닭살 커플로 지내다 보니 불심검문당할 일은 없었던 것이다. 한데 주민등록을 살리려는 찰나, 살인자로 지목되었다. 낮 내내 검색했던 것 중에 하나가 바로 그것이었다. 주민등록 말소를 살리는 데 그것이 지명수배와 연결되는가, 하는 사실. 검색 창에 지명수배와 주민등록말소를 처넣었다. 대부분은 빚을 갚아야 하는 사람들의 하소연이거나 그에 따른 질문이었다. 인터넷에 떠 있는 거의 모든 문서를 클릭하여 읽었다. 사실여부는 확인할 수 없었지만 그가 생각할 때 별개라고 판단되었다. 경찰이야 A조회니 B조회니 해가며 확인할 수 있겠지만 동사무소는 그것까지 조회하지 않을 것이라고 결론 내렸다. 더구나 그렇게 결론 내릴 수밖에 없는 상황증거가 있었다. 바로 이지훈을 썼기 때문이었다. 그가 말소를 살려달라고 써낸 것은 이대형이 아니라 이지훈이었다. 이지훈과 이대형은 연관관계가 없다는 뜻이었다. 그렇다면 단 하나의 결론에 도달할 수 있었다. 바로 동사무소, 즉 주민 센터의 여직원이 그를 수상하게 여긴 것이 틀림없었다.

여자가 움직인 서쪽은 중간중간 빌라촌이 있지만 4백 미터 가량 직진하는 길이었다. 바로 뒤따르고 싶었지만 사주경계를 할 수밖에 없었다. 그녀를 비호하는 경찰이라도 있다면 그는 그 즉시 체포되고 말 테니까. 어림잡아 백 미터를 걷는데 40초, 4백 미터라면 160초, 직진 거리를 빨리 걷는다고 해도 그녀의 꼬리가 사라지는 데 2분 정도의 여유는 있을 것이다.

정확히 문에 비친 시계가 9시 32분으로 바뀌었을 때 학원 건물을 빠져나왔다. 2분이 지난 것이다. 계산대로라면 그녀의 그림자를 밟을 수 있을 것이다. 선생이 아이를 나무라는지 무언가로 칠판을 탁탁 치는 소리가 귓가에서 멀어져 갔다.

어라! 다시 한 번 모자를 고쳐 쓴 그는 인도를 따라 뛰었다. 그녀가 보이지 않았기 때문이었다. 직진도로와 그 사이 겨우 차 하나가 지나갈 소방도로가… 머릿속에서 지도를 그리며 거듭 확인한 사거리는 4개. 추측대로라면 그녀는 그와 3백 미터 정도 차이가 나 있을 것이다. 그녀와의 격차는 금세 따라잡을 수 있는 거리였다. 그런데 왜 그녀가 보이지 않을까.

좁은 사거리가 나올 때마다 좌우를 살폈다. 급작스레 숨이 콱 틀어 막히는 느낌이었다. 그녀를 놓치면 잡힐 날이 하루만큼 가까워지는 것이니까. 4개의 소방도로 사거리를 모두 통과했다. 이제 버스가 다니는 큰길이었다. 역시 사거리. 서쪽은 방이2동을 향해 있으며, 동쪽은 거슬러 온 방이역과 보라의 집이 있었다. 남쪽은 가락시장 방향, 북쪽은 올림픽공원. 다행히도, 사거리에서 가락시장 방향으로 꺾는 그녀의 뒤태가 보였다. 그 순간 참았던 숨이 한꺼번에 그를 빠져나갔다.

장을 보려는 걸까.

남서쪽 방향은 방이시장이었다. 인근은 거의 전부가 빌라촌. 자근자근 그녀의 뒤를 따랐다. 그녀에 대해 아는 것이 아무것도 없었다. 그러나 지금은 그녀가 유일한 동아줄이었다. 그녀는 방이시장으로 곧장 향했다. 그러더니 시장 안 새서울 마트에서 물건을 구입하고 있었다.

도박을 해보기로 했다. 3일 전은 그녀에게 공포였을 것이다. 그 공포 속에서 그녀가 그의 얼굴을 기억하고 있을까. 민원인을 대하는 탓에 적어도 백 명 이상의 얼굴을 볼 것이다. 수없이 대하는 얼굴 중에서 그의 얼굴이 그녀에게 각인되어 있을까.

그녀가 인스턴트 밥과 카레를 골랐다. 잠시 후 요구르트를 집어 들었다. 2미터 정도 좌측에 선 그는 사이다를 골랐다. 그녀의 손끝과 그의 손끝이 스치듯 지나갔다. 눈빛과 몸짓은 잠시 의미를 나누었던 것처럼, 그러나 곧바로 의미를 잃었다. 그녀가 등을 돌리자 그의 손끝이 가늘게 떨렸다. 그녀를 쫓는 내내 목이 탔다. 심장도 두근거렸다. 황급히 밖으로 나온 그는 계산한 사이다를 꿀꺽꿀꺽 마셨다.

마트를 나온 그녀는 우측으로 꺾어 어두컴컴한 소방도로를 걸어갔다. 빌라와 원룸이 밀집된 지역이었다. 발맘발맘 뒤를 밟았다. 그녀가 들어간 곳은 다행히 원룸이었다. 혼자 살거나 많아야 둘일 것이다. 그와 보라처럼. 문에서 멀어진 그는 층계참 유리 난간을 응시했다. 5층 건물에서 순서대로 5층까지 오토센서 등이 켜졌다. 그녀가 사는 곳은 5층이라는 뜻. 그러나 좌측인지 우측인지 보이지 않았다. 얼른 5층까지 뛰어오른 그는 문에 귀를 바짝 갖다 댔다. 두 집 중 어느 곳일까, 여전히 알 수 없었다. 1층까지 다시 내려온 그는 찬찬히 건물을 살폈다. 빌라의 이름은 참조은빌. 임대 555—1125이라고 적혀 있었다. 그 아래에 작은 글씨로 국제 부동산이라는 이름 역시.

국제 부동산이 지금 문을 열었을까. 역시 부딪혀 보는 수밖에. 휴대전화를 사용할 수 없었던 탓에 사이다를 샀던 마트로 뛰어갔다. 마트 사장으로 보이는 남자에게 말을 걸었다.

"집 사람이 금방 오기로 했는데 오지를 않네요. 전화를 안 가져와서. 소갈비 사가기로 했거든요. 집에 전화 좀 걸게요. 그냥 오지 말라고, 소갈비 사간다고 하게요."

남자는 순순히 전화기를 건넸다. 마트 구석으로 간 그는

555—1125를 눌렀다. 두 가지를 묻기 위해서였다. 지금도 영업을 하는지, 위치가 어디인지.

채 5분이 지나지 않아 국제 부동산에 들어섰다. 시장 안에 있는 부동산이라서인지 동네 상인들과 고스톱 판이 벌어져 있었다. 술로 볼이 달아오른 여인이 그를 맞았다.

이지훈은 다짜고짜 여인에게 화를 냈다.

"아니, 어떻게 된 게 밤마다 어떤 남자가 찾아와요. 참조은빌 오 층인데 왜 그런 거예요? 혹시 그래서 싸게 세놓으신 것 아닙니까? 제 여자친구가 오 층에 혼자 사는 공무원인데 벌벌 떨어서 어쩔 수 없이 왔잖아요."

"아, 박미숙 씨요. 동사무소 직원분이라 제가 도움을 많이 받지만 그런 말씀은 없으셨는데. 미숙 씨가 거기 산 지 꽤 됐잖아요."

"그럼 옆 집 때문에 그런 거 아닌가요?"

"502호요? 거기가 얼마 전에 이사 오기는 했는데."

여인은 미안하다는 듯 인상을 찌푸렸다.

"어쨌든 신경 써주세요. 사람이 살 수가 있어야지. 그런데 관리비 고지서 같은 거 없어요? 가는 길에 우편함에 꽂아놓을게요."

넌지시 물어보며 나가려는데 여인이 그를 붙잡았다.

"그럼 가시는 길에 이거 좀 꽂아주세요. 관리비 납기일이 오 일이거든요. 안 그래도 내일 꽂아놓으려고 했는데. 미숙 씨가 바쁜지 지난달 관리비를 안 내셨어요. 가끔 한 달씩 늦고 그랬거든요."

남자친구라고 한 탓인지 여인은 괜스런 이야기를 한 건 아닌가 하는 표정이었다.

"네."라고 대답한 그는 얼른 국제 부동산을 뛰어나왔다. 가슴이 길을 잃고 귀까지 울릴 정도로 크게 뛰었다. 손에 10장의 고지서를 받아 든 그는 501호를 올랐다. 벌써 10시 30분 가까이 되었을 것이다. 지체 없이 도어벨을 눌렀다. 누구세요, 라는 말이 들리기 무섭게 도어벨 카메라에 고지서를 들이댔다.

"박미숙 씨? 건물 관리인입니다. 낮 내내 왔었는데 문이 잠겨 있어서요. 그리고 가스 때문에 밸브랑 가스관도 봐야 해요. 1층에서 아이들이 놀다가 이음새를 풀어놨더라고요. 관리비도 연체되어서 걱정도 되고 해서요."

지훈은 거짓말은 한 번이 힘들구나, 하고 생각했다. 한 번 부딪힌 뒤로는 거짓말이 술술 새나왔다.

문이 열렸다. 고지서를 먼저 보여주자 도어체인을 푸는 소리가 들렸다. 문이 열리고 박미숙의 얼굴이 보이는 순간 문을 확 열어젖히며 안으로 진입했다. 고함을 지를 줄 알았던 박미숙은 겁을 집어 먹은 채 현관에서 뒤로 벌러덩 나자빠졌다. 덜덜 떨리는 손이 가장 먼저 보였다. 지훈은 그녀의 입을 틀어막고 조르기를 하듯 목을 감쌌다. 주위를 둘러보았다. 예상과 달리 5층은 투룸인 것 같았다. 거실과 두 개의 문이 보였다. 하나는 욕실, 하나는 방이리라. 대부분 아이보리색으로 장식이 된 집은 화려하진 않아도 충분히 깨끗하고 예뻤다.

"나 누군지 알지?"

덜덜 떨던 그녀가 고개를 끄덕였다. 그녀의 지각은 3일 전 사건과 현재를 어렵지 않게 연결시켰을 것이다.

"끽소리라도 내면 죽을 줄 알아."

이지훈의 위협에 여인은 눈물을 주르르 흘렸다. 공포에 질린 행동이었다. 이지훈이 감쌌던 목을 풀었지만 여인은 그 자리에서 옴짝달싹하지 못했다. 그녀의 공포를 짐작할 수 있었다. 그녀의 눈물이 바닥으로 뚝뚝 떨어졌다.

이지훈은 박미숙을 보자 마음이 쓰려왔다. 그렇지만 "살인자." 하고 외치던 형사의 추격을 생각하면 어쩔 수 없었다. 살인자와 노숙자는 천양지차다. 이지훈이 살인자라면 보라는 살인자를 지금까지 비호한 것이 되고 만다. 그것만은 도저히 참을 수 없었다. 진실을 알게 된다면 이 정도 위협은 박미숙도 이해할 것이다.

"나에 대해 어떻게 알았지?"

그 질문에 그녀는 즉각 대답하지 못했다. 눈물이 멎을 때까지 이지훈도 인내를 가지고 기다렸다. 이삼 분이 지나자 그녀가 울음을 그치며 대답했다. 백용준이라는 형사와 맞선을 본 이야기부터 지문을 찍었던 주민등록재등록신고서를 백용준에게 건넨 이야기까지 비교적 상세하게 말했다.

"그럼 당신은 처음부터 내가 범죄자라고 생각하지 못했다 이거지? 그냥 의심만 했을 뿐이고?"

그 질문에 박미숙은 대답 없이 고개를 끄덕였다.

"그럼 이대형에 대해 설명해 봐."

"자세히는 모릅니다."라고 시작한 그녀는 백용준에게 들었던 이야기를 비교적 담담하게 설명했다.

"그럼 이대형이 김해에서 장대한을 죽였단 말이냐?"

그는 거실에 있는 컴퓨터를 켰다. 박미숙을 자리에 앉힌 그는 그 사건 기사를 찾아보라고 지시했다. 어렵지 않게 장 모, 이 모로 기재된 사건기사를 찾을 수 있었다. 2002년 9월 24일 신문기사였다.

"장대한이 누구지. 장대한은 누구고 이대형은 누구일까."

그는 자신도 모르게 낮은 소리로 읊조렸다. 그 말에 컴퓨터에 고개를 처박고 있던 그녀가 그를 보았다. 무슨 미친 소리를 하느냐는 듯 의아한 표정이었다. 이지훈은 그제야 절박함을 넘어선 미안함이 다가왔다.

"박미숙 씨, 미안합니다. 그렇지만 당신이 아는 것은 진실이 아닙니다. 난 사건이 일어난 즈음 김해가 아닌 서울에 있었으니까요. 그리고 내 이름은 이대형이 아닙니다. 내 이름은 이지훈입니다, 이지훈. 지혜로울 지(智)에 공훈 훈(勳) 자. 대형이란 이름은 보지도 듣지도 못한 이름입니다. 내가 어쩌다 이런 일에 휘말리게 된 건지 몰라도 난 살인범도, 아니, 범법자는 더욱이 아닙니다. 난 내가 지난 세월을 노숙자로 살며 의지가지없는 가뭇한 시간을 보낸 탓에 또렷하게 떠오르는 것이 하나도 없었습니다. 정말 내가 살인을 저지른 것이 아닌가 하고 의심해 보기도 했습니다. 그렇지만 진실은 하나였습니다. 내 이름은 이지훈, 남보라를 사랑하는 남자. 그런 탓에 여기까지 올 수밖에 없었습니다. 내가 사랑하는 여인을 위해서라도 누명을 벗어야만 했으니까요. 진심으로 죄송합니다. 믿지 못하겠지만 이것이 진실입니다."

박미숙은 다시 눈물을 흘리고 있었다. 두려움과 혼란 탓이리라. 그는 그녀에게 고개 숙여 사과했다.

"혹시 제가 적었던 제 주민번호, 제가 이지훈이 아니라면 지금 이지훈으로 살고 있는 사람에 대해 알고 있는 것 있습니까?"

그녀는 조심스레 손가락으로 방 안을 가리켰다. 그녀와 함께 방 안에 들어가자 검지로 화장대를 가리켰다. 이지훈이 서랍을 열자 서류봉투 하나가 있었다. 이지훈의 주민등록등본이었다.

"어이없네요. 이건 분명히 제 주민등록번호인데. 제가 빚에 쫓겨 도망치듯 회사를 나오면서 주민등록증을 잃어버렸습니다. 그런데 다른 사람이 내 이름으로 살고 있다니. 그래야만 말이 되잖습니까? 내 이름으로 살고 있다니. 내 이름으로."

다리에 힘이 풀렸다. 그도 모르게 방 안 한구석에 주저앉아 버렸다. 그렇지만 무언가 붙잡을 수 있을 것처럼 느껴졌다. 고개를 들자 침실로 달빛이 부어내리고 있었다. 커튼과 창살 사이에서 한줄기 희망처럼 달빛이 소나타를 연주하는 것 같았다. 그를 위해, 그리고 보라를 위해.

16

 '대찬 인생'을 부르고 또 불렀다. 그 노래는 〈할렐루야〉라는 영화 주제가였다. 'DJ처리'라는 가수가 부르던 것을 신세대 트로트 가수인 박현빈이 리메이크했다. 그 노래가 양 상사의 18번이었다. 양 상사는 그 노래 처음을 '좆 차고 태어나서'로 바꾸어 불렀다. 오로지 깡으로만 살아가는 남자의 노래 같았기 때문이었다. 1시간째 이 노래만 부르는데도 질리지 않았다. 오히려 부르면 부를수록 눈물이 났다. 사랑이라고 생각했던 미스 김을 놓쳐버린 양 상사에게 오늘은 남자로 태어나 가장 슬픈 날이었다. 한창 노래를 부른다고 생각했던 그는 어느새 마이크를 붙잡고 통곡하고 있는 자신을 발견했다. 살면서 이런 적이 한 번도 없었는데. 급기야 미스 김, 하며 목 놓아 울어버렸다.
 ―동생 어딘가?

김 사장의 문자메시지였다.

눈물을 떨어뜨리며 통곡하던 그는 반주가 나오도록 내버려 두었다. 마음을 수습하고 싶었다. 이대로라면 김 사장이 아니라 김 사장 아버지가 온다고 해도 시비 걸고 싸울지 몰랐다. 몇 번이나 심호흡을 하고 미스 김을 떨쳐 내려 애썼다. 그렇지만 눈앞에서 웃고 있는 듯한 그녀의 모습이 당장에라도 손에 잡힐 것만 같았다.

남자가 이래서는 안 돼. 사내대장부가 여자 하나 보냈다고 이런다면 무슨 일을 하겠어. 생각은 그랬지만 마음은 또 달랐다. 바람피우는 것들 뒷구멍이나 캐고 다니는 주제에 무슨 남자다운 일을 한다고. 사랑을 놓친 남자가 역사에서 성공한 사례가 있던가. 에잇, 바보 같은 양 상사. 자신을 힐난했다.

―어디냐고. 이구아나 찾자.

다시 김 사장이었다. 이번에는 눈이 확 뜨였다. 이구아나를 찾자고? 그렇다면 그것은 지금까지 일을 연결해 준 형사에게 반란을 꾀하는 것인데.

양 상사는 확실하지 않지만 김 사장이 물어오는 거액의 일은 철저히 분화되어 있다고 짐작했다. 양 상사와 김 사장이 했던 일은 그 하나로는 온전하지 않았다. 그렇지만 분화되어 있는 일이 합쳐진다면 올바른 하나의 모습이 드러날 것이라고 생각했다. 그가 말하지 않아도 그 사실은 김 사장도 인지하고 있을 것이 뻔했다. 단지 큰 고객에게서 일거리를 빼앗기기 싫어 입을 다물고 있었을 뿐.

진청색 점퍼 소매에 눈물을 훔친 양 상사는 벌떡 일어나 다시 노래를 불렀다. 목이 터져라 불렀다. 대찬 인생. 대찬 인생을 위해. 하도 악을 쓴 탓에 높은 음은 올라가지도 않았다. 콜록, 기침이 터져 나왔다. 그래도 알 게 뭐냐. 목숨 한번 걸어봐.

  노래방을 나왔다. 하늘이 무척이나 맑았다. 어제 그의 손으로 미스 김의 시체를 묻었다고 생각할 수 없는 날씨였다. 이런 걸 바로 하늘이 무심하다고 하는 거야. 하늘을 향해 속삭인 그는 잠실 KT 건물 뒤에 있는 사무실로 향했다.

  낡은 건물의 5층 상가 중 3층에 위치한 사무실은 계단부터 매캐한 냄새를 풍겼다. 벌써 10년째 맡아오는 냄새지만 단 일 분도 맡고 싶지 않은 냄새였다. 3층 사무실 가까이 다가가자 매캐한 냄새는 화장실과 붙어먹어, 굳이 표현하자면, 구리고 매캐한 냄새가 되었다. 맡기 싫어도 매일 맡던 냄새였다. 그런데 다른 냄새 하나가 더해져 있었다. 쇠를 갉아 혀로 맛을 보는 듯한, 바로 피였다. 고개를 갸우뚱하며 양 상사는 사무실 문을 밀었다. "저 왔습니다." 하며 미안한 감정을 덧붙이면서. 순간 펼쳐진 광경에 무릎이 꺾일 뻔했다. 며칠 전 정리했던 사무실은 그날보다 더 어지럽혀져 있었다. 거기다 배를 움켜쥐고 입으로 피를 토하는 김 사장을 보자 그도 모르게 억, 하고 신음을 토했다. 사무실 전화로 달려간 그는 황급히 119를 눌렀다. 전화를 끊은 뒤 김 사장에게 정신 차리라며 고함을 질렀다. 남들이 본다면 발악하는 양 상사가 어디 아픈 줄 여길 정도로.

  "형, 누가 왔던 거야? 똥개였어? 이구아나? 아니면? 아 씨팔 새끼들, 엊그제 청소했는데 사무실은 또 왜 더럽혔대? 형이 찌를 데가 어딨다고 형을 찔러? 나를 찌르지."

김 사장에게 달려가 움켜쥔 배를 꽉 눌렀다. 김 사장은 오른 검지로 책상 위에 쌍디귿을 썼다. 똥개의 'ㄸ'이다. 사력을 다하며 그가 오길 기다렸는지 김 사장은 쌍디귿을 쓰자마자 정신을 잃었다.

"이 씨팔 새끼. 아니, 똥개 새끼. 가만 두지 않겠어. 백두산부대 전설의 호랑이를 건들었다 이거지?"

감정보다 안위가 우선이었다. 북받치는 감정에 고함을 지른 양 상사는 황급히 김 사장의 목에 손을 가져다댔다. 다행이 미미한 맥이 뛰었다. 멀리서 사이렌 소리가 들려왔다. 데시벨이 점점 높아졌다. 김 사장을 살릴 수 있을 것 같았다. 그렇지만 미스 김 복수는 결국 사랑했던 그의 몫으로 고스란히 남게 되었다. 거기다 3층의 매캐한 구린내 같은 김 사장의 복수마저 더해졌다.

양 상사는 목구멍으로 넘어오는 소리에 겨우 힘을 주었다.

겁날 게 뭐가 있냐, 제대로 한판 붙어봐.

목소리는 겨우 넘어왔지만 똥개와 한판 붙을 수 있기나 할까. 현실은 생각과 너무 먼 곳에 있었다. 똥개는 대한민국 최고의 직업살인마다. 겨우 태권도 7단으로 살인 9단을 이길 수 있을까. 심장이 제멋대로 뛰어댔다.

한 번 죽지 두 번 죽냐, 덤빌 테면 모두 덤벼…….

결국 목소리가 갈라지고 말았다. 그래도 물러날 수 없었다. 이왕 이렇게 된 것, 갈 때까지 가보는 거다. 그게 남자다. 양 상사는 어금니를 꽉 깨물었다.

스타렉스 밴을 몰고 김 사장의 농장으로 향했다. 잠실 병원 간호사가 전화를 걸어왔다. 다행히 목숨은 건졌지만 의식이 없다고 말했다. 돌아가신 아버지가 살아난 것처럼 기뻤다. 장돌뱅이처럼 살아왔던 양 상사에게 김 사장의 존재가 각인된 순간이었다. 그는 아버지이자 형이었고, 인생의 선배이자 다정한 친구였던 것이다.

미스 김 복수도, 김 사장 복수도 내가 하겠소. 걱정 마쇼.

농장에서 닥치는 대로 장비를 실었다. 복수를 하겠다고 다짐한 이상 잠복은 필수였다. 살짝 해묵은 첨단 장비 역시 마찬가지. 거기다 가급적 얼굴을 드러내지 않아야 했다. 도와줄 사람도 없었다. 오로지 스스로 도와야 했다. 그런 의미에서 김 사장의 철두철미함은 그가 지녀야 할 첫 번째 첨단장비였다. 김 사장이 늘 강조하던 첫 번째는 설계를 하라는 것이었다. 어떤 스토리로 어디서 시작하고 어떤 과정을 거쳐 어떻게 마무리할 것인가. 일에 대한 설계. 거기서 그가 강조하던 첫 번째는 몸을 다치지 않고 손해를 보지 않는 것. 몸을 다치지 않는 것을 최우선 순위에 넣는 것은 당연한 일. 지금 상황에서 양 상사가 몸을 다친다면 모든 것은 물거품이 된다. 그러나 손해를 보지 않는 것은 무의미하게 여겨졌다. 당장 설계는 되지 않았다.

어디서부터 시작하고 어떻게 일을 이끌어 마무리할까.

그도 모르게 제길, 하고 혀를 찼다. 부족한 머리는 어떻게 해도 업그레이드할 방도가 없었다. 그가 남자라는 사실처럼 타고난 것이니까. 그래도 러시아제 첨단 장비들이 조금은 위안이 되었다. 무선 도감청 기계, 원반형 음성 증폭기, 적외선 투시경, 6연발 고무총 등. 거기다 연막탄까지 네 발이나 있었다. 마음만 먹었다면 마산을 드나드는 러시아 선원들에게 권총도 구했을 것이다. 그때 김 사장이 걸작 같은 말을 남겼다. 인간 이하와 상대하더라도 그들이 밟고 있는 아래 계단으로 내려서지 말자고. 내려서는 순간, 그들과 다를 바 없어진다고.

차를 몰아 잠실까지 한달음에 돌아온 그는 생각에 잠겼다. 김 사장이 말하던 설계. 그러나 한계는 너무 빨리 다가왔다. 결국 과부하가 걸린 뇌에서 김이 모락모락 피어오르는 것 같았다. 개 버릇 남 못 준다고 얼결에 들이닥친 곳은 런던 다방.
"커피."
양 상사는 심호흡을 했지만 목소리가 떨렸다. 미스 김 때문이었다. 전형적인 구식 다방에 오로지 손님은 양 상사. 여사장도 어쩔 수 없는지 커피를 들고 다가왔다.
"이년이 야반도주를 했나 봐. 나한테 갚을 돈도 있는데."
미스 김에게 줄 월급이 남았겠지. 양 상사는 속으로 대답했다. 상술 좋은 여주인은 능글맞게 그를 보며 웃었다. 처세술의 달인. 순간 번득이며 머릿속이 맑아졌다.
"저기 사장, 가까이 와봐. 응?"
"어이구, 양 상사 영감탱이. 이제야 내 진가를 알아주나 보지. 어때, 내 엉덩이라도 만져 볼라우."

냄새난다, 이년아. 엉덩이는 제발 치워라.

"으허허, 그게 아니고. 내가 고민이 좀 있어."

"고민? 뭔데? 내가 해결해 주면 오늘 데이트 해주나?"

이 여자가 내게 마음이 있었나? 그렇지만 냄새나는 저 엉덩이는 도대체⋯⋯.

그녀의 펑퍼짐한 몸이 교태로 흔들거렸다. 양 상사는 헛구역질을 참으며 고개를 끄덕였다.

"저기 늑대 같은 놈이 하나 있어. 그런데 아무리 잡으려고 해도 굴에서 나오지를 않아. 정말 능구렁이 같은 놈이지. 내가 그놈을 치고 싶은데 어떻게 하면 될까? 그런데 내가 그놈에 대해서 아는 것이 없어. 어떻게 하면 될까?"

흥, 하고 콧소리를 낸 여사장은 "양 상사, 보기보다 순진하다." 하며 웃었다. 그러면서 슬쩍 엉덩이를 붙여왔다. 움찔 몸이 굳었다. 같은 여자인데 왜 이리도 다를까.

"양 상사 말은 늑댄지 능구렁인지 그놈이 뭔가 비밀을 쥐고 있는 거지? 그래서 아는 것이 없다는 거고. 게다가 웬만해서는 몸을 사리고 나타나지 않고. 딱 경찰 같은 놈이고만."

양 상사는 헉, 하고 비명을 질렀다. 여사장은 과거 점쟁이였던 걸까. 굳었던 몸이 일순 다른 긴장으로 뻣뻣해졌다.

"간단해. 배짱과 협박이지 뭐. 늑대가 있는 소굴로 찾아가. 그리고 큰소리를 치고 얼른 빠져. 대신 많은 말을 하면 안 돼. 다 알고 있는 것처럼 허풍을 쳐야지. 그럼 제 풀에 양 상사를 찾게 돼, 암."

"배짱과 협박?"

비 오던 하늘이 맑게 개는 것 같았다. 정답인지 알 수 없지만 적어도 양 상사가 생각해 낼 수 없는 것이었으니. 설계가 됐으니 밀어붙여야겠지. 양 상사는 커피 두 잔 값을 치른 뒤 다방을 나왔다. 계단을 내려가는 그의 뒤통수에 "모레 새 아가씨 와."라는 여주인의 고함 소리가 들러붙었다. 머릿속에서 미스 김 생각이 물러나며 새 아가씨라는 이름이 몰려오자 "에잇, 나쁜 양 상사."라는 푸념을 터뜨렸다.

17

 택시기사는 노련했다. 60살이 넘어 보였다. 개인택시라 오토매틱 기어 차량을 쓸 법한데 여전히 수동 기어 차량이었다. 그런 탓인지 반응속도가 빨랐다. 백용준은 조수석 손잡이를 잡고서도 몸이 휘청거리는 것을 몇 번이나 느꼈다. 앞지르기와 좌회전, 속도를 낼 때와 줄일 때를 마치 본능인 것처럼 알고 있는 기사였다.
 "이제 보입니다."
 대로변 사거리에서 잠시 추격하던 택시를 놓쳤다. 경찰병원을 막 지날 때였다.
 "가락시장으로 가다 길을 꺾었어요. 마땅히 길이 없을 텐데."
 RPM이 오르며 윙, 하는 엔진 소리가 들렸다. 기사는 기어를 급히 4단으로 바꾸며 금세 80킬로미터가 넘는 속도를 내기 시작했다.

"일부러 길을 구불구불하게 가는 겁니다. 쫓아오기 힘들게요."

기사의 가르랑거리는 목소리가 연륜처럼 느껴졌다. 기사는 기어를 2단으로 내리며 우회전 길에서 속도를 줄였다.

"아, 이제 확연히 가까워졌네요."

우회전을 한 뒤 속도를 높이던 기사의 목소리가 밝아졌.

상황을 끊임없이 주시하던 백용준도 놓칠 것 같다는 불안감이 엄습했다. 노련한 기사의 핸들링에도 거리는 좀처럼 가까워지지 않았으니까. 그런데 우회전을 하는 순간, 회색 GM대우 택시가 어디가 아프기라도 한 것처럼 빌빌거리며 속도를 높이는 중이었다. 가락시장과 송파경찰서 중간쯤에 있는 소방도로였다. 좁은 2차선으로 길 건너편은 공원이었다. 맞은편에 차량이 달려오지 않는 것을 확인한 기사는 짧은 찰나 기어 변속의 진수를 보여주었다. 차는 쏜살같이 튀어나가 회색 택시와 나란히 달리기 시작했다. 가속에서 백용준이 탄 차가 승. 차는 채 3초가 지나지 않아 회색 차량을 앞질렀다. 멀찍감치 앞질러 간 택시는 뒤차가 멈춰 설 거리만큼의 여유를 확보한 뒤 급브레이크를 밟았다. 백용준도 포탄처럼 차에서 튀어나갔다. 그의 손에는 어느새 권총이 들려 있었다.

"왜 그러십니까?"

담배를 문 기사는 장사도 안 되는데 왜 이러냐며 불만을 터뜨렸다. 담배 연기를 백용준에게 뿜으며 뒷자리를 보라는 듯 고개를 반쯤 젖혔다.

놓쳤다. 이대형을 놓쳤다. 어이가 없었다. 한순간도 놓치지 않고 뒤를 추격했는데 어째서 이런 일이.

뒤따라왔던 노련한 택시기사도 할 말을 잃었는지 담배 하나를 꺼내 물었다.

백용준은 눈대중으로 택시를 살폈다. 그가 타고 왔던 택시라면 웬만한 택시들은 추월하거나 앞질러야 정상이었다. 그러다 기사가 쥐고 있던 핸들을 보자 고개가 끄덕여졌다. 작고 콤팩트한 경주용 핸들이었다. 총알택시 기사, 모르긴 몰라도 기사는 한때 속도에 열을 올린 스피드 드라이버였을 것이다.

허, 하고 쓴웃음을 지은 백용준은 회색 택시를 보냈다. 다시 택시에 올라탄 백용준은 기사에게 송파경찰서로 가자고 요청했다. 허탈한 마음이 전신을 지배했다. 경찰서 앞에서 제지하는 경비경찰을 보자 두 손가락을 들어 인사했다. 한창 길을 가르쳐 주던 모양인 듯했다. 길을 묻는 남자에게까지 정신을 쏟을 기력은 이미 없었다.

사무실에 들어서자마자 의자에 푹 몸을 묻었다.

"왜?"

컴퓨터로 서류를 검색하던 중인지 정 팀장은 고개를 들지 않고 물었다.

그들 당대의 표현으로라면 시크하다고 해야 할까. 정덕화 팀장이 청춘의 페로몬을 한창 날리던 시기, 그는 뭇 여인들의 동경의 대상이었다. 185센티미터나 되는 훤칠한 키와 서글서글한 눈매. 서두르지 않는 여유와 큰일 앞에서 뿜어지는 박력까지. 벌써 그와 한 사무실에서 일한 것만 17년. 그사이 그도 많이 늙었다. 벌써 나이 오십 하나. 경감[4]인 그가 경정으로 진급하기는 어려워 보이니 정년도 이제 10년이 남지 않은 건가.

"놓쳤습니다."

"뭘? 누굴?"

그제야 정 팀장이 고개를 들었다. 형사에게 놓쳤다는 소리는 마누라 집 나갔다는 소리와 동급이니까. 그것보다 조금 위라고 봐야 하나.

"이대형이요."

말을 하며 일부러 얼굴을 감쌌다. 정 팀장과 눈을 마주치지 않으려는 이유였다. 그새 정 팀장은 그의 오른손을 얼굴에서 떼어 냈다. 마치 그를 바라보라는 듯.

"그래서, 그래서 어떻게 한 거야?"

여기 왔잖아요, 하는 뜻으로 백용준은 검지를 펼쳐 사무실을 콕 찍는 시늉을 했다.

"어이그, 자알 한다. 벌써 소문 자자해. 과장님이 이대형에 대해 아신 모양이야. 10년이나 묵은 사건이고 해결하면 송파서 알릴 수 있는 좋은 기회도 되니까. 해서 1팀으로 사건 정식 배당한대."

"예?" 하고 되물으며 백용준이 벌떡 일어섰다. 이미 자신이 해결한 것이나 다름없는 사건인데. 더구나 박미숙이 그에게 해결해 줘요, 하고 손까지 꼭 쥐어주며 미리 의뢰비도 낸 사건인데 그게

---

[4] 경감, 경정 : 경찰 계급 중 경감은 태극을 감싼 무궁화 둘, 군으로 치자면 대위에 해당. 경정은 태극무궁화 셋으로 소령과 중령 사이 정도에 해당.

1팀으로 가다니.

"말도 안 됩니다."

그거 잘 해결하면 박미숙까지 굴러들어 오는데. 생색내며 한번 만나자고 말할 수 있는데.

"말이 안 되니까 글로 내려보냈지. 서내 문서로 왔으니까 읽어봐. 그리고 우리 팀은 외국인 강사 마약범 잡느라 다들 정신없잖아. 너도 잠복 가야잖아, 안 그래?"

"그렇긴 해도, 최현정 순경하고 다 얘기해서 빠졌는데."

어이없고 허탈하고. 이런 일이 한두 번은 아니었지만 이럴 때마다 경찰 일을 해야 하나 하고 심각하게 고민할 때가 많았다. 현장 일과 지휘는 엄연히 달랐으니까. 집념을 불태우며 범인을 잡으려는데 사건이 다른 팀으로 가버렸다니.

"에이 씨."

"뭐, 에이 씨? 너 지금 나한테 대드는 거야?"

정 팀장이 바락 열을 올렸다.

"오늘 식당 점심 메뉴가 재첩국이잖습니까. 조개류 알레르기 있는데 나가서 사먹어야죠. 그래서."

슬쩍 고개를 돌리며 일어섰다.

"같이 가, 나도."

함께 일한 지 오래되다 보니 정 팀장과 백용준은 식성마저 비슷했다. 그가 형사일 때부터 잠복이다 뭐다 붙어 지냈으니 어쩌면 정 팀장 부인보다 더 살을 맞대고 살았으리라. 정 팀장도 순경일 때부터 함께 지낸 백용준을 아끼는 듯했고.

"어쩌려고 그래?"

백용준이 사건을 맡기까지 전말을 아는 정 팀장은 사건보다 박미숙과 맺어진 관계가 더 신경이 쓰이는 눈치였다. 정 팀장이 산 다기에 삼선자장 곱빼기를 시킨 백용준은 소라를 골라내다 고개를 들었다.

"뭘 어째요? 이미 제 손을 벗어났는데. 형님도 참. 그리고 제가 결혼 안 하면 세상이 망하기라도 한답니까?"

"응."

능청스럽게 응, 이라고 뱉은 정 팀장은 뭐가 우스운지 크게 웃기 시작했다.

"용준이 너 인마, 여자 만나고 이렇게 조바심 내는 거 첨이야. 알기나 해? 그러니 내가 웃지. 너 의경 때부터 봤잖아. 지금 너 서른여덟이다. 햇수로 십팔 년이야. 한 번도 이런 적 없었다고, 알아?"

"형님이 사건 말하신 겁니까?"

자장면을 후루룩 걷어 올리던 정 팀장이 고개를 저었다. 경찰청에서 자료가 넘어오며 뽀록난 걸까. 어떻게 과장이 알았을까. 하여간 민간인들이 아는 것과 달리 경찰 일, 비밀이 없다니까. 송호근 1팀장이 번득 스쳤다. 그의 부인은 경찰청 과학수사센터에서 일하고 있었다. 박미숙에게 자료를 받았을 때 '주민등록재등록신고서'에 찍힌 지문의뢰를 했다. 송 팀장이 이번 일을 해결하면 승진에도 영향이 있을 것이다. 그랬거나 저랬거나 당장 알 게 뭔가. 고개를 저으며 그도 자장면을 흡입기처럼 걷어 올리기 시작했다.

박미숙에게 전화가 걸려온 것은 사흘 뒤 밤이었다. 사건은 이미 1팀에서 수사 중이므로 그녀에게 전화를 걸 구실이 없던 백용준은 쾌재를 불렀다. 그러나 그의 마음과는 달리 그녀는 울고 있었다.

잠복을 내치고 한달음에 그녀의 원룸 주소지를 찾아갔다. 12시가 넘은 시간이었다. 여인의 집을 처음 찾아간다는 설렘이나 두려움도 없이 초인종을 눌렀다. 그만큼 그녀가 절박하게 느껴졌다.

백용준이 거실에 들어서자 싸한 발 냄새가 거실에 퍼졌다. 무춤한 그는 "잠복 때문에 집에 못 간 게 삼일 째라서요." 하고 변명했다.

백용준은 순간 끝이라는 단어가 떠올랐다. 키 작고 나부대대해, 직업도 형사야, 잠복 때문에 며칠씩 집에도 못 들어가는데 거기다 적절히 코를 자극하는 발 냄새라니. 그도 모르게 얼굴이 화끈거렸다. 그런데 울던 그녀가 갑자기 미소를 지었다.

"왜… 왜 그러십니까?"

"겁나는데 웃겨서요."

백용준을 보자 안심이 되는 듯 그녀는 이야기를 늘어놓았다. 이대형에 관한 것이었다. 대담하게도 이대형이 그녀의 집까지 찾아왔다는 내용이었다. 그러면서 이대형은 자신이 이대형이 아니라 이지훈이라고 말했다는 대목에서 박미숙의 목소리가 높아졌다.

"어떻게 생각하세요?"

백용준이 박미숙에게 물었다. 그도 그럴 것이 박미숙의 직업은 사람을 대하는 것이었다. 공무원이라고 하지만 사람을 대하는 직업은 그들만의 노하우를 가지고 있다. 박미숙 역시 민원인을 대하며 그들을 웃게 하거나 기분 좋게 만들 노하우가 있을 것이다. 그 노하우의 기저에는 사람을 살피는 혼자만의 기준이 있을 테니까.

묻는 의도를 파악한 듯 박미숙은 "그가 진심을 말하고 있는 것 같았습니다."라며 큰 한숨을 쉬었다. 아마 그녀는 스스로를 다그치거나 채찍질하는 모양이었다.

이대형은 박미숙이 스스로 나서서 범죄자인 것 같다고 말했던 사람이다. 그랬던 그가 살인자로 밝혀진 것까지는 좋았지만 그가 범인이 아니라며 그녀에게 억울함을 호소했다. 이대형은 지금 궁지에 몰려 있었다. 박미숙에게 나타난 그가 어떤 상해나 강도, 절도조차 하지 않고 억울함만을 호소한 채 사라졌다. 그런 이대형을 어떻게 생각해야 할까.

"용준 씨, 이대형이라는 사람, 그 사람 자신이 이지훈이라고 말하는데 눈물까지 고였습니다. 노숙자로 살았지만, 그래서 기억마저 희미하지만 그는 분명 이지훈이라고 했습니다. 그가 노숙자로 살며 인생을 패배했다고 생각하고 또 대인기피증이 있었다면 제가 그를 범죄자로 본 것은 수긍이 갑니다. 매일 사람을 대하는 게 제 일이니까요. 그렇지만 왜 그가 이대형이 되었을까요?"

허를 찔린 기분이었다. 이대형이 이지훈일 거라고 생각해 본 적 없었다. 이 사건을 수사하면서 가정조차 해본 적 없는 사안이었다. 만약 동사무소에 나타났던 그가 이대형이 아니라 정말 이지훈이라면 도대체 사건이 어떻게 되는 것인가. 황재현이 말한 완전한 살인이란 결국 반대적 의미를 지닌 허상이었을까. 도대체 어떻게 된 일인가, 이대형이 이대형이 아니라니. 백용준은 머릿속이 복잡해졌다.

이 일을 황재현은 어떻게 생각할까. 다른 의견이 필요했던 백용준은 늦은 시간이었지만 황재현에게 전화를 걸었다. 심각하게 이야기를 듣던 황재현은 "함께 수사할 수 있겠소." 하고 물었다. 1팀 몰래, 또 정 팀장의 묵인하에 사건을 수사할 수 있을까. 대답은 예스였다. 황재현은 월차, 연차에 사용할 수 있는 모든 휴가를 써서 서울로 오겠다고 말했다. 백용준은 그것보다 정 팀장을 설득해 파견수사를 할 수 있도록 조치해 보겠다고 말했다.

사건을 찬찬히 복기했다. 박미숙이 느낀 내용이 사실이라면 이 수사는 과거부터 현재까지 모두 엉터리가 되고 만다. 수사는 길을 잃은 것이다. 심각함에도 발 냄새는 가시지 않고 주변을 맴돌았다. 결국 박미숙은 코를 막고 화장실을 가리켰다.

아, 사랑도 길을 잃어가는 것일까. 그가 이대형을 놓쳤던 바로 그 사거리에서처럼.

18

"절대 이 사건에서 빠지기 싫습니다."

박미숙이 고집을 부렸다. 살인사건이었다. 이지훈이 살인자가 아닌 피해자라고 가정한다고 해도 엄연히 장대한이라는 사망자가 나온 강력사건이었다. 그렇다면 형사가 아닌 일반인은 어떡하든 빠지고 볼 일이었다. 보통사람이라면 대부분 그렇게 반응할 것이다. 그런데 박미숙은 끝까지 고집을 부리고 있었다.

그녀를 보자 백용준은 담배 연기보다 거친 한숨이 토해져 나왔다. 철이 없는 걸까. 아니라면 사춘기 소녀처럼 모험을 좋아하는 걸까.

상황은 30분 전으로 거슬러 가야 했다.

"생각해 보세요. 제가 사건에 개입한다고 해서 손해 볼 것은 없잖아요."

그녀의 말은 틀리지 않았다. 그렇다고 해서 꼭 맞는다고 말할 수도 없었다. 이대형이 되었든, 이지훈이 되었든 현재 그는 살인 사건의 유력한 용의자였다. 상황이 어떠하든 간에 박미숙을 사건에 개입시킬 수는 없는 노릇이었다. 백용준이 팔짱을 끼자 자연스레 황재현과 박미숙도 팔짱을 꼈다. 그때 백용준의 휴대전화가 울렸다.

"네, 팀장님."

[일단 마약수사에서는 자네를 뺐어. 그리고 과장에게는 비밀로 할 거고. 따로 수사해. 자네 말대로라면 1팀장이 진범을 잡는 일은 요원해 보이니까. 도박인 거 알지?]

"네."

[수사 진행 상황만 보고하고 나머지 일에서는 모두 빠져. 최단시간에 해결해야 해, 알겠나?]

정 팀장이 결국 백용준을 감싸 안았다. 도박을 건 것이었다. 현재 상황이라면 1팀장이나 백용준과 황재현 중 누구든 이대형을 잡는다 해도 문제 될 것은 없었다. 그러나 2002년 발생했던 살인사건 진범은 아니라는 뜻이 되었다. 진범을 잡는 게 요원하다는 말은 그렇게 설명되는 셈. 물론 이 가정에는 박미숙이 말한 이야기가 사실일 경우라는 전제단서가 필요했지만.

황재현이 도착하기 직전까지 이런 거 아닐까요, 저런 거 아닐까요, 하는 박미숙의 추측에 속으로 웃음을 지었다. 사건과는 별개로 그녀와 가까이 이야기한다는 설렘 때문이었다. 그러다 황재현과 함께 박미숙은 이런저런 이야기를 주고받기 시작했다.

"생각해 보세요. 어떻게 이런 일이 벌어졌는지. 무언가 구멍이 있는 게 분명하다니까요. 두 분도 공무원이니까 불합리한 정부제도와 허섭스레기 같은 일들을 많이 보셨을 거 아니에요?"

"그거야 그렇지만 이번 사건과 그게 무슨 상관입니까?"

백용준이 에둘러 불만을 던졌다.

"혹시 이런 거 아닐까요?"

"어떤?"

황재현은 어떤 가능성 하나라도 놓치지 않겠다는 듯 박미숙의 이야기에 귀를 기울였다. 그도 그럴 것이 그가 10년간 잊지 않고 추적해 온 '이대형'이 만약 '이대형'이 아니라면 사건은 미궁에 빠지고 만다. 그가 말했던 '완전한 살인'은 그런 면에서 맞아 들어갔지만 상황은 엉뚱하게 전개되고 있었다. 백용준도 마찬가지지만 이대형을 직접 대면했던 박미숙의 증언과 추정, 그가 내놓는 의견은 황재현에게 중요할 수밖에 없었다.

"우리나라 주민등록법요. 용준 씨는 어떻게 생각해요?"

박미숙은 이야기를 꺼내기 전 반드시 무언가를 묻는 독특한 버릇이 있었다. 대답을 구하듯 그녀가 백용준과 눈을 맞추었다.

"보완하거나 고쳐야 할 점이 실제로 많죠. 주민등록증만 해도 개인정보가 줄줄 새는 형국이니까요. 게다가 주민등록증에서 지문과 같은 그런 자료들을 한꺼번에 관리하는 나라는 우리나라밖에 없다고 들었습니다. 안 그런가요?"

백용준이 그녀의 질문에 대답했다.

"그렇죠, 맞아요. 제가 공무원이기는 하지만 국민을 통제하기 위한 수단으로 이것만큼 완벽한 것은 없죠. 전 세계 어떤 나라도 지문과 함께 생년월일과 사는 곳이 숫자체계로 암호화된 주민등록증으로 통제하는 나라는 대한민국뿐일 걸요. 혹시 〈용의자 X의 헌신〉이란 일본 추리소설 읽으셨나요. 거기만 해도 그렇잖아요. 천재 수학자가 시체를 바꾸는 트릭에서 가장 공을 들인 부분 중 하나가 지문관련이었거든요. 그게 한국이었다면 말도 안 되는 트릭이 되는 거죠. 안 그래요?"

책이라고는 읽어본 적이 없다시피 한 백용준은 흠, 하고 헛기침을 하며 황재현을 보았다. 황재현 역시 마찬가지인지 백용준과 눈이 마주치며 얼굴을 붉혔다.

"책 얘기는 넘어가고 하고 싶은 말이 뭡니까?"

"두 분 다 머리 나쁘시구나. 바로 트릭이라는 거죠, 트릭."

"트릭이라니요?"

백용준이 황재현을 보았다. 황재현도 궁금하기는 마찬가지인 눈치. 박미숙의 거침없는 언변에도 불구하고 대꾸 한마디 없이 두 형사는 꼬리를 내렸다.

"생각해 보세요. 이대형은 이대형이 아니라 이지훈이라고 했죠. 그런데 제가 조회한 이지훈은 서울 잠실에서 버젓이 살고 있었거든요."

"그 얘기는?"

황재현의 눈매가 가늘어졌다.

"바로 이지훈과 이대형이 주민등록이 바뀌지 않았나 하는 것이죠."

"그렇다면?"

백용준은 재빠르게 말을 이었다.

"지금 이지훈으로 살고 있는 남자가 바로 살인사건의 진범이라는 이야기입니까?"

"빙고."

박미숙은 혀를 쏙 내밀며 그녀가 말한 추리가 맞지 않겠냐는 듯 자신 있는 표정을 지었다.

박미숙이 설명을 마쳤지만 궁금증 하나가 해결되지 않았다. 어떻게 해서 이지훈과 이대형의 주민등록이 바뀌었을까.

"일단 제 이야기를 들어주십시오. 십 년 가까이 잊지 못하던 사건이지만 형사가 가능성으로 움직이는 일은 없습니다. 특히 감으로 움직이는 일도 없고요. 증거 제일주의, 이것은 형사의 철칙입니다. 눈에 드러난 것부터, 즉 확실한 것부터 짚고 넘어가 봅시다. 사람이 죽었습니다. 2002년 9월 23일 발견되었습니다. 사체의 신원은 장대한. 유류품 중에 지갑이 있었습니다. 그의 가족관계와 생활반경, 평소 모습 등이 밝혀집니다. 그가 거주하던 원룸에는 곳곳에 혈흔과 격투흔이 남아 있었습니다. 지문 역시 마찬가지였죠. 곧바로 수사팀은 이곳에서 사망한 뒤 장유폭포 인근으로 유기된 것으로 잠정 결론지었습니다. 원룸 현장에서 나타난 지문은 이대형. 살인을 저지른 흉기까지 그를 지목했죠. 이대형은 살인혐의로 공개 수배되었습니다. 그 뒤로 흔적조차 없었습니다. 더구나 그를 체포하지 못했던 가장 큰 이유는, 박미숙 씨 말씀처럼 국민에 대한 통제가 완벽하다시피 한 대한민국에서 그의 흔적을 찾을 수 없었기 때문입니다. 마치 유령 같았죠. 며칠 전 이대형이 모습을 드러냈습니다. 바로 동사무소에 주민등록을 살리겠다고 나타났던 거죠. 박미숙 씨가 중간에서 활약하신 이야기는 빼겠습니다."

이때 박미숙은 불만스러운지 입술을 삐죽였다.

"백용준 형사가 찰나의 시간차로 그를 놓치고 말았습니다. 그리고 택시를 타고 추격전이 이어지지만 결국 놓쳤죠."

확인하듯 황재현이 백용준을 보자 스스로가 실망스러운 듯 고개를 떨어뜨렸다.

"그리고 어제, 정확히 아홉 시간 전이겠네요. 이대형이 박미숙 씨가 사는 이곳까지 침입하기에 이르렀습니다. 그런데 그가 한 가지 놀라운 주장을 하죠. 그 자신은 이대형이 아니라 이지훈이라고. 맞습니까?"

"네, 맞습니다."

박미숙은 힘차게 고개를 끄덕였다.

"자, 여기까지 사건을 이야기하면서 이대형이 범인이 아니라는 증거가 있었습니까?" 하고 물은 황재현은 그 자신에게 확인하듯 "없습니다."라고 자답했다.

"한데 저도 마찬가지지만 박미숙 씨도 이대형, 즉 이지훈이라고 주장하는 그가 범인이 아닐 것이라고 생각합니다. 저는 너무도 완전한 살인 탓에 의심을 품었고, 박미숙 씨는 범인과 대면한 뒤 아니라는 확신을 가졌습니다. 무리 없죠, 여기까지."

재차 황재현은 박미숙을 보며 그가 했던 말을 확인받았다.

"그런데 박미숙 씨가 한 가지 가설을 세웠습니다. 이대형과 이지훈이 주민등록이 바뀐 것이 아니냐는. 일단 묻고 싶습니다. 그게 가능합니까?"

황재현의 질문에 박미숙은 인터넷을 잠시 뒤졌다 자리에 앉았다. 곧 그녀의 이야기가 이어졌다.

"지금처럼 주민등록이 플라스틱형으로 바뀌며 최초 전산화된 것은 1999년 9월 16일입니다. 벌써 십 년이 넘게 흘렀군요. 전 국민의 주민등록, 즉 지문을 전산화하면서 프로그램상의 수많은 오류와 버그들이 생겼습니다. 또 일일이 손으로 입력하다 보니 실수도 많았습니다. 하나하나 기억나지 않습니다만, 디지털카메라를 사용하며 소위 뽀샵을 한다든지 하는 이점이 되는 오류도 있었습니다. 몇 년 만에 버그와 오류들은 고쳐졌죠. 그렇지만 보완에 관한 것, 즉 다른 사람이 타인의 주민등록을 도용한다던지, 엉뚱한 주민등록으로 새 주민등록증을 발급받는다든지 하는 오류들은 최근까지 제대로 해결되지 않았습니다. 상업적으로 사고파는 프로그램이나 물건에서도 오류가 발생해서 리콜이 되는 사례가 얼마나 많습니까. 그런데 비교적 시행 초기였던 정부 일에서 오류가 없었을까요. 그와 관련해 정부가 입장을 표명하거나 잘못되었다고 인정한 사례는 없지 않았습니까. 제 말의 결론은 누군가 강력하게 문제 삼지 않으면 지금도 해결하려고 시도조차 하지 않는 주민등록 전산상의 오류들은 충분히 있을 수 있다는 거죠. 이대형과 이지훈의 관계에서도 마찬가지 아닐까요. 현재는 원인을 알 수 없지만 이 둘이 어떠한 연유로 주민등록이 바뀌었다고 칩시다. 그럴 가능성이 제로라고 단정할 수 없지 않습니까?"

박미숙의 이야기에 황재현과 백용준은 고민하는 표정이 역력했다. 보이는 것으로 판단하는 형사들에게 보이지 않는 것을 박미숙은 믿으라고 주장하고 있었으니까.

"좋습니다. 다시 제 얘기로 돌아가 보죠. 이 사건이 도무지 이해 가지 않는다고 생각한 가장 큰 이유는 바로 지갑 때문입니다. 유류품 중에 지갑이 있었다고 말씀드렸습니다. 그런데 죽은 장대한은 암매장되었다 태풍 때문에 발견이 되었습니다. 암매장하는 사체에 신원을 밝힐 단서가 있다. 이상하지 않습니까? 당시 수사부에서는 충분히 그럴 수 있다는 의견이 지배적이었습니다. 사건 현장을 보았을 때 우발적인 사건이었다고 판단되었으니까요. 그런데 범인이 잡히지 않고 사건에서 하나둘 손을 떼자 오히려 객관적으로 사건이 보이는 겁니다."

"객관적이라니요?"

백용준이 의아하다는 표정을 지었다. 그도 그럴 것이 사건을 수사하는 내내 객관성에 목말랐을 텐데 떨어지고 나니 객관적이 되었다는 말은 어불성설이었기 때문이었다.

"이것은 제 가설입니다만…… 모든 증거가 바로 이대형이 범인이라고 말하도록 조작되었다는 것입니다."

사건에 대한 이야기를 더 꺼내려던 황재현이 시계를 보았다. 아침 6시 46분.

"일어납시다. 이대형이 잠실에 사는 이지훈을 찾아가지 않았을까요. 전 그랬으리라고 생각하는데. 이제 아침 시간이니 이대형은 그가 나오기를 기다리고 있지 않을까요. 박미숙 씨 말씀대로라면, 진짜 이지훈은 자신의 이름으로 살고 있을 가짜 이지훈을 기다리고 있지 않겠느냐 이 말입니다."

황재현과 백용준이 일어서자 박미숙이 버럭 소리를 질렀다.

"절대 이 사건에서 빠지기 싫습니다!"

박미숙의 고집은 두 형사를 옴짝달싹 못하게 했다. 도대체 그녀를 어떻게 해야 하는 걸까. 사건 관계자라는 사실에는 이제 이의를 달 수 없겠지만 그렇다고 사건에 참여시킬 수는 없는 노릇이었다. 그 순간 황재현이 백용준에게 절대 안 된다는 눈빛을 보냈다. 현관 오토센서 등 아래 백용준의 그림자가 한없이 작아지는 느낌이었다. 그와 반대로 사건에서 풍기는 거대한 그림자에 짓눌리며 백용준은 짙은 한숨을 내뱉었다.

19

 김 사장이 깨어났다면 나를 말렸을까. 양 상사는 고무총을 점검하며 생각에 빠졌다. 병원에 전화를 걸어본 바로는 여전히 의식불명이라고 했다. 김 사장이나 그나 의지가지없기는 마찬가지. 곁에서 돌봐야 하는 게 상식이지만 이미 상식은 깨진 지 오래.
 그런데 A/S는 구체적으로 무엇을 말하는 것일까. 양 상사는 며칠 전 김 사장과 나누었던 대화를 떠올렸다.

 "십 년쯤 전이었나. 왜 우리가 했던 일 있잖아."
 양 상사는 김 사장의 물음에 즉각 대답하지 못했다. 10년 전 했던 일이 하나둘이어야지. 당시는 젊은 육체와 주체하지 못하는 혈기 탓에 돈만 된다면 무엇이든지 했다. 단, 살인은 제외하고.
 "아, 재벌 첩 새끼 하나 필리핀으로 보낸 거요?"

"아니, 그거 말고. 그 뭐냐, 뺑이친 거 있었잖아."

"아이고, 사장님도. 그때 일치고 뺑이치지 않은 일이 어딨었어요? 다 뺑이쳤고만."

김 사장과 농담을 주고받는데 미스 김이 들어왔다. 김 사장은 그녀를 보자 이야기를 멈추었다. 중요한 이야기지만 미스 김이 듣는 것을 원치 않았고, 또 그녀를 쫓아낼 만큼 급한 이야기도 아니기 때문이었다. 미스 김은 쌍화차를 가져왔다며 "내 월급에서 깐대, 사장이." 하고 화를 냈다. 양 상사는 만 원짜리 한 장을 쥐어주며 "어이구 우리 애기, 그래쪄."라며 엉덩이를 토닥였다. 둘이 하는 본새가 재밌었던지 김 사장은 크흑, 하며 웃음을 터뜨렸다.

그때 미스 김만 아니었어도 A/S에 관해 자세히 들었을 텐데. 생각 끝에 눈물이 맺혔다. 그녀가 그에게 마지막으로 건넸던 쌍화차가 생각나서였다.

"내 이 새끼, 잡기만 해봐라."

생각은 다시 이구아나로 옮겨갔다. 현재 그가 할 수 있는 일은 이구아나를 잡아 족치는 일이었다. 이구아나를 잡아서 생각나는 아무거나 이어 붙여야 했다. 짧은 머리 탓에 늘 손발이 고생이지만 지난 15년은 김 사장과 함께여서 고생이 널했다. 김 사장이 없는 지금은 몸으로 때우는 수밖에 없었다. 그러다 보면 무슨 수가 생기겠지.

밴의 창문을 조금 내려 담배 연기를 내뱉었다. 아직 어둠이 내려앉지 않아 차 안에 있어도 이구아나가 양 상사를 알아볼 확률이 있었다. 뒷자리에 있다 해도 안심할 수 없는 상황. 그런 탓에 차를 이구아나가 드나드는 곳에서 멀찌감치 떨어뜨려 놓았다. 밤이 시작되면 작업 개시다.

아침부터 이구아나를 찾아다녔다. 은밀하게 찾아다니고 싶었지만 그가 아는 정보라고는 강남이 전부. 할 수 없이 강남 쪽에 있는 흥신소를 죄다 뒤지기로 했다. 머리가 딸리면 손발이 고생이라더니. 푸념이 터졌지만 어쩔 수 없는 노릇. 오전만 여섯 곳을 돌았다. 양 상사의 붉으락푸르락한 얼굴과 달리 그들은 태평했다.
"썩을 양 상사. 이 위중한 상황에 배가 고프다니."
강남이 비싸다는 선입견이 있던 양 상사는 김밥가게를 찾아 헤맸다. 5평이 될까 말까 한 가게를 찾아낸 그의 머릿속은 복잡하기만 했다.
"김밥 두 줄요, 라면이랑."
툭 뱉은 그는 하나 남은 테이블에 앉았다. 11시 20분. 그런데 채 2~3분이 지나기 전에 가게 앞에는 사람들이 줄을 서기 시작했다.
"우와, 아줌마. 장사 이렇게 잘되는 비결이 뭡니까. 줄이 그냥 백 미터는 되겠네."
"아유, 그걸 누가 공짜로 가르쳐 주나? 돈을 줘도 뭐할 판에."
"돈을 줘? 가만. 아, 난 왜 그런 생각도 못할까. 아, 진짜! 머리 딸리면 손발이 고생이네."
벌떡 일어선 그는 사무실로 달려갔다. 김 사장은 중요한 것들을 대부분 책상 서랍 칸의 윗부분에 봉투를 붙여 보관했다. 대부분 서랍은 빼보지만 마찰이 없는 서랍 칸의 윗부분을 뒤지거나 보지는 않으니까. 그곳에 보관되어 있는 것은 주로 돈이 들어 있는 통장이었다. 서랍을 열어 손을 쑥 집어넣은 양 상사는 봉투를 우악스럽게 뜯어냈다. 김 사장이 양 상사의 퇴직금조와 자신의 퇴직연금조로 모아둔 통장이 눈에 띄었다. 15년을 김 사장이 고집스레 모았던 돈이었다. 그중에서 천만 원을 찾았다. 오전에 들렀던 6곳 중 가장 명성이 자자한 강남기획에 들어갔다.

강남기획은 이른바 흥신소 업계의 큰손이었다. 웬만한 조직폭력배와 연계되지 않은 사업이 없거나 관여하지 않는 이권사업이 없다는 소문이 자자했다. 강남기획의 자산 역시 수천억 원대라는 소문. 그곳을 들쑤실 수 있다면 강남을 들쑤시는 것이다.

"이 사람, 참. 모른다니까 왜 자꾸 이래?"

두꺼비처럼 생긴 그는 눈알을 부라리며 양 상사를 보았다.

"나 지금 목까지 분노가 차버렸어, 알아? 김 사장은 칼에 찔려 혼수상태고, 내 애인은 내 대신 죽었어. 알아? 자, 이거 받고 떨어져. 두꺼비 영감, 당신이 강남에다가 이구아나한테 받은 프로포폴[5] 유통시키는 거 다 알고 왔어."

천만 원을 책상 위에 던지듯 내놓았다. 돈이 싫지 않은 듯 그는 쩝 소리를 내며 혀를 날름거렸다.

"당신 말이 사실이라면 이구아나 조금 맞아도 되겠구만."

얼른 영감은 돈을 금고에 넣었다.

---

5) 수면마취제. 의존성이 강해 신종 마약으로 유통되고 있음.

"이구아나는 사무실 같은 거 없어. 확실하지는 않지만 똥개 밑에서 일하고."

"그건 알아요. 어디 가면 만날 수 있습니까."

돈 탓인지 두꺼비 영감의 풀어진 태도에 양 상사도 조금 안정을 되찾았다.

"선릉역 근처에 '미스터 부'라는 중화레스토랑이 있어. 일이 없는 저녁에 늘 거기서 식사를 하거나 도박을 해. 내 이름은 빼고. 응?"

대답 대신 군홧발로 돌려차기를 했다. 책상 위에 있던 난화분에서 정확히 꽃만 떨어져 나갔다.

낮의 일이 떠오르자 뒷목이 뻐근해지는 희열이 느껴졌다. 어둠이 사위를 집어삼키며 밴 안의 대부분이 실루엣으로 보이기 시작했다. 기억도 실루엣처럼 차 안에 들어찼다. 어린 시절은 태권도 사부를 만나 운동만 했다. 남들이 수학이나 영어를 배울 때 그는 0.5밀리미터까지 오차 없는 돌려차기를 익혔고, 사람 셋이 나가떨어질 정도로 뒤돌아차기의 파워를 높이는 데 힘썼다. 그 탓에 머리를 쓰는 일은 젬병이었다. 하지만 몸으로 때우는 일은 언제나 자신 있었다.

고무총을 꽉 쥐며 어두워진 차 안을 둘러보았다. 비교적 출입국관리사무소의 관리가 소홀한 마산 항에서 여러 장비를 구입했다. 경제가 어려워진 탓에 러시아 인들은 돈이 될 만한 것은 구멍 난 양말까지 가지고 왔다. 그중 한동안 환영받았던 것이 러시아

제 첨단 경호장비였다. 공중파 방송에서도 경비회사들의 저가 불량 러시아 장비들에 대해 조명한 적도 있었다. 그중에서 특히 구린 데를 캘 수 있는 장비들이 인기였다. 부록처럼 따라오는 장비가 호신용품들이었고. 구린 데를 캐려면 몸 사리는 건 당연하니까. 당시 러시아 주방장이 권한 것이 권총이었다. 총알 스무 발과 함께. 그가 3백만 원을 불렀다.

"부산에선 십오만 원이면 구한다던데. 총알 몇 발이랑."

군인 출신인 양 상사는 꼭 구입하고 싶었다. 그러나 김 사장은 한사코 거부했다.

"그거 필리핀제 짜가. 쓰지도 못해. 러시아제는 찾는 사람 많아 올랐어. 그리고 요즘 부산 감시 심해. 삼백이면 거저!"

외항선 러시아 주방장은 손가락 세 개를 펼친 뒤 단호하게 고개를 저었다. 권총은 너무 비쌌다. 그 탓에 구입하지 않은 것이 오늘은 후회스러웠다. 어쨌든 그날은 러시아 주방장의 '짜가'와 '거저'라는 말에 호쾌하게 웃었다. 그러나 오늘은 웃음 지을 수 없었다.

"꼭 잡을 거야. 꼭."

주먹을 불끈 쥐었다. 그러기를 벌써 몇 시간째. 이구아나는 낮부터 짱박혀 있었을까. 머릿속이 복잡했다. 내 주제에 무슨 삼복. 생각들이 부딪혔다. 갑자기 속이 메스꺼워졌다. 먹은 거라고는 김밥이 전부인데. 손에 쥐었던 고무총을 내려놓으며 밴에서 뛰어나왔다. 너무 긴장했던 탓일까. 양 상사는 누런 물을 꾸역꾸역 게워냈다. 나도 이제 늙었나. 입술을 닦으며 고개를 드는데 동물 한

마리가 보였다. 사람이 아닌 동물, 바로 이구아나. 파충류 같은 입과 눈을 끔벅거리며 '미스터 부'를 향하는 게 보였다. 슬금슬금 다가간 양 상사는 명치 하나만을 보았다. 그것만을 노렸다. 이구아나 역시 동물적인 직감으로 칼을 뽑으며 뒤돌았다. 근접전에서 칼만 한 것은 없으니까. 기합을 넣었다. 녀석도 고함을 치긴 마찬가지. 찰나가 부딪혔다. 이구아나가 칼을 휘두르며 상체를 움직이는 통에 명치를 겨냥했던 발이 약간의 차이로 빗나갔다. 동시에 녀석의 칼이 볼을 살짝 스치며 지나갔다. 따끔한 고통. 양 상사는 뒤로 물러났고 이구아나는 다리가 푹 꺾였다. 충격이 컸던 모양. 번개 같은 스텝으로 성대를 향해 앞차기를 날렸다. 벌떡 일어서던 그가 앞차기를 눈치챘지만 발은 이미 목에 꽂혔다. 신음 소리도 없이 이구아나가 나부러졌다.

이구아나가 깨어난 것은 1시간 뒤였다. 밤 9시 반. 눈을 뜨자 몇 번이나 기침을 해댔다. 기침 소리마저 이상했다. 정확히 성대에 앞차기가 가격이 된 탓이었다. 몸을 몇 번 움직여 보던 이구아나는 상황을 인식했는지 포박된 자신을 받아들이는 것 같았다. 그가 므, 무, 하고 신음을 토했다. 물을 달라는 뜻이리라.

"김 사장 니가 그랬어?"

말을 마친 양 상사는 고무총, 칼, 곡괭이, 낫, 이어서 이구아나가 가지고 있던 군용 단검 순서로 그가 볼 수 있게 차례로 놓았다. 이구아나가 픽 웃었다. 물을 주려던 양 상사는 그의 얼굴에 물을 부었다. 그가 이구아나처럼 황급히 혀를 내밀어 뿌려진 물을 핥아댔다.

고무총을 들며 "명치에 맞으면 기절, 눈에 맞으면 실명." 하고 그것을 들었다. 총구를 그가 볼 수 있을 만큼 눈에 밀착시켰다. 다시 그가 픽 웃었다.

"말로는 안 될 녀석이군."

들릴락 말락 속삭인 양 상사는 낫을 그의 장단지에 꽂았다. 망설임 없는 행동이었다.

"아, 마음이 변했어. 너랑 친구로 지내고 싶었는데 그렇게는 안 될 것 같아. 그러면 두 번 다시 눈도 마주치지 못하게 밟아주는 수밖에. 다음은 곡괭이, 칼, 고무총 순서로 하자고. 그리고 고무총은 눈을 겨냥하도록 하지. 넌 죽였지만 난 눈만 못 보게 할 게. 그래도 니가 남는 장사잖아, 안 그래?"

말을 마치는 순간 양 상사는 곡괭이를 빼냈다. 고통을 참던 이구아나의 눈이 파충류처럼 더욱 커졌다.

"마…… 하게. 말."

여전히 고통스러운지 이구아나의 목소리가 쇠를 긁는 듯했다. 양 상사가 물을 건넸다. 몇 모금 마시며 목을 축인 이구아나는 "십 년 전부터 시작했어. 그 사람과의 관계." 하고 이야기를 시작했다.

"모든 일은 분업화되어 있어. 김 사장은 김 사장대로. 니, 이구아나는 나대로. 똥개는 똥개대로. 그리고 형사는 형사대로. 그런데 양 상사가 낀 거야. 김 사장이 워낙 방대한 일을 하는 통에 힘에 부쳐했거든. 자네를 소개한 것도 형사였어. 그렇게 분업화된 거야. 그렇게 시작된 거였고. 그리고 서로가 하는 일들은 서로가 모르게 할당되었지. 계약 조건도 간단했어. 자신의 몫만 신경 쓰고 완벽하게 처리하는 것. 그런데 이번에 일이 하나 터졌어."

"일이라니?"

"십 년 전 사건."

"십 년 전?"

양 상사는 감이 잡히지 않았다. 10년 전 사건으로 김 사장이 칼을 맞을 정도의 실수를 한 것이 있었던가.

"김 사장이랑 내가 실수한 것은 없었던 것 같은데."

의아해하며 양 상사는 이구아나를 보았다.

"그렇지. 실수한 것은 없었어. 그런데 김 사장이 에이에스를 거부한 거야. 양 상사가 결혼하면 그도 이제 손을 떼겠다고. 나이가 사십대 중반이 되니 이런저런 욕심도 없어진다며 그저 조용하게 살고 싶다고."

"잘못된 거 없잖아. 그런데 왜?"

"문제는 너희가 아니라 예전 일이었다니까. 한시가 바쁠 정도로 돌아갔으니까."

"한시가 바쁠 정도?"

"김 사장이 추천해서 작업 들어간 거였는데…… 찾을 때는 그렇게 없더니 갑자기 나타난 거야."

"누가?"

양 상사는 크지도 않은 눈을 이구아나처럼 뻐끔거리며 물었다. 김 사장과 15년을 함께했지만 이구아나 녀석이 내뱉는 말은 하나

같이 처음 듣는 이야기였으니까.

"이지훈."

"이지훈?"

20

 박미숙은 팔짱을 끼고 모든 이야기를 들은 체 만 체했다. 사심이 앞섰던 건 사실이지만 그녀의 고집 앞에 백용준도 난감하기만 했다. 그녀가 어떻게 생각하든 간에 살인자 이대형은 박미숙의 집을 알고 있었다. 그 이야기는 언제든 박미숙에게 다시 찾아올 수 있다는 뜻이 된다.
 "미숙 씨, 정말 안 된다니까요. 우리가 생각한 거랑 다르게 이대형이 정말 살인자면 어떡할 겁니까? 거북이라고 생각했는데 이지훈 이 녀석, 아니, 이대형 이 녀석, 너무 영리하고 빨라요. 위험합니다."
 백용준이 사정했다.
 "그래요. 사건 마무리될 때까지만이라도 여기서 나가 안전한 곳에 계십시오. 네?"

황재현도 거들었다.

"그 사람이 날 죽일 것 같았으면 벌써 죽였겠죠. 그러고 지금 이러는 게 날 죽이는 거라는 거 몰라요? 저, 이 사건에서 빠지기 싫다고요. 제 뜻대로 하면 되잖아요. 여기, 제 집을 임시수사본부로 하고 황 형사님과 백 형사님이 계시면서 절 지켜주시면 되는 거잖아요. 간단하고만."

시간은 벌써 아침 7시. 이대형이 이지훈을 찾아갔다는 게 온당한 추리라면, 아니, 그것밖에 없었지만, 시간은 촌각을 다투고 있었다. 백용준은 장래 애인이 될지도 모르는 박미숙의 집에 다른 형사가 들락거리는 것은 싫었다. 그게 황재현 형사라 해도. 황재현은 계속해서 시계를 들여다보았다. 백용준도 급하기는 마찬가지.

"그렇게 합시다."

결국 황재현이 먼저 손을 들었다.

"그럽시다, 그럼. 대신 항상 저랑 붙어 다녀야 됩니다. 알았죠?"

백용준은 박미숙에게 다짐을 받았다.

야호, 고함을 친 박미숙은 점퍼를 챙겼다.

머리도 감지 않고 세수도 않은 여자가 뭐가 좋다고 서렇게 들떴을까. 렌즈도 빼고 두터운 안경까지 썼으면서. 게다가 화장도 지웠는데. 백용준은 절로 고개가 저어졌다. 어쩌려고 저럴까.

박미숙은 금세 동사무소 직원에게 전화를 걸어 휴가를 낸다고 말했다. 고향에서 부모님이 맞선 보라고 오겠다는 통에 하루만

도망을 간다며 말도 안 되는 거짓말로 둘러댔다.

그녀는 골목대장처럼 두 형사를 이끌고 자신의 차로 향했다. 차는 오랫동안 주차되어 있던 듯 먼지가 부옇게 앉아 있었다.

5분 뒤, 차에 함께 탄 형사들은 으아, 으아, 소리를 지르며 문에 달린 손잡이를 움켜쥐어야만 했다. 좌회전에 우 깜빡이. 정지 신호에 직진은 기본이었으니.

"제가 좀 터프하죠?"

널찍한 아파트 모퉁이 공간에 차를 주차하던 박미숙이 겸연쩍은지 억지웃음을 웃었다.

"한국 차 참 좋구나." 황재현이 비아냥거렸고 박미숙을 마음에 둔 백용준은 "아니요, 터프하긴요." 하고 멋쩍게 웃었다.

멈추어 선 곳은 잠실주공 6단지 옆 백마 아파트였다. 이지훈의 주민등록상 주소지였다. 지은 지 20년이 넘은 5층짜리 아파트로 신축아파트에 비해 경비가 덜했고 출입이 자유로웠다.

"일단 미숙 씨는 차에서 대기하십시오. 저는 경비실에서 대기하고 황 형사님이 올라가 보시는 걸로."

말을 흐리며 백용준은 두 사람을 살폈다. 박미숙도 황재현도 고개를 끄덕였다.

"그리고 이거."

백용준은 박미숙에게 권총을 건넸다.

"혹시나 무슨 일 생기면 여기 안전장치 보이죠? 이거 내리고 방아쇠만 당기면 됩니다. 첫 두 발은 공포탄이니까 생명이 위험하다 싶으면 그냥 계속 당기세요, 알았죠?"

박미숙은 두려움에 질린 표정이었지만 순순히 권총을 받아 들었다. 보조석에 권총을 내려놓던 박미숙은 "황 형사님, 310호예요. 파이팅." 하고 소리쳤다. 말을 마친 박미숙은 두 주먹을 하늘로 쥐고 당겼다 내리는 시늉을 했다. 아자, 하는 추임새를 넣으며.

10분 뒤 황재현이 뛰어내려 왔다. 경비실에서 주위를 살피던 백용준도 동시에 튀어나왔다. 황재현은 백용준에게 "문을 따고 들어가 봤는데 사람 사는 집이 아니었어. 짐이 하나도 없던걸." 하고 말했다.

"더욱 의혹이 짙어지는군요. 그렇다면 이대형은 이대형이 아니라 이지훈이고 이지훈으로 살고 있는 남자는 이지훈이 아니라 이대형인 걸까요?"

"이대형은 이대형이 아니라…… 이지훈은…… 거참. 유상무 상무 놀이합니까? 그건 그렇고, 백 형사 말이 맞을지도 모르겠군요."

두 사람은 아파트 모퉁이에 주차되어 있던 박미숙의 차를 향했다.

"뭐야 이거?"

담배를 물려던 백 형사는 담배를 땅에 내동댕이쳤다. 그 자리에 주차되어 있어야 할 박미숙의 차가 없었다.

"설마."

황재현도 백용준도 그 자리에 얼어붙었다.

예상이 빗나갔으면. 거기다 권총까지.

백용준은 입술을 깨물었다. 그러나 예상은 빗나가지 않았다.

백용준이 박미숙에게 전화를 걸었지만 전화기는 꺼져 있었다. 택시를 타고 그녀의 집으로 향했지만 역시 비어 있었다. 납득 가는 상상은 하나, 박미숙의 얼굴을 알고 있는 이대형이 그녀를 납치했다는 것.

 "아, 이대형인지 이지훈인지. 사람 미치게 만드는군요. 정말 용의주도합니다. 녀석은 밤을 새고 우리가 어디로 가는지 지켜보고 있었다는 거 아닙니까?"

 백용준은 박미숙의 집 거실을 주먹으로 내리쳤다.

 "생각보다 더 날랜 녀석이군요. 아니면 생존이 녀석을 정말 벼랑으로 내몰았거나."

 "생존이 벼랑으로 내몰았다?"

 황재현의 말을 복기하던 백용준은 이대형이 정말 살인자가 아닐지도 모른다는 생각이 들었다. 어쩌면 그가 실제 이지훈일지 모르겠다는 생각마저 들기 시작했다.

 "일단 다시 복기해 봅시다. 이대형 이 녀석, 우리가 추측하고 행동하는 만큼 녀석도 움직이고 있습니다. 만만한 상대는 아니군요. 그런데 녀석이 이토록 날뛰는 건 자신이 살인자가 아니라는 항변을 하고 있다고 풀이되는데 어떻습니까?"

 황재현이 백용준에게 물었다.

 "이대형이 생각할 때 자신이 경찰에 잡히면 살인자에서 벗어날 길이 없다고 판단했을 겁니다. 그렇다고 봐야 할 겁니다. 남보라였나요? 그녀의 진술서를 봤다면 좋았겠지만 저희는 현재 수사권이 없으니. 그녀는 우리가 쫓는 남자가 이대형이 아니라 이지훈이라고 했다네요. 어쨌든 그녀의 말대로라면 이지훈은 대학을 나와 대기업을 다니던 재원이었고 빚보증 채무 때문에 노숙자가 되었다고 했죠. 우리가 쫓는 이대형이 이지훈이라면요."

백용준은 고개를 끄덕이며 대답했다. 정덕화 팀장이 1팀 수사 기록을 훔쳐보고 전화로 알려준 내용이었다.

"그러네요. 이지훈…… 아니, 이대형의 이야기는 소설가가 쓴 것처럼 빈틈이 없습니다. 단지 지어냈다고 말하기에는 말이죠. CCTV 사진 기록을 가지고 그가 다녔다는 회사까지 뒤지고 싶지만 현재는 시간이 부족하군요. 그렇다고 해도 그것이 이대형을 잡는 것과는 별개이니. 음, 이대형이 이다음 하고 싶은 일이 무엇일까요? 그러면 어떻게 행동할까요?"

황재현은 질문인지 자문인지 모를 이야기를 던지고 눈을 감았다. 머리가 복잡해진 것 같았다.

"너무 쉽게 생각하고 덤볐군요. 저나 백 형사나."

황재현은 피곤한지 두 눈을 엄지와 검지로 꾹 눌렀다.

"저는 사건 파일을 처음부터 다시 살펴보겠습니다. 게다가 이지훈, 아니, 이대형 녀석에게 권총까지 빼앗겼다는 게 큰일입니다. 백 형사는 백 형사 방식대로 수사를 하십시오, 어디든 들쑤셔 보는 게 낫지 않을까요. 이지훈인지 이대형인지, 녀석, 정말 벼랑 끝에 서버렸군요. 그의 의지가 우리마저 벼랑으로 내몰았어요."

파일을 살펴보던 황재현을 두고 백용준은 밖으로 나왔다. 생각나는 것은 하나밖에 없었다. 당장 이지훈을 만나야 한다는 것. 주민등록상의 이지훈이 있는 곳에 이지훈이라고 주장하는 살인자 이대형도 있을 것이다. 접점은 이제 거기밖에 없다. 아니, 그럴 수밖에 없다.

백용준은 평소 정보원으로 활용하는 휴대전화 대리점 하 사장을 찾아갔다. 이지훈의 주민등록번호를 건네고 그가 가진 모든 휴대전화를 찾아달라고 말했다.
"하나는 거의 사용하지 않는군요. 그거 말고 번호가 두 개 더 있는데 가장 많이 사용하는 번호는 이겁니다."
하 사장이 건넨 번호는 010—****—1140.
"잠시 후에 제가 전화하면 '위치찾기 서비스' 좀 해주세요. 비밀수사라 서에 알릴 수도 없는 거거든요."
대충 둘러대며 그곳을 빠져나왔다. 사건이 촌각을 다투지 않았더라면 이런 식으로 하나하나 해결해 나갔을 것이다. 그러나 지금도 촌각을 다투는 것은 마찬가지였다. 박미숙은 납치되었으며 이대형은 조롱하듯 활개를 치고 있었다. 게다가 백용준은 권총까지 잃어버렸다. 번호를 받아 든 그는 재빨리 황재현을 불러냈다. 택시 안에서도 파일을 뒤지는 황재현을 보며 백용준은 핀잔을 주었다. 옛날 파일 뒤져 보는 형사가 몇이나 되냐고. 다 확인된 사실인데 그거 뒤지는 사람이 어디 있냐고.
머리를 긁적이던 그가 "권총은 어쩔 거야."라며 물었다.
"그러게 말입니다. 그런데 걱정이 안 되네요. 왜 그런 걸까요?"

"그래, 잘 해결되겠지. 그런데 가야 되는 곳이 어디지?"

위치 찾기를 통해 찾아간 곳은 사당역 인근이었다. 그곳에 있는 복합멀티플렉스 극장 건물이 하 사장이 말해준 곳이었다. 그렇지만 그것으로는 한양에서 김 서방 찾기. 결국 둘러대야 할 판.

"안녕하세요, 송파서 백용준 경삽니다."

전화를 받은 남자는 조금 불안한 목소리로 대답했다.

"지금 받으신 전화가 마약밀매에 사용되었다는 첩보가 있었습니다. 그래서 조사가 좀 필요한데요. 계신 곳이 어딥니까?"

[매드매드갈릭 레스토랑입니다. 그곳 사장이구요.]

"전화를 받으시고 신원이 확실하신 것으로 보아 혐의는 없어 보입니다만, 절차상 방문을 한 번 해야 합니다. 오늘 잠시 시간 되시겠습니까?"

[오후는 언제라도 됩니다.]

전화를 끊으며 당장에라도 이지훈을 찾아가고 싶었다. 그렇지만 섣부른 행동은 오히려 수상한 느낌만 줄 뿐 수사에는 하등의 도움이 되지 않을 것이다. 백용준은 박미숙 생각에 한시라도 빨리 그와 접촉하고 싶었다. 그에 비해 황재현은 유유자적 파일만 들여다볼 뿐. 그러고 보면 거북이라고 생각했던 살인자 이대형이 거북이가 아니라 황재현과 그 자신이 거북이였다. 어느 바다로 어떻게 기어가야 할지조차 모르는 느려 터진.

근처 커피전문점에 자리를 잡았다. 아메리카노를 시키고 흡연실에서 담배만 뻑뻑 피워댔다. 백용준은 누군가가 계속 목을 조르는 느낌이었다. 그러거나 말거나 황재현은 파일만 들여다보

앉다.

"자꾸 누가 목을 조르는 것 같네요. 아, 미숙 씨는 어찌 됐는지."

"담배를 자꾸 피니 목을 조르는 것 같죠. 형사가 권총보다 미숙 씨라니. 그리고 미숙 씨 일은 하늘에 맡깁시다."

황재현은 다시 파일에 얼굴을 묻었다. 백용준은 그가 무심하게 느껴졌다. 어찌 저리 태연할까. 몇 개비째 담배를 거푸 피우는데 황재현이 "어라." 하며 고개를 갸웃거렸다. 황재현이 보고 있는 것은 지문이었다. 그러다 이번에는 확연히 커진 목소리로 다시 "어라." 하고는 백용준을 바라보았다. 그가 파일을 내밀었다. 하나는 오래된 사건 파일의 지문, 하나는 얼마 전 박미숙이 의뢰했던 지문.

"뭡니까? 그거 이대형 지문 아닙니까?"

"자세히 한 번 보세요. 이거 다른 것 같지 않습니까?"

둘 다 똑같은 궁상형, 즉 활모양을 닮은 지문이었다. 그렇지만 셀 수 있는 융선의 모양과 개수가 미세하게 달랐다. 몇 번을 다시 보고 세보아도 분명히 다른 지문이었다.

"가만, 이렇게 되면 박미숙 씨가 추리했던 게 맞아들어 가는 겁니까?"

말을 꺼낸 황재현이 백용준을 보았다.

"여자의 직감이라더니. 그렇다면 정말 이대형은 이대형이 아니라 이지훈이고 지금 살고 있는 이지훈은 이지훈이 아니라 이대형이 되는 겁니까?"

"그렇죠. 이대형은 이대형이 아니라…… 아 참. 그런 것 같습니다. 솔직히 반신반의했습니다. 백 형사가 그랬잖아요, 한 번 확인한 서류, 확실하다고 결론 난 서류 또 뒤지는 사람이 누가 있냐고. 저도 이 서류를 끼고 살다시피 했지만 이미 결론이 났던 부분에 대해서는 소홀했던 게 사실이거든요. 더구나 경찰청에서 확인해 준 지문이 다르리라고는. 덕분에 찾았습니다."

백용준은 복사기와 팩스기가 있는 극장 사무실에 들렀다. 지문을 확대 복사한 뒤 두 장 모두 정 팀장 앞으로 팩스를 보냈다. 급하게 계단을 뛰어내리며 매드매드갈릭으로 뛰어갔다. 그런데 황재현이 백용준을 제지했다.
"미행합시다."
이지훈에게 전화를 걸어 혐의사실이 없는 것이 확인되어 방문할 필요가 없어졌다고 둘러댔다. 어둠이 이슥해지기를 기다리며 이지훈을 기다렸다. 이지훈은 퇴근시간이 되자 차를 몰아 잠실 쪽으로 향했다.
"갑시다, 얼른."
백용준이 기사를 다그쳤다. 며칠 전 솜씨 좋았던 노련한 기사를 불렀다. 명함을 받아두길 잘했다. 반나절 치 영업비를 주었다. 노련했던 기사는 마치 그가 형사라도 된 양 좋아하며 이지훈의 차를 쫓았다.
그때 정 팀장의 휴대전화 문자메시지가 도착했다.
―둘 다 이대형이라는데.

전화를 걸어 "그럴 리가요." 하며 코웃음을 쳤다. 정 팀장은 의아한 목소리였지만 같은 대답을 했다.

[송 팀장 부인이 직접 확인하고 전화까지 줬다니까. 둘 다 이대형이래. 오차가 있어 보이지만 같은 거라는구만. 사람 지문도 세월에 따라 미세하게 변하니까.]

"일단 알겠습니다."

증거 하나가 무용지물이 되는 순간이었다. 전화를 끊으며 황재현에게 내용을 설명했다. 황재현도 그럴 리가 없다며 뜨악한 표정을 지었다.

설명을 들은 황재현은 "사건이 우리가 아는 것보다 더 급박하게 돌아가는 것 같지 않아?" 하고 물었다.

백용준도 내심 불안해하는 부분이었다. 10년을 수면 아래서 잠잠하게 버티던 사건이 왜 이리 급박하게 돌아가는 것일까.

"그냥 내 생각인데 말이야, 죽어야 했던 목표물이 눈앞에서 움직이는 탓 아닐까?"

"죽어야 하는 목표물요?"

"그래. 범죄자, 아니, 킬러라고 가정해 보자고. 살인범이 잡히지 않았으니까 말이야. 그런데 킬러가 목표물을 놓쳤어. 그 뒤로 목표물은 십 년 가까이 잠잠했고. 그가 수면 위로 떠오른 거야."

"그가 바로 이대형? 이지훈이라고 주장하는?"

팔짱을 낀 황재현이 바로 그거라는 듯 고개를 끄덕였다. 사건은 어디가 출발이고 무엇이 숨어 있는 것일까. 백용준은 막연한 상황에 소름이 돋았다.

"일단 이지훈이나 쫓읍시다, 네?"

백용준은 복잡한 생각을 짓누르며 전방을 주시했다. 그의 차는 쉬지 않고 잠실 방향으로 달렸다.

남자가 향한 곳, 즉 주민등록이 증명한 이지훈이 향한 곳은 신천에 있는 고급 아파트인 레이크하우스였다. 외부인은 출입 자체가 허용되지 않는 곳이었다. 택시인 탓에 정문은 통과. 어쩔 수 없이 이제부터 경찰증을 들고 경비를 압박해야만 했다. 마음이 급했는지 황재현이 택시에서 먼저 내려 경비에게 달려갔다. 차를 지칭하며 저 차의 주인이 사는 곳이 몇 호냐, 혼자 사느냐 등등을 캐묻는 것 같았다. 그때 이지훈이 다시 나타났다. 그는 빈차 표시등이 켜진 택시로 다가왔다. 백용준과 노련한 기사가 타고 있는 그 택시로. 갑작스런 상황에 황재현이 얼른 뒤를 돌아 경비실로 들어가는 것이 보였다. 백용준 역시 이지훈의 출현에 심장 한 곳에 땀방울이 맺히는 느낌이었다.

"합승됩니까? 가까운 곳 갈 건데."

이지훈이 말을 꺼냈다.

"아, 괜찮습니다. 동생이랑 잠시 드라이브하는 거라서. 어서 타세요."

노련했던 택시 기사가 세월이 묻어나는 듯한 언변으로 이지훈을 태웠다.

백용준은 예기치 못한 상황에 혀를 내둘렀다. 백용준은 황재현에게 전화를 걸었다.

"형님, 접니다."

[어, 어쩐 일이야?]

황재현의 목소리에서 쭈뼛거리는 것이 느껴졌다.

"동생 사는 데 확인해 보시고요, 정 팀장한테 전화해 주세요. 나중에 함께 만나자고. 급하면 먼저 정 팀장에게 가시고요, 알았죠? 조금 있다 전화 다시 한 번 주십시오."

"응." 하는 대답 소리를 들은 백용준은 전화를 끊었다. 대충 알아들었을 것이다. 이지훈이 사는 곳을 확인한 뒤 송파서 정 팀장에게 대신 전화를 주라는 당부까지.

이지훈이 향한 곳은 낮에 들렀던 백마 아파트였다. 그가 내리자 어쩔 수 없이 차를 돌려 아파트를 나가야 했다. 아파트를 빠져나가려는 찰나 낯익은 얼굴이 보였다.

"어라, 저 사람이 왜 혼자서 여기를?"

21

"전 당신이 범인이 아니라는 것을 믿습니다. 그렇지만 당신을 사랑하게 만들지는 말아주십시오. 마음에 둔 남자가 있거든요."

박미숙이 말했다. 이대형은, 아니, 이지훈일지 모르는 남자는 그녀의 이야기를 듣자 크게 웃고 말았다.

"크레디트반켄 은행."

"스톡홀름 증후군."

"패티 허스트."

"엘리자베스 스마트."

남자는 그녀의 대답에 박수까지 쳤다.

"우와, 추리소설에 관심이 많으신가 봅니다. 거기다 위험을 무릅쓰고 수사에까지 참여하신 것 보면 엉뚱하기도 하시고요. 그리고 마음에 두었다는 남자는 누군지 이미 알고 있습니다."

그의 이야기에 박미숙은 볼이 붉어졌다.
"사실 혼자 지내다 보니 추리소설을 정말 많이 읽거든요. 그러다 내 남자친구도 형사였으면 하고 동경했는데 아직 연이 닿지 않더라고요. 지금은 닿을 것 같기도 하고요."
박미숙은 또박또박 그에게 설명했다.
"그런데 정말 이지훈 씬가요?"
그녀의 질문에 형사들이 쫓던 주민등록상의 이대형은 "네." 하고 대답했다.
"그리고 함께 있는 동안만이라도 제가 모르는 사람 이대형 말고 제 이름을 불러주십시오. 이지훈이라고. 저, 정말 이지훈이거든요. 그리고 지금 벌어지는 일이 정말 현실이 아닌 것 같습니다. 저에게 이런 일이 벌어지다니. 믿을 수가 없습니다."
"네, 지훈 씨. 앞으로 이지훈 씨라고 부를게요. 그런데 이렇게 자수하지 않고 직접 일을 벌이는 이유는 뻔하겠죠?"
이대형이 아닌 이지훈이라고 말한 남자, 그는 애절한 눈빛으로 박미숙에게 고개를 끄덕였다.
"거기에 하나 더 있습니다. 저 지금, 사랑을 하거든요. 제가 정말 살인을 저질렀다면 제가 풀려날 때까지 저를 기다려 줄 여인입니다. 그렇지만 저지르지도 않은 살인 때문에 함께 고통받을 것을 생각하면."
말을 잇지 못한 이지훈의 눈에는 금세 눈물이 맺혀 있었다. 박미숙은 그런 남자가 가여웠다. 더구나 그녀가 생각했던 것처럼 이지훈이 살인자가 아니라고 확신하자 더없이 측은하게 여겨졌다.

이대형, 이지훈이라고 주장하는 그가 나타난 것은 찰나였다. 박미숙이 예의주시하던 백용준이 경비실로 모습을 감춘 잠깐의 순간이었다. 그때 조수석의 문이 열리며 이지훈이 차에 올라탔다. 문을 잠가둘 걸, 후회했지만 이미 지나간 일. 이지훈은 조수석 자리에 있던 권총을 뒷자리로 넘겼다. 마치 자신은 살인자가 아니라고 항변하듯. 그리고 그가 건넨 말은 그저 '달립시다.' 가 전부였다.

"이제 어떡할 겁니까?"

오히려 박미숙이 이지훈에게 물었다.

"일단 가짜 이지훈을 찾아야겠죠."

"그건 제가 도와드릴게요."

이지훈은 박미숙이 건넨 말에 깜짝 놀랐다.

"제가 당신을 납치한 겁니다. 모르시겠습니까? 그런데 저를 돕겠다니요?"

박미숙은 "전 당신이 누명을 썼다고 확신하게 되었습니다."라며 입술을 깨물었다. 사뭇 비장해 보이기까지 했다.

"저뿐만 아니라 저와 함께이던 형사님들도 당신이 누명을 썼을 거라고 생각하고 있습니다. 형사님늘 말로는 보이는 것으로 움직이는 것이 형사라 추정할 수 없지만 당신이 범인이란 사실에 상당히 부담스러워하고 있습니다."

박미숙의 이야기에 이지훈은 심각해진 모습으로 팔짱을 꼈다. 그런 이지훈을 보며 박미숙은 심각해지지 말라는 듯 미소를 지으며 이야기를 이었다.

"오늘은 이지훈이 이지훈인가, 이대형이 이대형인가, 하는 것에 수사초점이 맞추어져 있었습니다. 그렇지만 형사분들보다 제가 먼저 그것을 확인한 것 같은데요."

"그 말씀은…… 정말 저를 도와주실 수 있겠습니까? 행여 일이 잘못되더라도 당신에 대한 이야기는 그 어디에도 언급하지 않겠습니다."

이지훈은 고개를 숙여 박미숙에게 도움을 청했다.

"일단 가짜 이지훈의 흔적을 찾는 것이 급선무겠죠? 왜 아파트에서 나오자고 하신 겁니까?"

"사람이 사는 것 같지 않았습니다. 아파트를 새벽부터 기웃거렸는데 문손잡이에 먼지가 있었습니다. 도심 안이고 복도식 아파트라 한 달 이상은 아무도 문을 열지 않았을 겁니다. 게다가 우편함에도 먼지가 잔뜩 끼어 있고, 신문이요, 하고 문을 툭 건드렸는데도 누구 하나 문을 열고 나오지 않았습니다. 제가 미숙 씨를 알아본 탓에 형사님께 잡히지 않았지만 정말 찰나의 차이로 이 차에 탔거든요."

이지훈이 계획했던 거라고 생각했는데 찰나와 찰나의 사이에서 그 역시 운이 좋았던 것뿐이었다. 박미숙은 그에게 행운이 계속되기를 속으로 기도했다.

"그럼 어떤 거부터 시작한다?"

차를 출발시킨 박미숙은 일단 "제 본부부터 가죠, 거기 가야 뭐라도 할 듯."이라며 운전대를 꽉 쥐었다.

그녀가 도착한 곳은 방이1동 주민 센터 근처. 본부라는 말을 떠올린 이지훈은 풉, 웃음을 지었다.

"여기가 본붑니까?"

"그럼요." 하고 웃음을 지은 그녀는 "시간 좀 주세요." 하고 차에서 내렸다.

이지훈은 그녀가 내리자 일순 불안에 휩싸였다. 그녀를 믿은 것은 실수였을까. 그녀가 다른 경찰이라도 데리고 온다면. 머릿속으로 끊임없는 불안이 짓쳐들어 왔다. 이길 수 없는 불안이었다. 잡히는 순간, 그는 살인자로 몰락하고 만다. 그것은 지금까지 노숙자로 살아온 것과는 비교조차 되지 않는 일이다. 심호흡을 하며 주위를 둘러보았다. 사람들이 모두 그를 노려보는 것 같았다. 어쩔 수 없다. 이미 시작된 도박이다. 눈을 감은 그는 대시보드에 얼굴을 묻었다.

"많이 기다렸죠?"

박미숙은 아무렇지 않은 듯 웃음을 지으며 나타났다. 불안했던 마음의 절반이라도 알까. 이지훈이 그녀를 보자 꺼낸 것은 인적 사항이었다.

"칠월 말일이 연체된 자동차세 내는 달인데 체납이 되었더라고요. 아마 실수를 했겠죠. 이지훈이란 이름 앞으로 차가 세 내나 있던 걸요. 두 대는 고급승용차인데 하나는 승합차였어요. 승합차가 체납되었더라고요. 아마 직장이나 사업하는 곳에서 쓰는 차인데 세금을 내지 않았던가 봐요."

박미숙의 세세한 설명. 이지훈은 그도 모르게 그녀의 손을 잡았다.

"어허, 사랑하게 만들지는 말아달라니까요."

박미숙은 혀를 쏙 내밀었다. 그리고 그녀가 메모해 둔 이름은 매드매드갈릭.

"거기, 식당이래요. 고급 레스토랑이라는데, 레스토랑 이야기 하니까 배가 고프네. 자, 이제 밥이나 먹으러 갑시다. 금강산도 식후경, 오케이?"

그녀는 작은 분식가게로 그를 안내했다. 비빔밥을 시키고 혹시나 그가 신경 쓸까 박미숙은 카운터로 가서 계산을 했다.

삶이란 게 어느 날 너덜너덜해져 찢어진 창호지만 못했는데 아직 죽을 만큼 못 살지는 않았나 보다.

이지훈은 그녀의 친절함에 눈물이 났다. 절박함을 이길 정도의 친절함과 진실, 그것을 느낄 수 있었다. 더불어 오매불망 그를 기다리고 있을 보라가 떠올랐다. 눈을 한 번 깜빡일 때마다 눈물이 떨어졌다. 숟가락을 들어도, 고개를 돌려도 떨어지는 눈물을 어찌할 수 없었다. 이지훈은 테이블 냅킨으로 눈물을 닦았다. 그를 바라보는 박미숙의 눈에도 눈물이 고여 있었다.

"고맙습니다. 반드시 은혜는 갚겠습니다."

밥을 먹던 그는 결국 숟가락을 놓았다.

"저, 박미숙 씨. 부탁 하나 드려도 되겠습니까?"

그가 품에서 종이 한 장을 꺼냈다.

"제 입장에서 마땅히 예쁜 종이를 구할 곳이 없었습니다. 해서 타블로이드 신문 위에 쓴 겁니다. 만에 하나라도 제가 잘못된다면 이걸 보라에게 좀 전해주십시오."

"전할 일이 없기를 빌어야겠군요. 잘 받아둘게요. 대신, 꼭 다시 찾아가세요. 당신의 눈빛은 정말······. 그리고 밥 다 먹어요. 오늘 먹고 나면 또 언제 편하게 눈치 보지 않고 밥 먹을지 모르잖아요. 그러니."

어느새 해는 가장 높은 곳에서 꺾어져 서쪽으로 향해가고 있었다.

매드매드갈릭을 찾는 것은 어렵지 않았다. 문제는 다음이었다. 황재현과 백용준이 매드매드갈릭 부근에서 눈에 띄었기 때문이었다. 이것은 두 개의 가설을 성립하게 했다. 적어도 수사에 대해서 틀리지 않게 짚어가고 있다는 것, 반대로 형사들과 쫓기는 이지훈이 언제 어느 때고 마주할 수 있다는 사실이었다. 황재현과 백용준이 박미숙과 어렴풋하게 공감대를 형성했다 해도 그들은 눈앞에 확신할 수 있는 증거로 움직이는 형사들이었다. 박미숙이 이지훈을 황재현이나 백용준에게 보여준다면 그들은 일단 경찰서로 가자고 권유할 것이 뻔했다. 그런 뒤 진실을 파헤치자고 말할 것이었다. 박미숙이 이지훈을 도울 수 있는 이유 중 하나는 그녀가 형사가 아니기 때문이었다. 형사가 아닌 박미숙은 여러 판단 근거를 기준으로 이지훈에게 판돈을 설기로 했다. 잎을 깃 없지만 그가 본 남자의 눈빛과 진심에 그녀가 판단한 진실을 걸어보기로 했다.

백용준 일행이 택시를 출발시켰다. 그들은 가짜 이지훈을 쫓고 있었다.

이지훈은 백용준을 미행하는 박미숙을 보며 큰 숨을 내쉬었다.
 저 여인은 어쩌려고 이렇게 깊이 파고드는 걸까. 살인사건이라고 했는데. 그렇다고 해도 잘될 거야. 그럼.
 이지훈은 며칠 만에 처음으로 희망이라는 섣부른 꿈을 머릿속에 담았다.

22

2000년. 밀레니엄이 세상을 덮쳤다. 오지 않을 것 같은 신세기에 대한 열망은 한때 휴거와 같은 사회적인 비극을 낳기도 했다. 종교는 자유이고 신념은 의지이니 사람을 어떻게 말릴까. 그리고 이 시기는 대한민국에도 암울한 시기였다. IMF를 거치며 수많은 신용불량자와 생계형 절도범을 낳은 시기이기 때문이었다. 연 2,000퍼센트에 달하는 살인적인 고금리로 자살까지 내모는 사채업자가 있었고, 부도 직전 모든 재산을 부인에게 물려준 뒤 자살한 중소기업 사장도 있었다. 비극의 다양성이 심화되었다. 이런 중에 사무소를 개소했던 김 사장도 씁쓸한 기운으로 세상을 관조했다. 가운데만 있었더라도 형사라는 월급 적체 없는 직장을 나올 일은 없었을 테니까. 그런 김 사장을 바라보는 양 상사도 마음이 무거웠다. 첫 일이야 그가 형사 일을 관두며 윗선의 누군가가 줄을 대줬다지만 이제부터는 순전히 김 사장의 수완으로 살아가야 했기 때문이었다. 그것은 양 상사에게도 영향을 미쳤다. 김 사장이 잘되어야 그 역시 잘될 테니까.

그럭저럭 월급쟁이보다 나은 생활을 영위하던 그들에게 위기가 닥친 것은 2002년이었다. 그동안 끊이지 않던 일거리가 약속이나 한 것처럼 뚝 끊어졌다. 사회 분위기도 한몫했다. 월드컵이 열리며 희망, 화합 따위의 어감 좋은 단어들이 득세를 했다. 그것은 흥신소라는 어둠의 자양분을 빨아먹는 김 사장과 양 상사에게는 결코 좋지 않은 분위기였다.

"이거라도 해보자."

서류박스 하나를 텅, 소리가 날 정도로 땅바닥에 던져 놓았다. 김 사장은 전화 한 통을 받고 나갔었다. 한나절이 지났을까. 낮술에 불콰해진 모습으로 사무실을 들어선 그가 박스 하나를 들고 돌아와 꺼낸 말이었다.

"뭡니까?"

양 상사의 눈은 서류박스에서 떨어지지 않았다. 가방끈이 짧은 탓에 공부하는 느낌마저 질색이었다.

"으응, 그림자 찾기."

"네?"

허허, 특유의 저음으로 웃음을 짓던 김 사장은 "사회와 반대로 달리는 게 우리 일 아니냐." 하며 자조 섞인 웃음을 내뱉었다. 그런 뒤 "다들 시난고난 사는 사람들일 거다. 여기 있는 사람들 하나하나 찾아서 조건에 맞는 녀석들만 추리면 돼. 우리 일은 거기까지."라며 허허, 마저 웃음을 지었다.

 양 상사는 박스를 테이블 위로 올렸다. 척 보기에도 비범한 자료였다. 자료에는 한 개인에 대한 거의 모든 내용들이 스킵되어 추려져 있었다. 어디서 어떻게 구한 자료인지 알 수 없지만 초본과 이력서를 합친 듯한 내용이었다.

 "어디서 나신 거예요?"

 "그것까지는 알 거 없고. 그 자료 다 껍데기야. 거기서 추리는 작업이 만만치 않을 거야."

 "뭘 추려요?"

 양 상사의 질문에 김 사장은 여전히 마뜩찮은 기분인지 내켜 하지 않는 웃음을 지었다. 그 기저에는 적어도 형사로 살았던 내가 이런 일까지 해야 하나 하는 자괴감이 숨어 있을 것이 분명했다.

 "거기서 부모 없고, 친인척 없고, 주위 사람과 친한 사람도 별로 없어서 그림자 같은 놈들 고르는 거야."

 "그림자 같은 놈요?"

 "어, 왜 그런 놈들 있잖아. 죽어도 크게 신경 쓰지 않고 죽은 걸 알아도 크게 문제 되지 않을 만한 놈들."

 "아하, 그런 놈늘이요, 요즘 닐리고 널렸잖아요. 도망 다니는 것들 얼마나 많습니까?"

 양 상사는 박스를 뒤적이다 "보수는요." 하고 물었다.

 "한 놈당 오십인데, 일이 성사될 때마다 이천오백."

 그 이상은 설명하려 하지 않았다. 양 상사도 그 이상 캐묻지 않았다. 작업은 쉽지 않았다. 그 말은 오십만 원 벌기도 쉽지 않았다는 뜻이었다. 6개월이 넘도록 매달렸다. 3천 명 가까운 사람 중에 조건이 맞아들어 가는 사람은 채 30명도 되지 않았다. 별다른 일거리가 없었던 탓에 계속해서 그 일을 했다. 그러다 노하우가 생겼다. 조건에 만족하는 사람 중 상당수가 고아원 출신들이 많았기 때문이었다. 그러면서 김 사장은 전국 고아원 출신자들의 주민등록 자료를 어딘가에서 구해오기까지 했다.

"치가 떨리는 일이었어. 지금 하라면 결코 하지 않았을 일이야. 그렇지만 이지훈은 정말 모르겠는걸."

양 상사는 이구아나를 향해 쓴웃음을 지었다.

"무리도 아니지. 김 사장과 자네가 했던 일은 당시 우리 쪽에서 아무도 하지 않으려는 일이었거든. 대한민국 국민 중에 죽어도 표 나지 않는 사람을 저인망식으로 훑는 일이었는데 누가 하려 했겠나."

양 상사는 이구아나에게 담배를 내밀었다. 그렇지만 손에서 군용 단검을 놓지 않은 채였다.

"그때 내가 했던 일이 바로 김 사장이 넘겨준 사람들을 가까이에서 관찰하는 것이었어. 자네와 김 사장은 거의 일 년을 그 사람들을 찾는 데 허비했잖나."

"맞아. 자네가 이야기를 하니 새록새록 기억이 떠오르네. 정말 지긋지긋했어. 그렇지만 보수도 나쁘지 않았고, 김 사장 말처럼 한 명 성사되면 돈이 이천오백이라니까 미친 듯이 한 거지."

"그랬지, 이천오백. 그 일로 짭짤하게 재미 좀 봤지. 김 사장이 일찍 손을 떼는 통에 내가 일거리가 늘어났거든."

"그럴 리가 없을 텐데. 김 사장이 나에게 그런 말을 한 적은 없었어. 손을 떼다니. 우리가 사례비로 칠천오백만 원을 받았던 걸로 기억하는데."

이구아나는 통증이 심할 텐데도 픽, 하고 비웃음을 흘렸다.

"양 상사, 자네 몸은 철갑처럼 단단하고 빠르지만 나름 순진하고 귀여운 구석이 있었구만. 그 칠천오백이 무슨 돈인 줄 아나, 그리고 왜 김 사장이 손을 뗐는지도 아냐고?"

전혀. 전혀 알 리가 없었다. "이런." 하며 칼을 세게 움켜쥐자 "참게, 참아. 충분히 고통스러우니까."라며 이구아나는 손사래를 쳤다. 이미 항복하지 않았냐는 듯.

"그거, 사람 죽인 돈이야. 목 하나당 이천오백. 그러니까 세 명이 사라질 때까지 김 사장도 발을 담그고 있었던 거지. 그렇지만 그 뒤로는 발을 뺐던 거고."

양 상사는 자신도 모르게 헉, 하고 신음 소리를 내질렀다. 김 사장이 단 한 번도 입 밖에 내지 않았던 이야기였다. 비록 김 사장과 양 상사 두 사람이 흥신소에 몸담고 있다지만 자부심은 하늘을 찌를 정도로 대단했다. 그랬기에 지금까지 버틸 수 있었던 것이고. 그런데 10년 전부터 살인에 관여가 되어 있었다면 사정을 아는 타인들이 얼마나 그들을 비웃었을까.

"걱정 마. 철저하게 비밀이 유지되는 일이었으니까. 그렇지 않았다면 내가 지금까지 살아 있지도 못했고."

담배를 깊이 빨아들이며 이구아나는 그때를 회상하는 듯했다. 세 명의 살인, 그리고 칠천오백만 원이라. 어떻게 된 일일까.

"그럼 내가 모았던 자료가 전부 살인을 돕기 위한 자료였단 말이야? 그렇게 되는 거야?"

"그렇지. 그건 부인할 수 없지."

"그럼 에이에스라는 건 뭐야? 왜 그것 때문에 김 사장이 저런 꼴이 되고 미스 김이 죽어 나가야 했지?"

"자네가 오해하는 것이 하나 있는데 김 사장도 미스 김도 내가 그러지 않았어. 아마 똥개가 그랬겠지. 그러고 에이에스라면 뭐겠나? 돈을 받아 처먹은 것 중에서 뭔가 잘못됐단 말이 아니겠냐고."

"이…… 지훈?"

"웁스, 빙고."

이구아나는 비아냥거림인지 정말 축하한다는 것인지 뜻 모를 박수를 쳤다. 양 상사는 화가 치밀어 올랐지만 지금은 이구아나가 필요했다. 어쩔 수 없이 김 사장의 농장에 미스 김과 나란한 파충류의 묘를 쓰더라도.

"이지훈은 모르겠어. 나도 기억이 나지 않아. 나도 에이에스를 하라는 전화를 받았어. 이지훈을 처리해 달래. 돈을 달라고 했지. 그랬더니 이런 상황이 된 거야. 나도 며칠째 도망 다니다시피 했어. 똥개가 따라붙었단 느낌을 받았거든. 자네를 찾아갔던 것은 미안해. 처음에 김 사장 쪽에서 일을 벌이는 게 아닌가 하고 자네에게 정탐을 갔던 건데 일이 그렇게 돼버린 거야."

"똥개를 어떻게 찾아야 할까."

"그건 모르겠어, 나도. 아마 똥개에 대해서 확실히 아는 사람은 형사가 아닐까."

거기까지였다. 결국 형사와 똥개에서 부딪히게 되었다. 형사에 대해 아는 거라고는 송파경찰서에 근무한다는 게 전부였다. 송파서 경찰만 해도 몇백 명이 될 텐데 짧은 시간 안에 형사로 지칭되는 그를 찾아낸다는 것은 불가능해 보였다.

"찾을 방법이 없을까?"

"난 이쯤에서 물러나라고 권하고 싶은데……."

미스 김 때문에라도 그럴 수 없다고 말하고 싶었다. 태어나 처음 느껴본 사랑이었다고, 그것을 칼 하나로 도륙해 버린 녀석을 그냥 둘 수 없다고 고백하고 싶었다. 그렇지만 끙, 하는 신음이 대답의 전부였다.

"내가 전화번호를 알아. 난 사무실이 없어서 언제나 휴대전화로 지령이 오거든. 그렇다고 누군지 알지는 못해. 알려고 시도도 해보지 않았고. 긁어 부스럼 만들 필요는 없었으니까. 그러고 장비들을 적절히 활용해서 잡아내라고. 응? 그러고 난 이제 찾지 말아주라. 도망가고 싶거든. 사이에 끼이고 싶지도 않고. 대신 너와 한 번 결투는 해보고 싶었는데, 졌다."

파충류라고 생각했는데 그 역시 남자였던가. 양 상사는 이구아나와 했던 약속을 지켰다. 그를 고이 보내주었다.

다음날 민원인 차량을 가장해 양 상사는 송파서를 방문했다.

건물 뒤편 주차장에 차를 세우고 몇 번이나 고민했다. 번호를 누르는 순간 되돌아올 수 없는 강을 건너기 때문이었다. 남자라고 깝죽거리며 김 사장의 복수라는 대의를 떠올렸지만 결국 살기 위한 일이었다. 그런데 번호를 누르는 순간 죽기 위한 일로 바뀔지도 몰랐다. 이구아나가 일러준 번호를 눌렀다 지우기를 수차례. 결국 오른 엄지에 힘을 꾹 주었다.

[여보세요.]

남자의 목소리는 평범했다.

"저, 김 사장 동생입니다."

잠시 머뭇거리던 남자는 "아이고, 김 사장이 아프시다고." 하며 어딘가를 걷는 발소리가 함께 들렸다. 거의 동시 뒤뜰에 한 남자가 나타났다. 얼굴을 정확하게 볼 수 없었지만 휴대전화를 든 손에서 파란색 반지가 유난히 반짝거렸다.

[그래서 전화를 거셨나? 돈이라도 좀 달라고?]

"허, 것 참. 당신 김 사장을 참 얇게 알았나 봅니다."

[그렇다고 깊이 안 것도 아니니까.]

"똥개 내놓으슈."

[어허, 퇴물이랑 일꾼이랑 비교하려고 그러나. 그 사람 없으면 대한민국이 시끄러워져. 아나?]

"그건 모르겠고, 손가락에 반짝거리는 반지 못 끼면 앞으로 어떻게 사시려고, 엥? 당신 손가락 그거, 내가 접수하리다."

순간 남자는 사방을 살피며 경계했다. 두리번거리며 주차된 차들을 살피기 시작했다. 멀찍이 떨어져 전자망원경으로 그를 바라보는 양 상사가 보일 리 만무했다.

[이 친구 참. 사람 웃길 줄도 알고, 으허허허. 이만했으면 됐으니 끊겠네. 무례한 녀석 같으니라고.]

남자는 전화를 끊은 뒤 어딘가로 재빨리 전화를 걸었다. 양 상사는 준비했던 음파증폭기를 꺼냈다. 러시아 물건 중에서 가장 괜찮은 녀석이었다. 레이저조준경처럼 정확히 겨냥하는 곳의 음파를 집어냈다. 볼륨을 올리자 씩씩거리며 전화하는 소리가 들렸다.

"똥개, 너 일을 어떻게 처리한 거야? 양 상사 새끼가 여기까지 전화를 걸어왔다고 알아? 그래, 그래서? 그러니까 이번 사건을 핑계로 이지훈을 만나서 파묻자고? 일단 급한 불부터 끈 뒤 양 상사는 처리하겠다고. 오케이, 알았어. 자네 실력이라면 내가 믿지. 그럼 오늘 저녁에 이지훈을 내가 만나도록 하지. 시간 맞춰 그곳에 와 있으라고, 알겠나?"

껍데기는 결국 똥개가 아니라 저 녀석이었나? 그리고 일이 이곳까지 오게 만든 것이 이지훈이라는 녀석 때문이었고? 양 상사는 분노가 바람처럼 불어 닥쳤다. 어금니를 꽉 깨문 그는 저녁 시간이 오기만을 기다렸다.

23

"저, 저 사람은."

백용준은 눈을 의심했다. 미행했던 주민등록상의 이지훈과 악수를 나눈 남자는 송호근 1팀장이었다. 확실한 도식관계가 머릿속에 그려지지 않았지만 모종의 어떤 관계가 있음을 떠올릴 수 있었다. 순간 지금까지 행해왔던 지문감식 통보에 대해 모든 회의가 밀려들었다. 그곳에는 바로 송호근의 집사람이 있었기 때문이었다. 경찰청 과학수사팀 증거분석계 현장지문반에 있는 오미라 경위. 그렇다면 어느 정도 조작이 가능하지 않을까. 아니, 충분히 가능했을 것이다. 그리고 정 팀장에게 낮에 보냈던 지문에 대해서도 같은 지문이라는 거짓 결론을 내려줄 사람은 그녀밖에 없었다. 그랬다면 백용준 자신과 정 팀장이 이 사건에 얼마만큼 개입되어 있는지 송 팀장은 이미 감지하고 있는 상태라는 뜻이 된다. 그리고 송 팀장이 박미숙의 짐작대로 주민등록이 바뀌었다고 짐작되는 가짜 이지훈을 만난다는 것은 무엇을 의미할까.

"아저씨, 송파경찰서 강력형사팀 정덕화 팀장 찾아가세요. 얼른요. 일 초가 급하니까 얼른 가서 데려오셔야 됩니다. 아무한테도 말하지 말고 정덕화 팀장만 찾으십시오. 어쩌면 큰일이 벌어질지도 모른다고, 송 팀장이 이곳에 있다는 말도 반드시 전하세요, 아셨죠?"

택시에서 뛰어내리며 기사에게 당부했다. 그러면 반드시 정 팀장을 이곳으로 데리고 올 것이었다. 백마 아파트가 한달음에 눈에 들어왔다. 5층짜리 10개 동으로 이루어진 아파트. 동 사이마다 주차장이 있고 나무가 많이 심어져 나무들이 가로등을 방해했다. 백용준은 고개를 숙이고 어둠 속을 가로질렀다. 한시라도 빨리 이 상황을 처리해야 했다. 벌써 눈앞에서 송 팀장이 이지훈을 데리고 아파트로 들어가고 있었다. 갈 곳은 뻔했다. 310호. 사용하지 않는 이지훈의 아파트.

백용준을 따라갈 걸 그랬나. 황재현은 이지훈이 올라갔던 레이크하우스 아파트에서 머뭇거렸다. 입구가 막힌 탓에 당최 들어갈 엄두가 나지 않았다. 최신식, 초현대식 아파트일수록 경비가 삭막하다. 그것이 오히려 소통을 단절하고 사람들을 가둔다는 것을 그들은 알지 못할까. 가뭇없는 상황에 푸념이 터진 것은 어쩌면 당연한 반응이었다. 짐작하자면 가짜로 추정되는 이지훈이 살고 있는 곳은 레이크하우스였다. 그러나 어떤 모종의 이유로 주소지를 잠실에 있는 백마 아파트로 등록해 놓은 것이었다. 캐내면 캐낼수록 가짜 이지훈은 구린 삶을 살고 있었다. 황재현은 어쩔 수 없이 경찰증이 가진 힘을 빌어야 했다.
"방금 올라갔던 사람 몇 층입니까?"
경찰증 사진과 얼굴을 대조하던 경비는 "칠백삼호요." 하며 미온적인 반응을 보였다.
"저기, 현관 문 좀 열어주세요."
황재현이 경비에게 부탁하자 경비는 "직접 호수 누르세요." 하며 고개를 돌렸다.
제기랄, 뭐 이런 데가 다 있나.
혀를 차며 703이란 숫자를 디지털 도어 숫자판에 눌렀다. 묵묵부답. 돌아서려던 황재현은 혹시나 하며 704란 숫자를 눌렀다. 경찰이라고 말하자 여인의 목소리가 사뭇 높아졌다. 경찰증을 보여주고 묻고 싶은 것이 있다고 말했다. 여인의 승낙. 그렇게 아파트 내부로 들어갈 수 있었다.
30대 중후반으로 보이는 여인은 엘리베이터 층계참까지 나와 황재현을 맞았다. 경찰이라고는 태어나 처음 대하는 것이리라. 적이 겁을 집어먹고, 적이 긴장한 채로 주위 누군가가 죄를 지은 것은 아닌가 걱정하고 있으리라.
"실은 옆집에 대해 묻고 싶은 게 있어서요."
"네? 네."
여인은 옆집이라는 말에 안도하는 표정이었다. 적어도 남편이나 자식에 대한 이야기는 아니었으니. 황재현은 그녀를 바라보며

"옆집 사람들에게 뭐 수상한 것은 없었습니까?"라며 물었다.

"아니요, 지훈 씨나 부인인 영미 씨나 너무 좋은 사람들입니다. 보기만 해도 행복해지는 그런 커플이에요. 저와 남편이 요즘 권태기였는데 옆집 덕택에 신혼 같은 분위기를 다시 찾았답니다. 얼마나 좋은 사람들인데요. 어머, 내 정신 좀 봐. 별 얘기를 다하네."

경찰을 대하는 일반적인 사람들의 반응이었다. 하지 않아야 되거나 할 필요가 없는 이야기까지 구구절절 늘어놓는 것. 그런데 가짜 이지훈이 그토록 행복하게 살고 있다는 말인가. 만일 그가 살인자라면 절대 용서할 수 없다.

"남편은 이지훈 씨고 부인은?"

"조영미 씨요. 너무 착하고 순한 아줌마이던걸요. 아직 아기가 없어서 그게 저희나 그 집이나 고민이긴 하지만 곧 생기겠죠."

여인은 이야기를 마친 뒤 고개를 푹 숙였다. 속으로 또 같은 생각을 할 것이었다. 내가 이렇게 말이 많았던가 하는 반성. 그렇지만 황재현은 떠오르지 않는 안개 속에 휩싸인 기분이었다. 익숙하면서도 낯선, 그리고 미로를 헤매는 듯한 느낌.

"혹시 옆집 부인 들어오시는 소리 나면 제게 전화 한 통 주실 수 있겠습니까?"

황재현은 명함을 여인에게 건넸다. 여인이 무언가를 말하려 하자 "오늘이 아니라도 괜찮습니다. 언제든지 연락 주십시오." 하며 인사를 건넸다.

엘리베이터를 타고 내려오며 가뭇없는 상황에 형사라는 사실조차 남우세스러웠다. 20년 넘는 형사 생활을 하면서 이런 사건 하나 해결하지 못하다니. 그를 조롱하는 듯한 스트레스가 뒷머리를 묵지근하게 잡아당겼다. 참자, 참자를 외치며 엘리베이터를 내렸다. 그때 스쳐 가는 여인, 낯설지 않았다. 고개를 갸우뚱하며 현관문을 미는데 퍼즐 하나가 머릿속에서 꽉 기워졌다. 조영미. 스쳐 간 여인. 죽은 장대한의 부인. 특급호텔 조리부 부장이었던 탓에 과도하게 들어 있던 생명보험 외 각종 보험. 그로 인해 수령한 금액만 7개 보험사 12종류 보험에서 27억 8천만 원. 모두 합친 수령액이 그해 기록이었다.

"제기랄. 이거였어. 치밀하게 준비되었던 살인사건. 보여줄 것만 보여준 완전한 살인사건."

그렇다면 지금 이지훈으로 살고 있는 사람은 조영미가 교제했던 남자일 가능성이 컸다. 장대한의 살인범이 이대형으로 밝혀지며 중단되었던 혐의자 중 하나. 장대한이 죽기 6개월 전까지 조영미가 매일 연락하던 남자. 그러다 6개월 전 갑자기 연락이 끊겼던 남자. 그런데 조영미와 그의 내연남이 이 정도의 완전범죄를 저지를 수 있었을까.

아니다. 이건 너무 비약이 심하다. 사건에서 증거만을 보아야 하는 형사가 극간을 넓힌 추리를 한다면 그것은 잘못된 것이다. 사건의 모든 증거들이 이대형만을 지목하고 있었다. 이대형이 분명히 살인범이었다. 경찰청 지문분석계, 주민등록 전산, 기타 모든 증거가 귀결점으로 이대형을 지목했다. 그것을 뒤집는다는 것은 대한민국 경찰 전체를 의심하고 뒤집는 것이다. 아니, 대한민국 자체를 뒤집고 거부하는 것이다. 그렇지만 10년 만에 나타난 이대형이 다른 사실을 말하고 있었다. 이대형이 조영미와 함께 살고 있는 이지훈이었다고. 그렇다. 사건의 열쇠는 결국 이지훈이었다. 진짜 이지훈을 파헤치는 것.

만약 이대형이 그의 주장처럼 진짜 이지훈이라면 사건은 어떻게 흘러가는 건가. 범인은 결국 제3자라는 것인가! 그렇다면 살인자로 수배된 이대형이라는 남자는 누구이며 이지훈은 어떻게 알아냈을까. 태풍이 몰아치듯 생각이 뒤집어졌다. 이 사건은 박미숙의 이야기처럼 단순 실수나 주민등록 오류 사건이 아니었다. 황재현은 어떤 거대한 음모가 사건 뒤에 도사리고 있음을 그제야 알아차렸다. 모든 것은 조작되었고, 모든 정황은 완벽하게 만들어진 것이었다. 황재현 그나 백용준만으로 맞설 수 없는 어떤 거대한 조직, 살인자로 누명을 쓴 이지훈 혼자서는 어떻게 해볼 수도 없는 거대한 조직이 그림자처럼 도사리고 있음을 그제야 깨달았다.

황재현 자신도, 백용준도, 또한 이지훈도 돌이킬 수 없는 음모의 정중앙에 놓이고 만 것이었다. 형사인 황재현과 백용준이야 어떻게든 버텨낸다지만 누명을 쓴 이지훈, 이 남자가 사는 법은 무엇일까. 이제 살아갈 법은 무엇일까. 무엇보다 사건 깊숙이 개입해 버린 진짜 이지훈이 살아남을 수 있는 방법은 무엇일까.

양 상사는 어금니를 부서지도록 깨물었다. 이제부터 하는 일은 들키면 죽음이다. 칼을 맞은 김 사장을 위해서나, 자신도 칼에 맞기밖에 더하겠냐고 사건에서 빠지겠다고 말한 이구아나를 위해서라도, 형사를 쫓고 있는 지금 순간이 무척이나 중요했다. 뺐다고 해도 담갔던 발이었다. 조금이라도 몰캉하게 보이거나 약간이라도 빈틈을 보인다면 기술자인 똥개나 형사는 그 틈을 비집고 들어올 것이 뻔했다. 형사를 미행해서 단번에 처리해야 한다. 사파이어 반지를 끼고 있던 형사이든, 김 사장에게 칼을 휘두른 똥개이든.

―형님, 우리 저승에서라도 웃으면서 삽시다.

휴대전화 문자메시지를 김 사장에게 넣었다. 김 사장이 의식을 찾고 문자를 확인할 즈음이면 이 일은 어떤 결단이 내려져 있을 것이었다. 사달이 나든, 양 상사가 두 주먹을 쥐고 환호를 하든.

사파이어 반지를 낀 형사가 탄 택시는 러시아워에 막혔다. 방향으로 보아 잠실이었다. 차가운 어둠이 이럴 때는 도움이 되었다. 추위에 옷깃을 올리고 얼굴을 파묻은 채 되돌아보지 않을 테니까. 헤실바실 웃음이 났다. 웃었지만 웃음이 아닌 얼굴이 룸미러에 비쳤다. 양 상사는 스피커 볼륨을 올렸다.

'한 번 죽지 두 번 죽냐. 덤빌 테면 모두 덤벼봐. 깡으로 치자면 둘째가라면 섭섭해. 한 번 뽑은 칼이라면 찔러야지, 호박이라도. 까짓것 어떠냐, 목숨 한번 걸어봐.'

크게 고함을 질렀다. 노래가 아니라 악다구니를 썼다. 쟁여둔 마음이 한순간에 녹는 것 같았다.

까짓것 뭐 있어, 죽더라도 당당하게 죽자고. 응?

택시가 도착한 곳은 잠실 백마 아파트였다. 무작정 차를 몰고 들어간 그는 경비에게 만 원짜리 두 장을 쥐어주었다. 짧은 찰나지만 머리 쓰고 사는 것의 쾌감을 느꼈다. 세상은 조금만 돌아가면 이렇게 편한 것인데.

그림자 사이에 모습을 감추며 형사를 보았다. 형사는 어떤 남자와 악수를 나누었다. 물체 하나마다 덕적덕적 들러붙은 그림자가 의혹을 보여주는 듯했다. 저 형사는 누구이고 악수를 나누는 저 남자는 누구일까. 그 순간 휴대전화 진동이 울렸다. 발신인은 김 사장.

"여, 여보세요? 형님?"

끙, 하는 비명이 있은 후 "나야." 하는 음성이 들려왔다.

[동생, 거기서 철수해. 그만두라고. 응?]

"아닙니다. 이대로는 넘어갈 수 없습니다. 이제 거의 다 온 것 같습니다. 똥개만 잡으면 저는 철수하겠습니다. 형사한테는 관심도 없어요. 미스 김…… 원수라도 갚을랍니다."

[그…… 만하게. 자네가 상대할 사람들이 아냐. 하나 뽑아낸다고 사라질 사람도 아니고. 그러니 그만 철수해.]

"호박이라도 찌르겠습니다."

"이 사람 여전히 대찬 인생 타령인가. 하기야."라며 괴로운 듯 쿨럭거리는 기침 소리가 들렸다. 그런 뒤 김 사장은 "송호근이 혼자만 있는 게 아니야. 똥개도 수하에 불과하고. 모든 일이 분업적으로 나뉘어져 있어서 누가 누군지 서로도 몰라. 우리가 빠진 자리에는 이미 다른 녀석들이 왔을 테고. AS가 뭔지 궁금했지."

그 물음에 양 상사는 되묻지도, 그렇다고 대답도 하지 않았다.

[동생이 어디까지 찾아냈는지 몰라도 새로운 신분을 하나 찾아내는 거였어. 십 년 전에 우리가 하던 거, 그거. 기억나지? 지금 와서 새로운 사람을 하나 물어오라는 거야. 그렇지만 우리가 찾아냈던 그 뒷일을 나중에야 알게 됐어. 살인.]

"그만하십시오, 형님. 미스 김은 어떡합니까? 저 때문에, 또 형님 때문에 개죽음당한 그녀는 어떡합니까. 형님, 우리 너무 멀리 왔습니다. 제 눈앞에 그 형사가 있고 그를 뒤쫓으면 똥개가 있을 겁니다. 내일 해가 뜰 때 병실 옆자리에 제가 있으면 일이 다 해결된 겁니다."

양 상사는 처음으로 김 사장보다 먼저 전화를 끊었다. 그를 알고 지낸 10년 동안 그를 부대장처럼, 직속상관처럼, 아버지처럼, 형님처럼 대했다. 그러나 오늘만은 그럴 수 없었다.

그림자 속에서 고개를 들었다. 형사와 남자가 아파트로 들어갔다. 양 상사도 그림자를 따라 움직이기 시작했다.

"미안합니다."

권총으로 박미숙의 관자놀이를 내리친 이지훈이 그녀에게 말했다. 이미 의식을 잃어 듣지 못하는 그녀에게 두 손 모아 빌었다. 차 밖으로 뛰어나가던 이지훈은 멈칫하다 되돌아왔다. 차 앞 유리에 검지로 '미안합니다, 살아서 돌아오겠습니다.' 라고 보이지 않는 글을 썼다. 절박한 진심이었다. 앞 유리에 비친 인생이 가로등에 반짝였다. 아득바득 살았다고 생각했지만 10년 가까이 포기한 채 살았다. 그러고 보니 말로는 애면글면 살았다고 했지만 노력하지 않았던 삶이었다. 미래가 있다면, 만약 오늘이 지나 미래가 주어진다면 보라를 위해 죽을힘을 다해 살리라. 미안하지 않도록. 두 번 다시 이딴 식으로 살아 돌아오겠다고 다짐하지 않도록.

되돌아선 그는 상황을 떠올렸다. 30분 전 백용준 형사는 차 한 대를 쫓았다. 가짜 이지훈. 그 뒤를 박미숙과 이지훈이 쫓고 있었다. 그런데 찰나의 차이로 상황이 급변했다. 황재현은 경비실로 향했고, 아파트로 잠시 들어갔던 가짜 이지훈이 백용준 형사가 탄 택시에 합승을 했다. 쫓았던 남자와 쫓기던 남자가 한 택시에 동승을 한 것이었다. 짯짯한 상황에 이지훈은 뭐야, 하고 구시렁거렸다. 박미숙과 함께이던 백용준 형사도 이지훈의 이름을 뺏어 살고 있는 남자와 한 패거리는 아니었을까.

이지훈이 침묵에 휩싸이자 "에이, 설마. 생각하는 거 그거 사실 아니에요." 하며 박미숙이 이지훈을 달랬다. 박미숙 역시 놀랐던 것이 분명했다. 왜 김해에서 이곳까지 올라온 형사를 경비실로 따돌리고 백용준과 베일에 싸인 그가 함께 움직였을까. 멀리서 지켜보던 그로서는 의혹만 커져 갔다.

만약 백용준 형사가 가짜 이지훈과 한패라면 어떻게 될까. 상황이 지금에 와서 엿가락처럼 꼬여가는 이유가 무엇일까. 아니, 뒤쫓기만 하는 탓에 얼굴이 보이지 않는 가짜 이지훈의 얼굴만이라도 볼 수 있다면.

백마 아파트에 다다르자 가짜 이지훈이 내렸다. 택시를 돌려 나오려던 백용준도 거리를 두고 내렸다. 흡사 망을 보듯 주위를 살피던 그가 가짜 이지훈을 향해 몸을 숨겼다. 차들 사이에서 몸을 숙이고 상황을 주시했다. 멀리서 상황을 지켜보려니 조바심이 목을 타고 흘렀다. 얼굴을 알아볼 수 없다는 사실에 미칠 것만 같았다. 가짜 이지훈이 한 남자와 악수를 나누었다. 척 보아도 덩치가 있고 키가 컸다. 그들 뒤를 백용준 형사가 뒤따르고 있었다. 이지훈은 백용준이 자신을 눈치채지 못하도록 최대한 몸을 낮추어 뒤를 따랐다. 어느새 가짜 이지훈과 남자는 아파트 안으로 들어섰다. 백용준이 흘긋 주위를 보다 아파트로 뛰어들었다. 그 순간 이지훈이 서 있는 오른쪽에서 한 남자가 고개를 들었다.

설마, 저 사람도? 가짜 이지훈과 남자를 쫓는 사람이 더 있는 것은 아닐까. 아니다, 촌각을 다투며 벌어진 일이었다. 짧은 순간에 이렇게 많은 사람들이 엮일 이유가 없다. 단지 주민등록이 뒤바뀐 사건일 뿐인데. 그렇지만 경계를 늦출 수는 없었다.

권총을 넣은 점퍼주머니를 슬쩍 건드려 보았다. 상황을 주시하며 잠시 멈추어 섰다. 고개를 들었던 남자 역시 재빨리 아파트 안으로 뛰어들었다. 결국 쫓고 또 쫓기는 건가.

이지훈은 권총을 꺼냈다. 더 따르는 사람이 없는 것을 확인하며 이지훈은 한산한 아파트 안으로 조심스레 발을 들였다.

24

 황재현은 송파서를 향해 달려가는 중이었다. 택시기사에게 어떻게든 달리라고 종용했다. 기사는 못마땅한 눈치였지만 만 원짜리 한 장을 내놓자 "얼른 달립죠." 하며 속도를 높였다. 백용준과 미리 입을 맞춘 대로 정덕화 팀장을 찾아가는 중이었다. 함께 움직일 수 없을 때 정 팀장과 움직이기로 했던 것이었다.
 택시가 바닥을 긁는 소리를 내며 멈추었다. 강력형사팀으로 뛰어들며 "정덕화 팀장이 누굽니까?" 하고 물었다. 185센티미터 정도의 키에 군살 없는 몸을 가진 미남형 남자가 일어섰다.
 "급합니다." 하고 외친 황재현은 "백용준 형사가 정 팀장을 찾으라고 했습니다."라고 말을 이었다. 감을 잡았다는 듯 정 팀장은 권총을 재빠르게 챙겼다.
 "어떻게 된 겁니까?"

"사안이 급박합니다. 일분일초가 급합니다."

"가시면서 설명이라도."

이때 기사를 자청했던 노련한 택시기사가 사무실로 뛰어 들어왔다.

"백용준 형사가 정 팀장님을 데려오랍니다."

택시기사의 얼굴이 땀으로 범벅이 되어 있었다.

황재현이 생각하는 것보다 상황이 더 급박하게 돌아가는 것이 분명했다. 택시기사는 황재현과 정 팀장을 번갈아 보았다.

"어쩌면 큰일이 벌어질지도 모른다며 송 팀장이 여기에 있다고 전하라고 했습니다."

그가 가쁜 숨을 몰아쉬었다.

"송 팀장이 누굽니까?"

황재현이 물었다.

"1팀 팀장입니다. 가만 그러고 보니 부인이 경찰청에서 지문을 확인하는데……."

그 순간 황재현은 아, 하고 탄식을 터뜨렸다. 택시에 오르며 황재현은 정덕화 팀장에게 추리한 상황을 설명하기 시작했다.

"증거는 없습니다. 그저 추정일 뿐입니다. 이것을 감안하고 들어주십시오. 이번 사건에서 살인자로 지목되었던 이대형이 사라진다면 어떻게 됩니까?"

"이대로 덮이겠죠, 사건은."

"맞습니다. 진짜 이지훈은 죽어야 했던 겁니다. 처음에는 저도 이대형이 살인자가 아닐지도 모른다는 막연한 생각만 하고 이 사건에 매달렸습니다. 십 년이 지난 일이죠. 단순하게 생각했던 것이 사실입니다. 그런데 이대형을 쫓을수록 이대형이 아니라 그가 주장하는 이지훈일지도 모른다는 확신이 점점 들어가는 겁니다. 그런데 조금 전 기막힌 사람을 만났습니다."

"기막힌 사람이라니?"

"바로 10년 전인 2002년에 살해당한 장대한의 부인 조영미였습니다. 그가 주민등록상 이지훈인 남자와 함께 살고 있는 겁니다. 그 순간 제가 쫓던 것은 숨어 있는 쥐꼬리에 불과하다는 것을 알게 되었습니다. 이 일에는 살인이 있습니다. 주민등록상 이지훈이라고 주장하는 사람이 있습니다. 현재로는 살인자인 이대형이 또 있습니다. 이대형은 자신이 이지훈이라고 줄기차게 주장하며 무죄를 증명하려 합니다. 거기에 살해당한 사람의 부인이 있습니다. 그리고 방금 알게 된 남자 송 팀장이 있습니다."

"그게 무슨 말씀인지?"

정 팀장은 사건에 대해 맥락이 짚이지 않는 듯 어리둥절한 눈빛이었다.

"단순한 살인이 아니라 궁지에 몰린 사람에게 완전히 새 신분을 만들어주는 거였습니다. 만약 장대한이 암매장당한 채가 아니라 실족한 채로 발견되고, 진짜 이지훈이 이내형으로 죽었다면 이 사건은 가짜 이지훈이 새 신분을 얻어 당당하게 살아갈 수 있었을 것입니다."

"아니, 그렇다면 이지훈과 같이 노숙생활을 했거나 연락 두절이 된 어떤 특정인과 주민등록을 바꾼 뒤 그 특정인을 없애 버린다는 겁니까?"

"그렇죠, 아마 그럴 겁니다. 그래야 사건의 아귀가 맞아들어 갑니다. 그리고 이번 사건은 장대한의 보험금이 숨어 있었습니다. 27억 8천만 원에 이르렀거든요. 그러니까 실제로는 장대한이 실족사 따위로 죽었어야 했을 겁니다. 그런 뒤 주민등록을 바꾸고 이지훈을 살해하면 사건은 완전범죄가 되는 거죠. 그 뒤로 가짜 이지훈은 대한민국 일원으로 당당하게 살아가는 겁니다. 그런데 장대한의 사체가 태풍이 친 뒤 흙이 드러나며 발견되었습니다. 아시겠지만 대기 중에 방치된 사체와 암매장한 사체는 부패 속도가 현저히 차이 나지 않습니까?"

"그렇다면 이지훈을 살해하기 전에 장대한의 사체가 발견되었다?"

"그렇죠. 사건의 개요가 딱딱 들어맞지 않습니까? 지금 저희가 발견한 것 외에 다른 조직들이 한 몸처럼 움직이고 있었을 겁니다. 이지훈 같은 사람을 발견해 내는 팀, 그를 관리할 팀, 그리고 실제 행동에 들어갈 때 그를 죽여야 할 팀까지."

정덕화 팀장은 이야기를 들을수록 귀를 의심했다. 그러다 황재현이 분업화된 팀을 이야기할 때 그만 헉, 비명을 지르고 말았다. 비록 추정뿐일지라도.

백용준은 가짜 이지훈과 송호근 팀장이 들어간 아파트 손잡이를 건드렸다. 문이 잠겨 있지 않았다. 들어갈까 말까 잠시 고민했지만 결론은 정해져 있었다. 그가 상상하는 결론이 들어맞지 않기를 바랐지만 이 시점에서 송호근 팀장이 이지훈을 만났다는 것은 최악의 결론을 의미하는 것이었다. 가짜 이지훈의 정체가 들통 날 위기에 처했다는 것. 사건의 이면에 송호근이 숨어 있었다면, 결론은 가짜 이지훈의 죽음을 의미했다.

결국 문을 열고 들어서고 말았다. 법치국가에서 인간이 인간을 단죄하는 것은 사회의 붕괴를 의미했다. 어떤 사건이든 법으로 죄를 물어야 했다.

"그만 하십시오."

송호근은 권총을 꺼내 가짜 이지훈을 겨눈 상태였다. 가짜 이지훈은 벌벌 떨며 무릎을 꿇고 있었다.

"어이쿠, 이게 누구요. 백 형사 아닌가. 금방 끝날 텐데 좀 기다리지 그랬나?"

"그나저나 어떻게 된 겁니까?"

그 순간 한 남자가 아파트로 뛰어들었다. "씨팔 새끼들, 손들어!" 하는 외침과 함께. 그의 손에는 권총과 흡사한 고무총이 들려 있었다.

송호근은 애써 여유를 지으며 거실 안의 사람들을 굽어보았다.

"양 상사까지 오셨나? 이제야 이야기하기가 수월하겠구만. 자, 백 형사 들어보시오. 저 남자가 바로 이 남자에게 이지훈이라는 새 신분을 선물한 사람이라오."

"무슨 소리야!"

양 상사가 고함을 질렀다.

"우리가 한 거라고는 노숙자나 친인척이 거의 없는 사람들을 찾아내는 게 전부였다고."
 양 상사가 고함을 치자 송호근이 말을 받았다.
 "그렇지. 자네가 찾아낸 사람 중에 하나가 이대형이었어. 여기 무릎 꿇은 이 남자는 당시 사기와 횡령, 공문서위조 등으로 수배 중이었고. 그런데 이자가 물고 온 여자가 한 명 있었지. 지금 이 남자와 살고 있는 여자, 조영미라고. 당장 여자는 돈이 없었지만 남편이 호텔에서 근무하며 이곳저곳에 가입한 보험이 장난 아닌 거야. 받지 못한 것도 있었지만 약관에 명시된 재해사망에 해당할 경우, 보험금이 도합 30억에 이르렀거든."
 "그래서, 이 개새끼야!"
 양 상사가 고함을 쳤다.
 "그게 미스 김이랑 무슨 상관인데, 응?"
 "아, 그 얘기는 단둘이 하자고, 지금 손님도 계시는데."
 이때 문손잡이가 돌아갔다. 담담히 총을 들고 들어온 남자는 이지훈이었다.
 "그래서 어떻게 된 건데?"
 이지훈은 분노에 일그러진 표정이었다.
 "오, 이거 참. 진짜 이지훈까지. 요즘 힘들었지? 도망 다니기가 쉽지 않았을 텐데. 그래, 자네까지 왔으니 시원하게 이야기해 보자고."
 송호근은 아무렇지 않으려 했지만 목소리가 떨리기 시작했다. 무릎을 꿇은 가짜 이지훈을 사이에 두고 송호근과 양 상사, 백용준과 이지훈이 대치하고 있었다. 서로가 권총과 권총을 겨눈 채.

팽팽한 긴장감은 터지기 직전의 다이너마이트처럼 불꽃이 튀었다.

"이지훈, 이 사람이 누군지 보라고, 응?"

송호근은 무릎을 꿇은 남자의 고개를 손으로 비틀었다.

"이…… 동훈. 이동훈. 네가, 네가 어째서?"

이지훈은 순간 힘을 잃으며 휘청거렸다. 그렇지만 권총을 쥔 손을 놓지는 않았다.

"그렇다면 모든 일이 이동훈, 이 자식에게서 시작된 거였나? 그랬던 거였군. 어떻게 이런 악연이!"

"빙고!" 하며 송호근은 통쾌하게 웃었다.

"이제 모든 일이 이해가 가나? 우리가 이대형을 지목했는데 이동훈이 완벽한 사람이 있다며 자네를 추천했지, 바로 이지훈 자네를 말이야. 결과적으로 이동훈은 자승자박하는 꼴이 돼버렸지만."

송호근은 거실에 대치한 사람들을 둘러보며 말을 꺼냈다.

"이대형을 살인자로 만들고 장대한을 죽였으면 됐지, 왜 이지훈의 신분마저 바꿔 살인자로 만든 겁니까? 어차피 장대한이 죽었으니 누가 죽였는지 모르는 채로 묻어두었으면 그냥 끝나는 사건 아닙니까?"

백용준이 물었다.

송호근은 약간 뜸을 들이다 이야기를 시작했다.

"당시 주민등록을 우리 손으로 조작할 수 있다는 것을 알았을 때 이것이 어떤 방향으로 흘러갈지 몰랐어. 이때 김 사장이 아이디어를 낸 거야. 돈이 있는 사람들은 많다. 그런데 돈은 있지만 범죄자들도 많다. 그런데 사회에 쓰레기들도 많다. 그들을 묶으면 돈 있는 범죄자들에게 새 신분을 줄 수 있지 않겠느냐고 말이야. 실은 장대한 건이 두 번째라 우리도 노하우가 쌓이지 않았을 때였지. 생각해 봐. 장대한만을 죽이고 보험금을 타낸 뒤 이 새끼, 이동훈을 조영미와 맺어주었다면 황재현처럼 계속 사건을 뒤지는 녀석에게 금세 발각되었을 거야. 그런데 김 사장이 한 번 더 말을 꺼내더라고. 별개인 두 개의 사건으로 가야 한다고. 그 이야기를 장대한을 죽이기 전에 했더라면……. 그가 그러는 거야, 돈을 장만하기 위해 살인을 의뢰한 사람에게 일을 처리해 주는 것 하나, 그리고 그들에게 완전히 새로운 신분을 만들어주는 일 하나로 말이야. 그러려면 그들과 아무런 연계 고리 없이 살인을 저질러 줄 사람이 필요했고."

"똥개 말이냐?" 하고 양 상사가 이야기를 끊었다.

"그렇지. 똥개는 아무 이유 없이 살인만 하는 거야. 유산이나 보험으로 돈을 만들어줄 사람. 그리고 새 신분을 줄 사람. 그러면 유산을 받은 사람과는 전혀 상관없는 사람으로 이구아나가 새 신분을 주고 관리하는 거야. 여기 이동훈처럼. 이구아나는 이동훈이 유산을 받은 사람과 최소 일 년은 엮이는 게 표가 나지 않도록 관리하는 거지. 일 년이면 사건은 일단락되니까. 그리고 손 떼는 거야."

"어떻게 그럴 수 있지?"

양 상사가 물었다.

"이 사람 참 순진하구만. 이 일에는 우리만 있는 것이 아니야. 보이지 않는 여러 사람들이 이 일에 관여하고 있으니까. 상상도 못할 사람까지. 그리고 여기 무릎 꿇은 이동훈을 봐. 십 년을 떵떵거리고 살았지 않냐 말이야. 모든 일은 이렇게 되는 거지. 저기 저 녀석, 이지훈만 없었다면."

"잘 이해가 가지 않는데?"

백용준이 송호근에게 되물었다. 어떻게든 1초라도 시간을 끌어야 했다.

"이 사람, 백 형사. 생각보다 머리가 좋지 않구나. 자, 봐. 여기에 조영미가 있어. 이동훈이 있고. 다음에 보험유산이 엄청난 장대한이 있어. 신분을 줄 이지훈이 있고. 조영미는 정신없어, 이동훈에게 완전히 푹 빠졌거든. 그런 거 있잖나, 그걸 사랑이라 부르던가. 참 흉측하고 더러운 녀석이지, 사랑. 그런데 이동훈은 다른 상상을 하고 있는 거야. 그는 사기와 횡령으로 쫓기고 있으니까. 이구아나와 똥개도 있어. 이구아나는 자연스레 이동훈과 조영미를 떨어뜨려 놓는 거지. 이동훈을 관리하는 거야. 조영미 역시. 조영미가 안달이 나는 날은 아무 전자기기 없이 가끔 만나게 해주는 거지. 그렇게 육 개월이나 일 년, 사건에 관련된 사람들의 흔적을 지우고 사건을 장악할 정도의 시간이 지나 똥개는 상대한과 이지훈을 죽이는 거지. 똥개와 이동훈은 일면식도 없어. 삼 년이든 오 년이든 이동훈이 이지훈이 될 즈음에 다시 조영미와 만나게끔 해주는 거지. 그때는 새로 발생하는 사건에 치인 형사들도 손을 뗄 때니까. 그리고 사업하는 아무개 씨 계좌로 한 오 억 정도 쏘는 거지. 이제 봐, 어떻게 되나. 이동훈은 경찰에게 꼬리를 밟힌다 해도 마지막까지 이지훈이라고 주장하면 돼. 왜냐, 이동훈이라는 근거가 없고 대한민국 전산에 기록된 모든 근거들은 이동훈이 바로 이지훈이니까. 심지어 오늘 같은 날은 진짜 이지훈이 권총을 쥐고 있지 않나, 살인자 이대형이 말이야. 완전 살인자가 됐잖아. 그 십 년 사이에. 게임 오버지 바로."

송호근이 무전기를 꺼냈다.

"똥개야, 들어와."

황재현과 정덕화 팀장이 아파트에 도착하자 기사는 "기다릴까요." 하고 물었다.

"아닙니다, 돌아가십시오. 이제부터 위험할지 몰라서."

정 팀장이 기사에게 완곡하게 만류했지만 기사는 마지막까지 기다리겠다며 고집을 부렸다. 어쩔 수 없이 황재현과 정 팀장은 택시에서 내렸다. 사위는 고요했다. 밤이 내려앉은 하늘은 다른 날의 서울 하늘과 달리 별이 반짝거렸다. 그때 별똥별 하나가 땅으로 떨어졌다. 순간 황재현은 재빠르게 오전에 보았던 출입구로 뛰었다. 정덕화 팀장 역시 부지런하게 뒤를 따랐다. 그러다 정 팀장이 황재현을 황급히 붙잡았다.

"저 자식, 똥개입니다."

몸을 낮추며 그가 말했다.

"똥개라니요?"

"대한민국에서 전문적인 킬러로 소문이 난 녀석입니다. 녀석이 왜 여기에 온 거지? 지금까지 증거가 없어 잡아들이지 못하던 녀석인데."

"그렇다면 혹시."

황재현은 재빨리 불이 켜진 310호를 보았다. 정 팀장 역시 그럴 거라는 듯 고개를 끄덕였다. 똥개는 서둘러 아파트로 들어갔다.

"갑시다."

황재현과 정 팀장은 발맘발맘 똥개를 쫓았다. 올랑거리는 찰나에 황재현은 식은땀이 등을 타고 내렸다. 긴장 탓인지 손에는 감각이 없었다. 권총을 들고 있었지만 구름 위에 붕 뜬 것처럼 아찔했다. 똥개를 쫓으며 3층에 올랐다. 똥개가 310호 문을 열고 들어갔다. 정 팀장과 황재현도 지체없이 310호로 뛰어갔다. 손잡이를 잡는 찰나, 천지를 가르는 듯한 소리가 울렸다.

타당. 탕. 탕.

시간차가 있는 네 번의 울림이 아파트를 삼킬 듯 울렸다. 황재현은 그 소리가 총성이라는 것을 인지하는 데 약간의 시간이 필요했다. 문고리를 잡았던 손이 떨렸다. 귀가 멍했다. 여전히 구름에 뜬 듯 발끝은 감각이 없었다. 권총을 들고 있던 것도 잊어버렸다. 설마, 에잇 설마. 권총을 잡은 손이 덜덜덜 떨려왔다. 뭉그적거리는 그를 밀치며 정 팀장이 문을 열었다. 그 순산 황새현은 비명을 지르며 거실로 달려갔다.

❖

―백마 아파트에서 4구의 사체 수습. 신원 확인 중.
―시체 24구 발견. 송 모 경감의 별장이었던 것으로 드러나.
―모든 사체 손가락이 잘려, 현재 DNA 검사 중. 신원확인에는 비관적.
―도망친 잔당 추적 중이나 흔적을 찾기 힘들어.

박미숙은 최근 신문을 들척이다 자리에서 일어섰다. 그가 맡긴 편지를 보라에게 전해주기 위해서였다. 찬바람은 더욱 짙어지고 있었다. 목폴라 니트를 입고 차에 올라탔다. 이렇게 가을은 지나가 버리는 건가.

손이 시렸다. 찬바람이 목을 건들 때마다 쿡, 쿡 하고 기침이 터졌다. 히터를 켜고 11월의 추위를 바라보았다. 높던 하늘이 추위처럼 내려앉았다. 낙엽은 가을을 쓸고 겨울로 달아났다. 그렇지만 차창 너머 세상은 변한 것이 없었다. 요즘 들어 5분이 멀다 하고 생각에 빠졌다. 주위에서는 병원이라도 가보라지만 그러기는 싫었다. 자동차 앞 유리가 영화관이 되어 지난 몇 주가 파노라마처럼 흘러갔다. 그러다 더워진 차 안 공기에 번뜩 정신이 들었다. 앞 유리는 바깥과의 온도 차로 성에가 끼기 시작했다. 윈도브러시로 성에를 닦으려던 순간, 박미숙은 자신도 모르게 눈물을 흘리기 시작했다. 자동차 앞 유리에는 이지훈이 남긴 마지막 흔적이 있었다.

미안합니다. 살아서 돌아오겠습니다.

이 여자가 사는 법

바람이 보인다. 저 멀리, 플라타너스의 거대한 잎이 흔들린다. 좌측부터 빠르게 움직인다. 내 앞을 지나 우측으로 '바람처럼' 스쳐 간다. 흔들리던 나무가 정지한다. 바람이 보이지 않는다. 사라진 것이다. 때로 거친 바람은 방향을 바꾸어 유리창을 때린다. 그때면 어김없이 생의 꼭지를 매달았던 끈 하나를 놓아버린 플라타너스 잎이 바람과 함께 창을 때린다. 마치 바람이었던 듯. 그리고 생의 끈이 끊어져 버린 그것은 급전직하한다. 연결되었던, 그러나 끊어진 그것이 부여잡고 있던 것은 거저 단 하나의 끈이었다.

바람이 심장고동처럼 울리던 이십대 초반, 내가 부여잡은 단 하나의 끈은 욕심이었다. 욕심은 많은 파생단어를 낳았다. 성공, 돈, 여자, 스포츠 카, 섹스 따위의. 파생한 것들은 전신을 지배하는 몇 리터의 혈액처럼 나를 내리눌렀다. 그것은 수많은 최루탄과 목이 쉰 동급생 사이를 비켜갈 수 있는 수단이었으며, 비겁이라는 단어를 짓이길 수 있는 목적이었다. 때로 수십만 원대의 의학서와 현실을 연결하는 접속사였으며 소주보다 독한 진리였다.

하물며 많은 것을 담은 세월은 '바람처럼' 나를 지나친다. 고개를 들어 하늘을 바라보는 눈길에 결국 하늘을 가린 플라타너스가 보인다.

뚝, 떨어지는 플라타너스.

번뜩 정신을 차린 유리창에 금테 안경을 낀 남자 하나가 비친다. 손끝으로 안경을 올리려는 찰나, 플라타너스 잎 하나가 유리창에 부딪힌다. 그것이 내게 달려오기라도 하는 것처럼 꿈쩍 놀란다. 피식, 스며드는 웃음이 혈액을 지나 뇌를 건든다.

사십이 넘은 의사가 되어 환자보다 많아져 버린 시간을 관조하며 올림픽공원 남2문을 지나치는 바람을 바라보는 나에게 그것들은 과거가 되었다. 어디서나 구입 가능한 섹스는 치기 어린 이십대의 부산물에 지나지 않았다. 섹스와 교감, 동물과 사람, 육체와 정신, 화두는 머릿속에서 빙염처럼 타올랐다. 치기는 찰나, 암페타민처럼 멀리하던 섹스는 결국 여자라는 금지 목록 하나를 던져 놓았다. 자연히 스포츠 카, 논, 성공 따위는 멀어졌고 욕심은 다른 말로 변주되었다. 그것이 무엇이든, 그것이 어떠하든, 여전히 현재진행형의 어떤 것으로.

"선생님, 송파서에서 나오셨는데요."

전화기 스피커폰에서 나 간호사의 음성이 울렸다.

그녀가 간호사 구인광보를 보았다던 첫 전화가 떠오른다. 대구에서 올라와 어색한 사투리를 쓰는 나에게 그녀는 첫 단어로 '어머'를 선택했다. "왜요?" 하고 되묻자 "거긴 강남이잖아요, 당연히 선생님이 서울 분일 거라 생각했죠." 하고 대답했다. 피식 웃음이 났다. 냄새나고 무식하며 전문성이 없고, 특히 죽으라면 죽을 것처럼 행동하던 간호병들에게 질려 있던 터라 간호사를 꼼꼼하게 채용할 수밖에 없었다. 더구나 오랜 군의관 생활을 청산하고 첫 개업을 준비하던 나에게 간호사는 중요한 조력자였다. 그런데 하나같이 마음에 들지 않았다. 의사 집안임을 강조하던 여자, 번쩍거리는 외제차를 타고 왔던 여자, 반드시 취직해야 한다며 "아버지가……."라며 눈물 흘리던 여자까지. 그네들을 보노라면 짜증이 머리끝까지 치솟았다. 어쩌면 간호사는 현실에 첫발을 들인 나에게 변주된 욕심의 첫 자락이었던 것 같다.

나 간호사는 처음부터 달랐다. 맑고 청아했던 어머, 라는 단어 하나로 그녀는 감히 내 심장까지 뛰게 만들었던 것이다. 그즈음 여자라는 저편의 욕심과 겹쳐 가는 간호사 구인에 피가 마르듯 질려가고 있었다. 전화로만 면접을 보던 나는 흠, 하고 목소리를 내리깐 뒤 "사무실로 오십시오."라고 합격점을 줘버렸다.

사무실에 도착한 그녀는 하얀색 블라우스와 베이지색 바지를 입고 있었다. 짧은 스커트나 화려한 색의 웃옷이었다면 보자마자 인상을 찌푸렸을 것이다. 쌍꺼풀이 없지만 찢어지지 않아 단아한 눈과 꽉 다문 입술, 앙증맞은 코가 마음을 설레게 했다. 안경이 흘러내려 코끝에 걸리는 것만 뺀다면 무색무취하고 담백한 조력자로서 손색이 없었다. 벌써 7년이 지났지만 그녀의 목소리는 여전히 매력을 잃지 않았다. 가끔 목소리가 잠긴 날, 선생님, 하고 부를 때는 여간만 아양이 넘치는 게 아니었다. 그럴 땐 나도 모르게 금욕을 떨치고 여자라는 이름에 손을 얹고 싶을 정도였다. 그녀가 어떻게 생각하든 나 간호사는 나에게로 와 착실한 여자가 된 것이었다. 그리고 난 그녀에게 그 보답으로 선물을 주었다. 유언장에까지 명시하여 재산의 40퍼센트를 주겠다고.

획, 문이 열리며 남자가 모습을 드러냈다. 지난 상상이 사레 걸린 라면 가닥처럼 뚝 떨어졌다. 나도 모르게 끙, 하는 한숨이 일었다.

"송파서에서 오셨다고 했습니까."

예의상 일어선 나는 가볍게 목례를 했다. 악수를 건네지 않은 탓인지 남자는 약간 놀란 모습으로 고개를 숙였다. 저기, 라며 말문을 연 남자는 점퍼 안주머니에서 두 번 접힌 A4용지를 꺼냈다. 협조 공문이었다.

"좀 도와주실 수 있겠습니까. 수사에 반드시 필요한데……."

"앉으십시오."라고 건너편 의자를 가리킨 나는 공문을 펼쳤다. 남자가 온 이유는 뻔했다. 송파경찰서 자문위원이라는 직함 때문.

송파구는 얼마 전 세계에서 가장 살기 좋은 도시로 선정이 되었다. 그 탓인지 여러 분야에서 깜짝 놀랄 만한 시도를 했다. 환경 분야에서 많은 시도가 이루어졌는데 공무원이 아니라 일일이 열거할 만큼 기억나지는 않는다. 송파경찰서에서도 선진적인 시도를 했는데 그중 하나가 강력 사건 피해자나 피해자 가족에 대한 지원이었다. 이 중 나에게 도착한 지원 방안 하나는 상당히 구체적이었다. 피해자 가족이나 피해자에 대해 정신적인 스트레스성 장애를 예방하거나 치료해 달라는 것이었다. 군 생활을 오래 했고, 무 연고지나 다름없는 송파구에 자리 잡은 나로서 그것은 필요악이었다. 귀찮지만 대외적인 직함이 필요한 시점이었기에. 이것저것 재보지 않고 덥석 미끼를 물어버렸다. 그리고 이어진 일들은 따분한 것투성이였다. 특히 강간이나 성추행 관련 피해자가 많았는데, 그러면서도 미니스커트를 입은 여자를 보면 발로 정강이를 차버리고 싶은 심정이었다. 그녀들에게 할돌제나 암페타민제를 처방해 준 것은 인내심의 마지막 관용이었다.

"어떻습니까, 선생님께서 도움을 주실 수 있겠습니까."

남자는 입술을 할기족거리다 침을 꿀꺽 삼켰다.

간절함이랄까. 남자와 눈을 마주치고 싶지 않아 고개를 들지 않았다. 그러나 그것이 곧 역전되는 감정의 너울을 경험하는 것은 정말 찰나에 불과했다. 자존심 상하지만, 오히려 간절한 눈빛으로 고개를 든 순간 모든 상황은 일시에 정리되어 버렸다.

"하겠습니다."

잠시 머뭇거리던 남자는 "그런데 조건이 있습니다."라고 응수했다. 이미 주도권은 남자에게 넘어가 버린 뒤였다. 애석하게도 나는 완전히 손을 든 표정으로 "무엇입니까?" 하고 물었다.

"아직 사건이 끝난 것이 아닙니다. 해서 그 여자분의 치료나 상담이 끝나기 전에 반드시 저희와 면담을 가질 수 있게 해주셔야 한다는 겁니다. 솔직히 다급할 정도입니다."

여기까지 말을 마친 남자는 잠깐 고민하는 표정이었다. 사람을 대하는 것이 직업인 나에게 그 찰나가 암시하는 바는 컸다. 어디까지 나에게 정보를 줄 것인가, 아니라면 어디에서 멈추어야 하는 것인가, 남자의 고민은 그것이었다.

"좋습니다."

그즈음에서 나는 주도권을 되찾아야 할 필요성을 느꼈다. 더구나 요구조건이 필요했다. 사건에 대한 것이었다. 협조공문을 보는 순간 끓어오르는 혈기를 느낀 이유 또한 환자가 아니라 사건 때문이었다. 이미 나는 사람이라는 부류를 나와 나 간호사, 그리고 환자로 분류해 버린 뒤였다. 그런데 그 엄청난 사건의 관련자라니. 사건에 대해 내가 알 수 있는 정보는 제한적이었다. 겨우 인터넷을 뒤져 찾아낼 수 있는 신문기사가 전부였으니까.

"대신 저도 조건이 있습니다. 환자와 어떤 면담을 하던, 또 어떤 치료를 하던 수사와 연관시키지 말아주십시오. 환자 치료에 대한 정보공개 또한 없을 겁니다. 이것은 환자와 의사라는 직업적 양심과 도덕성에 관한 것이니까요. 그리고……."

남자는 별다른 거부감을 보이지 않았다. 어쩌면 머릿속에 압수수색영장을 받아 환자에 대한 모든 정보를 캐낼 수 있을 거라는 생각을 하고 있을지도 몰랐다. 거부감을 보이지 않는 것에 대해 유추하자면. 그러나 그것은 차후의 일이며, 나 또한 그렇게 호락호락하지는 않으니까. 이제 내 카드를 내밀 때였다.

"사건에 대해 오픈을 해주십시오."

남자의 눈빛이 커졌다. 동시에 그의 입에서 "오픈이라면……." 하는 말이 새나왔다.

"사건에 대해 모든 것을 이야기해 주십시오. 그래야 제가 여자에게서 얻어낼 것을 정확하게 알 수 있지 않겠습니까."

나의 요구에 남자는 적잖이 당황하는 눈치였다. 사람이란 게 그런 존재니까. 내 것은 주기 싫으면서 남의 것은 빼앗고 싶은. 경찰이라고 해도 별다를 바 없을 건 마찬가지니까.

"조금 전 직업적 윤리라고 하셨습니까."

당황하던 남자가 이야기를 꺼냈다.

"혹시 담배를 피워도 될까요?"

남자가 내게 물었다. 이야기가 길어질 것이란 예감을 지울 수 없었다. 나는 조금 전 생의 끈을 놓아버린 플라타너스 잎이 부딪혔던 창문을 열었다. 찬바람이 훅 들어와 심장을 건드렸다.

"선생님만큼이나 저희도 직업적 윤리가 강조되는 직업입니다. 얼마 전 들어온 지 채 삼 년도 안 된 형사 하나가 옷을 벗었습니다. 수차례 강도 강간 행각을 벌여왔던 녀석을 잡았는데도 말이죠. 입 한 번 잘못 놀렸다가."

나는 최대한 궁금한 표정을 지으며 그를 바라보았다. 라이터에 불을 붙인 남자는 "그 형사가 잡은 녀석이 양평군 어느 마을에서 부녀자를 겁탈했습니다. 녀석이 잡혀왔을 때 의심되는 강간 사건만 열 건이 넘었죠." 하며 긴 숨을 내뱉었다. 그게 직업적 양심과 어떤 관계가 있다는 말인가. 나는 어울리지 않는 두 조합이 어떤 귀결을 이루게 될지 지켜보지 않을 수 없었다.

"기자들이 특진 건이다, 어쩐다 하며 범인을 잡은 어린 형사를 붕 띄워놨지 뭡니까. 그러다 보니 김 형사가…… 이런, 직함을 말하고 말았네요…… 술자리에서 기자들에게 다른 사건들은 전부 이십대 초반의 도시여자를 겁탈했는데 한 건은 양평군 깊은 산골에서 농사나 짓는 삼십대 여인을 겁탈했다고, 그게 좀 의아하다며 사건 내막을 차근차근 이야기했던 겁니다."

"그런데요?"

내 질문에 남자는 다시 한 번 담배 연기를 창가로 내뱉었다. 그러고는 "기사가 그대로 나갔죠. 기자마저 범인이 양평군에 거주하는 '삼십대 진 모 부녀자를 겁탈했던 사건은 범인조차 납득하지 못하는 의아한 사건'이라고요, 뭐 그런 투의 기사가……." 하고는 어울리지 않게 제길, 이라는 단어로 심정을 대변했다. 거짓말이 아니라면 아마도 김 형사라는 사람이 남자의 직속 부하였을 거라는 생각이 들었다.

"다음날 송파서가 발칵 뒤집어졌습니다. 양평군 **면은 최씨들이 모여 사는 집성촌이었던 겁니다. 그리고 양평군 **면에 사는 삼십대 여인 진 모 씨는 그 면을 통틀어서 한 명밖에 없었던 거예요. 당연히 신문을 본 사람들이 쑥덕거렸을 거고 '아, 그 여자다.' 하는 소문이 마을에 파다하게 퍼졌지 뭡니까."

남자는 지금까지 보지 못했던 긴 연기를 내뿜었다. 앞선 연기가 창가에 부딪히는 사이로 긴 연기의 꼬리가 스며들 듯 배회하다 열린 창으로 빠져나갔다.

나는 그가 꺼낸 이야기가 진짜인지 가짜인지 확인할 길은 없었다. 그는 피해자에 대한, 그리고 사건에 대한 이야기를 하는 것이 쉽지 않다는 것을 에둘러 표현하고 있었다. 부하 직원 중 하나가 입 한 번 잘못 놀렸다 옷을 벗었다는 이야기로 나를 압박하고 있는 중이었다. 그러하기에 그 사건이 꼭 진짜일 필요도, 그렇다고 그의 부하에게 벌어졌던 일일 필요도 없었던 것이다. 나나 그에게, 포기하지 못할 접점이 있다는 것을 남자는 되짚어 역설한 것이다.

이 남자, 보기보다 수완이 좋고 영리한 사람이군. 생각을 감추며 나 역시 담배를 꺼냈다.

"환자에 대한 이야기가 제게 직업적 양심이 걸린 문제인 것처럼 형사님 역시 마찬가지라는 뜻이군요. 알겠습니다. 그렇지만 제 주장에는 변함이 없습니다. 그리고 형사님이 곤란할 일은 절대 만들지 않겠습니다. 제 이름을 걸고 맹세하죠."

나는 남들이 듣기에 좋을 만한 단어들을 골라서 꺼냈다. 맹세니, 양심이니, 곤란한 일 따위의. 그 말을 듣고 주저하는 듯하던 남자도 슬쩍 미소를 머금었다.

"좋습니다. 사건에 대한 것은 신문에서 보도된 것과 거의 같습니다. 그 이상 잘 표현할 방법이 제게는 없고요. 그런데 사건 이면에 감추어진 것이 있습니다. 저희는 현재 이 여인이 사건에 깊숙이 개입되어 있지 않을까 추정합니다. 그런데 공문에서 적었다시피 여인은 남편의 죽음에 대한 충격으로 기억을 잃었습니다. 저희야말로 된통 뒤통수를 맞은 격이죠. 취조조차 못하고 있으니까요. 기억이 없다는데……"

남자는 적절히 화제를 돌린 셈이었다. 사건을 심도 있게 이야기하지 못하는 이유와 여인에 대해 반드시 자신들이 개입해야 하는 이유를 간단하면서도 강렬하게 설명한 셈이었다. 그렇지만 이 부분에서 화가 치미는 것을 제어하기 힘들었다. 내가 경찰의 개가 되어달라는 말이 아니던가. 큼큼거리며 냄새를 맡다 이거다 싶으면 목표를 물어 날라달라는 말 아니던가. 가늘게 손가락이 떨려왔다. 분노를 삼키며 담배를 물었다. 한숨처럼 연기가 새나갔다. 재떨이에 담배를 떨다 다시 공문이 눈에 들어왔다.

도대체 저 여인은 누구란 말인가.

남자가 명함을 조심스레 내려놓았다. 송파경찰서 강력형사 2팀 정덕화 팀장. 공문과 명함, 사이에서 분노가 방황했다.

그래, 까짓 이 정도 참아주는 거야.

생각을 더듬으며 담배를 비벼 껐다. 재떨이에서는 생을 다한 한줄기 연기가 피어오르다 뚝 끊어졌다.

"그렇다면 수사와 치료가 병행되는 거군요. 사실 참기 힘들지만 이번만큼은 그렇게 하겠습니다. 치료가 진전이 있을 때마다 연락을 드리지요."

나는 일어서며 손을 내밀었다. 생각에 잠겼던 남자는 그 정도면 수긍할 수 있다는 듯 굳었던 미간이 확 펴졌다. 일어선 남자와 나의 키 차이가 확연했다. 머리 반만큼은 차이 나 보였다. 얼굴 역시 마찬가지. 작고 똥똥한 나와 대비되는 터에 끙, 한숨이 터졌다. 순간 상담실이 그렇게 초라하게 느껴질 수 없었다. 제기랄, 인테리어를 바꿔야겠군.

❖

 일주일 만에 출근한 나 간호사는 놀라는 표정이었다.
 "화려한 걸 좋아하지 않으시는 선생님과 어울리지 않아요. 더구나 입구가 붉은 양탄자라니."
 늘 솔의 음을 유지하던 그녀의 목소리가 풀이 죽으며 파에 그쳤다. 그녀는 나에 대하여 정신과 상담의만큼이나 파악을 하고 있었다. 벌써 칠 년이나 함께했으니. 하기야 나 역시도 세상 사람을 나와 나 간호사, 환자와 정상인으로 분류해 놓지 않았던가.
 그녀의 눈빛이 진공청소기처럼 주위를 훑었다. 기존 원목 스타일의 모노륨 바닥 대신 광택이 있는 하얀색 타일을 깔았고, 환자 대기실에 진홍색 양탄자를 깔았다. 환자 대기실을 기존 열세 평에서 여덟 평으로 다섯 평을 줄였고, 대신 나 간호사를 위해 갱의실 겸 싱글침대가 딸린 다섯 평짜리 방을 넣었다. 어차피 정신과에 환자가 줄을 서는 것은 아니었으니까. 대신 나 간호사는 미안한 표정으로 감사하다는 말을 꺼냈다. 칠 년간의 노고에 비한다면 아무것도 아니라고 말해주고 싶었지만 그래, 하고 무게를 잡고 말았다. 사실 신경을 쓴 것은 상담실이었다. 상담실은 연한 녹색으로 벽을 꾸몄다. 바닥은 차분한 느낌이 드는 감청색의 양탄자를 선택했다. 환자가 눕는 소파에도 신경을 썼는데 온열과 냉방이 되는 최고급 카우치 소파를 준비했다. 의자의 정면에 52인치 벽걸이 텔레비전을 놓아 상담을 받는 환자 스스로가 내면의 무언가를 보는 듯한 느낌을 주었다. 상담이 시작되면 나는 철저히 방관자가 된다. 그래서 이전 상담실은 최대한 심플하게 꾸민 것이 사실이었다. 그런데 바로 이곳 상담실에서, 나나 환자가 아닌, 형사라는 직함을 가진 남자가 우월해 보이다니. 내 상담실에서 우월해 보인 정상인이라니. 의사가 된 뒤 처음 느껴보는 치욕이었다. 당연히 상담실을 다시 꾸밀 수밖에 없었다. 그렇지만 첫 상담실의 애착을 버리지 못해 20층 꼭대기에 있는 집의 방 하나를 개조해 상담실을 그대로 옮겨놓았다.

나 간호사의 시선을 따라 새 상담실을 둘러보자 슬금한 미소가 지어졌다. 한포국한 기분. 그때 전화가 울렸다. 뛰어나갔던 나 간호사가 노크를 했다.

"선생님, 어느 여성분께서 전화를 거셨는데요."

환자가 아닌 어느 여성분이라니. 저절로 인상이 찌푸려졌다. 예약을 받으면 될 텐데 왜 그런 일로. 내가 고개를 돌리자 이미 심중을 파악한 나 간호사는 "예약 안 하시겠다는데요. 선생님과 전화통화를 꼭 하고 싶으시답니다." 하고 슬쩍 고개를 숙였다. 나 간호사는 여자로서도 만점이다. 미안해하는 저 표정이라니. 어느 순간 여자에 대해 잃어버린 본능만 아니라면 나 간호사는 내 여자로서 손색이 없는 여인이었다.

"전화 돌려주세요."

나는 나 간호사에게 괜찮다는 뜻으로 오른손을 들어 보였다. 거의 동시에 전화기에서 벨이 울렸다. 수화기를 든 나는 "현태훈입니다." 하고 위압이 서린 저음을 발산했다. 그 순간 여인은 무언가가 탁 막힌 듯 윽, 하는 목소리로 저음을 되받았다.
"현태훈입니다."
[저, 송파경찰서에서 치료를 받을 것을 권했습니다.]
여전히 겁이 묻어 있는 목소리였다.
여인의 목소리 사이로 일주일 전 일이 떠올랐다. 남자와 공문, 그리고 여인. 인테리어 핑계를 대긴 했지만 준비가 필요했다. 개업한 이래 지금까지 이곳에서 만난 환자들은 대부분 한국적인 환자들이었다. 스스로 상담을 받지만 스스로 결론 내리려는 한국적인 정신병 추종자들.
그들 중 상당수는 본인이 진단명을 들고 왔다. 특히 증후군에 대한 추종자들이 많았는데 이것은 내가 개업한 지역과 밀접한 관계가 있었다. 이곳은 20대에서 40대, 즉 정신과를 적극적으로 찾을 수 있는 나이대의 사람들이 강남과 인접해 살고 있었으며, 고학력자가 많은 곳이었다. 특히 서울 토박이들이 많아 개인적인 성향을 뚜렷이 보이는 곳이기도 했다. 강남, 20대에서 40대, 성공과 돈은 그들 삶의 전제이자 명제였다. 결국 지나친 욕심이 그들을 강박증으로 내몰았고, 스스로를 정당화할 숨을 곳을 찾다 자신을 증후군 추종자로 만든 것이었다.
정신과란 곳은 경찰서와 같아서 첫발을 들이기가 어려울 뿐 이후 보모에게 떼를 쓰듯 환자들은 달려들기 시작한다. 그러다 보니 환자에 대해서는 회피하고 증상에 대해 기억하는 일이 일반화되어 버렸다. 일종의 매너리즘에 빠진 셈. 물론 뚜렷이 각인되는 환자들도 있었다. 무드셀라 증후군에 걸렸다며 매일같이 드나들던 31살의 남자는 일주일 전 자신이 슈퍼직장인 증후군에 걸린 것 같다며 걱정을 토로했다. 인테리어 공사를 하는 중에도 우편함과 병원 정문 근처에 포스트잇을 붙여놓고 어떻게 해야 하느냐는 질문을 끊임없이 적어놓았다. 이런 사람들에게 오히려 약물은 금기다. 그냥 들어주고 다시 오게 만드는 것이 최선일 뿐.

그리고 보니 머릿속에 외계인이 들었다던 63살의 남자도 있었다. 그를 상담의자에 눕히고 이야기를 하게 했다. 그는 자신이 버려진 외계인이라고 외쳤다. 그 순간 그를 비난하거나 인간 세계로 안착시키지 않고 에릭슨의 최면치료를 시도했다. 나는 그가 외계인이 맞다고 동조했다. 그렇지만 모든 사람들 역시 외계인과 같다고 응수했다. 모두가 어머니의 뱃속을 떠나 살게 된다고. 그리고 고향을 떠나서 살게 된다고. 그 순간 외계인이 된다고. 사람, 사람들은 지구에 살지만 각자 지구에 떨어진 외계인과 같다고. 몇 가닥 남지 않은 머리를 쓸어 담던 남자는 천천히 기억을 거슬러 군 생활에 대한 이야기를 끄집어냈다.

그는 만 3년이 넘도록 군 생활을 했는데 그것이 그의 트라우마로 남아 있었다. 트라우마의 중심은 폭력. 그가 군에 있던 60년대 말은 또 당대의 변혁기여서 3년이 넘는 군 생활 동안 급격히 변하는 후임병들로 인해 고민할 수밖에 없는 상황이있다. 그러다 보니 그는 고참에게 지겹도록 당했던 폭력을 후임병들에게도 고스란히 행사한 것이었다. 보통 이 정도 상황에서는 해리성 인격장애가 형성되는 것이 아닐까 판단되었으나 그는 자신을 외계인으로 내몰았다. 그것이 지금까지 이르게 된 것이었고. 어쨌든 남자는 그 순간 이후 급격히 상태가 호전되었다. 군 생활 당시 병원을 찾았더라면 그는 초로의 노인이 되도록 방향성을 잃은 채 사회 언저리에서 살아가지는 않았을 것이다. 그렇지만 그것도 그의 인생이니 어떻게 할 수는 없는 셈. 결론적으로 군의관이었던 나와 가장 궁합이 맞는 환자였다.

가장 기억에 남는 환자는 나와 같이 주상복합인 이 건물에 살고 있는 모델이었다. 그녀는 술만 마시면 끝을 보는 성미였고, 마지막까지 남아 있는 남자에게 선물을 주듯 잠자리를 같이했다. 그러나 아침만 되면 마스카라가 번지도록 눈물을 떨어뜨리며 병원을 찾아왔다. 그녀는 어려서부터 애정결핍으로 인한 강박증세가 있었으나 그것이 사회생활을 하며 거북이 등껍질처럼 딱딱해져 숨어버렸다. 그녀 역시 내면을 숨겨왔고. 그러나 술이 화근이었다. 술만 마시면 그 딱딱했던 내면이 살얼음처럼 녹아버리는 것이었다. 하여 아침만 되면 습관이 된 딱딱한 인성이 감성을 이해하지 못하고 그녀를 궁지로 내몰았다. 그녀에게는 약물보다 그녀의 이야기를 들어줄 참모가 필요했다. 물론 내가 이십대의 그날처럼 여자라는 존재를 욕심의 하나로 여겼다면 그녀와 함께 두 주불사 후 섹스라는 영광을 매일같이 누렸을 것이리라. 그만큼 모델이었던 그녀는 병원을 찾았던 이유를 제외하면 완벽에 가까운 외모와 지성을 겸비하고 있었다. 나는 세미나에서 만났던 전문의 후배를 그녀에게 소개시켰다. 가끔 엘리베이터에서 마주치는 그녀는 이제 눈동자에 하트를 그리고 다니니 치료는 완벽했던 셈인가.

[선생님!]

그녀가 나를 다그쳤다. 이런. 개탄이 터졌다. 정신과 전문의라고 해서 한 인간으로 완벽할 수는 없는 법, 나는 작업회피계획을 실천하고 있었다. 그것도 전화를 건 여인에 대한 치료준비라는 핑계로. 작업회피계획이란 어떤 작업에 임하기에 앞서 그 작업이 주는 고통으로 인해 계속해서 다른 일을 찾거나 그에 준하는 행동으로 실제 하려 했던 작업을 시간적으로 미루는 심리행태의 하나이다. 주로 작가들에게서 많이 나타나는데 글을 쓰는 고통 때문에 창작 작업에 앞서 커피를 마신다거나 청소를 한다거나 때로 이웃을 만나러 가는 등 창작 작업을 미루며 글 쓰는 고통을 회피한다. 결국 작가는 창작을 행해야 하기에 작업회피계획은 일종의 희망고문과 같다.

"네."

나는 이 여자가 두려웠던 것일까. 인테리어도 모자라 전화를 하며 흡사 꿈을 꾸고 있지 않은가. 게다가 작업회피계획이라니.

[어떻게 할까요. 경찰분들께서 거의 강압적으로 치료를 받으라고 권하시는데.]

여인은 마치 말을 삼키듯 뒤로 갈수록 목소리가 낮아졌다. 그리고 치료는 자신의 몫이 아니라는 뉘앙스를 풍겼다. 생각이 탁 머리를 때렸다. 여인이 느끼는 것은 취조였다. 형사들은 그들을 대신해 나에게 취조를 해달라는 것이었다. 치료가 아니라. 제기랄.

여인은 희대의 살인사건에 연루되어 있었다. 검색한 기사에 의

하면 첫 남편은 10년 전에 살해되었다. 김해의 한 야산에서 발견되었고, 살인자를 찾지 못했다. 여인은 이후 다른 남자를 만나 결혼생활을 영위했다. 행복했는지 그러지 못했는지는 기사에 없으니 알 수 없다.

솔직히 이 대목에서 많은 호기심이 일었다.

환자를 사람이 아닌 대상으로 보는 것에는 여전히 동의할 수 없지만 어쩔 수 없이 환자는 병을 가진 개별군, 즉 개인 자체가 하나의 개체 속성이 되는 것이다. 이들 개체 속성들이 모여 일반화가 이루어지는 행태가 나타난다면 그것은 곧 병인으로 묶을 수 있다. 치료를 위한 하나의 근거가 마련되는 것이었다. 그러나 인간을 하나의 사물과 같은 대상으로 보는 것에는 지난한 양심의 가책이 뒤따랐다. 정신의학 분야에서는 더욱. 개인은 나고 자라는 환경이 모두 다르다. 범죄자들에 대해 비슷하게 묶어 일반화를 시킨 FBI의 프로파일 따위를 보노라면 감탄은커녕 분노를 억제할 수 없었다. 특히 외모로 범죄자를 일반화시키려 했던 프란츠 갈은 그런 의미에서 나와는 적대적인 관계라고 볼 수 있었다. 그가 생존한 학자였다면 나는 기꺼이 메스를 들고 찾아가 배를 쑤셔 버렸을 것이다. 죽지 않을 정도로 정확히 폐와 심장 사이에 칼을 찔러 넣고 흐르는 피를 보면서 묻겠지. 내가 너의 주장처럼 범죄자의 골상을 가졌냐고. 프란츠 갈이 고개를 세차게 흔들며 나에게 미안하다는 이야기를 하게끔 만들어야 했는데. 그런 의미에서 삼국지에 등장하는 모사인 제갈공명도 낙제이다. 장수 위연을 보며 뒷머리 반골이 튀어나와 반역을 할 상이라고 하지 않았던가. 치기 어린 바보들. 보이는 것으로 사람을 판단하려 들다니.

이번 사건에서 경찰은 여인과 재혼한 남편이 범죄자라고 추정하고 있었다. 더불어 해결되지 않은 10년 전 살인사건이 그의 소행이 아니었던가, 그것이 아니라면 살인교사를 했던 것은 아니었나 추정하고 있었다. 죽은 남자의 얼굴은 가십을 다루는 신문에 친절히 실려 있었고.

흠, 하고 헛기침을 하자 여인의 두 번째 남편 얼굴이 기침처럼 사라졌다. 이 시점이 중요했다. 주도권. 나는 여인에게 주도권을 내주는 것이 싫었다.

"알아서 하십시오. 그거야 개인의 자유이지 않습니까. 그럼 전 바빠서."

수화기를 내려놓으며 화끈하게 심장을 스쳐 가는 열기를 느꼈다. 그것은 손끝까지 타고 내려 저릿하게 울렸다.

조바심이 보이지 않았을까.

지포라이터를 꺼내 불을 켰다. 주홍색 불빛과 타는 듯한 열기. 심장을 스쳐 간 열기는 더 뜨거운 열기에 묻혀 그렇게 사라졌다. 라이터 뚜껑을 닫자 엄습한 어둠이 자근자근 사무실을 갉아먹고 있었다.

조깅을 끝내고 건물에 들어섰다. 11월 초, 벌써부터 불어닥친 찬바람에 세상도 게을러졌다. 7시가 다 되었음에도 어둠은 건물을 떠나지 않았다. 엘리베이터를 누르려다 고개가 절로 갸웃거려졌다. 3층에 멈추어 선 엘리베이터. 주상복합 아파트의 3층에는 임플란트 치과와 현태훈 정신과가 존재할 뿐이었다. 이 시간에 3층을 들락거릴 사람은 없다. 나는 자연스레 3층으로 향하게 되었다. 엘리베이터를 내려 'ㅏ'자 형태의 복도를 돌았다. 창가로 스며드는 새벽 사이로 실루엣이 보였다. 순간 오소소 소름이 돋았다. 다리는 벌써 멈추었다. 눈을 부릅뜨며 복도 끝을 재확인했다. 그곳은 작은 벤치 하나와 쓰레기통이 있었으며, 담배를 피울 수 있도록 재떨이를 둔 공간이었다. 그 사이를 치과와 정신과가 마주 보고 있다. 실루엣은 찰나에 여인으로 변했다. 사람이라는 것을 확인하자 소름은 금세 어둠처럼 사라졌다.

이 시간에 웬 여인일까.

"누구십니까?"

다가가며 물었다. 여인은 우의 같은 하얀색의 엷은 외투를 걸쳤으며 진주색 긴 우산을 지팡이처럼 의지하고 있었다. 실루엣으로 느낄 만도 했다. 그런데 가까이 다가가도 얼굴만은 보이지 않았다. 새벽 미명이 모자를 쓴 얼굴까지 스며들지 못한 탓이었다. 그제야 나를 인지한 여인은 후다닥 나를 지나쳤다. 그녀를 붙잡고 싶었지만 별다른 구실이 없었다. 단지 벽에 기대 창밖을 응시하던 여인일 뿐이었으니. 그 순간 프로랄 향이 그녀를 뒤따랐다. 조깅의 열기가 향기에 묻혀갔다. 금세 떠날 것 같던 향기는 여인이 엘리베이터를 내려간 일 이 분 동안 내 곁을 떠나지 않았다. 강렬하고 뜨거웠다. 관능의 여신 오데트 공주처럼. 그녀가 사라진 몇 분 동안 나는 지그프리트 왕자처럼 그 향기를 음미했다. 호수에서 날아가 버린 백조를 바라보듯.

"나 간호사, 혹시 향수에 대해 좀 아나?"

그녀는 대답 대신 고개를 갸웃했다. 잘 알지도 그렇다고 모르는 것도 아니라는 표정. 나는 그녀에게 새벽에 있던 일을 설명했다. 그러나 오히려 나보다 황망한 표정을 지으며 "그렇게 해서는 서울에서……."라고 말을 이으려다 멈추었다. 내 심중을 헤아린 것이었다. 나는 알았다는 뜻으로 오른손을 들어 보였다. 그러나 사라진 향기는 여전히 머릿속에서 부유했다. 그녀는 누구일까.

스무 명에 이르는 상담을 마친 저녁, 스피커폰이 울렸다. 한 번, 그리고 끊어졌다. 무슨 일인가 싶어 상담실 문을 열자 나 간호사 맞은편에 한 여인이 서 있었다. 난망해하는 나 간호사에게 "괜찮으니까 들어오라고 하세요."라고 말했다.

상담실에 들어선 여인은 짙은 빨간색 트렌치코트를 입고 있었다. 잘록한 허리가 매무새를 살렸고 적당한 힐이 다리를 돋보이게 했다.

"옷 입는 센스가 있으시군요."

칭찬으로 시작했다. "그런데 무슨 일로……."라며 묻던 나는 멈칫거리고 말았다. 희미했지만 새벽의 향기가 나를 감싸고 있었다. 내 짐작이 맞는다면 새벽의 그 여인인 것이다. 눈치를 보던 여인이 "경찰서에서……."라고 얼버무렸다.

여인의 이름은 조영미. 35세. 165센티미터 정도의 키였다. 몇몇 문진사항을 되받아 적다 고개를 들었을 때 흡, 하고 호흡이 멈쳤다. 그제야 바라본 여인은 흡사 오드리 햅번과 마를린 먼로를 섞어놓은 듯한 미인이었다. 화장 하나 하지 않았지만 적어도 내가 보는 눈에는 그렇게 보였다. 나는 나도 모르게 "미인이시군요."라고 말해 버렸다. 여인이 수줍은 듯 입을 가리며 미소를 지었다. 이거 나 간호사보다 낫잖아. 나도 모르게 버릇이 나왔다. 어디서나 여인들을 나 간호사와 비교하는. 그리고 대부분은 나 간호사보다 한참 뒤떨어진다며 속으로 웃곤 했다. 그런데.
"기억이 없다고 들었습니다. 정확히 이천이 년까지 기억하신다고. 그것도 여름 정도까지라고."
그 순간 여인은 목련 같은 눈물을 뚝 떨어뜨렸다.
"대한 씨가 죽었다고."
가만 대한이라니. 이래서 형사들에게 사건에 관해 자세히 들을 것을 그랬다. 자존심은 접어두고라도. 그러나 찰나, 그것이 첫 남편 이름임을 쉽게 추측할 수 있었다.
"어떻습니까. 여러 종류의 심리적인 치료를 하시겠습니까. 많은 도움이 될 겁니다."
"당신들은 내 기억을 살려 오로지 사건 해결에만 관심이 있잖아요. 그게 무슨 도움이 된다고."
눈물을 떨어뜨린 여인은 가늘게 손을 떨고 있었다. 그러다 결심한 듯 "싫어요." 하고 대답했다. 이곳까지 방문한 여인이 치료가 싫다니.
"그렇지만 싫어도 해야 할 때가 있는 겁니다."
"어째서요. 그런 게, 그런 게 어떻게."

여인은 벌떡 일어나더니 상담실을 나가 버렸다. 그래, 쉽지 않겠지. 기억이 10년이나 사라졌다면. 나는 여인이 진정되면 되돌아올 것으로 생각하고 다시 여인의 거부감을 없앨 방법을 궁리했다. 저항(Resistance)은 치료를 거부하는 행태로 환자에게서 늘 대하는 자연적인 방어기제다. 이들은 치료 이전과 달라지려 하지 않는다. 치료를 원하지만 변화 또한 두려운 것이다. 즉 스스로에게 억압적인 방어기제를 사용하여 진실을 외면함으로써 무의식 속에 자신을 가두는 것이다. 그렇게 불안을 떨치는 것이고.

일단 상담의자에 앉히는 것부터가 중요하겠군. 생각을 정리하며 나 간호사를 불렀다.

"어, 나 물 좀. 그리고 환자분 진정되면 알아서 나 간호사가 들여보내고."

"환자분 가셨는데요."

허, 이런.

나는 새벽에 느낀 지그프리트의 심정을 다시 한 번 맛보았다. 그렇게 가버리다니. 그러나 내 관심은 이내 다른 곳에서 말을 걸었다.

"그래? 그런데 나 간호사, 혹시 그 여인이 뿌린 향수, 뭔지 알겠나?"

"글쎄요. 제가 알아볼까요?"

"응, 그래 줘. 가급적이면 두 병 사서 한 병은 나 간호사가 하고, 하나는 나에게."

그날은 그렇게 여인을 보낼 수밖에 없었다.

나는 형사에게 전화를 걸었다. 장대한이 누구인지 물었다. 예상대로 살해당한 첫 번째 남편이었다. 여인은 첫 남편이 죽은 후 2년 정도가 흐르자 두 번째 남편과 동거를 시작한 것 같다고 말했다. 서울로 상경한 것이 그즈음이었고.

[조영미 씨, 연극 같지는 않던가요.]

조심스레 남자가 심중을 말했다.

"아직은 모르겠습니다. 조금 더 지켜봐야겠습니다."

나는 순수해 보이던 그녀를 살인자처럼 몰고 가는 형사에게 짜증이 났다. 형사 역시 사람 대하는 것에 이골이 났는지 금세 "미안합니다, 그럼."이라며 전화를 끊었다.

형사가 의심하는 이유는 조영미에게 특별한 외상이 없기 때문이었다. 영화나 드라마에서 흔히 써먹는 기억상실은 보통 외상에서 기인한다. 기억상실은 이제 너무 써먹어 체감하는 정도가 약해졌지만 머리를 다친 환자에게서 빈번하게 일어나는 현상이었다. 정신이 수습되고 하루에서 며칠이 지나면 환자는 번뜩 정신이 들며 기억해 내는 것이 보통의 케이스였다. 그러나 이런 외상만으로 기억상실이 일어나는 것은 분명히 아니다. 극심한 공포에 노출된 사람들은 그 공포를 기억하지 못하는 경우가 있다. 뇌가 무의식중에 일종의 방어기제를 형성한 것이다. 조영미도 그런 경우라고 볼 수 있다. 두 번의 결혼, 그리고 두 명의 남편이 살해당한 일. 그것은 극복할 수 없는 공포가 되어 뇌의 기능을 상실시킨 것이다. 내가 알아내야 하는 것이 바로 '왜' 나 '어떻게'라는 것이고.

어둠이 상담실의 왕처럼 짙게 내려앉았다. 그것이 신호처럼 공복감이 밀려들었다. 나 간호사에게 뒤처리를 맡기고 20층으로 올라갔다. 식사 대신 타는 듯한 위스키를 마셨다. 긴장이 풀리며 잠이 들었다. 나 간호사에게서 향수가 뭔지 알아냈다는 문자메시지까지는 확인했다. 그러나 이후 울리는 전화는 알코올이 준 망각 사이로 사라져 버렸다.

눈을 떴을 때 여덟 통의 부재중 전화와 여섯 통의 문자메시지가 도착해 있었다. 그것보다 갈증이 먼저여서 나는 배가 부를 정도로 물을 마셔댔다. 샤워를 하고 시간을 보았다. 6시 10분. 조깅하기에 충분한 시간이었지만 다리가 자꾸 주저앉았다. 아파트에 마련한 상담실로 들어가 카우치 소파에 몸을 묻었다. 편안했다. 나는 다시 잠에 빠져들었다. 그러다 휴대전화의 진동을 확인한 것은 30분 뒤였다. 불편한 마음으로 전화를 받았다. 그 순간 술기운이 달아날 정도의 스트레스가 밀려왔다.

"조영미가 자살을 하려 했다뇨. 어느 병원입니까?"

벌떡 일어선 나는 체육복 차림에도 아랑곳없이 잠실병원을 향해 차를 몰았다.

수치였다. 자존심조차 땅에 밟히는 일이었다. 벌써 15년 이상 전문의로 활동했다. 군에서는 일반적인 정신과 전문의가 대할 수 없을 정도의 많은 환자군을 살폈다. 그것은 사회에서도 큰 도움이 되었다. 그런데 그토록 준비하고 맞았던 한 여인을 상담조차 못한 채 황천길로 보낼 뻔하다니.

심한 모욕감을 느끼며 의식이 없는 그녀를 보았다. 왼손에는 수혈을, 반대편 오른 손목에 붕대가 감겨 있었다. 생명줄이 딸려 나온 듯한 그녀의 손을 보자 오히려 내 손이 떨려왔다. 그것은 그녀를 위한다기보다 스스로에 대한 분노 때문이었다. 20년이 넘는 의사 생활 동안 나를 수렁으로 내몬 환자가 있었던가. 오냐, 깨어나기만 해라. 내 너의 정신을 샅샅이 해부하마. 그러다 번뜩 정신이 들자 악, 하는 낮은 비명을 지르고 말았다. 치기 어린 나 자신에게 밀어닥친 분노 때문이었다.

그녀가 사무실을 다시 찾은 것은 그로부터 3일 뒤였다. 그녀의 병실을 아침저녁, 그것도 모자라 시시때때로 찾아간 결과였다. 이미 11월도 며칠이나 지났고, 길거리는 낙엽들이 주인처럼 뒹굴고 있었다. 맞은편 의자에 앉는 그녀의 표정은 꼬리를 물린 개처럼 조심스러웠다. 달리 방법이 없어 그녀가 편하게 많은 이야기를 하게 하는 것이 우선이었다. 죽기를 결심하고 팔목을 그었다면 정신은 이미 한 번 죽은 것이나 다름없었다. 그리고 깨어났을 때 어떤 낙담을 했을까. 살았다는 안도가 아니라 깨어난 것에 대해 원망했으리라.

그녀를 소파에 눕도록 했다.

"지난번에는 미안했습니다. 당신과 기 싸움을 하려던 것은 아닌데 형사들 때문에 저 역시 선입견을 가졌던 것 같습니다. 정말 미안합니다. 그렇지만 당신이 기억을 찾을 수 있도록 최선을 다

하겠습니다."

진심이었다. 나는 그녀로 인해 또 다른 출발선에 선 것이나 다름없었다. 그녀 탓에 지나온 세월을 돌아보게 되었다. 욕심에 대해 다시 생각해 보게 되었다. 끈이라고 생각했던 삶이 끊어진 뒤를 생각해 보았다. 지난 세월이 무모하게 느껴졌다. 그리고 이런 생각을 갖게 해준 그녀를 새로운 시작이라고 생각하게 되었다. 조명을 어둡게 낮추고 그녀가 누운 머리맡에 앉았다.

"제가 오히려 죄송합니다."

그녀는 자신을 살해하려 했다. 그것은 프로이드가 말한 죽음의 본능과 연결되며 공격적 동기라고 볼 수 있다. 그것이 어느 시절부터 형성되었는지 알아내는 것은 기억을 깨우기 위한 중요한 단서가 될 것이다. 그전에 조영미의 마음을 열게 할 필요가 있었다.

"저, 이거요. 예전에 지나치던 기억이 너무 강렬했습니다. 잊히지 않을 정도로요."

나는 나 간호사를 시켜 샀던 향수를 꺼냈다. 페라가모 살바토레의 인칸토 샤인. 매우 강렬하면서도 급이 다른 향이었다. 싸구려와 비교되지도 않았고. 지나치는 순간, 남자들이 반드시 그녀를 되돌아보게 할 정도로 잔향도 진지했다. 일견 좋은 향수라고 생각할 수도 있으나 저 정도의 미인에게 강렬한 향수는 오히려 치명타였다. 굳이 그럴 필요가 없기 때문이다. 향수는 다른 의미로 해석해야 했다. 바로 자신을 숨겨야 했거나 숨길 수밖에 없었기 때문으로.

머뭇거리던 조영미는 향수를 보자 금세 웃음을 지었다.

"어떻게 이런 걸. 정말 고맙습니다. 지금까지 아무도 제게 향수를 선물하신 분은 없었는데. 집에 있더라고요. 똑같은 무지개 색깔의 병이."

"집은 기억이 나시던가요?"

조영미는 내 질문에 슬며시 눈을 내리깔았다. 기억이 나지 않았다는 뜻이리라. 기억을 잃은 사건의 직후 경찰들이 데려다 주었을 것이다. 재빨리 나는 화제를 돌려야 했다. 일단 환자와 마음을 나누기 위해 자유연상법을 택한 이상, 어떤 이야기든지 늘어놓도록 하는 것이 급선무였다.

"아니, 이런 미인에게 아무도 향수를 선물하지 않았다고요? 이야, 남자들 다 눈이 삐었군. 그런데 영광입니다. 제가 처음이라니. 왜 남자들은 그렇거든요. 어느 여자든, 어떤 여자이든 그녀에게 어떤 식의 처음을 선물한다는 것은 죽을 때까지 잊히지 않는 기억이 되죠."

"그럼 선생님께서는 저를 죽을 때까지 기억하시겠네요. 후후후."

조영미는 기분이 나쁘지 않은지 처음으로 엷은 미소를 지었다. 그것은 두터운 먹장구름 사이에서 잠시 나타난 햇살이었을 뿐 곧 두려움이 지배한 얼굴로 바뀌었다. 순간 망설이는 나에게 질문할 수밖에 없었다. 이 여자를 범죄자로 볼 것인가, 아니면 자살을 하려는 가련한 피해자로 볼 것인가. 그것은 향후 이 여인에게 가질 모든 연민과 감정의 흉폭에서 나와 그녀를 올바로 붙들어 맬 방향타가 될 것임은 자명한 사실이었다.

그녀를 보았다. 순수하고 꾸밈없는 눈빛이 두려움에 뻐끔거렸다. 그녀와 범죄자를 대조해 보았다. 사실 그녀를 통해서가 아니라도 범죄에 대한 제반이론들은 나의 욕구를 무참히 짓밟을 만큼 들어맞지 않았다. 강력한 처벌을 통하면 범죄가 반복되지 않는다는 억제이론과 합리적 선택이론, 사회가 약할수록 범죄가 발생한다는 사회유대와 통제이론, 인간적인 측면에서 범죄자라는 낙인이 찍히면 계속해서 범죄를 저지른다는 낙인이론, 무질서와 혼란에 편승한 사회적 분열이 범죄의 원인이라는 사회해체 아노미 긴장이론, 그리고 권력과 권력 간의 갈등이 범죄를 유발한다는 갈등이론까지 그 어떤 하나도 나를 만족시키지 못했다.

그녀가 관계된 남편의 죽음만 해도 그랬다. 저런 사회적 이론을 어디에 붙여야 사건과 맞물리게 할 수 있단 말인가. 더불어 그녀가 나에게까지 왔다는 것은 여러 가지를 시사했다. 그것은 그녀가 경찰이 할 수 있는 모든 방법의 프로파일링이나 최면수사, 행동분석이나 취조 따위를 아무렇지 않게 통과했다는 뜻이었다. 즉 내가 그녀의 목을 쥐어틀고 기억을 짜내는 것은 어떤 의미에서 범죄자가 아닐 확률이 높은 한 여인을, 남편을 잃은 지 한 달이 채 되지 않은 슬픔에 잠긴 한 여인을, 더 깊은 수렁으로 빠뜨리는 것에 지나지 않았다.

급히 생각을 매조지한 나는 그녀가 생의 무거움을 이기지 못하고 자살을 하려는 환자로 단정했다. 그것은 우후죽순 남발되며 그것이 사람을 파악하는 모든 것인 양 자행되는 HTP 그림 검사 따위를 과감히 생략할 수 있는 토대를 마련한 것이었다. 그런데 왜 그녀는 급작스레 자살이라는 악수를 두었을까.
생각이 두 가지 결론에 도달했다. 자살과 그것을 유발했을 무의식을 파헤치는 것. 결국 무의식의 자유의지를 끄집어내기 위해서는 가장 보편적인 자유연상법을 행해야 한다는 변증적인 결론 하나를 낳았다. 그것은 그녀의 마음을 여는 것, 향수를 선물한 것은 그녀를 열게 하는 수단으로 더할 나위 없는 선택이었다.
"저 향수가 어떻든가요? 집에 있어서 썼다고 하시더니."
"사람들이 쉽게 저를 기억하는 것 같아요. 선생님마저 냄새만으로 저의 일부 하나를 찾아낸 것이잖아요. 그만큼 강렬하고 또 각인이 되는 것 같아요. 그렇지만 그게 위험부담을 안게 해주네요. 제가 모르는 누군가가 저를 기억한다는 건…… 죽을 만큼 더럽고 끔찍한 일이니까요."
"누군가가 당신을 기억한다는 게 죽을 만큼 더럽고 끔찍합니까, 부담스럽습니까?"
"기억이 없는 저를…… 내가 모르는 누군가가 나를 기억한다는 게…… 그래서 지금 미칠 정도로 불안해요. 내가 기억하지 못하는 누군가가, 그런데 전 그 누군가를 모르는 이 현실이…… 아."
사라진 기억에 대한 공포. 급격히 떨기 시작한 그녀는 단 몇 초 만에 눈물을 쏟아냈다. 티슈를 건네며 그녀의 손을 꽉 쥐었다. 내가 당신에게 힘이 될 것이란 의미였다. 떨어져 나간 기억 이후 그녀의 생활 반경 안에 있는 몇 안 되는 남자가 나일 테니까. 손이 맞닿는 순간 움찔하는 게 느껴졌다. 그러나 그녀는 저항하지 않았다. 새끼손가락부터 슬며시 빼낸 그녀는 티슈로 눈물을 닦았다. 흐르는 눈물에도 화장 하나 번지지 않는 얼굴이 태고의 신비를 간직한 여인으로 느껴졌다.

"오늘은 이쯤에서 그만할까요. 치료를 핑계로 당신의 감정을 힘들게 하고 싶지는 않습니다. 하지만 반드시 감정의 깊은 골짜기로 들어가 자아를 꺼내와야 합니다. 그렇지 않고서는 당신이 손목을 긋게 만든 무의식의 자아를 이겨낼 수 없을 겁니다. 그러기 위해서 오늘처럼 저에게 마음을 활짝 열어주셔야 합니다."

눈물을 닦던 그녀가 흘금 나를 보았다. 그러나 그 눈빛이 조금 전과 달리 섬뜩했다. 그것의 진위를 채 살피기도 전에 그녀는 푹 고개를 숙였다.

❖

조깅을 마치고 들어오는데 엘리베이터가 3층에 멈추어 있었다. 나는 뒷목이 뻐근해지는 희열을 느꼈다. 어제 오후 4시로 약속했던 상담에 그녀는 나타나지 않았다. 그 탓에 나는 보이스 레코더를 듣고 또 들었다. 상담이 어디서 틀어졌을까. 모든 환자들이 제 발로 정신과를 찾지만 그들 모두는 저항을 가졌다. 병원을 들어서는 순간 방어기제는 본능적으로 개인을 감싸는 것이다. 정신과에서는 각자가 가진 치부를 낱낱이 드러내야만 한다. 그래야만 치료가 가능하니까. 하지만 그것은 만인이 보는 앞에서 옷을 벗는 것과 같아서 웬만한 마음가짐으로는 행동으로 옮기기가 힘든 것이 사실이다. 이 부분에서 저항을 제거하는 것이 의사의 능력인데, 나는 내가 정신과 전문의가 된 뒤 거의 처음으로 이렇게까지 저항하는 환자를 만난 것이었다. 그렇다 보니 새벽같이 3층에 서 있는 엘리베이터가 반가울 수밖에 없었다. 황급히 3층에서 뛰어내렸다. 엘리베이터에서 우측으로 꺾어지는 중간 복도를 들어선 순간 두 다리는 주저 없이 힘이 빠지고 말았다. 그녀가 그곳에 없었기 때문이다.

그녀에게서 전화가 걸려온 것은 3일 뒤였다. 금요일이었는데 주말을 쉰다는 안도나 설렘보다 조바심이 나를 윽대기고 있었다. 머릿속은 온통 조영미라는 세 글자로 채워져 있었다. 어떻게 하면 그녀를 병원에 오게 할 수 있을까. 휴대전화는 꺼져 있었고, 집 전화는 없는 국번이라고 했다. 병원에서의 인간관계가 그런 것이지. 한계를 가진, 늘 찾을 수 있을 것 같다가도 필요할 때면 연락이 닿지 않는. 게다가 치료는 어떻게 되었을까. 그녀가 입원했던 잠실병원에 연락했지만 그곳 역시 내왕하지 않는다는 말뿐이었다. 그렇다고 형사에게는 전화를 걸기 싫었다. 그것은 의사로서 나의 무능력을 세상에 공표하는 것이나 다름없었으니까. 무능력과 형사가 번갈아 떠올랐다. 치욕스러웠다. 벌써 20년 넘게 의사를 해오면서 극한 상황에 빠진 환자 한 명을 어찌지 못하다니. 서류를 정리하고 퇴근을 하려는데 나 간호사가 슬며시 문을 밀었다.

"선생님, 그분."

"그분이라니."

의뭉스런 눈동자는 채 1초도 지나지 않아 희망으로 돌변했다.

나는 어서 전화를 돌리라는 뜻으로 팔로 원을 세차게 그려댔다.

"네, 현태훈입니다."

[저, 선생님.]

나는 그녀가 뭐라고 그러기도 전에 터져 버린 둑처럼 이야기를 잇기 시작했다.

"이제 전화하시면 어떡합니까. 얼마나 기다렸는지 아십니까. 하마 어떻게 된 건 아닌가. 또 마음을 잘못 먹은 것은 아닐까. 행여 다른 팔을 긋지는 않았겠지. 왜 상담을 받으러 오지 않을까. 내가 무언가를 잘못한 것일까. 당신을 불편하게 한 것은 아닐까."

그러다 바로 이런 급작스런 행동이 그녀를 불편하게 만들 거라는 생각이 스쳐 갔다. 직전과는 달리 나는 금세 입을 닫아버렸다. 침묵. 그러나 오래가지 않았다. 조바심에 달뜬 것은 바로 나였으니까.

"미안합니다. 힘들게 했다면 죄송합니다. 그렇지만 치료를 해야 하지 않겠습니까. 이렇게 지낸다는 건……."

[그래요. 미칠 것 같습니다. 온통 사방이 암흑으로 둘러싸인 것 같아요. 집으로 돌아와도 아무것도 기억나지 않아요, 아무것도. 도대체 나는 누구였을까요.]

그녀는 흐느끼기 시작했다. 자아와 무의식의 자아가 다시 대립하기 시작한 것이었다. 그것이 극한에 이르자 병원에 들른 것이리라. 굳이 사례를 들지 않아도 우울증으로 인한 자살은 비일비재하게 일어나지 않던가. 그녀는 지금 죽음과 삶의 경계에서 사투를 벌이고 있을 것이 뻔했다. 생각이 거기까지 미치자 그녀의 흐느낌은 비수가 되어 내게 날아왔다.

"거기가 어딥니까. 제가 가겠습니다."

나는 마치 황급히 나가기라도 할 것처럼 일어섰다. 도대체 그녀의 불안은, 프로이드가 말했던, 무엇을 하기 위해 저렇게 자아를 분리하여 죽음의 본능을 자살이라는 공격적 동기로 현화하는 것일까.

[그건 좀.]

"아닙니다. 당신은 스스로 자아를 억제하지만 그것을 공격하는 원초아를 이겨내지 못하고 있습니다. 아, 이런. 당신은 언제 자살할지 모른다는 뜻입니다. 제가 당신의 죽은…… 아니, 그 누구보다 치열하게 치료하고 진정을 다하겠습니다."

[그 누구보다요? 저를 두고 가버린 그 어떤 사람들보다?]

여자의 질문에 꺼풀 하나가 벗겨지는 느낌이었다. 나는 다급하게 "네." 하고 대답했다. 전화기 너머가 고요해졌다. 주저하는 듯하던 목소리는 "잠실에 있는 레이크하우스 칠백삼호입니다."라고 말했다.

아파트는 최신식이었다. 입구에서부터 차량을 제지했다. 인터폰으로 확인을 받은 뒤 방문자용 주차증을 챙길 수 있었다. 나는 7동 건물 입구에서 703호를 눌렀다. 비디오폰으로 얼굴을 확인한 듯 별다른 말 없이 문이 열렸다. 엘리베이터에서 발을 동동 구르는 나를 발견하고 픽 웃음이 터졌다. 내가 왜 이리 조바심을 내는 것일까. 7층 엘리베이터 문이 열리자 층계참에서 문을 열고 기다리는 조영미가 보였다.

내부는 심플했다. 벽걸이 TV가 걸린 벽에서 전자레인지가 보이는 주방까지 꼭 필요한 것만 있었다. 아파트 내부에서 조영미가 검소하다는 느낌을 받았다.

"이거요."

조영미는 소파에 앉은 나에게 포도주스를 건넸다. 진보랏빛 주스 향이 죽음을 연상시켰다. 주스 잔을 받다 멈칫, 고개를 돌렸다. 그녀가 주스를 건네려고 고개를 숙였을 때 연분홍 체크무늬 면 셔츠 사이로 가슴이 보였기 때문이었다. 나도 모르게 주스를 벌컥 마시며 여인들이 집에서 브래지어를 하지 않는지 생각했다. 유혹이라는 단어가 번뜩 떠올랐지만 주스와 함께 삼켜 버렸다. 나도 집에서는 팬티만 입고 생활하며 어지간해서는 옷을 잘 입지 않았으니까. 주스를 건넨 조영미는 일인용 소파에 모로 접어 앉았다. 그러나 어떤 말도 걸지 않았다. 결국 모든 것은 나에게 남겨진 숙제가 되었다.

"집에서는 편안하십니까."

"아무래도."

조영미는 나와 눈을 마주치지 않았다. 그러나 불인했던 일전과는 달리 편안한 표정이었다. 그녀가 브래지어를 하고 있지 않다는 사실만으로 유혹이라는 단어를 떠올린 내가 부끄러웠다. 그녀가 인지하지 못하는 하나의 습관이었으리라.

"혹시 음악 좋아하십니까."

가장 일반적인 공감대를 꺼냈다. 음악을 듣지 않는 대한민국 국민은 거의 없다. 그중 가수나 연주자, 또는 클래식 하나는 얻어 걸리기 마련이니까. 그런데 그녀는 고개를 저었다. 실망감에 나도 모르게 다 마신 주스 잔을 들었다. 조영미는 말없이 주스를 더 따라왔다. 다시 고개를 숙이고 주스 잔을 건네는 그녀를 이번에는 마주 보았다. 유혹이 아니라고 단정한 이상, 확신이 필요했으니까. 그것은 신의에 관한 것이었다. 그녀가 치료가 아닌 유혹에 초점을 맞추었다면 내가 이곳에 있을 필요는 없었다. 또한 그녀가 그런 의도였다면 어떤 식이든 반응을 보일 테니까. 주스를 탁자에 놓는 찰나, 탐스런 복숭아 하나를 나누어 붙인 듯한 그녀의 가슴이 셔츠 사이로 드러났다. 그러다 선홍색의 유두에 눈이 고정되었다. 그녀가 몸을 세운 뒤에도 그 자리에 유두가 있는 듯 잔영이 남았다. 바지 끝이 팽팽해지는 것을 느꼈다.

그녀를 덮친다면.

아니, 내가 무슨 생각을. 나는 벌떡 일어나 화장실로 뛰어갔다. 저급하고 비릿한 속물근성이 식도를 압박했다. 얼마나 나 자신을 채찍질하며 살아왔던가. 그런데. 조금 전 마셨던 보랏빛 주스가 굳어버린 피처럼 변기 속에 가득했다.

거울에 비친 나를 보았다. 금테 안경이 벗겨진 코에는 안경에 짓눌린 흔적이 있었다. 세월이 건들고 간 주름이 이마와 눈가에 남았지만 나이에 비해 아직은 어려 보였다. 정신과 전문의 현태훈, 그것이 너의 이름이다. 세상 누가 어떻게 살아도 너는 속물이 아니란 말이다. 나는 거울 속의 나에게 주의를 주었다. 그때 거실에서 "괜찮으세요."라고 묻는 조영미의 속삭임이 들려왔다.

속이 쓰려왔다. 그녀로 인해, 역류한 내 의지로 인해.

화장실을 나와 거실에 앉은 나는 조영미에게 물었다.

"집에 손님을 초대하면서도 늘 브래지어를 착용하지 않습니까?"

"어머, 제 정신 좀 봐. 죄송합니다."

고개를 숙였던 그녀가 갑자기 나를 쏘아보았다.

"선…… 생님. 선생님은 그런 제가 역겹기라도 했다는 말씀인가요? 그래서 화장실에서……."

그녀의 공격적인 발언에 당황할 수밖에 없었다.

"그런 것은 아닙니다만…… 저도 죄송합니다. 그렇지만 상담은 다음에 했으면 합니다."

나는 그녀의 말을 덮어버리겠다는 듯 자리에서 일어섰다. 서로가 불신하는 상황에서는 상담이 불가능할 수밖에 없지 않은가. 그것이 나를 위한 변명이었다 해도 확신에 찬 걸음으로 그 집을 나섰다.

엘리베이터를 기다리는 짧은 시간이 말을 걸어오는 것 같았다. 내가 무슨 짓을 한 것인지 아느냐고. 의사가 환자를 거부하다니. 그것도 여인이 브래지어를 착용하지 않은 작은 실수에 발끈한 꼴사나운 이유로. 엘리베이터가 1층에 도착하자 7층에 있던 감정 역시 지상으로 다운되었다. 부끄러웠다. 그날 밤 나는 도저히 정당화할 수 없는 내 실수를 조니워커가 가진 짙은 위스키 향에 담가 버렸다.

다음날 아침, 내 실수를 압박한 것은 경찰의 전화였다. 정덕화 팀장이라고 했던가. 이름도 가물거리는 그가 내게 전화를 걸어와 "도움이 필요하신 것 아닙니까?"라며 물었다. 무언가 알고 있다는 뉘앙스였다. 짧지만 강렬한 치욕 앞에 내 자존심은 정확하게 뭉개졌다.

"저희는 한시가 급합니다. 힘드시다면 다른 분으로……."

그가 말을 얼버무렸다. 순간 전화기 너머까지 울릴 정도로 나는 책상을 내리쳤다.

"대한민국은 너무 결과에 연연하는군. 아직 환자를 상담하는 과정이란 사실을 모르시오? 쉬웠다면 당신이 했겠지, 왜 내게까지 그 여인이 왔겠소? 결과만 얘기할 테니 이쯤에서 전화 끊읍시다."

나는 노골적으로 불쾌한 감정을 드러냈다. 뒤이어 발사되는 자동장전 총알처럼 여인에게 전화를 걸었다. 그러나 "여보세요."라는 조영미의 목소리를 듣는 순간 감정에 치우쳐 무모한 행동을 했다는 생각이 바람처럼 나를 건드렸다.

"현태훈입니다."

[네, 알고 있습니다.]

그녀는 의외로 담담했다. 막상 일렁이는 감정을 억누르지 못한 내 존재만 궁지로 몰리는 것 같았다. 그녀는 논두렁에 휘몰아치는 먼지바람 같은 내 맘을 모를뿐더러 나는 이미 상황에 대한 정답을 알고 있었으니까. 그것은 나부터 솔직해지는 일이었다. 내가 마음을 열지 않고 있다는 사실을 조영미 정도의 날 선 여자라면 느끼지 못할 리가 없었다. 더구나 조영미는 일반적인 환자처럼 마음을 연 채 병원으로 찾아온 것이 아니라 형사가 억지로 데려온 사람이었으니. 미처 빨아들이지 못한 자장면처럼 한숨이 책상 위로 툭 끊어져 내렸다.

"어떻게든 만났으면 합니다."

[그게 저와 무슨 상관이 있나요? 아무 의미도 없는 만남일 뿐.]

"이번만큼은 다를 겁니다. 제 의사 직함을 걸고서라도 약속하지요. 부디 시간을 내주십시오."

나는 전화기 너머에 있는 그녀가 보고 있는 것처럼 고개를 숙였다.

[선생님의 생명을 걸고서라도?]

고장 난 자동차의 보닛처럼 입이 벌어졌다. 그렇지만 어떤 핑계를 대더라도 그녀를 만나는 것이 급선무였다. 나는 금세 "네." 하고 대답했다. 형사에게 느낀 어떤 치욕스런 감정도 느낄 수 없었다.

"왜 제 생명을 걸어달라고 했습니까?"

그녀의 집으로 들어서자마자 나는 그것을 물었다. 나는 그날처럼 그녀가 브래지어를 하고 있지 않다는 것을 인지했지만 일부러 시선을 다른 곳으로 돌렸다.

"제가 죽고 싶으니까요."

간단히 그녀가 대답했다. 그러나 그것만으로 나는 모든 상황을 유추할 수 있었다. 그녀는 매일 죽음과 사투를 벌이고 있는 상황임에 틀림없었다. 한데 주변의 정황은 그녀에게 절망적이었다. 형사는 호시탐탐 그녀를 어떻게든 사건과 결부시키려 했고, 나는 치료라는 이름으로 그녀를 극단적인 상황으로 몰아갈 것이 분명했다. 그녀는 며칠 전 손목을 그었다. 동맥을 건드리지 않았으나 충분히 절망적인 그녀의 심경을 대변하는 행동이었다. 죽음, 그 극단에 처박힌 상황을 내가 이해해 주기를 그녀는 진심으로 바라고 있는 것이었다. 소파에 앉은 나는 언젠가 이런 환자가 생길 것임을 직감하고 있었다. 치료라는 이름으로 내가 숨기고 싶어 했던 세세한 하나까지 들춰 보여야만 할 정도의 깊은 수렁을 가진 환자와 대면하게 될 것을.

"아, 그냥 물을 한 통 가져다주십시오. 이야기가 길어질 것 같거든요."

그녀가 테이블 위에 물을 내려놓자 그것이 신호인 듯 나는 이야기를 시작했다.

내 어린 시절의 기억은 삼촌들의 폭력으로 얼룩져 있었다. 그것은 패거리 근성과 돈에서 기인한 것이었다. 내게 할아버지—내가 과연 이 남자에게 할아버지라는 호칭을 붙이는 것이 정당한지 유감이지만—가 되는 사람은 돈깨나 있는 집 자식이었는지 징병을 피해 일본으로 건너갔다. 도쿄에서 한 여자를 만나 결혼에 이르렀는데 문제는 그녀가 한국인이 아니라는 것이었다. 십남매 중 셋째인 어머니의 생년월일이 1941년이고 보면 아마 1935년 이후, 2차 대전의 징병이 정점에 이르기 전 할아버지는 일본으로 도주했던 것 같다. 광복이 되기 전까지 그곳에서 다섯 명의 자식을 낳은 할아버지는 해방이 되자 독립투사의 친구라도 되는 듯 고향인 경북 경산 땅으로 넘어왔다. 파렴치하게도, 한국으로 건너오며 결혼해서 살았던 여인과 일본 땅에서 낳은 다섯 명의 자식들을 버린 뒤였다. 개 버릇 남 못 준다고 할아버지는 한국에 오자마자 민며느리로 살고 있던 한 여인을 몰아내고 채 스무 살이 안 된 아가씨에게 새장가를 갔다. 두 여인의 인생을 그렇게 뿌리 뽑았던 것이다. 한국으로 넘어온 뒤 새장가를 갔지만 아들을 낳는 것이 요원했다. 줄줄이 세 딸을 낳자 할아버지는 주저하지 않고 일본에서 살고 있는 자식들을 불러들였다. 일본에서 이미 자리를 잡은 첫째와 둘째는 한국으로 오지 않았다. 셋째인 내 어머니가 보호자 자격으로 두 아들인 넷째와 다섯째를 데리고 한국으로 왔다. 한국으로 넘어올 당시 열 살이 넘었던 어머니는 내게 할아버지 이야기를 거의 하지 않는 것으로 미루어 경산으로 와서도 식모살이를 하듯 살았던 것이 분명해 보였다. 그러다 세 번째 부인에게서 아홉째가 태어났는데 그것이 그렇게 고대하던 한국에서 낳은 첫 아들이었다. 이후 열째가 태어났는데 그 역시 아들이었고. 그러자 자연히 어머니는 일본에서 건너온 남매인 넷째, 다섯째와 함께 쫓겨나 대구 땅에서 정착을 했다. 어머니가 선택한 일은 국수 장사, 당시 어머니의 나이가 열여덟 살이었다.

"국수 장사가 꽤 잘 됐었나 봐요. 어머니는 집을 샀고 꽤 큰 가게를 운영했거든요."

"그런데 아버지에 대한 이야기는 건너뛰는군요."

조영미는 집중력 있게 이야기를 들었다. 그리고 내가 이야기하기 싫었던 부분을 정확히 짚어냈다.

"사실 저도 잘 모릅니다. 이런 이야기는 정말 당신에게 처음 하는군요. 정말, 모릅니다. 그렇지만 한 번도 부끄러워하지 않았던 사실입니다. 어머니는 어디서도 저를 흐트러짐 없이 키우셨으니까요."

나는 아버지에 대한 이야기는 결국 삼키고 말았다. 어머니가 국수 장사를 하다 시장에서 힘깨나 쓰던 녀석에게 겁탈을 당했다는 이야기를 차마 할 수 없었다. 그 탓에 할머니와 함께 일본에서 넘어왔던 넷째와 다섯째 삼촌이 내 씨의 원천인 그를 죽이고 말았다는 결말까지.

"넷째 삼촌과 다섯째 삼촌은 대구 동성로에서 알아주는 깡패였습니다. 그러다 함께 사고를 쳐서 어머니가 삼촌의 아이들을 죄다 키워야 했거든요. 여기서 이야기가 복잡한데 삼촌들은 결혼한 지 몇 년이 지난 상태였고, 어머니는 홀몸이었습니다. 그때가 저를 갓 잉태하셨을 때라 아이들을 키우기가 만만치 않았을 겁니다. 두 분 다 십오 년의 형을 받았죠. 그리고 제가 일곱 살 때이던가······."

나는 나도 모르게 침을 꿀꺽 하고 삼켰다. 목이 마르다고 생각했는지 그녀는 테이블 위에 놓여 있던 잔에 물을 가득 따랐다.

"아이가 몇이나 됐길래?"

그녀가 조심스레 물었다. 나는 손가락 네 개를 펼쳐 보이며 "저까지 넷이었습니다." 하고 말했다. 나는 그녀가 따른 물로 입술을 축인 뒤 이야기를 이었다.
"그런데 제게 끔찍한 일이 일어났습니다. 넷 중 가장 나이가 많았던 사촌 형이 열네 살이었는데, 저를 강간했던 겁니다."
그녀는 마치 뭍에 올라온 복어처럼 볼에 힘을 주었다. 놀랐다는 듯 그 상태로 한동안 움직이지 않았다.
"그 형이 여자에 눈을 뜨기 전까지 그 일은 삼 년이나 지속되었습니다. 입으로, 손으로……."
나는 그날이 떠오르자 다시 식도를 압박하는 비릿한 기운을 느껴야 했다. 황급히 화장실로 뛰어 들어갔다. 나는 조영미의 가슴을 보며 욕실에서 토악질을 해댔던 그날과는 비교조차 되지 않을 정도로 신음을 토했다. 정신을 수습하고 나오자 조영미는 나에게 우유를 건넸다.
"속이 쓰리실 거예요, 어서 드십시오."
그녀가 포근하게 느껴졌다. 여인에게서 태어나 처음 느끼는 감정이었다.
"더 말씀하시지 않아도 알 것 같아요. 선생님께서 그날 왜 그런 행동을 했는지. 죄송합니다. 일부러 그런 것은 아니었는데, 그날 저도 죄송했어요. 오늘은 오기 때문에 일부러 브래지어를 하지 않았습니다. 어쩌면 마음 반대편에서는 선생님을 믿으라고 종용했는지도 모르죠. 남자라는 존재가, 얼마나 말초적인 존재인지 여자라면 누구나 아는 거니까요."
"이해해 주신다니 감사할 따름입니다. 그렇지만 이왕 이야기를 시작한 거 계속하겠습니다."

나는 앉았던 자리로 돌아오며 그녀와 눈을 맞추었다. 그녀 역시 내 의중을 헤아리며 천천히 고개를 끄덕였다.

"공부는 그런 과거를 지닌 제가 단번에 상류층에 들 수 있는 지름길이었습니다. 그것을 저는 늘 욕심이라고 표현했지만 제가 할 수 있는 유일한 일이기도 했습니다. 자수성가하는 가장 빠른 길이 변호사나 의사라고 말하던 시절이었으니까요. 그렇게 커갈수록 저는 제가 가진 트라우마에 관심을 기울였습니다. 정신과 전문의가 되었던 것은 그 수순 중에 하나였구요. 어린 시절, 욕심이라고 생각했던 여자나 좋은 차, 돈 따위는 이제 순수하게 환자를 대면하는 즐거움으로 변했습니다. 그리고 여자를 멀리하게 된 것은…… 그것은 군에서 상담의를 하며 미치도록 군을 싫어하는 사병들을 보면서였습니다. 매일 저는 트랜스젠더나 동성애자, 뒤늦게 군에서 커밍아웃하는 사병들을 대해야 했으니까요. 군 정신과가 그래요. 그게 어린 시절의 기억들과 겹쳐지며 저는 성이란 것을, 바꾸어 말하죠, 섹스란 것을 쓰레기 보듯 하게 되었습니다. 그게 형상화되고 저를 지배하기 시작한 뒤부터 여성적인 것들은 썩은 비린내가 나고 저를 참지 못하게 했습니다. 그래서…… 그날 일은 진심으로 사과드립니다. 상담의는 저인데 상담은 영미 씨가 하시는군요."

말을 마치자 조영미는 감명을 받은 듯 내 손을 살그머니 쥐었다. 나는 움찔하며 그것을 빼려 했지만 엄마 같은 그녀의 태도에 오히려 압도당했다. 눈을 감았다. 그녀는 나머지 손을 내 손등에 얹으며 두 손으로 꼭 내 손을 쥐었다. 숨이 막힌 오른손을 빼고 싶었지만 눈을 감은 나는 진정으로 어머니의 느낌을 받았다. 손을 쥐고 있던 그녀의 입김이 내 얼굴 앞에서 느껴졌다. 나는 눈을 뜨지 않았다. 그녀는 어느새 내 옆자리로 다가와 내 어깨에 얼굴을 기댔다. 한동안 눈을 감은 채 움직이지 않았다. 그녀가 얼굴을 떼자 나도 눈을 떴다. 그러나 그 시간은 채 일 분도 되지 않았음을 깨달았다. 그렇게 길게만 느껴졌던 시간이었건만.

"저도 마음을 열어보도록 할게요. 선생님이 그러셨던 것처럼."

어느새 맞은편으로 옮겨간 조영미는 주먹을 꽉 쥐고 있었다.

"어떻게 하면 될까요?"라는 그녀의 질문에 나는 "집에서 가장 편한 곳이 어딥니까, 가장 편한 몸과 마음이 필요합니다." 하고 대답했다.

"저기…… 아무래도 침실이 가장 편합니다. 선생님께서 허락하신다면."

그녀가 눈을 내리깔았다. 그녀가 여자처럼 느껴졌다. 그러다 흠칫 나 자신에 놀라고 말았다. 여자라는 이름을 떠올리고 있다니, 그것도 환자인 조영미에게. 그러나 그날처럼, 또 십여 분 전처럼 토악질을 하지는 않았다. 조금 더 용기를 내기로 했다. 이전 같으면 내가 시도조차 하지 못했을 행동을.

"좋습니다. 침실에서 하도록 하죠. 저도 최선을 다해보겠습니다. 대신 전제조건이 있습니다. 힘드셔도 참아야 한다는 겁니다. 말하기 싫어도 말해야 한다는 겁니다. 열기 싫어도 마음을 열어야 한다는 겁니다. 그것이 전제되어야 합니다. 그렇지 않으면……"

그녀가 내 손을 꼭 쥐는 바람에 나도 모르게 이야기를 멈추었다. 그녀의 손이 내 손을 부드럽게 감쌌다. 나는 그것을 거부하지 않았다. 그녀는 내 손을 쥐고 침실로 들어갔다.

침실에서는 내가 선물했던 인칸토 샤인의 향이 잔잔하게 나를 맞았다. 그녀는 반듯하게 이불이 펼쳐진 침대 위에 누웠다. 그리고 옆에 누우라는 듯 더블베드의 남은 자리를 탁탁 쳤다. 나는 어렵지 않게 그녀의 옆에 누웠다. 그녀는 조용히 손을 모아 단전 부근에 놓았다. 그것이 시작하라는 신호였다.

"자연스럽게 생각하십시오. 최대한 자연스럽게요. 음, 좋아하는 게 뭔가요?"

"글쎄요, 좋아하는 것이라……. 저는 알파벳 C를 좋아합니다. 최고라는 A도 아니지만 그렇다고 최악이라는 F도 아니니까요. 그저 중간에 위치한 눈에 띄지 않는 글자라서요. 핑크색을 좋아하고, 노을을 좋아해요. 노을이 한창 때는 멋진 핑크색과 보라색이 조화를 이루잖아요. 정말 말할 수 없을 정도로 아름답죠. 하늘 보는 것, 그렇군요. 전 하늘 보는 것을 좋아했어요. 그런데 하늘을 본 기억이 최근에는 없습니다. 아니, 최근 기억이 없군요."

"일단 거기까지만 생각하십시오. 잃어버린 기억을 힘들여 떠올릴 필요는 없습니다. 하늘은 그 정도로 하고…… 다른 좋아하는 것들은 없습니까."

"아, 그러고 보니 제가 만화 그리는 것을 좋아했어요. 만화가 중에 천계영이라는 만화가를 아세요? 오디션이라는 만화는 정말 최고였어요. 정말 재미있었거든요."

나는 그녀가 눈치채지 못하도록 보이스레코더를 확인했다.

"하이힐을 신은 소녀도 너무 재미있었구요. 그러고 보니 오랫동안 백스트리트보이즈를 좋아했어요."

그녀는 그 뒤 제법 긴 시간을 음악에 대해 이야기했다.

"재즈 음악도 괜찮은 게 생각이 나네요. 비올 때 듣기 좋은 노래인데 빌리 홀리데이 노래 중에 '스토미 웨더'라는 곡이 있어요. 초보들이나 듣기 좋아할 노래라는데 명불허전이에요. 비 오는 날 포장마차에서 소주 한 잔 하면서 들으면 상실감이랄까, 그런 게 빗물에 쓸려가는 듯한 기분이 들어요."

"다른 것들은 생각나는 것 없습니까?"

조금 지겨워진 것이 사실이었다. 벌써 삼십 분이 넘게 좋은 것만 들으려니 인내심이 천천히 바닥나기 시작했다. 그녀의 기억을 저 밑 심연에서부터 긁어올 수 있는 다른 이야기들이 없을까.

"그러고 보니 가족 이야기는 전혀 하지 않으시는군요. 가족도 많이 좋아하실 것 같은데."

그 순간 그녀가 악, 하는 고함을 질렀다. 누웠던 나는 고무줄 인형처럼 벌떡 일어나 그녀를 살폈다. 동시에 그녀는 "죽고 싶어요." 하고 괴로운 신음을 터뜨렸다. 가족이라는 한 단어에 저런 격렬한 반응을 보이다니. 급기야 그녀는 흐느끼기 시작했다. 그녀의 감정은 박빙을 사이에 두고 그녀를 죽이려는 무의식의 자아와 로마의 휴일 속 오드리 햅번 같은 순수한 자아가 싸우고 있던 것이다. 제지할 필요를 느꼈다. 그만큼 상황은 급했다. 나도 모르게 그녀의 가슴을 세차게 흔들었다. 여인의 가슴을 처음 만져 본 오묘한 느낌이 100분의 1초만큼 마음을 헤집었지만 그것은 뒷전이었다.

"저도 모르게 너무 좋은 것에 심취했던가 봅니다. 갑자기 선생님이 가족이라는 말을 꺼내자 어떤 암흑이 저를 덮쳐 왔어요."

그녀는 나에게 안겨 흐느끼기 시작했다. 그녀가 괴로워하는 것보다 내가 여인을 안고 있다는 사실에 머리끝이 곤두섰지만 그것이 중요한 것은 아니었다. 그녀를 가로막고 있는 암흑 하나에 대한 실마리를 얻었다는 사실이 장난감을 받아 든 아이처럼 나를 들뜨게 했다. 그러나 이후 상담을 진행할 수 없었다. 그녀가 매우 지친 기색을 드러냈기 때문이었다. 하나 위안을 삼는다면, 상담이 끝날 때까지 그녀가 손을 놓지 않고 있었다는 사실이었는데 나는 어떤 거부감도 느낄 수가 없었다. 그녀로 인해 나 역시 치유되고 있었던 것이다.

그날 밤, 형사는 대뜸 전화를 걸어와 "어떻게 되어갑니까, 그리고 진심으로 죄송합니다."라고 말했다. 그는 오랜 경험으로 체득한 심리전의 달인인 것 같았다. 아침에는 나를 급박하게 몰아붙이더니 저녁에는 무척이나 미안한 듯한 목소리를 냈다. 나는 낮에 있었던 일을 설명하며 그녀의 가족관계가 어땠는지, 알아봐 줄 수 있는지 되물었다. 형사는 흔쾌히 그러겠노라고 대답했다. 남자가 채찍과 당근을 들 듯 나를 다그치는 것으로 미루어 그들 발등에 불이 떨어졌다는 사실을 직감할 수 있었다.

[조영미 씨는 어린 시절 아버지와 함께 살았다고 합니다. 얼굴은 예뻤지만 남들과 어울리는 성격은 못 되었다고 하네요.]

새벽같이 걸려온 전화였다. 나는 목을 몇 번 가다듬은 뒤 "그래서요?" 하고 물었다.

[그런데 조금 이상한 게 아버지가 행방불명 상태네요. 본적지 논산에 있는 지구대에 물었더니 벌써 십 년이 넘도록 집을 나가 보이지 않는다는군요.]

그런 뒤 남자가 "잘 부탁드립니다."라는 의례적인 말을 던졌다. 남자는 내게 던져 준 몇 마디의 정보를 위해 전화통에 붙들렸을 것이며, 지난한 기록들을 살펴보아야 했을 것이다. 먼저 어울리지 못했다는 대목에서 조영미의 성격이 비교적 사회적이지 못했다는 것을 알 수 있었다. 많은 연유가 있겠지만 일단 추측은 거기까지만 하기로 했다. 두 번째 대목이 집을 나갔다는 아버지와 가족이라는 단어에서 비명을 지르던 그녀였다. 추측은 가급적 그만하기로 했지만 두 가지 조합은 묘한 울림을 파생시켰다. 자유연상을 하고 있는 의식의 편안함 속에서도 아버지는 비명을 지를 정도로 끔찍한 존재였다는 뜻일까. 그리고 그것은 어떻게 그녀의 뇌에서 거미집을 지어 의식을 갉아먹고 있을까.

병원 카우치 소파에 누운 조영미는 놀라울 정도로 단아했다. 모든 것이 갖추어진 여인 같았다. 게다가 화장을 하지 않은 그녀는 더욱 아름다워질 수 있는 여백까지 남겨두었다. 가끔 길을 걷다 화장과 옷, 그 외 장신구와 향수까지 더는 꾸밀 것이 없는 여인들을 만난다. 그들을 바라보노라면 나는 금세 인상을 찡그리기 일쑤였다. 더 꾸밀 것이 없는 여인, 그것은 더욱 아름다워질 여지가 없다는 반증이지 않던가. 본인이 낼 수 있는 아름다움의 끝이 저것이라면 결국 남은 것은 늙어갈 자아만이 남았다는 결론이 도출된다. 그런데 조영미는 꾸밀 여지를 남겨두었다. 저 이상 아름다워질 수 있는 여인이라, 생각이 미치자 그녀가 존경스럽기까지 했다.

오늘은 이례적으로 그녀가 병원으로 전화를 걸었다. 빈 시간에 방문했고. 그러나 상담은 지지부진했다. 나는 그녀에게 기억이 검은 벽처럼 자신을 가로막는 데까지 최대한 고통을 참으라고 주문하는 중이었다. 최고의 아름다움과 달리 그녀의 기억은 십 년 전에 머물러 있었다. 이제 어떻게 해야 할까.

좋아, 그렇다면 자극을 줄 수밖에. 벌써 11월 10일, 상담이 시작된 지 9일이 지나는 시점이었다. 지지부진이란 말은 무능력이라는 단어로 변환되어 나를 짓누르는 중이었다. 나는 거리낌 없이 그 기억에 아버지라는 단어를 던져 넣었다. 그것이 나의 무능력을 회피하기 위함인지 그녀의 치료를 위함인지는 나중이었다. 편한 것만을 반죽해서 입 밖으로 내놓던 그녀는 다시 비명을 질렀다.

나 간호사가 비명 소리를 듣고 급하게 달려왔다. 나는 괜찮다는 표시로 오른손을 들어 보였다. 그녀의 눈이 반달처럼 변하며 안도하는 표정이었다. 그와는 달리 조영미는 계속해서 비명을 질렀다.

"아버지가 보입니까. 어떤 모습입니까. 그것부터 이겨내지 않으면 기억을 찾는 일은 요원할지 모릅니다. 당신이 자살이라는 극단과 맞서는 것도 불가능할지 모르구요. 그러니 기억과 맞서십시오. 그래야만 합니다."

나는 그녀의 왼손을 덥석 쥐었다. 시켜도 하지 않을 일을 내가 한 것이었다. 그녀로 인해 내가 변했다는 증거였다.

"아버지의 손이…… 손이 보여요. 그리고 악!"

단말마 같은 그녀의 비명이 상담실을 때렸다. 나는 그녀의 머리맡에 있던 자리에서 벌떡 일어섰다.

"정말 비협조적이군요. 이래서 무슨 상담을 한다는 겁니까. 당신, 이 정도로 나약한 사람이었습니까. 다시 토악질이 나오려고 하는군요. 그깟 기억 하나 참지 못하면서 잃어버린 기억을 찾겠다니."

나는 그녀에게 분노했다. 눈을 뜬 그녀가 불안에 휩싸여 있다는 사실을 알면서도 일부러 간과했다.

"선생님, 그렇다면 저녁에 다시 한 번 상담을 해보면 어떨까요."

가늘게 떨리는 목소리로 그녀가 나를 보았다. 그러나 찰나였을 뿐, 그녀의 눈은 불안으로 바닥을 이리저리 뒤지기 시작했다.

"적극적인 자세가 마음에 듭니다만, 지금 같은 나약한 자세로는 영원히 기억을 찾지 못할 수도 있습니다. 그러니 단단히 마음먹지 않으면 안 됩니다. 이런 상담을 백 번 받는다고 해도 소용없을 수도 있고요."

"그래도 오늘 한 번 더 해보고 싶습니다. 선생님 말씀처럼 맞서보고 싶습니다."

앙다문 입술과 꽉 쥔 주먹에서 절박함이 드러났다. 자극이 성공했다는 생각에 희열이 목을 타고 올랐지만 겉으로 표를 낼 수 없었다.

"좋습니다. 이제 시간도 저녁입니다. 바깥을 보십시오. 당신이 좋아한다는 하늘이 화선지를 적시는 먹물처럼 어둡게 번져 가고 있지 않습니까."

바닥을 보던 그녀가 시선을 돌렸다. 곧 그녀는 아, 하는 탄성을 내뱉었다.

"일단 식사라도 한 뒤 생각해 봅시다. 오늘 더 해볼지, 아니면 주말인 내일 밤이나 모레, 편하게 둘이서만 상담을 할지를요."

"그럼 선생님, 제가 올림픽공원 안에 있는 차이나 레스토랑에 가 있겠습니다. 먼저 예약하고 기다리고 있을게요. 오랜만에 저녁 하늘도 만끽하면서 걷고 싶네요."

저무는 어둠 속에서도 색깔을 잃지 않는 아름다움이 몸을 일으켰다. 카우치 소파에서 내려온 그녀는 자신감 있는 걸음걸이로 상담실을 나갔다. 카펫에 묻힌 하이힐 소리가 그저 안타까울 따름이었다.

곧 나 간호사는 하루치 결산내역을 가져왔다. 하얀색 간호사 바지를 입은 나 간호사에게 나는 "치마를 입어보는 건 어때, 더 여성스러울 텐데."라는 말을 건넸다.

이어지는 침묵. 나는 결산내역을 보다 따가운 시선을 느끼고 고개를 들었다.

"왜? 뭐가 잘못됐나?"

"선생님…… 요 근래 좀 변하신 것 아세요?"

나는 무심한 눈빛으로 그녀를 보았다. 내가 변했다니. 마뜩찮은 눈빛으로 그녀를 바라보자 나 간호사는 팔짱을 끼며 정말 그렇다는 표정으로 내 눈빛을 되받았다.

"나 간호사, 괜히 시비 걸고 싸우지 말자고. 나 요즘 정말 피곤하다, 응?"

내가 타이르듯 나 간호사에게 이야기를 건네자 "선생님, 요즘 표정이 어떤 줄 아세요? 여자 때문에 마음 졸이고 기다리고 기뻐하는 모습이란 말예요. 환자가 아닌 여자 때문에."

"질투하는 건가."

나는 목소리를 최대한 낮추어 나 간호사에게 말했다. 물론 잔뜩 찌푸린 이마와 힘이 들어간 눈에서 그녀를 질책하고 있다는 인상을 던지면서. 그녀는 무언가를 말하려는 듯 입을 삐죽거렸지만 의중을 알아차리고 입을 닫았다.

일어서서 사무실을 나가려는데 전화가 울렸다. 무시할까 했지만 나 간호사를 거쳐 온 전화, 받아야 한다는 뜻이었다.

"무슨 일입니까."

목소리를 확인하자 나는 전화를 걸어온 형사에게 버럭 짜증을 냈다. 새벽도 모자라 저녁 무렵 또 전화라니. "너무 지나친 간섭입니다. 전화 끊겠습니다."라고 말하자 형사도 다급하게 이야기를 꺼냈다.

[선생님, 저는 상담이나 정신과에 관련해서는 아는 것이 없습니다. 그렇지만 일선 범죄현장에서 보이는 사람들의 행태에 대해서는 누구보다 많은 경험이 있습니다.]

"그런데요?"

나는 이야기를 빨리 끝내고 싶었다. 더구나 그는 상담을 하라고 연계해 준 뒤 계속해서 그녀에게 부정적인 선입견을 덧입히고 있었으니까. 이것은 누가 보든, 어떤 사람이 판단하든 공정하지 못한 게임이었다.

[조영미 씨가 죽은 이지훈 씨 명의의 생명보험금을 신청했습니다. 금액은 삼십 억. 재해사망이라 약정 보험금의 세 배가 신청되었습니다. 저희 수사와는 관계없이 보험금은 지급될 것으로 보입니다. 그런데 여기서 짚어보지 않을 수가 없었습니다. 남편이 벌써 두 번째 사망했고, 십 년에 가까운 기억도 지워져서 없는 여인이 이렇게 황급히 보험금을 신청하는 이유가 뭘까. 이게 정상적일까. 제가 생각하는 대답은 간단하더군요.]

"No라 이겁니까?"

나는 바퀴벌레를 밟아 죽이는 심정으로 그에게 물었다.

[……네. 더구나 그녀는 황급히 이민 신청을 했더군요. 그것을 알아내고 나니 더욱 그녀를 의심할 수밖에 없었습니다.]

형사가 했던 모든 이야기는 기억에서 삭제되며 오로지 이민 신청이란 단어만 머릿속에서 맴돌았다. 나와의 상담이 매끄럽지 않기는 했지만 그렇다고 이민에 대한 직접적인 언급이나 뉘앙스조차 풍긴 적이 없었다. 나도 모르게 긴 한숨을 내쉬자 전화 저편에서 "어떻습니까?" 하고 물었다. 마음 같아서는 뭐가요, 라고 되묻고 싶었지만 여전히 남자가 나보다 앞서 있다는 사실이 내심 불쾌했다. 더구나 나는 30분 전까지만 해도 그녀와 대화를 나누고 있지 않았던가.

어라, 벌써 30분이나.

시간을 본 나는 벌떡 일어섰다. "그만 끊읍시다."라고 말한 나는 트렌치코트를 챙겨 들고 상담실을 나섰다. 대기실에는 개구리처럼 입을 내민 나 간호사가 내가 퇴근하기를 기다리는 중이었다.

"어, 나 간호사. 혹시 천계영이라는 만화가 아나? 오디션인가, 하는 게 언제 나왔지?"

내 물음에 그녀는 고개를 저었다. 그럼 그렇지, 나 간호사의 취미는 문학과 상담자료 공부에 몰려 있을 뿐 만화와는 담 쌓았지. 나는 지나치는 말로 "한 번 빌려와 주겠나."라고 말했다.

식당에 도착했을 때 멀리서 본 그녀는 몹시 당황한 표정이었다. 저녁 시간이라 붐비는 속에서 단아하게 혼자 앉아 물 잔만을 바라보고 있었지만 표정은 금세 읽혔다. 내가 나타나자 반색한 얼굴로 일어섰다. 그때 나는 어인이 나를 기다린다는 야릇한 감정을 태어나 처음 느꼈다.

나는 그녀에게 해물요리인 전가복을 권했다. 새우, 조개관자, 해삼과 함께 어우러진 전복이 미각을 돋운다. 덧붙여 중식당에서 가장 흔하지만 가장 환영받는 탕수육을 주문했다. 느끼하고 단맛에 지칠까 싶어 매운 사천탕면을 마지막으로 추가했다. 그녀는 흔쾌히 동의했고, 곧 식사와 함께 와인이 어우러진 멋진 저녁식사가 세팅되기 시작했다.

"일전에 다이어리 적는 것을 좋아한다고 하셨는데 보관하고 있던 다이어리를 찾아보셨습니까?"

"아니요. 한숨만 나올 것 같아서요."

간단했지만 충분히 납득할 수 있는 대답이었다. 입 밖으로 계속해서 이민이라는 단어가 튀어나오려 했지만 그때마다 각종 해산물들로 입을 틀어막았다. 식당 안에 있는 여느 연인들처럼 사사로운 이야기들을 주고받았다. 특히 내가 그렇게 싫어하는 자본 덩어리 영화 이야기에 열을 올린 것은 10년 만에 처음이었다. 그렇게 9시가 되자 그녀가 먼저 상담이야기를 꺼냈다. 기억에 대한 그녀의 의지가 느껴졌다. 나는 그녀에게 피곤하지 않겠냐고 되물었다. 그녀가 단호한 표정을 지었다. 잃어버린 기억에 대한 의지, 그것은 어쩔 수 없는 자신과의 사투였다.

"좋습니다. 그런 자세가 진작부터 필요했던 것이 사실입니다. 그럼 병원으로 가실까요?"

내가 자리에서 일어서자 그녀는 "병원은 싫어요, 처음부터 싫었어요." 하고 고개를 저었다. 그렇다면 그녀가 느낀 저항감의 근원은 병원 때문이었을까. 몇 가지 단어들이 머릿속을 휘저었다. 여자, 하늘, 아버지, 손, 병원 따위의. 그것은 그녀를 암흑에서 기억으로 이끌 키워드들이었다.

"그럼 영미 씨 댁으로 갈까요?"

"집인데도 선생님이 계시다는 게 오히려 불편했어요, 뭐랄까 가장 편한 공간인데도 솔직할 수 없었다고 할까요. 그리고 선생님은 저를 이해하지 못하시잖아요."

다시 떠오른 저항감, 그것도 구체적인 형태의. 나는 지난하게도 상담의 초입에서 그녀와 씨름하고 있는 중이었다. 그렇지만 상담이란 것은, 특히 정신병리학적인 상담은, 정답이 없다. 환자 한 명에 대한 연이은 상담은 도면 없이 풀어헤쳐진 기계 부품과 같아서 판단하고 조합하는 상담의의 노력 여하와 능력 여부에 따라 판가름 날 수밖에 없는 것이다. 비록 그녀가 느끼는 저항감이나 상담의 지지부진함을 인정하지 않을 수 없지만 분명한 형태의 키워드들이, 즉 그녀를 기억의 웜홀로 몰아넣은 주범들이, 구체적인 단어로 형태를 나타냈다는 것은 상담이 상당 부분 진전되었음을 의미하는 반증이었다.

"그렇게 생각하지 않습니다. 상담은 이미 상당 부분 진행된 상태입니다. 그렇지만 영미 씨께서 그것을 받아들이지 못할 뿐입니다."

"그럼 제 탓이란 건가요? 제가 상담에서 마음을 열지 못한다는 건가요?"

나는 질책과 연민이 담긴 눈빛으로 고개를 끄덕였다.

"아, 그렇지만 제가 마음을 연다는 것은 그 사람을 남자로 인식한다는 것과 같았어요. 적어도 기억나는 한은 그렇게 지냈어요."

조영미는 나와 달리 한곳을 응시하지 못한 채 불안한 눈빛을 이리저리 굴리고 있었다.
"좋습니다, 영미 씨. 그럼 이건 어떨까요? 정신과 의사의 별난 취미 탓이라고 해둡시다. 사실 제 집에 상담실과 똑같은 구조로 만든 방이 있습니다. 저는 그곳에서 마음을 내려놓기도 하고, 가끔 제 스스로를 상담하기도 합니다. 영미 씨만 거부감이 없다면 그 모습 그대로 상담할 수 있습니다. 어떤 포장이나 가식도 없이 그냥 영미 씨가 보여주는 것만을 가지고."
그녀에게 의지를 전달하듯 꾹 다문 입술로 나는 고개를 끄덕여 보였다. 아, 하는 탄식을 뱉었지만 조영미는 더 이상 거부하는 모습이 아니었다.
중식당을 나서자 조영미는 내게 팔짱을 껴왔다. 나는 어쩔 수 없이 움찔하고 말았다. 여자는 나에게 무방비나 다름없는 외계의 이방인과 같은 존재였다. 설명하기 힘든 어떤 감정을 감추려 하늘을 보았다. 서울 하늘에 걸린 별들은 오늘도 제 빛을 다하지 못하고 풀이 죽은 모습이었다. 그것을 본 조영미는 "선생님도 하늘 보는 것 좋아하세요?"라며 내 오른팔을 떼어낼 듯 꽉 붙들었다. 그 순간 그녀의 가슴이 팔에 닿았다. 덩달아 심장이 뛰었다. 공포와는 다른 느낌을 가진 소름이 오소소 일어났다. 아랫도리에 무언가가 감겨오는 듯한 묵직한 기운이 느껴졌다. 시키지 않은 것들이 시키지 않은 순간에 반응하다니.
"저기 팔짱은 빼고 걸읍시다."
나는 탄식이 섞인 책망을 꺼냈다. 그녀는 내 말을 듣자마자 "어머, 선생님은 제가 여자로 생각되세요?" 하며 반문했다. 그 즉시 나도 모르게 "그건 아니지만……." 하고 대답을 뭉갰다. 그러자 그녀는 엄마 팔에 들러붙은 판다처럼 내 팔을 더 붙들어 맸다. 그제야 처음 닿았던 것은 가슴이 아니라 브래지어의 촉감이 스친 것이었음을 알 수 있었다. 그리고 지금에서야 꽉 와 닿은 말랑거리는 감촉이 실제 가슴이라는 것도. 그녀는 차가운 날씨 탓인지 여리게 떨고 있었다.

여자라니.

곁눈으로 조영미를 보았다. 그녀는 하늘을 보며 별들에게 인사하듯 웃음을 던지고 있었다. 그녀의 웃음과 여자라는 단어가 합쳐지며 묘한 울림을 만들었다. 첫사랑 같은, 그것이 내게 다가온 것 같은.

헛된 욕심이야, 여자 따위는.

나는 그 울림을 애써 하늘로 날려 보냈다.

"자, 이렇게 하면 돼요."

나는 어린 학생에게 학교를 빠져나갈 수 있는 비밀통로를 가르쳐 주듯 그녀의 손을 이끌었다. 아파트 앞에 이른 그녀가 "선생님 아파트에 들어가는 거, 누구에게도 들키기 싫어요." 하고 버틴 탓에 나는 내가 아는 방법대로, 사람들이나 CCTV에 들키지 않는 방법으로, 건물에 진입을 시도했다. 요즘 아파트는 경비원이 보지 못하거나 CCTV로 커버하지 못하는 사각이 거의 없다. 그러나 그것을 지켜야 하는 경비가 한 명뿐이라면 약간의 사각지대가 생기기 마련이다.

"자, 보셨죠. 1층 경비실에 사람이 있나 없나 먼저 확인을 해야 해요. 지하에도 이런 박스 컨테이너가 하나 더 있거든요."

나는 그녀가 이곳을 다시 드나들 것만 같은 느낌이, 아니, 내게 어떤 의미로 다가올 것 같은 느낌이 강하게 들었다.

"사람이 없으면 일 층 경비실의 외부 문을 밀고 들어가는 겁니다. 경비실을 관통하는 문이 있죠? 그걸 여는 거예요. 그러면 비상계단이 나오죠. 주상복합 건물이라 건물 뒤편에 이렇게 비상계단이 있습니다. 그런데 관리 때문에 조립식 컨테이너 경비실로 이곳을 막았죠."

나는 부연설명을 하며 그녀를 건물 안으로 이끌었다. 나 역시 흥분했던지 그녀에게 아이처럼 떠들고 있었다. 흡사 여자 친구를 부모님 몰래 집으로 데려가는 아이처럼. 그러나 그 마음도 금세 지치고 말았다. 그녀의 고집 탓에 CCTV가 설치된 비상 엘리베이터 대신 비상계단으로 걸어서 오르려니 여간 죽을 맛이 아니었다. 20층에 있는 집까지 걸어가야만 했으니까.

그녀는 외투를 소파에 반듯이 놓았다. 나는 손님인 그녀보다 먼저 물을 마시기 바빴다. 그녀가 옆구리를 툭 건드는 통에 어, 하며 컵 하나를 건넸다.

상담은 곧바로 시작되었다.

상담실 그리고 땀 냄새, 침묵뿐이라고 생각했던 내 아파트에서 그녀와 나를 건드리는 것들이었다. 향수 사이에 섞인 그녀의 땀 냄새가 묘한 자극을 만들어냈다. 그녀 역시 마찬가지였는지 내 눈을 바로 보지 못했다. 그것은 지극히 원초적이며 육체에 관한 것이어서 외면할 수밖에 없었는데, 곧 페로몬이란 단어를 떠올린 나는 지금의 감정을 의학적인 지배하에 두려고 시도를 했다. 특히 상담실에서 나는 마초적인 지배권을 가진 상담의를 동경해 왔지 않았던가. 게다가 이곳은 내 홈그라운드이다. 내가 바로 이곳의 신이다. 그러나 그것은 곧바로 나를 주체하지 못하는 만용이 되고 말았다.

그녀의 목소리를 듣다 땀 냄새에 자극받고, 그러다…….

급격히 흔들리는 나를 발견한 것은 그녀의 입술이 나를 덮친 이후였다. 아니, 내가 그녀를 덮쳤을까. 그녀의 입에서 지금까지와는 전혀 다른 의미의 아, 하는 탄식이 터지자 나도 모르게 정신을 차렸다. 상담이 어떻게 진행되었는지 기억조차 나지 않았다. 와인과 적당한 흥분, 그리고 운동이 만들어낸 절묘한 육체의 습작이었다. 나는 벌떡 일어서며 "미안합니다." 하고 고개를 숙였다. 그녀는 눈을 감은 채 아무 말도 없었다. 나는 단전 아래에 집중된, 사랑이 아닌, 남성적인 편력을 제거하기 위해 엉뚱한 생각들을 떠올렸다. 그러다 상담실 방 안 책장 속에 몰래 설치된 카메라까지 생각이 미쳤다. 모였던 것들이 급격히 사그라졌다. 그녀와 나의 키스가 카메라에 담겼을까. 그러다 번뜩 키스를 하기 전 상황이 떠올랐다. 그녀는 내게 "내가 인정하지 못하는 남자와는 아무것도 할 수 없어요." 하고 말했던 것이다. 나는 "상담까지도?"라도 되물었다. 그녀는 되짚어주듯 세차게 고개를 끄덕였다. 확실한 저항의 포인트를 짚은 셈이었다. 그녀는 자신을 이해해 줄 남자를 원했던 것이다. 그것이 상담이든, 무엇이든, 남편이 사라진 지금 그녀를 열어줄 단 하나의 입구였다. 그리고 나는 어떤 마력에 이끌리듯 그녀에게 입술을 내주었다. 그녀의 마음을 열기 위해. 그 순간 그녀의 볼에서 주르륵 눈물이 흘러내렸다.

"선생님, 제가 그렇게 못마땅하신가요? 저를 집까지 이끌어놓고, 이렇게······."

"아니, 그런 것은 아닙니다."

나는 그녀의 옆에서 무릎을 꿇으며 손을 쥐었다. 상담을 위한 지금 순간만큼은 그녀에게 남자가 되어주고 싶었다. 그러나 그녀가 저항하듯 나 역시 마음의 바닥 구석에 떨어뜨려 놓았던 여자라는 단어가 서서히 나를 죄어오고 있다는 것을 느꼈다. 그녀가 나를 대하는 것이 아닌, 내가 그녀를 대하는 것에 대한 정의를 내리지 못하고 있었다.

"선생님, 저를 안아주세요. 아버지처럼."

내 가슴이 그녀의 가슴 위에 포개어졌다. 격렬히 뛰는 심장만큼 혈액 또한 빨라졌다. 몸의 끝 마디마디마다 빠른 혈류가 팽팽한 긴장을 만들었다. 소파와 그녀의 등 사이에 손을 밀어 넣으며 그녀를 거세게 안았다.

아.

그녀의 단말마 같은 신음이 나를 깨웠다. 나는 어느새 본능에 충실한 한 마리 남자가 되어 그녀를 건드리고 있었다. 가녀린 목에는 입술을, 돌기가 선 유두에는 우악스런 손을, 그녀의 다리 사이에는 내 오른 다리를 넣어 그녀를 압박하는 중이었다. 그러나 멈출 수가 없었다. 그것이 신호라는 듯 그녀의 이야기가 이어졌기 때문이었다.

"아버지는 늘 그렇게 절 사랑했어요. 어린 시절 입맞춤처럼, 또 손을 맞잡는 것처럼 그것이 아빠가 커가는 딸을 사랑하는 방식이라고 생각했어요."

내 손이 더 거세질수록, 입술이 그녀의 목을 격렬히 탐할수록 그녀의 이야기가 빨라졌다. 내가 오드리 햅번을 닮았다고 칭찬했던, 기억의 어둠에 갇혀 사념의 모든 것을 잃어버린, 그녀의 문을 여는 것은 바로 남자라는 육체였다. 아니, 아버지라는 기억이었다.

"선생님의 손길이 불처럼 뜨거워요."

그녀의 이야기가 비겁한 내 영혼의 물가에 돌을 던졌다. 익숙한 어둠에서 정신을 차렸을 때 그녀는 팬티 한 장만을 겨우 걸치고 있는 나체의 몸이었다. 무거운 돌덩이가 동시에 가슴으로 떨어졌다. 나는 상담이라는 대의명분을 흘러내린 바지처럼 발에 걸치고 오로지 여자라는 육체를 탐하는 비루한 고깃덩이였던 것이다. 내가 몸을 일으키려던 순간 그녀의 손길이 한껏 달아오른 내 육체의 꼭짓점을 건드렸다. 정신을 채 수습하기도 전에 전신을 지배하기 시작한 그녀의 손길에 오히려 육체가 반응했다. 의지가 습관이 되고 습관이 본능을 이긴다고 생각했던 지난날이 헤진 닝마자루처럼 그녀라는 검은 피를 피하지 못했다. 그녀의 손이 누구도 건드린 적 없던 내 속에 침투했을 때 대비되지 못한 나는 구멍 난 풍선처럼 한순간에 터지고 말았다.

"아빠, 좋았어요?"

눈을 감은 그녀가 내 귀에 대고 속삭였다. 그것은 다이너마이트의 뇌관처럼 내 속에서 불타오르는 이야기가 되었다.

내가 그녀를 치료했던 것일까, 아니라면 그녀가 나를 치료했던 것일까. 그것도 아니라면.

황급히 샤워를 끝냈을 때 그녀는 새근새근 잠들어 있었다. 막 았던 댐을 터뜨려야 했던 것은 내가 아니라 그녀였는데.

여전히 옷을 입고 있지 않은 그녀를 보자 태고의 아담이 이브를 농락했던 본능이 강하게 꿈틀거리는 것을 느꼈다. 나는 그녀를 지배하고 싶어졌다. 미치도록 강력한 힘으로 억누르고 육체를 속박하고 싶었다. 육체의 본능, 그 뇌관에 불을 붙인 그녀를 노예처럼 부리고 싶어졌다.

아, 결국 내가 원했던 것은 속박된 정신에서 벗어나 이렇게 뒹굴고 싶었던 본능의 반란이었단 말인가. 그것을 학문이라는 허울과 이성이라는 담벼락으로 가둬놓은 채 누군가 꺼내주기만을 기다려 왔던 것일까.

나는 돼지처럼 힘으로 그녀를 짓눌렀다. 그녀의 가슴을 미친 듯이 조몰락거렸다. 몰캉몰캉 문어 머리처럼 만지작거려지는 그것을 터뜨리고 싶었다. 거기서 뿜어지는 검은 먹물을 내 육체의 곳곳에 뿌려대고 싶었다. 눈을 감고 그녀를 느꼈다. 그녀의 곳곳에 입으로 지도를 그렸다. 그녀가 타오르기를 바랐다. 그러나 반응하지 않는 그녀를 느꼈다. 나무토막 같았다. 그러다 눈을 뜬 나는 흠칫 놀라고 말았다. 그녀가 눈을 부라리며 나를 보고 있었던 것이다.

그녀는 감정 없는 목소리로 "아빠, 나 화장실 가고 싶어."라고 말했다. 그 순간 알 수 없는 화가 치밀었다. 그녀를 혼내주고 싶었다. 나도 모르게 그녀를 향해 오른손을 날렸다. 딱, 소리가 방 안에 퍼짐과 동시에 나는 그녀에게 "방 안에서 싸." 하고 윽박질렀다. 한 번 터져 버린 내 육체는 지금까지 기다려 왔던 세월을 일시에 보상받겠다는 듯 사디즘적인 이상 형태로 발현해 가는 중이었다.

"아빠, 그건 안 돼. 아빠에게만 잘해주고 싶지만 난…… 난 남편이 있는 걸. 아빠도 알잖아. 아무렇지 않게 내 결혼식에서 손을 잡아주었잖아, 기억 안 나? 그리고 나 화장실 갈 거야."

이런 순간에 화장실이라니. 오줌이라니. 40년이 넘도록 방 안의 먼지처럼 치부한 나의 육체를 눈 뜨게 한 순간에 아빠라니, 결혼식이라니. 거기다 남편이라는 기억을 덧붙여 나를 구석으로 몰려 하다니. 왼손을 들어 이번에는 그녀의 오른뺨을 강타했다. 그러나 그녀는 비명을 지르지 않았다. 단지 그녀의 터진 입술에서 맺힌 피가 어둠을 반사할 따름이었다.

"어서 기억해, 내가 손잡아주지 않은 남편까지 기억하란 말이다. 어서!"

나는 고함을 지르며 그녀의 팬티를 찢어버렸다. 그 뒤는 기억나지 않았다. 단지 내가 본능에 충실한 늑대 한 마리가 되었던 것밖에는. 번뜩 정신을 차렸을 때 나는 수많은 영화 속 남자들처럼 그 짓을 하고 있었다. 그러나 그녀는 영화와 달리 입술을 꾹 다문 채 눈을 감고 있을 뿐이었다. 어떤 비명이나, 어떤 신음 소리도 없이. 여자라면 응당 그렇게 표현해 낼 것 같은 교태스러운 몸짓도 없이. 일순간 내 기분은 침잠했다.
"아빠, 난 더러운 여자야. 아빠도, 그리고 남편도 만족시켜 주지 못하는 더러운 여자."
내가 그녀 위에서 내려오자 눈을 감은 그녀가 꺼낸 말이었다. 그제야 모든 것을 깨달을 수 있었다. 적어도 기억을 잃은 그때까지, 그녀는 습관화된 마조히즘으로 인해 본성을 희생당하고 있었다. 그녀가 누려야 할 이성과 감정, 그리고 감각까지도. 앙다문 입술과 신음을 참던 그녀의 굳은 미간이 흑백사진처럼 스쳐 갔다. 원인은 그것이었다. 아이러니하게도 그녀는 행복했던 지난 시간을 송두리째 기억 너머로 날려 버린 것이다. 죽음이라는 방아쇠가 그녀의 머리를 정조준해 공포라는 총알을 박아 넣은 뒤부터.
"아빠, 나 죽고 싶어. 나 죽고 싶다고."
눈물이 그녀의 볼을 타고 내렸다. 그녀가 더듬어 내 손을 꼭 쥐었다. 나는 정말 그녀의 아빠처럼 손을 꼭 쥐었다. 그녀는 자신을 지배해 주었던 아버지를 어느 순간 잃었다. 남자의 말처럼 실종되었다고 하지 않았던가. 유아기적 잉태된 비정상적인 성애의 말로를 끝맺지 못했던 것이다. 그것을 제대로 떠나보내지 못했던 것이다. 아버지에 대한 그리움은 마조히즘적인 형태로 나타나 그녀 자신을 괴롭히게끔 강요했던 것이다.
"아빠, 나 죽고 싶다고."
그녀가 고함을 질렀다.

"그래, 아빠랑 죽자. 아빠를 얼른 죽여라. 그렇게 떠나보내라."
그녀가 죽으려고 했던 이유 역시 그래야 설명이 가능했다. 단정할 수 없으나 그녀는 아버지가 그녀 때문에 죽었다고 믿고 있는 것이었다. 그녀가 결혼을 하며, 아버지가 남편에게 그녀의 손을 넘겨주며 아버지가 떠났다. 아버지는 그 후 실종되었다. 실종은 궁극의 미로였던 것이다. 그녀는 아버지로부터 낙인찍힌 육체의 사랑을 배웠다. 그것을 받아들이고 말았다. 부정, 아버지의 사랑이라는 이름으로. 아버지는 완성되지 못한 비정상적인 사랑의 말로 앞에서 죽음으로 떠나 버렸다고 그녀는 믿고 있는 것이었다. 그녀가 지속적으로 죽음을 원하는 이유는 실존적인 의미의 죽음이 아니었다. 바로 아버지를 떠나보내고 싶어 하는 심연 저 마지막에서 꿈틀거리는 본능의 대답이었다.

내 이야기에 그녀는 급격히 흔들리기 시작했다.

"이제 아빠가 죽으마. 네가 편하게 살 수 있다면 이제 아빠의 사랑을 접을 때가 되었구나."

나는 결단을 내렸다. 그것은 모의 자살. 이미 자신을 죽음이라는 수렁으로 내던지려 했던 그녀는 그녀 자신이 죽었다는, 그리고 그녀의 육체를 좀 먹으며 그녀의 정신을 무간지옥으로 떨어뜨리고만 아버지가 죽었다는 무의식의 자아가 찍은 낙인이 없이는 정상적인 삶을 살아갈 수 없을 것이 뻔했다.

치료의 궁극적인 답을 찾았다는 희열이 찾아들자 급작스레 모든 것이 바빠졌다. 그녀를 치료할 수 있다. 그래, 결국 이렇게 될 줄 알고 있었던 거야. 그러다 상상은 그녀와 만들어갈 미래에까

지 번져 가기 시작했다. 자, 정신을 차리고 그녀의 아빠를 보내주
자. 삐뚤어진 육체 속에 그녀를 가둔 아빠를 고상하게 보내주자.
그것이 그녀를 구하는 방법이다. 그녀의 아빠를 죽이자.
 나는 그녀의 아빠를 대신해 유서를 썼다.

 —미안하다. 내가 아니었다면 너의 그 육체는 온전한 보석이 되어
반짝거렸을 텐데. 너에게 미치도록 미안하구나. 이제 나는 생이라는
짐을 내려놓으려 한다. 너에게 그토록 무서운 지옥을 알게 한 죄를 이
제 대신 받아야겠지. 그것이 다른 짐이 되겠지. 그러나 후회는 없다.
그것이 사랑이라는 것을 알았기에. 나 그만 하늘로 돌아가려 한다. 그
것이 비록 죽음이라는 인간들의 잣대라고 해도.

 나는 그녀만이 알아들을 수 있는 짤막한 유서를 썼다. 내 설명
을 모두 들은 그녀는 하염없이 눈물을 흘리며 역시 유서를 썼다.
 "제가 먼저 죽겠어요, 아빠."
 그러나 죽는 방법이 문제였다. 상처를 내지 않으면서 죽음에
대한 공포와 그것에서 벗어날 때를 확실히 알 수 있는 방법. 내
고민과는 달리 그녀는 계속해서 유서를 작성하고 있었다. 부록처
럼 따라붙은 눈물을 제지하지 않으며.
 목을 매달까.
 몇 가지 생각이 스쳤지만 그것이 가장 완벽한 방법으로 생각되
었다. 나는 천장에 매달린 샹들리에를 보았다. 정신과 상담 전용
으로 제법 돈을 들인 것이었다. 베란다로 황급히 달려가 등산용

밧줄을 꺼냈다. 카우치 소파를 밟고 올라선 나는 샹들리에에 줄을 매달았다. 그리고 그것이 내 몸을 지탱하는지 무게를 실어 확인했다. 그녀가 불안한 눈빛으로 나를 바라보고 있는 것이 느껴졌다. 그것마저 희열이 되어 나를 감쌌다. 비록 그녀가 두 남자와 가족을 맺어 살았고, 비정상적인 아버지를 만나 잘못된 육체의 방식을 본능처럼 간직했다고 하나 그것을 제거하고 나면 그녀는 누구보다 고귀한 처녀가 되는 것이다. 누구보다 순결한 처녀가 되는 것이다. 그리고 그 미래를 나와 함께 나누어 갈 수 있다. 희열은 이제 혈액처럼 전신을 지배하며 돌기 시작했다. 그 핏빛 어린 장미 속 미래가 영글게 될 날도 머지않았다.

"아빠, 제가 먼저 죽고 싶어요."

등산용 밧줄을 원으로 매듭을 짓자 그녀가 벗은 내 몸을 건드렸다. 그러고 보니 상담과 치료라는 전제 탓에, 또 사디즘을 가진 아버지를 대신하는 탓에 나는 옷을 벗고 있다는 사실소차 까마득히 잊고 있었다. 그러나 부끄럽지 않았다. 지금부터 그녀에게 잘못 잉태된 비탄한 성애의 말로를 볼 수만 있다면.

나는 그녀가 하는 대로 두었다. 그녀는 둥글게 매듭이 지어진 원 속으로 얼굴을 밀어 넣었다. 그녀의 눈물이 낙하하며 방바닥에 떨어졌다. 마치 강간을 당한 피해사의 눈물처럼 이프게 떨어져 내렸다. 카우치 소파를 밟고 올라선 그녀가 닿을 듯 말 듯한 목을 원에 끼우고 허우적대자 마음 저 깊은 곳에서 나를 건드렸던 과거가 꿈틀대기 시작했다. 나를 탐했던 사촌 형, 그로 인해 여자라는 욕심을 공포로 받아들여야 했던 지난날이. 그러나 나는 그녀로 인해 다시 태어날 수 있었다. 그녀 역시 나로 인해 다시 태어나야 한다. 그래야만 한다. 허우적대는 짧은 신음이 뇌를 건드렸다. 괴로운 듯 그녀는 캑캑 신음을 내질렀다. 이 정도면 그녀가 죽었다고 생각할까. 아니, 조금 더, 조금만 더. 그러다 파리하게 떨리던 그녀의 손에서 힘이 빠져나가는 것을 느꼈다. 위험하다. 황급히 나는 그녀를 안아 들었다. 카우치 소파를 밟고 올라간 나는 매듭을 벌려 그녀를 내렸다. 숨을 쉬는지 확인했다. 그녀의 코에서는 산소를 빨아들이는 생의 영위가 중단되지 않은 채였다. 안도의 숨을 내쉰 나는 그녀를 바닥에 눕혔다.

"이제 죽었다 깨어나시게나."

나는 흡사 신이라도 된 것처럼 그녀를 불렀다. 그렇지만 그녀는 눈물을 멈추지 못했다. 그녀 속에서 북받친 무언가가 계속 그녀를 건드리는 것 같았다. 누워서 흘린 눈물이 방바닥을 적셨다.

"이제 아빠가 죽을 차례구나."

나는 그녀가 들을 수 있도록 제법 또렷하고 큰 소리로 유서를 읽었다. 그렇다고 해서 어린 시절 반에서 발표를 하듯 큰 소리는 아니었다. 그것이 비록 죽음이라는 인간적인 잣대라고 해도 감정의 선을 넘지 않으려 애썼다.

유서를 다 읽은 나는 카우치 소파에 올라섰다. 크지 않은 키 탓에 나 역시 그녀처럼 목을 매달면 버둥거려야 할 것 같았다. 그녀와 나눌 미래를 위해 반드시 살아야 했던 나는 까치발을 하면 힘 있게 닿을 정도로 카우치 소파 높이를 조절했다. 그때까지도 그녀는 방바닥에서 눈물을 흘리고 있었다. 희미했지만 "아빠……

죽고…… 싶어."라는 이야기를 내뱉는 것 같았다. 동그랗게 매듭이 묶어진 밧줄을 보자 나는 왠지 숙연해졌다. 그녀의 아버지를 대신하고 그녀의 정신병을 고쳐 주기 위한 것이지만 그것은 쉽지 않은 일이었다. 잠시 머뭇거리던 나는 그녀의 속삭임에 마음을 다시 먹었다. 상처 입은 영혼을 위해 반드시 그녀의 아버지를 죽여야만 했다. 그녀는 여전히 "아빠…… 죽고…… 싶어."라는 이야기를 뇌까리고 있었다. 희미했지만, 그래서 마음이 더 아려왔지만.

이제 그만 목을 매달자.

나는 심호흡을 한 뒤 목을 매듭에 걸었다. 이제 그녀는 치료가 끝날 것이다. 기대가 희망처럼 가슴을 건드렸다. 그러나 모의 자살은 유쾌하지 않았다. 까치발을 했지만 오줌을 지리고 싶을 정도로 공포스러운 경험이었다.

등산용 로프의 매듭진 원 안과 그 바깥으로 두 세상이 구분되는 것 같았다. 나는 거기에 기꺼이 목을 넣었다. 체중을 실을 만큼 팽팽히 당겨진 줄이 급기야 호흡을 막기 시작했다.

이쯤이면 되었다. 그렇게 생각한 나는 까치발을 하며 카우치 소파에 서려 했다.

"어…… 어."

까치발을 한 발가락 끝이 계속해서 허공을 짚으며 힘이 들어갔다. 카우치 소파가 내려가는 것일까.

"어…… 어."

발끝이 지옥처럼 문드러지는 느낌이었다. 매듭을 목에 걸고 까치발을 한 탓에 아래를 내려다보기 힘들었다. 까치발 끝에 힘이 들어갈수록 매듭이 촘촘히 나를 죄어왔다. 목에 가해지는 압박이 갈수록 거세졌다. 한 번 팽팽하게 당겨진 줄은 플라타너스의 그것과 달리 나를 놓으려 하지 않았다. 까치발은 이제 디딜 무언가를 잃어가며 점점 허공에서 무당춤을 추기 시작했다. 그제야 머리를 번뜩 스치고 지나가는 이야기가 구체화되었다.

아빠…… 죽…… 고 싶…… 어.

아빠…… 죽이고 싶…… 어.

아빠…… 내 손으로 죽…… 고 싶었어.

"아빠, 내 손으로 반드시 죽이고 싶었어."

카우치 소파를 밟고 선 그녀와 눈이 마주쳤다. 죽음 앞에서도 미치도록 섬뜩한 눈빛으로 "아빠, 내 손으로 반드시 죽이고 싶었어."란 말을 뇌까리고 있었다. 번뜩 그녀를 카우치 소파에 눕힌 첫날이 스쳐 갔다. 그럼 선생님께서는 저를 죽을 때까지 기억하시겠네요, 라고 말하던.

죽을 때까지, 저를 죽을 때까지 기억하시겠네요.

아, 결국 그녀가 원한 것은 이것이었나. 강간을 한 아빠를 직접 손으로 죽이는 것. 그렇다면 행방불명되었다던 아빠는. 기억을 잃은 탓에 한 번 더 아버지를 죽이고 싶어졌던 걸까. 그러고 보니 나는 그녀에게 치료라는 명목으로 그녀의 육체를 유린하고 강간했다. 그렇게 그녀의 아버지를 깨웠던 것이다. 더욱이 나는 충실한 아버지가 되지 않았던가.

생각을 떼어내고 싶었지만 그녀의 눈이 나를 보내주지 않았다.

나는 몸을 비틀었다. 여전히 발이 닿지 않았다. 역하고 힘든 기운이 급히 나를 엄습해 왔다. 기도가 막혀 점점 생각하는 것조차 힘들어졌다. 그러나 그녀의 눈빛은 어떤 자비도 내포하고 있지 않았다. 그녀가 저토록 증오가 담긴 눈빛으로 나를 노려본다는 것은 언제부터인가 아버지의 대역으로 나를 점찍었다는 것. 그런데 어디에서 내가 그런 그녀를 알아차리지 못한 것일까. 이제 남은 시간은 채 1분이 되지 않을 것이다. 그녀가 기억을 잃지 않았거나, 적어도 계획적인 것이었음을 놓친 부분은 없었을까. 아빠, 하늘, 좋아하는 것들, 만화가 이야기. 내가 놓친 것은 무엇일까. 그러나 그녀와 눈을 마주치기는 싫었다. 어떻게든 몸을 비틀려고 기를 썼다. 눈을 감았다.

바람이 보인다. 저 멀리, 플라타너스의 거대한 잎이 흔들린다. 좌측부터 빠르게 움직인다. 내 앞을 지나 우측으로 '바람처럼' 스쳐 간다. 흔들리던 나무가 정지한다. 바람이 보이지 않는다. 사라진 것이다. 때로 거친 바람은 방향을 바꾸어 유리창을 때린다. 그때면 어김없이 생의 꼭지를 매달았던 끈 하나를 놓아버린 플라타너스 잎이 바람과 함께 창을 때린다. 마치 바람이었던 듯. 그리고 생의 끈이 끊어져 버린 그것은 급전직하한다. 연결되었던, 그러나 끊어진 그것이 부여잡고 있던 것은 거저 단 하나의 끈이었다. 그 끈은 이제 정확히 나를 관통하며 생을 주관하는 신처럼 팽팽해졌다.

이것은 언제의 기억이었던가.

그나마 남아 있는 미천한 의식 속으로 살인이라는 단어가 몸을 부비고 들어왔다. 죽었다던 첫 번째 남편은 어떻게 된 걸까. 그녀가 첫 번째 남편에게서 아버지를 없애려 들었다면. 그 살인을 두 번째 남편이 덮어주었다면. 그러나 그 이상 생각을 영위할 수 없었다. 내 전신은 이제 겨우 몸을 꿈틀거릴 작은 의지밖에 남아 있지 않았다. 몸을 더 비틀었다. 발버둥을 쳤다. 그저 10센티미터도 소파에서 떨어지지 않았을 발아래가 천리 낭떠러지처럼 공포로 각인되기 시작했다. 미친 듯 몸을 틀었다. 겨우 그녀의 눈을 벗어났다고 생각한 순간, 또 다른 눈 하나가 나를 바라보고 있었다. 그것은 책장에 숨겨진 몰래카메라였다.

그 남자가 사는 법

 늦가을 날씨는 건물을 들어서는 순간까지 그를 납치하듯 따라 붙었다. 생멸하는 모든 것이 그렇듯, 문을 밀고 국회도서관을 들어서자 목덜미를 잡아당기던 찬바람은 마술처럼 자취를 감추고 말았다. 정문을 2, 3미터 지나치자 수위가 신분증을 요구했다. 늘 신분증을 제시하라는 말을 하던 그는 생경하기만 했다. 장난 삼아 경찰증을 내밀까 하는 치기 어린 생각이 미쳤지만 코웃음으로 날렸다. 지갑에 있던 주민등록증은 너무 꺼내지 않아 지갑 속 비닐과 붙은 채였다. 손가락을 끼워 비닐을 휘저은 뒤에야 주민등록증을 꺼낼 수 있었다. 오랜만에 보는 주민등록증에는 11년 전 이맘 때, 정확히 2천 년 11월에 찍은 그의 얼굴이 비쳤다. 벌써 오십이 넘은 나이, 정덕화라는 이름과 함께 덕 '德' 자와 화합할 '和' 자가 보였다. 덕으로 화합하라는 이름과 달리 그는 하루에도 십여 명이 넘는 범죄자들을 철창에 가두기 일쑤였다. 이름과는 반대되는 삶을 살고 있다는 생각에 다시 한 번 코웃음이 났다. 금세 주민등록증은 번호가 찍힌 방문증으로 바뀌었다. 계단을 따라 지하로 내려서자 아침 시간임에도 국회도서관 지하 강당은 입추의 여지가 없었다. 하기야 포럼이니 세미나니 하는 소위 먹물들이나 하는 잔치에 그가 얼굴을 내민 것만 해도 이례적이기는 했다. 당연히 그가 올 정도라면 이 분야 관련자나 관심이 있는 일반인들까지 오지 않았을까.

포럼을 안 것은 며칠 전이었다. 워낙 굵직한 사건이 터졌지만 의외로 사건은 지지부진했다. 현장에서 사망한 피해자만 셋, 그 사건을 파헤치며 무려 스물네 구의 사체가 양평에 있는 별장에서 발견되었다. 발견된 사체의 숫자도 문제지만 더욱 경찰들을 오그라들게 만들었던 것은 그 별장의 소유자가 경찰이라는 사실이었다. 그것도 매일 얼굴을 마주 보고 지내던 송파경찰서 1팀장인 송호근의 소유. 쉬쉬하려 해도 나라 전체가 발칵 뒤집힐 수밖에 없었다. 그러나 이후가 문제였다. 송파경찰서의 모든 경찰력이 동원되다시피 했는데도 그 이후를 밝혀낼 수가 없었다. 왜 강력형사 1팀장의 별장 뒷마당에 사체 24구가 있었던 걸까. 경찰청장마저 진노했다. 왜 형사가 호화스런 별상을 가졌으며, 그 별장에서 24구의 시체가 나왔는가. 엉뚱하게도 모든 수사의 초점은 결국 여기에 못 박혀 버렸다. 경찰의 수사 의지와 노력에도 불구하고 언론에 이만한 반찬감은 없었다. 심지어 1팀장을 영화 '더티해리' 속 주인공에 빗대며 그를 하드보일드적인 형사로 묘사하는 가십 잡지까지 있었다. 그런 와중에 사이코패스라는 이야기가 자연스레 흘러나오게 되었고.

아치형의 강당 내부에 걸린 포럼의 주제를 보자 약간은 마음이 달떴다. '자살과 사이코패스 등 정신건강 문제, 예방 가능한가'라는. 사실 일선에서 근무하는 형사가 대한민국 최고의 고급 두뇌들이 그들의 관심분야에서 포럼과 토론을 하는 자리에 참여하는 것은 있을 수 없는 상황이었다. 아마 정덕화 자신이 팀장이라는 지위가 아닌 일반 형사였다면 일명 '더티 해리' 사건을 파헤치느라 발바닥에 땀이 날 정도로 뺑이치는 중이었겠지만.

최신식 극장보다 고급스런 의자가 구비된 국회도서관 지하 강당 안에는 350여 석에 이르는 자리도 모자라 계단과 뒤편 곳곳에 사람들이 서 있었다.

단체관람으로 똘이 장군 보는 것도 아니고.

정덕화는 학창시절 보았던 극장 풍경이 생각났다. 북한 김일성을 가면 쓴 돼지로 묘사했던 그 영화를 단체관람으로 박수까지 치며 보았다. 6.25라는 민족분단의 전쟁을 떠나, 머리가 자라고 냉전과 이념이란 것에 어렴풋이 눈뜨며 그것이 지나친 과장이었음을 깨닫기까지 10여 년의 세월이 걸렸다. 하지만 돼지를 발차기로 날리던 영웅 똘이 장군은 막연한 동경의 대상이 되었다. 그것은 형사라는, 역시 막연하고 더구나 진부하기까지 한, 영웅적인 직업을 갖는 것에 주저함 없는 결단을 내리게 했다.

군데군데 빈자리를 예상했는데 막상 자리가 없자 그는 사랑방 손님처럼 불편한 마음으로 강당 구석에 서게 되었다. 그렇지만 어깨너머로 듣던 사이코패스에 대해 학문적인 정의와 그에 대한 이야기를 들을 수 있다는 것은 그것을 상쇄할 만큼 커다란 매력임에는 틀림없었다. 그러나 기대도 잠시, 포럼이 채 10분도 지나지 않아 그는 고개를 저을 수밖에 없었다. 아이들이 쓰는 인터넷 용어처럼 그는 완전히 낚였던 것이다. 정책에 관한 토론이나 주제에 대한 정확한 접근은 뒷전, 여당 생색내기와 함께 토론이나 주제 발표자는 정책에 부합하는 발언이나 자신의 업적을 치사하는 듯한 발언에 힘을 쏟아댔고, 심지어 귀빈으로 참석한 국회의원들은 얼굴을 비친 뒤 황급히 자리를 뜨기 일쑤였다.

이런 게 정치겠지. 겉보기만 유려한. 그는 한숨을 쉬며 국회의원처럼 자리를 떴다. 사이코패스에 대해 적어도 학문적인 접근을 할 수 있을 거란 기대는 여지없이 무너지고 말았다. 국회도서관을 나서자 다시 찬바람이 그를 납치하려 덤벼들었다. 잠시 찬바람과 대치하며 담배를 빼 드는 순간 전화가 울렸다.

[들어오셔야 될 것 같습니다.]

최현정 순경이었다.

"에이, 나 출장 중인데, 이럴 거야?"

막내라서 한참 정신없을 최현정에게 농담조로 살갑게 말을 건넸다. 그러나 깊게 한숨을 내쉰 최현정은 "현태훈이 자살했습니다."라고 말했다. 가만, 현태훈이라면. 생각을 건드리던 그는 새 것이나 다름없는 담배를 철제 쓰레기통 속으로 던져 넣었다.

정덕화는 차를 몰며 황재현에게 전화를 걸었다. 황재현은 이례적으로 김해에서 송파경찰서 형사2팀에 합류했다. 10년 가까이 일련의 이지훈 관련 사건에 몰두했고, 마지막까지 백용준과 함께 용의주도한 범죄자들을 압박한 공이었다.
그러고 보니 용준이도.
자동차 앞 유리에 정덕화의 한숨이 쉴 새 없이 부딪혔다. 여전히 의식을 찾지 못하고 있는 백용준을 생각하자 끊임없는 죄책감이 그를 건드렸다. 5분만 일찍 도착했더라면. 아니, 3분만 먼저 문을 열고 들어갔더라도. 아니, 1분만 먼저 권총을 빼 들고 "꼼짝 마!"를 외쳤더라면. 뇌사상태에 빠진 사람이라도 된 듯 눈앞의 모든 것이 거짓처럼 느껴졌다. 그러다 "반장님." 하고 되묻는 황재현의 목소리가 그를 세상으로 소환했다.
"어, 황 경사. 현태훈이 자살했다는데……."
[그 정신과 의사 말입니까?]
"어."
대답하는 정덕화의 목소리는 물기가 빠져 현실감이라고는 느낄 수 없는 서걱거리는 모래와 같았다.
[당혹스럽군요. 어떻게 하나같이 막히기만 합니다. 이지훈에 관한 것도 그렇고요.]
황재현에게서도 조금 전 정덕화와 비슷한 서걱거리는 목소리가 내비쳤다. 이지훈에 관한 증거와 진술은 존재했다. 적어도 10년 이전의 몇몇 진술에서는 이동훈이라는 기억을 가진 이가 있었다. 그러나 어디까지 진술일 뿐, 그에 관해 수사한 바로는, 주민등록법상의 이동훈은 자살한 뒤였다. 횡령과 사기로 그가 도주한 1년 뒤 마산 앞바다에서 사체로 떠올랐고, 지문과 유류품에서 이동훈

을 확인했다. 거기서 수사가 잠시 멈출 수밖에 없었다. 진술과 배치하는 증거 탓이었다. 지난 10년 가까운 시간 동안, 명확한 증거에서 이동훈이 아닌, 이지훈은 건실한 사업가로 부인 조영미와 함께 행복한 생활을 영위하는 중이었다. 엇갈리는 몇몇 진술이 있다고 해도 명확한 증거 앞에서 그런 것들은 오히려 수사에 혼란을 주는 허위 정보일 따름이었다. 그렇지만 이번 사건에서는 그 어떤 정보도 믿을 수가 없었다. 오로지 보이는 증거만을 믿고 따르는 형사라 할지라도. 그리고 남은 것은 시체와 총성.

 4발의 총성, 그것은 현실과 비현실을 모호하게 만들었으며 죄와 무죄 사이에서 확신을 불태워 버렸다. 그것은 명백히 몰두하던 꿈에서 눈을 뜨자마자 날아가 버리는 찰나와 같아서 어떤 것도 명확하지 못한 모호함의 꿈속에 현실을 가두고 말았다. 그것을 현실로 끌어내기 위해 대대적인 과학수사팀이 동원되었다. 국립과학수사연구소는 본원과 분원, 법과학부와 법의학부를 망라한 총체적인 인원들이 현장을 재구성했으며, 국내 탄도학 권위자는 그가 아는 모든 지식으로 중무장한 채 초빙되었다. 그들은 정덕화와 황재현이 4발이라고 생각했던 총알의 개수를 어렵지 않게 순차가 거의 없는 납 총알 5발과 고무총알 1발로 정정했다.

 첫 총성은 머리에 총을 맞은 이지훈을 향했던 것이 틀림없었다. 가장 온전하며 정확하게 발사된 이 한 방의 총알은 팽팽하게 대치하던 기나긴 상황을 일시에 종말로 이끌었음을 부인할 수 없었다. 한 발의 총성이 울리자 순차를 둔 총성이 실내를 휘감았다. 이것을 기준으로 쓰러진 도미노를 다시 일으키듯 상황이 복기되었다. 레이저를 통한 3D입체 프로그램으로 복원이 이루어졌고, 그것을 오차 없이 수정해 가며 상황은 마치 필름을 되감듯 세세하게 옮겨졌다. 그 결과 총을 발사한 상황이 마치 영화처럼 리플레이되는 단계까지 이를 수 있었다.

이지훈은 인질처럼 무릎을 꿇고 머리에 총을 맞은 채 주저앉아 뒤로 넘어졌다고 추정되었고, 이것은 국과수와 탄도학 권위자가 별다른 어려움 없이 이지훈의 후두부 상단 78도에서 머리 아래를 향한 각도를 계산한 결과였다.

무릎을 꿇은 채 머리를 관통당한 이지훈은 시작점이었다. 그것을 기준으로 채 3초가 되지 않는 순간에 서로가 물고 물리듯 총을 발사한 형국으로 상황은 재현되었다.

분명한 것은 너무 짧은 사거리에서 발사된 5발의 총성은 소리와 소리 극간의 꼬리가 맞물리며 단 4발의 울림을 만들었을 뿐이었다. 그와 동시에 좁은 아파트 거실에서 서로에게 발사된 총알이 치명상을 피해 빗나가는 것은 불가능에 가까웠다. 이 모든 상황적 유추와 과학적 검증에도 불구하고 어째서 양 상사가 쥐었던 고무총이 중대한 증인이자 살인자였던 이대형이나 그에게 적이 될 수도 있는 백용준 형사를 제쳐두고 똥개를 향했을까 하는 점이었다.

고도로 훈련된 형사답게 송호근의 총은 백용준의 머리를 겨냥했다. 송호근이 형사임에도 불구하고 그의 총알이 백용준의 머리에 박혔다는 것은 많은 변수를 내포하고 있었다. 그와 반대로 그들 모두가 그렇게 죽어버렸다고 해도 송호근이 적어도 정의의 편이 아니라는 정수 하나를 남겨둔 것이다.

　이대형의 총은 정확히 송호근의 심장을 관통했다. 2미터가 조금 넘는 아파트 거실에서 송호근의 머리가 아닌 심장을 겨냥한 것은 그가 군대생활 2년을 면제받은 아마추어라는 것을 명명백백히 드러낸 사실이었다. 송호근의 심장에 정확히 박힌 총알은 지나친 우연이라고 믿어도 될 정도였다. 이 역시 변경 불가한 정수 하나를 낳았는데 백용준의 총을 이대형이 쥐고 있었다는 것이다. 그로 인해 파생되는 변수는 가장 단순하게 추측해도 송호근과 이대형이 모종의 결탁이 있지 않았던가 하는 것에서부터 백용준이 범죄자 이대형과 한편이 아니었던가 하는 부분까지 하나둘이 아니었다.

　가장 중요한 문제는 다음, 똥개가 등장한 시점이었다. 황재현과 정덕화의 진술이 똥개가 무대의 마지막 등장인물이라는 사실을 뒷받침했다. 이어서 정확히 발사된 두 발의 총알. 그것은 어떤 흔들림이나 주저함도 없이 신속하게 두 사람을 향했다. 첫 발은 이대형에게, 그리고 운명을 가른 나머지 한 발은 양 상사에게.

　양 상사가 가장 먼저 똥개를 볼 수 있는 위치에 있었으므로 그를 향해 고무총을 재빠르고 정확히 겨냥했다면 양 상사는 목숨을 잃지 않았을지도 몰랐다. 그보다 먼저 발사된 이대형을 향한 총알 역시 여전히 탄창을 빠져나오지 않은 채 수습되었을지도 몰랐고. 그러나 양 상사가 망설인 찰나는 그 모든 가정을 무색하게 할 만큼 모든 전세를 뒤집어놓고 말았다. 어찌 되었든 똥개가 발사한 총알은 이대형을 죽였고, 양 상사를 죽였다. 이로 인해 추측할 수 없는 복잡한 도식을 만들어놓고 말았다. 황재현이 판단했던 송호근과 똥개, 그리고 가짜 이지훈과 양 상사가 한 편이었을 거라는 수사의 귀결을 완벽히 허물어 버리는 복잡한 함수를 만든 것이었다.

이런 복잡한 도식과 하나로 귀결되지 않는 용의자들의 행태, 그것을 뒷받침하는 사건현장과 수사결과에 경찰청장과 함께 경찰의 수뇌부는 가장 손쉬운 결론을 내렸다. 당장 드러난 24구의 사체부터 처리하라는. 물론 그것이 대중이 가장 원하고 언론이 가장 크게 부각시킨 것이라는 데는 반론의 여지가 없었다. 그러나 24구의 사체는 지난 10일을 그들의 모습처럼 매몰시키고 말았다.

결론적으로 황재현이 정덕화에게 주장했던 추리는 쓸모없게 된 것이었다. 말하자면 용도폐기. 그것이 무엇보다 중요했다. 아파트에서 벌어진 총격과 발견된 사체로 인해 황재현의 놀라운 추리는 사체와 달리 땅으로 파묻혔던 것이다. 사건이 다 풀렸다고 생각했는데 모든 것이 오히려 원점 이전으로 돌아가며 사건은 24구의 사체에만 집중 조명이 되었다. 그리고 황재현이 말했던 이지훈, 그는 몹쓸 놈의 과학수사와 증거 제일주의에 따라 이대형으로 고정되었다. 아니, 그는 이대형이어야만 했다. 과학수사와 지문분석, 그리고 주민등록법은 황재현의 끔찍하고 놀라운 추리를 그렇게 그저 그런 농담으로 만들었던 것이다.

[어떡할까요, 들어갈까요? 아니면······.]

왜 양 상사는 고무총을 똥개에게 겨누었을까. 왜 똥개는 또 양 상사에게 총을 발사한 것일까. 그제야 정덕화는 황재현의 다그침이 그를 향하고 있음을 깨달았다.

"일단 들어오시게."

정덕화는 여전히 제자리를 찾지 못한 목소리를 황재현에게 던졌다.

황재현은 전화를 끊으며 김 사장을 보았다. 그는 현재 잠실제일병원에 입원 중이었다. 김 사장은 양 상사가 죽었다는 이야기를 들은 뒤로 상태가 심각하게 악화되었다. 마음의 병이 몸까지 침투한 증거였다. 주름살로 굳어져 가는 찌푸린 미간에서 그가 얼마나 낙담했을지 짐작할 수 있었다.

"보안이 확실한 다른 곳으로 옮기셔야 합니다."

"살 만큼 살았어. 그러고 나 형사였다고. 그리 만만하지 않아."

황재현은 자신도 모르게 픽, 코웃음이 났다. 만만하지 않은 사람이 칼에 맞아 거친 숨을 내쉬는 꼴이라니. 더구나 그가 그렇게 낙심한 가운데에는 김 사장이 넋 놓고 앉아 사건을 수수방관한 탓도 있지 않던가.

"김 사장 같으면 어떻게 하겠습니까."

황재현은 김 사장의 의중을 떠보려는 질문을 던졌다. 그러나 김 사장은 "그만 가." 하고 침대에 드러누워 버렸다. 마음 같아서는 오줌 싼 아이의 귀를 잡아당기듯 김 사장을 안전한 곳으로 끌고 가고 싶었다. 그렇지만 생의 욕심이 빠져 버린 그의 낙담이 당최 그를 움직이게 하지 않았다.

그래, 병원에 있다고 무슨 일이야 나겠어. 24시간 불이 켜져 있고, 구석구석 CCTV가 관리하고 있는데. 영화나 드라마처럼 병원이 그렇게 허술한 곳도 아니고, 당분간은 12시간씩 4명이서 2교대로 보초를 서니까. 살짝 고개를 숙여 눈인사를 건넨 황재현은 소득 없는 실랑이를 그렇게 끝냈다.

황재현이 송파경찰서 형사2팀에 도착했을 때, 분위기는 더없이 침잠한 상태였다. 마치 비가 내리는 땅바닥에 주저앉아 바지마저 축축해져 가는 기분을 느끼게 했다. 더구나 사무실 내에서 축축한 비를 뿌려대는 한 여인이 정덕화 팀장의 맞은편에 앉아 있었다. 그녀는 끊임없이 눈물을 흘려댔는데 무언가 말하려다가도 곧 눈물을 떨어뜨려 주변 사람들에게 전염성이 다분한 모종의 슬픔을 강요하는 듯했다. 그를 보자 난감해하던 정덕화 팀장이 벌떡 일어나 다가왔다.

"어떻게 됐어?"

정 팀장은 건물 뒤편 등나무 휴게실에서 채 뱉지 않은 담배 연기를 섞어 질문을 던졌다. 서서히 번져 오는 담배 연기를 피하듯 황재현은 고개를 저었다.

"난 황재현 경사가 했던 추리가 상당 부분 신빙성이 있다고 봐. 아니, 직감적으로 그것을 믿어. 그렇지만 증거라는 놈이 그걸 막으니. 범죄자들 말이야, 왜 똥개가 같은 편인 양 상사를 죽였냐는 거야. 그것에 대해 왜 그를 부리던 김 사장은 입을 다무는 것인가. 또한 조영미가 사건과 관계가 없거나 반대로 사건에 깊이 관여했더라면 정신과 의사를 통해서 무언가 알아낼 수 있지 않을까 기대를 했는데 보다시피 저러네."
"그럼 저 우는 사람이 부인?"
"아, 그건 아니고 함께 일했던 나혜영 간호사. 간호사 말로는 자신이 의사의 부인이나 마찬가지였다네. 간호사 말이 상당 부분 일리가 있더라고. 현태훈 그 양반이 행여 자신이 먼저 죽는다면 재산의 40퍼센트를 그녀에게 상속한다는 유언장까지 써놓았어."
여전히 담배 연기를 잘게 썰어 내뱉던 정 팀장은 머리가 복잡한지 이마를 짚었다.
"김 사장이 저렇게 입을 다물어 버렸고, 조영미마저 심중을 알아차리는 게 쉽지 않다……."
황재현은 혼잣말인지 건네는 말인지 알 수 없을 정도로 낮게 중얼거렸다. 그러나 정 팀장은 "현태훈은 자살이 확실하다네."라며 대답을 했다.
송파경찰서 과학수사팀이 울먹거리는 나 간호사의 112신고 전화로 인해 출동했을 때, 그들은 부검의 판단 없이도 자살이라는 결론을 내렸다. 조금 섣부른 판단의 배경에는 송파경찰서 형사2팀과 현태훈의 연관성을 일지 못했고, 주변 정황이 목을 매달았을 때 생기는 결과와 일치했다. 정확히 수직 낙하한, 생이 그를 옥죄었을 때 그를 지탱하던 의지가 단단히 틀어막았을, 몸속 잔뇨가 생이 다한 그의 의지를 배반한 채 카우치 소파 아래로 흘러내려 방을 적시고 있었다. 부엌 의자를 가져와 매듭이 잘 보존되도록 끈을 잘라 내린 현태훈에게는 마치 그것이 몸과 일부분이라도 되는 듯 정확히 명을 감싼 사선의 끈 자욱이 남아 있었다. 인위적으로 목을 조르면 생겨나는 울혈 따위는 없었고, 그 외에 타살을 의심할 만한 증거는 발견되지 않았다. 전자식 레이저 온도계로 현태훈을 마크한 과학수사팀 김한수 경사는 사후경직 여부와 체온을 통해 전날 밤 2시경으로 사망 시간을 추측했고, 그 즉시 부검을 위해 옮겨졌지만 이견이 없는 정설로 받아들여졌다.

"결국 자살이라는 이야긴데 믿을 수가 없군요. 어쩔 수 없이 처음부터 다시 시작해야 한다는 건가요?"

황재현은 성급한 결론을 내렸다. 그러나 그것은 뒤집을 수 없는 결론이기도 했다. 황재현과 정덕화가 주목한 사건의 잔재는 세 가지가 전부였다. 첫 번째는 모든 사건을 10년 가까이 지켜보며 이지훈과 함께 살았던 조영미, 두 번째는 그간 사건이 진행되는 내내 담갔던 발을 빼지 않은 김 사장, 마지막은 실제 총을 쏘았던, 그래서 살아 있다는 게 믿기지 않을 정도로 억세게 운이 좋았던 똥개였다. 이 셋만이 사건을 파헤칠 수 있는 잔재일 것이라는 결론이었다. 그에 반해 청장이 압력을 행사하는 사건의 향방 대부분은 24구의 사체에 초점이 집중되었다. 경찰의 별장에서 발견된 24구의 사체는 사건을 엉뚱하게 가려 버렸고, 황재현과 정덕화가 추리한 방향을 당장에 무용지물로 만들었다. 더구나 송파경찰서 전 수사력의 집결에도 불구하고 24구의 사체에 대해 어떤 단초도 발견하지 못하고 있었다.

"설마 조영미가 의사인 현태훈을 자살까지 내몰게 하지는 않앉을 테고…….”

 황재현은 애써 부정하기 위해 그 말을 던졌지만 그 말이 만든 파문에 쉽게 마음을 가라앉히지 못했다. 과연 조영미가 그 정도로 난이도가 높은 상대일까.

 "김 사장은 저렇게 고집을 피우며 숨으려고 하지도 않고, 살인자로 낙인이 찍힌 똥개는 잠수 탈 게 뻔하니."

 그도 모르게 담배를 빼 든 황재현은 어느새 마음만큼이나 긴 담배 연기를 허공으로 찔러 넣었다. 이제 이 사건은 어떤 국면을 맞을까. 아니, 다음 상황은 어떻게 진행될까. 그 단초의 하나만이라도 먼저 알아내서 대비할 수 없을까. 이럴 때 조직에 몸담긴 형사가 아니었더라면. 담배 연기는 불확실한 생각처럼 곧 흐지부지 공기 속으로 흩어졌다.

 "조영미에 대한 생각이 너무 안이했나 봐."

 "그러게요. 단순 피해자일 뿐이라고 생각하고 있었는데, 일이 이상한 곳에서 꼬이는군요. 김 사장도 깊숙이 찔린 상처가 나아가는 단계라는데 저렇게 낙담을 해버렸으니……. 아, 누구는 맛있는 음식의 숫자가 세상 어머니만큼이라 하고, 세상의 영웅은 세상 모든 아버지의 숫자 만큼이라더니, 제 눈에는 세상 모든 사람 수만큼이 범죄의 숫자가 아닌가 하는 생각이 듭니다."

 재로 변해 버린 푸념이 담배꽁초를 따라 쓰레기통으로 직행했다. 낙엽처럼 흐트러진 낙담과 달리 정덕화는 "허, 나도 그러네."라며 파사한 웃음을 터뜨렸다. 정 팀장은 황재현을 바라보다 "이 시점에서 우리가 뭘 짚어야 할까?" 하고 쓴웃음에 무게를 더

했다.

정답은 '없다'였다. 이유는 간단했다. 사건을 진행시킬 정확한 증거가 없기 때문이었다. 황재현이 정덕화를 설득시킨 명확했던 추리는 백용준이 사건의 정점에 뛰어들 만큼 서로를 치열함의 끝으로 인도했다. 황재현의 추리와 백용준의 액션은 그만큼 기승전결이 딱 맞아떨어졌다. 그러나 이지훈이라고 주장해 줄 그 어느 것도 가지지 못했던 이대형을 죽음이란 경계가 무기력하게 만든 순간, 사건은 원점으로 되돌아가 버렸다. 이지훈이라고 끊임없이 주장했던 이대형을 감싼 증거는 명확했다. 주민등록, 경찰청 지문조회 등 그를 대조할 수 있는 모든 기록은 이대형이었다. 굳이 그를 찾아 십 년도 더 된 흔적을 조사하지 않아도 될 정도로 확실한 자료였다. 오히려 그것을 뒤집으려 한다면 대한민국 체계를 뒤집는 것이니 미친놈 취급받을밖에. 정덕화가 정덕화가 아니고 황재현이 황재현이 아니니 대한민국의 체계인 주민등록부터 경찰청 모든 자료까지 거짓이라고 앙탈 부리는 것과 무엇이 다르던가.

"사건은 참 볼품없어졌습니다. 문서상으로 모든 증거가 이대형이라고 가리키는 살인자를 저와 정 팀장님만 피해자인 이지훈이라고 옹호하고 있지 않습니까. 그리고 그들이 실수를 했다고 쳐도, 얼마나 치밀하게 일을 해왔습니까. 송호근 팀장 집에서 발견된 사체만 해도 24구나 됩니다. 그런데 단 한 구도 신원확인이 되는 사체가 없지 않습니까. 청장님이 송호근 건부터 해결하라고 다그치는 것도 솔직히 이해가 갑니다."

황재현은 담배 두 개비를 꺼내 하나를 정 팀장에게 건넸다. 담배를 받아 들며 정 팀장은 "어딘가 허점이 있지 않을까?" 하며 대답할 수 없는 질문을 던졌다. 사건은 흩뿌려지는 담배 연기처럼 꼬리를 감추어가고 있었다. 피해자는 있지만 가해자는 없는 사건. 더구나 사건 초부터 10년을 쫓아온 형사를 결국 막다른 곳으로 몰아버린 기막힌 사건. 미궁에 빠져 버린 이 사건을 어떻게 하면 현실로 끌어낼 수 있을까.

4발의 총성, 정확히 5발의 총알이 아파트를 달군 10월 29일 밤 YTN을 통해 총성에 대한 제보가 잇따랐다. 119를 통해 의식을 잃은 남자가 후송되었다는 제보가 있었으나 확인되지 않은 제보였다. 그러한 사실에 대해 경찰은 정확한 보도자료를 제공하지 않았다. 제공하지 못한 것이 정확한 표현이겠지만.

그날 새벽 4시, 송파경찰서에는 경찰청장을 비롯한 오십여 명의 경찰요직들이 집결했다. 대부분 일간지 기자들이 늦은 아침에 출근해 기사를 밤에 마감하기 때문에 술을 먹어 집에 들어가지 않은 주간지 기자가 남아 있었으나 그는 그날의 일을 눈치채지 못했다. 수행비서나 기타 모든 인원들이 배제된 채 경찰청장과 송파경찰서장, 그리고 경찰청 수사국장, 정보국장, 보안국장, 외사국장 등 요직과 사건을 직접 수사한 황재현과 성녁화가 참석했다. 청장은 경찰이 경찰을 쏘았다는 사실과 더불어 뇌물 공여 정도가 아닌 범죄조직 수장으로서 경찰이 군림하고 있었다는 여파에 대해 고민하는 눈치였다. 황재현은 지금까지 사건을 쫓아왔던 내용과 함께 백용준과 자신이 수사했던 내용을 정리해서 보고했다. 정덕화는 팀장으로서 증거에 입각한 수사를 보고했다.

"그러니까 자네들 말로는 송호근 경감이 이 모든 일을 주동한 책임자일지도 모른단 이야긴가? 아니, 그 반대일 수는 없는 건가."

직원 관리에 책임이 있는 외사국장이 무거운 입을 뗐다.

"송호근이 주범 중 한 명인 것은 분명합니다. 게다가 사건의 진행 여부와 정도를 보았을 때 송호근 경감보다 윗선이 반드시 존재한다고 사료됩니다. 지금 현재로는 수사에서 발견하지 못했기 때문이기도 합니다만 송호근 경감이 이 일을 독단으로 주선하거나 처리했다고 보기 힘듭니다. 이들 조직은 우리가 생각했던 것보다 훨씬 거대합니다. 이들이 팀인지 개인인지조차 현재 확인된 바 없습니다. 간단하게 나누어 보아도 사람을 관리했을 김 사장과 의뢰인을 위해 김 사장이 고른 사람을 대신 죽였을 똥개, 그 외에 주민등록 관련 프로그램을 직접 바꿀 수 있는 인력이 필요합니다. 경찰청 쪽은 송호근 경감이 전담하지 않았을까 생각됩니다. 부인이······."

"부인이 경찰청 과학수사센터에 근무하고 있습니다."라며 송파경찰서 서장이 이야기를 가로챘다. 회의 참석자들 입에서는 대상없는 장탄식이 일제히 터져 나왔다.

"아닌 것 같다, 존재할 것 같다, 이런 거 말고 증거가 확실한 것만 이야기해 보라고. 추측이 아닌 증거, 국민들이 보았을 때 조작 우려가 없는 확실한 증거로만. 아니, 내 입장이 아니라도 생각해 보라고, 자네들. 경찰이 사람을 쏴죽이고 더해서 시체 24구가 더 있다면 뭐라고 하겠냐고. 경찰 자체를 구멍 뚫린 범죄 집단으로 취급하지 않겠어."

경찰청장이 호통을 쳤다. 한껏 이마를 찡그린 그는 결국 관망하듯 팔짱을 꼈다.

"생각해 보라고, 아니, 남은 증거로만 보라고. 송호근 경감과 백용준 경사가 살인집단을 쫓다 당한 것 아니냐고. 지근거리라 총이야 얼마든지 잘못 발사될 수 있잖아. 살인자 이대형과 양 상사, 똥개가 한 팀이자 살인자고 피해자는 중앙에서 총을 맞은 이지훈이 아니냐 이 말이야."

경찰청장이 결론에 대해 못을 박아버렸다.

황재현은 생각이 끊어지자 마저 피우던 담뱃불을 검지로 튕겼다.

회의가 있기 5시간 전, 남편이 총상을 입고 사망했다는 이야기를 전해들은 송호근의 부인 오미라는 체념한 듯 이야기를 꺼냈다. 그녀가 모르는 것들은 별장에 있을 거라고. 어렴풋이 남편이 선을 넘었다는 사실을 진즉부터 짐작하고 있었다고. 회의가 청장의 이야기로 난국에 빠졌다고 짐작될 즘, 그녀의 이야기에 따라 별장에 들이닥친 송파경찰서 강력형사 2팀에게서 긴박한 전화가 걸려왔다. 그것은 대한민국 역사에 기록될 24구의 암매장한 사체에 대한 내용이었다. 어마한 사체의 숫자에도 모두가 입이 떡 벌어졌지만 사체를 매장한 악랄성에서 송호근이 경찰의 탈을 쓴 살인자였다는 사실에 이목이 쏠렸다. 암매장한 사체 24구는 나라를 들었다 놓을 만한 대단한 이슈였다. 이제 사건의 진행 여부에 따라 총체적인 경찰 조직의 혁신이나 송파경찰서를 위시한 거의 모든 라인에서 직위 해제나 파면 등의 조치가 뒤따를 것이 뻔했다. 그러나 사건의 초점은 엄연히 잘못된 길로 들어서 있었다. 사체 24구는 결과일 뿐, 그것을 드러낼 수 있었던 이대형에게 여전히 초점은 맞추어지지 않았으니까. 뇌관은 여전히 불타고 있는 상황이었던 것이다.

"그런데 이게 뭡니까. 더티 해리라니. 홍길동, 장길산의 후예라니. 탐관오리를 무찌른 정의의 사도라니. 심지어 한국의 덱스터라니요. 이제 사건은 어떤 방향으로 흘러갈까요. 걱정이 앞섭니다. 사건에 집중되고 쏟아져야 할 올바른 관심은 사라지고 오히려 송호근 경감이 정의의 사도라도 되는 양 스포트라이트를 받는 형국이라니. 미치고 말지… 십 년을 넘게 쫓았는데 여기서 멈춘다면 죽을 때까지 가슴에 돌덩이가 되어 남을 겁니다. 거기다 오미라도 보십시오. 사건에 적극적으로 협조해 줄 줄 알았지만 그날 이후 입을 다물어 버렸잖습니까."

"우리 입장에서 보자면 송호근에 대해서는 오히려 잘된 것 아닐까. 더티 해리 같은 반사회적이지만 사회 전체, 아니, 절대 다수인 보통 사람들의 이익을 대신해 줄 수 있는 존재, 타블로이드가 말하는 대로 저렇게 퍼져 나가고 나면 진실에 대해서 상관하려는 사람은 없을 거니까 수사하기도 편할 테고. 경찰을 위해서 필요한 것은 바로 그런 영웅이 아닐까 싶은데. 이거 원, 황 경사에게 내가 쓸데없는 고집을 부리고 있고만. 아직까지 매일 얼굴을 대하던 동료가 희대의 살인마였다는 사실을 받아들이기가 쉽지 않은가 봐."

이때 둘 사이를 가르며 여인이 다가왔다. 여인이 건넨 것은 USB 저장 메모리였다.

"선생님이 제게 남기신 유일한 증거입니다."

나혜영 간호사였다.

"조영미라는 여인과 상담한 내용이 고스란히 담겨 있습니다. 이것은 MP3 파일로 뜬 것인데 들어봐 주십시오. 선생님은 절대 자살할 분이 아니십니다."

나 간호사를 제지하려던 정덕화는 재빠른 그의 행동을 건드리는 쉼표 하나를 발견했다. 그것은 장막과 같은 것이었다. 걷어내기 전에는 보이지 않는 짙은 색깔을 가진 장막. 그것은 이번 사건의 막연한 해저반구 아래에 숨어 있는 보이지 않는 범인과 같아서 살인자이지만 살인자로 부를 수 없고 피해자이지만 피해자로 불리지 않아서 추정과 추측, 감으로만 알아챌 수 있는 그런 것이었다.

"간호사 님, 그 파일 제가 최선을 다해서 살피겠습니다. 뭔가 짚이는 바가 있기도 하고요."

정덕화는 최대한의 배려로 인사를 했다. 진심을 전달하고 싶어서였다. 더구나 조영미를 상담해 달라고 부탁한 것은 정덕회 지신이 아니었던가. 그리고 증명할 수 없지만 어떤 식의 연관성이 존재하지 않을까. 현태훈의 죽음과 장대한의 죽음, 그리고 이동훈이라고 단정하고 싶은 이지훈의 죽음까지. 그 보이지 않는 서늘한 어떤 기운을 알아채는 것이 또한 그의 몫이 아니던가.

그녀가 등을 보이자 황재현은 "왜 그러셨습니까, 자살이라고 결론이 난 사안인데." 하며 물었다.

"황 경사, 무언가 공통점이 느껴지지 않나. 우리가 쫓고 있는 사건들과 이번 사건이."

이때 막내인 최현정이 휴게실로 달려왔다.

"큰일 났습니다. 병원에 있던 김 사장이 공격을 당해 죽었다고 합니다."

"이런, 제기랄."

황 경사는 그도 모르게 고함을 내질렀다. 두 시간 전, 그의 안위를 생각하며 아무 일 없을 거라는 판단을 내리지 않았던가.

설마 그러려고, 설마 죽었으려고.

백용준이 총에 맞기 직전의 상황과 기분이 비슷했다. 몇 초의 찰나만 되돌릴 수 있다면. 몇 초만, 단지 그 몇 초만. 생각하려 해도 생각이 나지 않고 아무리 숨을 크게 내쉬어도 심장이 진정되지 않는 그 짧은 순간만 되돌릴 수 있다면.

병원에 도착하자마자 황재현은 경찰승합차를 튀어나갔다. 김 사장이 입원해 있던 2층 병실로 사력을 다해 뛰었다. 그러나 그가 있던 206호 독실에는 피 냄새만이 자욱했다.

아무리 몬존하려 했지만 되지 않았다. CCTV에 나타난 범인은 얼굴을 알아볼 수 없었다. 그가 모습을 드러낸 순간이라고는 단

3초가 전부였다. 그것도 깊숙이 모자를 눌러쓴 채 목도리와 온몸을 덮은 농구점퍼로 덩치마저 가리고 있었다. 그가 칼을 꺼낸 것 역시 보이지 않았다. 206호 병실 근처에서 신문을 펴 든 그가 무언가를 질문하듯 의경에게 다가갔다. 두 명의 의경 중 한 명은 그를 향해 다가갔고, 나머지 한 명은 잔뜩 경계 자세를 취하고 있었다. 그렇지만 그 3초가 생과 사를 갈랐다. 막힘이 없는 단 하나의 숙련된 동작으로 칼을 그었다. 그것도 한 사람이 아닌 두 사람에게 이어지는 연속동작으로. CCTV에 잡힌 칼이 번쩍이는 영상은 오른손으로 '3' 자를 그리는 듯한 모습이었다. 3이란 숫자에 있는 반원 하나에 한 사람씩, 두 의경은 그렇게 경동맥이 절단되었다. 일련의 동작을 끝낸 남자는 최단시간의 동선을 미리 생각했던 듯 왼손으로 병실 문을 잡았다. 그때 피가 흩뿌려졌다. 분수처럼 뿜어지는 피를 남자는 바라보지 않았다. 문을 밀고 병실에 들어선 남자가 병실을 나오는 데는 채 10초가 걸리지 않았다. 하고 싶은 말도 없으며, 하고 싶은 생각도 없다는 듯 무심히 칼을 휘두르고 나왔을 남자를 생각하자 결국 황재현은 분노를 터뜨리고 말았다.

"배 째라고 독장을 쳐도 이 병실을 나가는 게 아니었는데. 저 새끼, 똥개 맞죠?"

황재현의 고함 소리에도 정덕화는 묵묵히 CCTV 영상을 주시했다. 정덕화는 황재현보다 차분해서라기보다 그 스스로 상황을 인정할 수 없기 때문에 입을 다물었을 따름이었다. 그리고 이 상황은 어떻게 전개될까.

어둠이 병원을 감싸며 빛이 없는 공간을 메워갈 때 병원 앞은 사회부 기자들로 들어찼다. 그러나 CCTV 영상은 공개되지 않았고, 송호근 경감 사건과의 연관성 여부는 어떤 경로로도 언급되지 않았다. 병원 내부 사람들에 대해서도 공무방해죄를 운운하며 입막음을 철저히 했다. 그러나 김 사장과 양 상사와의 관계를 타블로이드에서 알아차리는 순간, 사건은 일파만파 커질 것이 뻔했다. 박빙의 경계가 형사들과 기자 사이에서 대치하던 가운데서도 황재현과 정덕화는 이성을 앞세운 선택을 해야 했다.

"생각해 봐, 생각을 해보라고."

병원 보안사무실을 서성이던 황재현은 계속해서 그 자신을 독려했다. 보안사무실에서는 20개의 화면을 통해 실시간으로 병원 내의 거의 모든 곳이 촬영되는 중이었다. 그리고 메인화면인 50인치 대형화면에서는 사건 당시의 영상이 계속해서 리플레이되고 있었다. 그 영상은 거의 15초 정도가 전부였다. 어느 층에서 올라왔는지 어디를 통해 접근했는지도 알 수 없었다. 단지 영상에 보이는 인물이 똥개일 거라는 추측뿐. 그러나 똥개에 대해서는 알려진 바가 없었다. 송호근을 통해 똥개를 알게 된 정덕화 역시 아는 것은 얼굴이 전부였다. 더구나 똥개가 현장에 잡힌 첫 증거라 할 수 있는 CCTV를 통해서 일반인이 알 수 있는 내용은 살인자가 오른손잡이라는 것과 신을 신은 살인자의 키가 185센티가 넘는 장신이라는 것 정도였다.

"간단하게 가보자. 똥개가 왜 김 사장을 죽였을까."

정덕화는 황재현에게 질문을 던졌다. 한참을 고민하던 황재현은 게두덜거리듯 "그걸 어떻게 압니까, 한참 잠수 타도 뭐 할 판에 칼을 들고 설치다니." 하고는 고개를 숙였다.

"저런 상대를 우리가 감당할 수 있을까."

"알게 뭡니까. 너 죽고 나 죽자는 식으로 이판사판 덤벼도 될까 말까인데."

"너 죽고 나 죽자?"

정덕화가 묘한 뉘앙스로 황재현의 말을 되받았다. 그 순간 황재현의 눈빛도 덩달아 빛났다.

"혹시 똥개가 바라는 게 그거 아닐까요? 너 죽고 나 죽자, 그냥 다 같이 죽자. 그거 아닐까요. 팀장 님, 우리가 추리한 대로 가보는 겁니다. 지금 팀장님도 그렇고 저도 그렇고, 너무 많은 외부의 압력과 급작스레 펼쳐지는 상황 탓에 중심을 잃은 것 같습니다. 특히나 죽을 때까지 볼까 말까 한 청장님의 압력은…… 거대한 해일이었죠."

"맞아, 그런데 너 죽고 나 죽자, 다 같이 죽자. 그럴 가능성이 있을까?"

"이번만큼 상식을 넘어서는 사건이 정 팀장님이나 저나 형사 생활하며 있었습니까. 앞으로도 있겠습니까. 아마도 이번 사건은 죽을 때까지 씻을 수 없는 사건일 겁니다. 그 말은 이번 사건을 제대로 처리하지 못하면 죽을 때까지 자책하며 살 거라는 뜻입니다. 이미 의사 현태훈이나 김 사장의 죽음에 정 팀장님이나 제가 관여하고 있는 것 아닙니까. 더 철저히 준비하고 그들을 보호했더라면."

말을 잇던 황재현이 급작스레 일어섰다. "왜 그래?" 하고 묻는 정 팀장을 일으킨 황재현은 "저 칼질을 보며 느껴지는 게 없습니까?"라며 사무실을 뛰쳐나갔다. 정 팀장 역시 그를 뒤따랐다.

승합차에 오른 황재현이 "똥개를 어떻게 알게 됐습니까?" 하고 물었다.

"십 년쯤 전인가, 호근이랑…… 제길…… 한 팀에서 근무할 때인데 잠실에 신흥 폭력조직이 유입되었다는 첩보를 입수했거든, 그때 어떤 흥신소를 찾아갔는데 나는 거기서 만났어. 호근이가 그러더라고, 똥개라고."

당시 똥개는 이십대 중반의 앳된 외모였다. 나이를 묻자 "서른하나요." 하고 대답하며 "누구 죽여 드릴까요?" 하고 느글느글 웃었다. 덕택에 흥신소 내에 있던 다섯 명의 사람들은 깡그리 잊었지만 똥개만은 잊을 수 없었다. 그 뒤 8년 전이던가, 송호근과 정덕화가 팀을 나누며 각자 송파경찰서에서 책임자가 되었을 때 다시 한 번 흥신소를 찾아가게 되었다. 그때 흥신소는 완전히 바뀌어 똥개 혼자만이 사무실을 지키고 있었다. 누구 죽여 드릴까요, 하던 녀석의 말을 잊을 수가 없었기 때문이었다. 폭력조직은 오간 데 없었지만 녀석은 여전히 느글거리는 웃음으로 "형사님, 일하시다 보면 어쩌지 못하는 놈들 있잖습니까. 언제든 말씀하세요. 처음은 공짜로 해드릴게요. 누구든 죽여 드리겠습니다." 하고는 90도로 인사를 했다. 그러면서 녀석은 "송호근 반장님은 잘 계시죠?" 하고 물었다. 그때 녀석에게 왜 송호근이 잘 있느냐고 묻는지 더 캐물었어야 했다. 형사가 범죄자와 연루된다는 것은 생각해 보기도 싫었던 터라 녀석의 물음을 똥이라도 밟은 듯한 기분으로 뭉개 버렸다.

"그런데 그 칼질이 왜?" 하고 정덕화가 되묻자 황재현은 "속전속결하려는 칼질이었잖습니까."라고 대답했다.

"그게 뭐 어때서, 킬러라면 그래야 하는 거 아닌가. 영화를 봐도 그렇고."

맞는 말이었다. 그러나 황재현이 생각하는 속전속결의 의미는 달랐다. 황재현은 승합차의 기어를 4단으로 올리며 말했다.

"그냥 제 상상일 뿐이지만 똥개가 정상적인 상황이라면 잠수를 하거나 아예 한국을 뜨는 게 맞다고 생각됩니다. 그런데 녀석은 칼을 들었습니다. 칼을 들고 어땠는지 생각해 보십시오. 제거, 방법은 속전속결. 그런데 그것에 해당하는 사람이 김 사장뿐이었는지. 어쩌면 똥개는 그가 범죄에 가담했던 사실을 은폐하기 위해 그를 알고 있는 모두를 죽이려는 것 아닐까요. 그렇게 가정하면 제가 생각하는 두 가지 명제, 제거와 속전속결이 간단하게 해결됩니다."

황재현의 설명에 정덕화는 끙, 하는 깊은 탄식이 터져 나왔다. 거의 동시에 "설마." 하고 운을 뗐지만 불안감이 엄습했다.

"아니, 그럼 말이야, 자네 생각대로라면 금세 두 번째 피해자가 생길 거라는 뜻이잖은가."

10분을 조금 넘게 달린 차는 가락동에 위치한 경찰병원에 주차되었다. 용수철처럼 튕겨져 나온 황재현과 정덕화는 백용준이 입원하고 있는 중환자실로 뛰어 들어갔다. 머리를 붕대로 감싼 백용준은 생을 지탱하는 귀퉁이가 사라져 버린 듯 눈을 감은 모습마저 편안해 보이지 않았다. 그러나 그들이 염려했던 똥개는 나타나지 않았다.

"기우였을까요?"

백용준의 손을 건드려 보던 황재현이 정덕화에게 물었다.

정덕화는 황재현의 질문에 이러저러 엉너리를 칠 수도 있었다. 황재현이 추측한 제거와 속전속결이라는 말에 그 역시 깊이 동요한 까닭이었다. 그렇다고 해서 쉽게 엉너리를 칠 수도 없는 것이 그는 형사이지 않던가. 증거와 현장, 그것을 토대로 범인을 추적하는. 그러나 황재현의 추측이 빗나가지 않았다는 것을 깨닫는 데는 겨우 담배 한 모금을 들이마실 시간이 필요했을 따름이었다. 전화를 받은 정덕화는 중환자실 전체가 울릴 정도로 "뭐야!"라고 큰소리치고 말았다. 상황을 간파한 듯 황재현은 재빨리 차를 중환자실 문 앞으로 옮겨왔다.

가락동 경찰병원에서 송파경찰서는 엎어지면 코 닿을 거리였다. 그 코 닿을 거리인 송파경찰서 정문 앞에는 취재기자와 구경꾼, 경찰 통제 인력이 맞물리며 흡사 시위 현장처럼 변해 있었다. 사체는 경찰병원으로 옮겨지는 중이었고, 뒤늦게 사건을 접한 주요 일간지의 사회부 기자들이 비상등을 올리며 송파경찰서로 속속 들이닥치고 있었다. 어쩔 수 없이 거리에 차를 주차한 황재현과 정덕화는 혀를 차며 달려갔다.

"이로써 명확해진 것 아닙니까?"

황재현이 정덕화를 마주 보았다. 황재현이 추측했던, 제거 그리고 속전속결의 결말이 명확해진 것 아니냐는 질문.

"자네는 왜 그런 생각을 하게 된 거야?"

이미 수습된 사건 현장에는 취재기자들이 피가 흩뿌려진 거리라도 찍으려는 요량으로 울멍줄멍 모여서 플래시를 터뜨려 댔다.

"보세요, 지금 오미라마저 죽었잖습니까. 지금까지 단 하나, 머릿속을 떠나지 않던 게 왜 양 상사의 고무총이 하필 똥개를 향했냐는 거였습니다."

황망히 상황을 살피던 정덕화는 눈을 오미라의 사건 현장에서 떼지 못한 채 "응, 나도 그랬지." 하고 대답했다.

"보통 우리는 범죄자와 형사라는 두 개의 구도로 사건을 정립하지 않습니까. 이미 일어난 범죄이니 잡아들이면 그만이니까요. 그런데 이번만큼은 많이 복잡하죠. 단순히 사상을 당한 사람만 보더라도 이지훈, 이대형, 송호근, 양 상사, 똥개, 백용준까지 여섯이었잖습니까. 평소 우리가 생각하는 구도로 나눈다면 백용준과 송호근이 형사가 될 것이고, 이지훈과 이대형은 범죄의 피해자가 되겠죠. 이 경우 두 사람은 단순한 두 개의 구도에서 빠져야 되겠지만요. 거기다 피의자인 양 상사와 똥개가 있죠. 이럴 경우 백용준과 송호근, 양 상사와 똥개의 2대 2 대결구도로 가는 게 맞잖습니까. 하지만 정 팀장님과 저는 이 사건을 쫓으며 그렇지 못하다는 사실을 어렴풋이 알게 됐죠. 아직 드러난 것은 아무것도 없지만 백용준과 살인자인 이대형이 오히려 한편이었다는 사실, 그리고 나머지 넷이 범죄자의 구도가 된다는 것을요. 그런데 송호근이 이지훈을, 저희가 추측하는 가짜 이지훈을 죽였습니다.

이것은 과학수사반원들이 확인한 거고요. 그러면서 다섯 명이 대치하게 되었죠. 그들 중 무기가 없었던 백용준을 제외한 나머지는 각자가 가진 무기를 발사했습니다. 물고 물리는 상황이었던 것은 분명합니다. 이럴 경우 저희가 예상한 그림대로라면 백용준과 이지훈을, 송호근을 위시한 똥개와 양 상사가 백용준과 이지훈을 죽여야 하는 상황이 돼야 맞겠죠. 그런데…….”

"그런데 뭐?"

사건현장에 여전히 눈길을 고정한 정덕화는 황재현의 추리가 오히려 따분하다는 목소리로 되받았다.

"그런데 양 상사의 총알이 똥개를 향했다는 예외사항을 지금까지 정확히 주시하지 못했던 겁니다. 그래서 생각해 보니까 이들 역시 서로가 물고 물리고 있던 중이 아닐까, 그래서 어쩌면 이들도 얼굴을 알지 못하는 사이였거나 서로가 분담한 일만을 처리하는 전체를 돌게 하는 부품들이 아니었을까, 그런 확신이 들더라고요."

"그럼 속전속결이란 뜻은? 지금 오미라 경위마저 사망한 상황을 어떻게 보면 될까."

"그거 아닐까요?"

"뭐?"

"팀의 해체."

"해체라면?"

"관련자 전원의 해체겠죠. 우리가 잘못 짚은 것은 사건이 있던 날, 아파트에 있던 관련자를 처단한 것이 아니라, 우리가 파악하지 못한, 사건 관련자 전원의 죽음이겠죠."

"우리가 백용준에게 달려간 것은 잘못 짚은 거다? 그리고 똥개는 팀이었던, 즉 범죄의 부품이었던 사건 관련자 전원을 죽일 것이다?"

정덕화는 지난하게 추측해 왔던 상황이 결론에 도달했음을 직감했다. 그것은 증거나 현재 사건이 가진 피상적인 모습과는 다른 것이었다. 누구보다 치열하게 이 사건을 접했던 황재현의 추측은 정확히 핵심을 관통하고 있었다. 처음 똥개가 김 사장을 칼로 난자했을 때 잡히지 않던 가닥이 오미라가 죽고 나자 확연히 드러나게 된 것이었다.

정덕화는 재빠르게 형사1팀과 2팀 전원을 송파경찰서 맞은편에 있는 오금공원 운동장으로 불러냈다. 발칵 뒤집어지다시피 한 상황 때문에 경찰서 내부에서 회의를 할 수 없다는 판단 때문이었다. 한 명씩, 또는 두세 명이 거의 30분 만에 공원에 집결했다. 집중되는 눈길을 피해 송호근과 백용준을 제외한 10명 전원이 참석했다. 전원 운동장에 있는 관람석에 착석했다. 1팀에서 가장 나이가 많은 임달식 경사가 오미라의 죽음에 관해 브리핑을 했다. 오미라는 경추골절로 현장에서 즉사했다. 거의 동시에 확인 사살을 하듯 쓰러지는 그녀의 경동맥을 칼로 그었다. 두 번 죽인 셈이었다. 오토바이를 타고 왔던 살인자는 단 1초의 망설임도 없이 문정동 로데오 거리 방향으로 향했다. 오미라의 경동맥에서 뿜어진 피가 여전히 심장의 영향을 받으며 거리로 흩뿌려질 때 살인자는 잡을 수 없는 곳까지 사라지고 말았던 것이다.

"묘하게도 형수님……이 입을 여는 시점이었습니다. 십 일을 넘게 버텼으니 많이 버틴 것 아닙니까. 게다가 송 팀장님에 대한 전방위의 수사도 이제 거의 마무리 단계에 이르렀습니다. 그렇지만 별장에서 발견된 사체 외에 기대할 만한 것은 없었습니다."
"감추려고 하는 것은 아닙니까?"
황재현이 쏘아붙였다. 유일하게 이번 사건에서 3자적인 인물이었으니까. 그 즉시 1팀 전원이 기립했다. 싸움이라도 일어날 태세, 무언의 반항이었다. 그러나 황재현은 어떤 흔들림도 없이 "범죄자를 동조해선 안 됩니다. 비록 우리와 같은 경찰 가족이었지만 그는 가족을 이용한 것뿐이었어요." 하고 되레 독장을 쳤다. 팔짱을 끼고 이야기를 듣던 정덕화는 묵묵히 "다음은." 하고 물었다. 이번에는 2팀의 김지호 형사가 일어섰다.
"김 사장의 집과 사무실은 별다른 것이 없었습니다. 관련 자료나 여타 꼬리가 밟힐 만한 것은 모두 태우거나 없애 버린 모양입니다. 그것보다 양 상사의 전셋집에 혈흔이 있었습니다. 루미놀 시약으로 떨어진 핏자국을 하나하나 찾아냈는데 혈흔의 꼬리 모양이 침실에서 집밖으로 향하는 모양이었습니다. 게다가 침대 시트가 새것으로 교체되었더군요."
이야기를 듣고 있던 정덕화는 "그만." 하고 외쳤다.
"일단 상황이 급박하게 돌아가는 게 보일 거다. 얼굴에 먹칠도 유분수지. 하필 경찰서 출입문 앞에서 살인이 뭐냐, 게다가 그 즉시 도망친 녀석을 놓쳐 버리고. 지금부터 내가 하는 말 잘 들어. 너희도 형사잖아. 범죄자를 옹호하려고 경찰 밥 먹는 거 아니잖

아. 간단하게 갈 수도 있어. 덮을 거 덮고 보여줄 것만 보여주면서 송호근과 백용준이 살인자에게 당했다고 말이야. 하지만 진실은 그렇지가 않다는 거, 다 알 거다. 그러니 진실을 찾자. 살인자로 추정되는 녀석은 똥개다. 이름이나 기타 드러난 것은 아무것도 없다. 이 녀석을 찾아야 한다. 녀석은 송호근과 관련된 커넥션에서 뒤처리, 즉 살인을 도맡았던 것 같다. 이 사건이 앞으로 어떻게 전개될지는 알 수 없지만 하나만은 확실하다. 녀석이 이번 커넥션과 관련된 모든 인물을 죽이려고 들 것이라는 사실."

순간 형사들은 웅성거리기 시작했다.

"해서 관련자 모두를 추측하든, 찾아내든 그들을 보호해야 한다. 아니, 똥개가 칼을 휘두르는 그 사람이 사건 관련자다. 어떻게든 똥개를 추적해서 사건 관련자가 죽지 않게 해야 한다. 그리고 그 사람에게서 사건에 관련된 일체를 자백받아야 하고. 두 명이 한 조씩, 사건 관련자라고 추정되는 전원을 만나고 찾아내라. 기준은 송호근과 양 상사, 김 사장의 휴대전화와 유선전화 관련 기록, CCTV 전체를 뒤지고 만날 수 있는 모든 사람을 만나도록. 아, 짝이 없는 1팀 임달식 경사와 2팀 김 형사가 한 팀을 이루도록. 그리고 이 시간부로 무전기 사용은 금한다. 모든 보고는 도감청이 현실적으로 힘든 휴대선화를 이용하거나 직접 대면해서 보고하도록. 위급한 상황이 발생했을 때는 주저 없이 총기 사용을 허가하는 바이다. 뒷일은 모두 내가 책임지겠다. 이상."

1팀과 2팀 인원 전체, 6개 조가 꾸려졌다. 나이가 가장 어린 최현정 순경이 사무실에서 전화나 지원 관련 사무를 보기로 했고, 황재현과 정덕화가 한 조가 되었다. 그 외 10명이 다섯 개 조를 이루어 기록이 남아 있는 오미라, 송호근, 김 사장, 양 상사, 이지훈과 이대형을 개인별로 조사하기로 했다. 수사의 초점이 바뀌게 된 것이었다. 10일이 지나는 지금까지 송호근과 발견된 사체 24구 하나하나에 초점이 맞추어져 있었고, 그것을 깨알같이 조사하는 데 많은 시간과 노력이 허비되었다. 보이는 증거대로 움직이라는 경찰청장의 요구 탓이었다. 언론의 집중포화를 맞을 것으로 여겨 여론이 잠잠해지기를 기다린 탓도 있었다. 더구나 사건에 키를 쥐고 있었고, 수사에 협조를 해줄 것이라고 믿었던 오미라가 경황이 없던 첫날을 제외하고는 죽기 전까지 굳게 입을 다물었던 탓에 수사가 지지부진할 수밖에 없었다. 그러나 똥개의 출현과 그가 막무가내 휘두르는 칼이 수사의 방향을 재설정하게 만들었다. 어찌 되었든 똥개도 칼을 뽑았고, 형사들도 칼을 뽑은 형국이 되었다.

가장 먼저 전화를 걸어온 조는 임달식과 김 형사 조였다. 그들이 조사했던 대상은 양 상사였다. 양 상사의 마지막 날 행적이 예상외의 장소에서 뚜렷하게 조사되었는데, 강남의 홍신소를 들쑤시며 이구아나를 찾더라는 첩보였다. 그런 중에 천만 원을 받았던 홍신소 업주가 정보원을 통해 목숨을 살려달라는 부탁을 해오면서였다.

새로운 인물이 부상된 것이다. 이 지점에서 이구아나가 튀어나왔다는 것은 어찌 보면 쾌재였다. 자연스레 수사의 향방도 이구아나와 양 상사에게 집중되기 시작했다. 허심탄회하게 형사들을 찾아온 노인은 발설한 사실이 알려지면 죽을지도 모르니 사건이 해결될 때까지 보호해 주는 조건을 단 뒤에야 입을 열었다. 영악한 노인은 이미 자신의 셈법으로 이번 사건에 연관된 이구아나가 붙잡힐 경우 가석방이 힘들 것이라는 사실과 행여 가석방이 된다고 해도 그의 생이 그를 기다리지 않을 것이라는 결론을 내린 뒤였다. 게다가 영감은 자신만만하게 그가 유통시킨 프로포폴에 대한 사항은 무죄 사면하는 조건을 내걸었다. 일명 두꺼비 영감이라 불리는 그는 임달식과 김 형사 조가 정덕화와 황재현을 맞이하자 주도권을 쥐겠다는 듯 이미 확답받은 사안을 되새김질했다.

"자네가 죽을 때까지 나를 지켜줄 수 있나?"

두꺼비 영감은 경찰청장의 증인보호프로그램에 관한 인증서를 확인하고서도 재차 정덕화에게 물었다. 그가 심리학을 배운 적은 없었겠지만 적절한 강조와 상황적 판단으로 사람들을 휘둘러 왔던 지난날을 보여준 것이었다. 그것은 노인이 지금껏 살아왔던 노련했던 인생의 결정판이었다.

"이구아나는 말이야……."

두꺼비 영감은 마치 그때가 보인다는 듯 진술실의 반투명창을 응시했다. 일곱 살 고아 소년이 두꺼비 아저씨를 만나면서 이야기는 시작되었다. 늘 구두를 찍으러 왔던 녀석에게 자장면을 사주면서 둘의 사이는 급격히 가까워졌다고 한다.

"그렇게 내가 아들처럼 키워왔던 놈인데, 십 년쯤 전인가 그때부터 녀석이 나에게서 자립하려고 하더라고. 돈을 벌겠다고. 이미 그 시기에 별이 다섯 개가 넘었으니 뭐, 이른 시도라고 볼 수는 없었지. 그때 녀석이 그러는 거야. 제대로 된 물주를 만났다고."

"그 물주가 경찰이었습니까?"

정덕화는 다분히 송호근을 염두에 둔 발언을 건넸다.

"그것까지 내가 말해주어야 하나? 무능력한 사람들, 이 늘그막에 목숨을 걸고 왔건만."

영감은 생의 땅바닥을 향해 짙은 애수를 품은 담배 연기를 뱉어낸 뒤 이야기를 이었다. 적어도 범죄자인 이구아나가 경찰이라면 이를 갈았고, 만약 기저에 깔린 보이지 않는 범죄자가 경찰이었다는 걸 조금이라도 눈치챘다면 진즉에 발을 뺐을 거라는 설명을 보태면서. "알겠나? 녀석은 자신이 내게 온 뒤부터 천생 범죄자의 운을 타고났다고 믿었던 거야."라며 노인은 생멸찰나의 한숨을 쉬었다. 그것만큼은 단 하나 그가 가진 진심을 전해주기에 부족함이 없었다. "자, 이거."라며 노인은 그가 살아왔던 인생만큼 늙수그레한 만년필을 꺼내 주소를 적었다.

"뭡니까, 이게?"

"그 세 곳 중의 하나에 이구아나가, 아니, 철영이 녀석이 숨어 있을 거야. 자네들 수고를 조금 더 덜어주자면 충북 음성에 있는 곳으로 가보라고 권하고 싶네. 아들 같은 녀석이니까 반드시 살려주리라 믿네."

노인은 여전히 주도권을 잃지 않으며 입을 다물었다. 적어도 이것이 한편의 연극이었다면 관객의 호기심을 끝까지 유지하며 잘 마친 셈이었다.

"몇 년 전인가 이런 추리소설을 읽은 적이 있어요."

황재현은 충북 음성을 향하는 고속도로 위에서 이야기를 꺼냈다. 영감이 일러준 현장까지는 음성군청에서 516번 국도를 따라가다 그 중간 지점쯤에서 야산을 향해 나 있는 논두렁길을 따라가야 했다.

"아마 작가 이름이 현 뭐던가, 그랬던 거 같은데. 어떤 남자가 직장에서 잘리는 게 두려워서 직장 상사가 부인과 어느 정도 불륜 관계에 있다는 걸 알면서도 넘어가고는 했어요. 그래도 부인에 대한 믿음을 잃지 않으면서요. 그러다 부인이 사라진 겁니다. 얼마 후 부인은 지리산 모 여관에서 죽은 채 발견되고요."

"흔하디흔한 치정에 얽힌 복수입니까?" 하고 비교적 젊은 김 형사가 맞장구를 쳤다.

"어, 맞아." 하고 씁쓸한 웃음을 지은 황재현이 이야기를 이었다.

"결국 복수를 하는 겁니다. 그런데 남자는 그것을 그 즉시 행하지 않고 십 년이 지난 뒤에 하는 겁니다. 하나하나 그 모든 사실을 십 년이나 준비하면서요."

"어라." 하고 탄성을 뱉은 것은 오히려 정덕화였다.

"우리가 말입니다, 아무리 많은 정보와 자료가 전산화되고 남아 있다 해도 십 년 전 일까지 찾아낼 수 있을까요? 사람들이 수사 드라마나 범죄영화에서 보는 것과 현실이 다르다는 사실을 이해하지 못하듯이 현재 먹물을 먹고 검사가 되는 사람들도 그런 부류이지 않습니까. 과학이면 다 된다는 치들…….”
"그러네, 십 년을 준비하고 살인을 행한다면 범인을 잡아내는 것은 불가능하지 않을까 하는 생각이 드네만.”
정덕화는 어떤 벽을 느끼며 깊은 숨을 내쉬었다. 황재현이 에둘러 표현한 10년이란 수치는 쉽게 도식화할 수 있는 것이 아니었다. 서당 개도 3년이면 풍월을 읊는다 했고, 어떤 일이든 10년을 매달리면 소기의 결과 하나는 낼 수 있는 것이 세상일이었다. 살인이라고 해서 다를까. 황재현이 말한 '10년'은 과연 이 사건에서 제대로 된 결말을 볼 수 있을까 하는 회의적인 시선을 담은 것이었다. 정덕화는 황재현의 오른 어깨를 건드렸다. 힘내라는 뜻. 그의 의도를 알아챘는지 황재현은 “미안합니다.” 하고 대답했다. 영문을 깨닫지 못한 듯 김 형사와 임달식은 설핏 그들을 살폈지만 곧 외면을 하고 말았다.
"이제 이 길로 쭉 들어가면 됩니다. 보시다시피 내비게이션에 드러나는 거라고는 땅이 전부입니다.”
운전을 하던 김 형사가 분위기를 추스르려는 한마디를 뱉었다. 그의 말 때문인지 황재현은 침잠한 기분을 달래며 창밖을 보았다. 녹음을 잃어가는 산과 추수가 끝난 마른 논이 번갈아가며 그의 시야를 어지럽혔다. 아직 때를 벗지 못한 푸름과 한창 농익은 끝자락의 가을이 서로를 욱대기며 색깔 다툼을 벌이는 것 같았다. 그러다 느려지는 차 속도에 황재현은 고개를 돌려 앞 유리를 보았다. 맞은편에는 갤로퍼 승합차 한 대가 떡 버티어 선 채 자리를 비키지 않았다. 어슴푸레했지만 반사되지 않는 검은 선글라스를 쓴 운전자가 고집을 피운 탓이었다. 팔짱을 낀 채 무관심하던 정 팀장도 고개를 쭉 빼서 운전자를 응시했다. 두렁길에서 마주했던 차는 그 순간 후진을 하며 바퀴가 빠질 듯한 아찔한 상황을 모면하며 길을 비켰다.

"포장도 안 된 이런 길은 난감하네요. 마주 오는 운전사, 상당히 익숙한데요. 전 운전한 지 오 년짼데 이런 길은 처음입니다."

하며 김 형사는 너털웃음을 터뜨렸다. 좁은 길을 스쳐 가듯 비키며 두 차는 되짚어온 반대의 길을 달리기 시작했다.

"가만, 김 형사. 이 길이 어디까지 연결되지? 주위에 인가가 몇이나 되는 거냐고?"

무심히 팔짱을 끼고 있던 황재현이 급작스레 몸을 일으켰다. 조수석에 앉아 있던 임달식은 내비게이션을 건드리며 "글쎄요." 하고 얼버무렸다. 아마도 터치스크린으로 긁어내린 내비게이션에서 상당 거리 동안 인가를 발견하지 못했기 때문인 듯했다.

"혹시 똥개 아니었습니까."

황재현이 시차를 두지 않고 이야기를 꺼냈다. 거의 동시에 김 형사도 차를 세웠다. 충북 음성에서도 한참을 들어가야 하는 이곳은 말 그대로 오지였다. 그곳에서 차 한 대를 마주했으면서도 아무 의심을 품지 않다니. 낙담과 감상에 젖어 형사로서의 본분을 잃어버리다니. 차를 쫓아야 할까, 이구아나를 먼저 찾아야 할까.

상황을 정리한 것은 정덕화였다. 내비게이션을 통해 차가 통과

할 요소요소를 파악한 다음 각 관할서에 협조를 요청했다. 목숨을 잃을지도 모르니 조심하라는 이야기와 함께. 그 즉시 차를 달려 더 좁아진 비포장 길을 올랐다. 산 중턱에 위치한 움막 같은 집에 도착하자 모두 권총을 빼 들고 튀어나갔다. 이미 승합차로 길을 막아놓은 터라 도망간다고 해도 산을 오르는 것이 전부였다. 특히 야산이 이어진 이곳에서 도망간다면 오히려 이구아나는 그를 가두는 꼴이 될 형국이었다. 이때 전화가 걸려왔다. 음성군 북부인 37번 국도변을 지키고 있던 생극치안센터 소속 경관이었다.

[겨우 잡았슈, 임철영이라카는디유.]

경관의 전화에 정덕화를 위시한 일행은 헛웃음을 내질렀다. 임철영, 그가 이구아나이지 않던가. 급히 생극치안센터로 차를 돌린 그들은 1시간여를 달렸다. 생극치안센터는 초비상 상황이었다. 별다른 일이 일어나지 않는 농촌지역이라는 탓도 있지만 그들 스스로가 워낙 거물을 잡았다는 생각에 흥분한 탓이기도 했다. 지구대 전원이 추격전을 벌였다고 한다. 덩달아 그들이 평생 안주처럼 씹어 먹을 차량 추격전은 당분간 그곳을 달굴 만한 큰 사건임에 틀림없었다.

"저 죽을지도 모릅니다."
"이미 많이 죽었어. 너 하나쯤이야."

이구아나와 정덕화는 만담 같은 이야기를 주고받았다. 치안센터 2층 숙직실에서 취조가 진행되었다. 모든 내용은 비밀에 부쳐졌다.

"살려주세요, 제발."

"나도 살고 싶다."

재차 이어진 만담에 황재현이 끼어들며 "똥개에 대해 말해." 하고 윽박질렀다.

"어차피 말해도 죽고, 안 해도 죽으니까 시원하게 털어라. 응?"

연이어 정덕화도 이구아나를 압박했다.

이구아나는 눈치를 보기 바빴다. 주변을 둘러보며 마음을 정하는 듯하다가도 심하게 다리를 떨어댔다. 재고 있는 것이었다. 입 밖으로 내는 것이 나을까, 아니라면 심중에 묻고 넘어가야 할까를. 불안정한 모든 것을 정리하듯 손을 맞댄 이구아나는 모두를 둘러본 뒤 대답을 했다.

"싫습니다."

그 뒤 만 24시간이 지나도록 이구아나는 입술조차 달싹하지 않았다.

"결단을 내려야 할 것 같지 않습니까?"

황재현이 정덕화에게 말한 결단이란 이구아나를 언론에 노출시키는 것이었다. 지금 똥개가 휘두르는 칼이 누구에게 향하는지조차도 모르는 상황에서 유일하게 연결된 끈 하나가 이구아나였다. 김 사장과 오미라가 처참하게 살해당했던 이유는 똥개의 의도를 파악하지 못했기 때문이었다. 그렇지만 대한민국은 전 세계에서 치안상황과 통제가 5위 안에 드는 국가였다. 웬만한 사건에 작정하고 덤비면 경찰이 해결하지 못하는 사건은 없다. 통개와 이구아나, 그리고 경찰의 통제라는 삼박자가 맞아떨어진다면 적절한 선에서 통개를 제압할 수 있을지도 몰랐다. 막연한 기대이기는 하지만 경찰이 경찰력을 믿지 못한다는 것도 말이 되지 않고. 황재현은 지금까지 그가 형사로서 그 자신을 믿었듯 도박과 같은 상황을 믿어보기로 마음을 굳힌 뒤였다.
"위험하지 않을까?"
"그래도 이 방법이 최선이라고 사료됩니다."

다음날인 11월 14일, 각종 매체의 주요뉴스에는 〈더티 해리 사건, 주요 용의자 검거〉라는 식의 기사들이 일제히 쏟아졌다. TV, 라디오, 신문이나 인터넷 등 대부분의 매체들이 톱뉴스로 기사를 다루었으나 용의자에 대한 확실한 신원을 비롯해 기타 자세한 내용은 언급되지 않았다. 그러다 보니 자연스레 지난 뉴스를 되풀이해 보여준 뒤 지방 모처에서 비밀리에 조사 중이라는 식으로 마무리되었다. 이미 그 부분은 기자들과 조율이 끝난 문구이기도 했다.
기사가 나가고 밤이 되자 생극치안센터에는 그 어느 때보다 긴장감이 감돌았다. 건물에 이웃한 중국집 모빈관과 양조장 주변에는 형사들이 잠입해 상황을 주시하는 중이었다. 급작스레 차가워진 늦가을 쌀쌀한 공기에는 칼날이 박힌 듯 따끔거리기까지 했다. 황재현은 따끔거리는 목을 매만지며 건물에 들어서는 입구인 모빈관 앞 차 속에서 고개를 파묻고 있었다. 그들뿐만 아니라 형사기동대 소속 대원들까지 파견되어 곳곳에 매복했다.

"이제 그만 서울로 압송해야 할 것 같습니다."

"정말 용의주도한 놈이군, 그 말이 딱 어울리는데."

정덕화와 황재현은 결국 푸념을 주고받고 말았다. 스무 명에 가까운 경찰들이 곳곳에서 상황을 주시했지만 똥개는커녕 지나치는 실제 똥개조차 찾아볼 수 없었다. 급작스레 떨어진 온도 탓인지 경찰들은 계속해서 화장실을 들락거렸고, 위장했던 여러 장소도 30분만 주시하면 알아볼 수 있을 정도로 급격히 긴장감이 떨어지기 시작했다. 벌써 25시간째 잠복이었으니 어쩔 수 없었다. 철수라는 수신호를 보낸 정덕화는 땅을 한 번 힘껏 발로 찼다. 그토록 재빨리 움직이던 똥개가 왜 이번에는 복지부동이었을까.

이구아나를 태운 3대의 자동차는 3번 국도를 따라 곤지암 I.C까지 올라온 뒤 그곳에서 서울로 향하는 고속도로로 갈아타고 상일 I.C에서 송파경찰서까지 도착하는 길을 택했다. 차는 생극면에서 3번 국도를 따라 주행하기 시작했다. 25시간이나 잠복을 했던 형사들은 모두 지쳐 있었다. 승합차에 이구아나를 태운 송파서 임덜식 형사와 김 형사, 그리고 정덕화와 황재현도 마찬가지였다. 서울에 있는 나머지 조들은 똥개에 의해 살해를 당한 김 사장과 오미라, 송호근과 양 상사의 범죄 관련 여부와 잔여 증거들을 찾는 데 집중되어 있었다. 특히 핏자국이 발견된 양 상사 집과 피의 향방에 수사의 초점이 쏠려가는 중이었다. 게다가 피는 피해자로 추측되는 제3자의 것이었다.

"양 상사가 살인까지 할 만큼 중요한 위치였는지 의심스럽습니다."

보고를 접한 정덕화를 향해 황재현이 눈을 감은 채 이야기했다. 지금까지 그랬듯 수사가 엉뚱한 방향으로 가는 것 아니냐는 일침이었다. 황재현이 생각하는 대로라면 다른 것에 집중해야 하지만 주변 여건과 압력들이 황재현을 배제한 방향으로 흘러가고 있기 때문이었다. 모든 스포트라이트의 시작은 송호근이었고, 그 반경 안에서 사건은 움직이고 있었다. 현직 경감이 그 자신을 포함한 무려 30구에 가까운 시체가 생겨난 조직범죄의 배후라면 상당수가 옷을 벗는 것도 모자라 경찰의 이미지가 지하로 급전직하할 게 뻔했으니까.

"어쩌겠나, 드러나는 증거대로 움직이는 거니까."

정덕화 역시 눈을 감은 채 대답했다.

차는 출발한 지 20분 정도가 되자 곤지암 I.C 근처에 다다랐다. 그때 M—16 소총의 총성 같은 폭발음이 번뜩 스쳐 갔다. "어, 어." 하는 김 형사의 탄식과 동시에 전방을 호송하던 경찰기동대 소속 차량이 중심을 잃더니 급기야 전복되고 말았다. 타이어가 터져 버린 것이다. 찰나, 정덕화와 황재현의 차량 역시 폭발음을 내며 전복된 형사기동대 차량을 향해 돌진했다. 쾅, 하는 파열음과 함께 뒤집힌 차량끼리 추돌을 해버렸다. 뒤에서 호위업무를 해주던 생극치안센터 차량도 마찬가지. 그 즉시 총성이 들리기 시작했다. 한 발, 두 발, 그리고 발자국 소리. 뒤에서 움직여 앞으로 다가왔다. 세 발, 네 발. 이번에는 전방이었다.

황재현은 정신을 잃지 않기 위해 두 눈을 부릅떴다. 거꾸로 된 세상이 그를 어지럽게 했다. 동시에 뜨끈한 핏줄기가 정수리 끝으로 모여들었다. 다시 총성 한 발, 두 발. 총성이 잠시 멈추었다. 똥개일까. 총성이 멈추었다는 것은 6연발 리볼버라는 뜻. 있는 힘껏 안전벨트를 풀려고 했지만 마음대로 되지 않았다. 이미 이구아나는 앞 유리까지 튀어나가 버렸다. 똥개가 전복된 차량의 오른쪽으로 접근할지 왼쪽으로 접근할지 알 수 없는 상황, 시야마저 흐렸다. 결국 청각에 의지하는 수밖에. 이구아나까지 다섯 명이 탔던 승합차에서 앞좌석에 앉았던 임달식과 김 형사에게는 이미 총알이 발사된 상태일 것이다. 정 팀장까지 총을 맞았을까. 아니라면 이구아가나 총알 세례를? 섣불리 짐작할 수 없었다. 리볼버를 장전한 똥개 녀석이 나머지 3명의 일행 중 이구아나를 먼저 겨냥하기를 바라야 하는 상황. 눈을 감은 황재현은 상황을 운에 기대야 하는 것이 한스러웠다.

황재현은 오른손에 힘을 주었다. 방아쇠에 맞닿은 오른손 검지에는 그 어느 때보다 강력한 의지가 내재되어 폭발일로의 순간만을 기다리고 있었다. 그때 희미한 구두 소리가 들렸다. 거꾸로 잊은 그의 귀 왼쪽. 그렇다면 도로가였다. 이어서 지면을 울리는 발소리. 똥개가 총알을 장전했다는 뜻일까. 정신을 귀에 집중했다. 못을 밟는 듯한 쇳소리와 발걸음. 그 순간 의지를 가득 담은 총소리가 도로가를 향해 퍼져 나갔다. 하나. 둘. 셋. 넷. 다섯. 발소리가 들린 방향을 향해 황재현이 겨냥한 총소리였다. 그렇지만 거꾸로 앉았던 탓에 전방을 주시할 수 없어 초조함이 목을 졸라왔다. 똥개를 스치기라도 했을까. 이제 남은 총알은 하나. 좁은 차 안에서 총을 발사한 탓에 윙 하는 이명이 귀를 압박했다. 이제는 똥개의 움직임조차 들을 수 없었다.

어떻게 되는 걸까. 그에게 이대로 죽임을 당하는 것일까. 아니라면 살 수 있을까.

그제야 안전벨트 고리 끈이 풀어지며 하체가 바닥으로 쏟아졌다. 황재현은 깨진 유리창을 통해 황급히 몸을 빼냈다. 그러나 권총에 쏠린 신경은 조금도 거두지 않은 채였다. 미명이 도로를 서서히 잠식해 오는 상황, 흐릿했지만 10여 미터 전방에서 고급 세단의 브레이크 등이 들어왔다. 쌍용 체어맨 최신형이었다. 01 수 9691. 이명이 사라지며 자동차의 엔진음이 강렬하게 전달됐다. 그 순간 쾅, 파열음을 내며 형사기동대 승합차가 폭발했다.

쫓아야 할까. 아니라면 먼저 이들을 챙겨야 할까. 황재현은 찰나생멸의 순간에 자동차와 동료들을 번갈아 생각했다.

"얼른 쫓아."

낮았지만 확실히 들을 수 있는 음성, 정덕화였다. 사력을 다한 그가 권총을 차창 밖으로 던졌다. 그것을 주워 들며 황재현은 자동차가 사라져 가는 방향을 향해 뛰었다. 남은 한 발을 차를 향해 발사했다. 똥개가 탄 차는 그에게서 매정할 정도로 황급히 멀어져 갔다. 그렇게 1분여가 지나자 차는 멀어져 버렸다. 반대로 전방에서 헤드라이트 두 개가 그를 향해 달려오고 있었다. 르노자동차였다. 총을 바꿔 쥔 황재현은 그 차를 향해 두 발의 공포를 쏘았다. 달려오던 차에서 총소리보다 더 귀를 긁는 마찰음이 들려왔다.

황재현은 핸들을 빼앗다시피 차주를 밀쳐 냈다.

"경찰입니다. 112, 119 신고해 주시고 저분들 좀 돌봐주십시오."

황재현이 팔을 펼친 곳을 살피던 이십대 남녀는 상황을 인식하고 전복된 차량 쪽으로 움직였다.

왼쪽으로 두 바퀴 반, 급히 핸들을 돌리며 유턴했다. 소요된 시간은 2분 정도. 그렇다면 적어도 3킬로미터 이내에 똥개가 있을 것이다. 황재현은 가속페달을 있는 힘껏 밟았다. 회전을 이기지 못한 엔진에서 폭발하는 듯한 소음이 들려왔다. 대형 세단이라고 해도 2000cc급 자동차라면 추월하는 데 어렵지 않을 것이다. 이미 대시보드 속도계는 150을 넘어서고 있었다. 내비게이션이 말을 걸어왔다. '전방 1킬로, 곤지암 I.C. 속도 80킬로미터 구간. 속도를 줄이십시오.' 라고.

황재현은 머릿속이 급해졌다. 생각해 봐, 내가 똥개라면 3번 국도를 탈 것인지. 아니라면 곤지암을 봉해 고속도로를 탈 것인지. 고속도로를 오른다면 그대로 하남 I.C까지 직진할 수 있다. 그러나 속도를 줄여 회전한 뒤 표를 뽑아야 한다. 3번 국도를 직진하더라도 장지 I.C를 지나쳐 성남을 향할 수 있다. 서울을 향해 아무 거리낌 없이 직진만 할 수 있다는 뜻이었다.

생각해 봐, 너라면 어떻게 하겠냐고. 머리보다 빨리 몸이 시키는 것은 직진이었다. 계속 힘을 준 가속페달에서 발을 떼지 않은 채 앞만 보고 달리는 것이었다. 그래, 서울만큼 숨어 있기 좋은 곳은 없을 거야. 그리고 이런 상황에 여러 생각하겠어? 앞만 보고 달리는 거지.

정신이 돌아오자 전화기를 꺼냈다. 휴대전화를 든 그는 단축번호 1을 눌렀다.

[네, 송파서 형사팀입니다.]

형사라는 삶이 녹녹치 않아서 단축번호 1번이 집사람이나 아들딸이 아닌 지는 오래였다.

"나, 황재현 경사. 잘 들어. 형사팀 전원 공격당했어. 형사기동대 차량은 폭발했고. 곤지암 가까운 3번 국도 인근이야. 그곳에서 112나 119로 신고는 했을 거야."

맞은편에서 말을 끊으려 하자 황급히 소리쳤다.

"듣기만 하라고, 젠장. 여섯 명이 총 맞았어. 그리고 녀석은 도주 중이야. 나 혼자 쫓고 있다고. 컴퓨터에서 지도 띄워. 난 지금 곤지암 I.C를 막 지나치는 참이야. 이대로 가면 장지 I.C가 나오고 389번 국도가 나와. 그러니까 곤지암 I.C를 기점으로 상, 하행선, 그리고 경원대학교와 성남 I.C 갈라지는 곳부터 현재 사고가 나 있는 모든 곳의 도로를 통제해. 알았어?"

할 말을 마친 황재현은 전화기를 집어 던졌다. 이미 차의 속도는 200km를 훌쩍 넘어 있었다. 한계에 다다른 차는 심하게 떨려왔고, 운전대를 쥔 손도 떨려왔다. 그때였다. 눈으로 가늠하기 힘든 저 멀리 도로 앞발치에서 빨간 등 하나가 보인 것이다. 뚜렷하지 않았지만 분명히 체어맨의 큼직하고 네모난 브레이크 등이었다. 더는 밟을 것도 없는 가속페달에 이를 꽉 물며 힘을 주었다. 주변의 모든 것들이 형체를 알아볼 수 없을 정도로 뒤쪽을 향해 밀려갔다. 녹색 표지판, 가로수, 점멸하는 멀리 인가의 불빛까지. 점점 거리가 가까워졌다. 차량의 번호를 확인할 수 있는 위치까지 가까워졌다. 01 수 9691.

"그래, 이 새끼야. 크하하핫."

급작스레 웃음이 터졌다. 그러나 그 순간, 앞 차량도 낌새를 챘는지 속도를 높이기 시작했다. 저 차가 얼마까지 속도를 낼 수 있을까. 웃음 사이로 두려움이 밀려왔다. 그렇지만 한 치 후회도 없이 페달을 누른 발에 더욱 묵지근한 힘을 얹었다.

두 차량의 거리는 좀처럼 가까워지지 않았다. 그러다 순간 앞차가 브레이크를 밟았다. 예상치 못한 상황에 황재현은 그를 추돌할 뻔했다. 그 즉시 왼쪽으로 차를 꺾은 똥개는 거꾸로 남쪽을 향했다. 차를 쫓는 데만 정신이 팔려 주위를 확인하지 못했다. 장지 I.C. 3번 국도가 끝나면서 똥개가 차를 돌린 곳은 43번 국도였다. 생각이 빗나갔다. 녀석은 서울로 가려던 생각을 거두고 남쪽으로 방향을 선회한 것이었다. 그 순간 삼진 자동차 공업 간판이 생명을 끄지 않은 채 반짝거렸다. 인지와 동시에 똥개는 중앙선을 가로질렀다. 마주오던 경적 소리가 미친 듯이 울려댔다. 도로를 넘어버린 똥개는 5층짜리 대호빌라를 향해 돌진했다.

"제기랄."

짧은 신음을 뱉은 황재현도 대호빌라를 향해 중앙선을 넘어섰다. 순간 경적 하나가 들러붙으며 꼬리를 강타했다. 차가 휘청하며 흔들렸지만 채 1초가 지나지 않아 중심을 잡았다. 무언가가 땅을 긁는 소리가 들렸다. 그러다 룸미러 너머로 땅바닥에 나뒹구는 뒤 범퍼가 보였다 사라졌다. 범퍼가 떨어져 나간 뒤쪽에서 바람 소리가 세차게 들려왔다. 바람 소리에 마음이 흔들렸다. 어금니를 더 깨물며 정신을 수습했다.

전방 주시. 제발 전방만 주시하라고.

다행히 빨간 브레이크 등은 멀어지지 않은 채였다. 핸들을 쥔 손에 사력을 다하며 빨간 등을 쫓았다. 다시 차는 우회전. 황재현도 재빨리 핸들을 우측으로 꺾었다. 여전히 정신을 잃지 않은 내비게이션이 389라는 숫자를 나타내 보였다. 389번 국도.

말해봐. 넌 지금 어디로 가려는 거야.

머리가 몽롱했다. 황재현은 똥개를 놓치지 않으려 정신을 집중했다. 눈에 힘을 주며 부릅떴다. 빨간 브레이크 등은 이제 눈을 어지럽히고 있었다. GS칼텍스 주유소와 다수의 카센터가 유령처럼 스쳐 갔다.

정신을 잃지 말자. 제발, 정신을 잃지 말자.

어느새 말라붙은 피가 온 얼굴을 옥죄어왔다. 턱을 한 번 손등으로 훔쳤다. SK주유소를 지나치자 의정부 부대찌개 간판이 반짝였다. 그리고 우측은 숲. 도대체 녀석의 목적지는 어디일까. 턱을 스친 손이 품 안으로 찾아들었다. 잠시 놓고 있던 권총이 오른

손에 쥐어졌다. 네 발의 여유, 네 발의 지배심리가 머릿속을 어지럽혔다. 그 네 발 다음은 무엇이 기다릴까.

옛날 청국장이 스쳐 지나자 저수지가 펼쳐졌다. 미명에 반사된 저수지는 심연의 지옥처럼 자줏빛을 발했다. 저 심연 속으로 녀석을 끌고 들어갈 수 없을까. 녀석의 뒤꽁무니를 처박아 녀석과 함께 저 물속으로 잠길 수 없을까. 제발 그렇게라도 녀석을 붙잡을 수 없을까. 내가 죽더라도, 아니면 너를 죽여서라도.

40미터, 아니, 50미터? 힘을 준 발끝이 무색하도록 녀석과의 거리는 가까워지지 않았다. 그 순간 녀석의 브레이크 등이 확 밝아졌다. 뒤지지 않고 브레이크를 밟았다. 우회전, 막다른 길, 화단이었다. 화단을 넘은 차는 거의 90도로 방향을 틀었다. 아우내 순대 주차장이었다. 녀석은 필시 이곳 지리를 잘 알고 있는 것이리라. 황재현도 90도 우측으로 방향을 선회했다. 뎅그렁한 주차장에는 어제 두고 갔을 주인 없는 차들만이 차가운 금속 빛을 발하고 있었다. 경계가 없는 담을 넘으며 성주자동차서비스를 넘어섰다. 거의 동시에 좁은 소방도로를 따라 퉁개의 차는 굉음을 발했다. 동승빌라트의 붉은 벽돌이 휭 스쳐 지나자 야트막한 야산과 경계를 이룬 장수산업이 길을 내주었다. 눈앞에 펼쳐진 직진도로. 차는 속도를 높이기 시작했다. 덩달이 황재현도 속도를 높였다. 몇 번이나 길 없는 곳을 오갔던 탓인지 내비게이션은 노란 삼각형 안에 붉은 느낌표를 보여주더니 목소리를 잃었다.

금세 도로가 6차선으로 넓어졌다. 가만. 가만. 황재현은 정신을 집중했다. 내비게이션을 흘금 보았다. 삼각형이 반짝거렸지만 도로를 확인할 수 있었다. 경황이 없었지만 새능[6]이 있는 야산 주위를 우측으로만 둥글게 한 바퀴 돈 것이었다. 그 옆으로 새능 SK주유소가 나타났다. I.C 주변, 이제 녀석의 목적지는 어디일까. 다시 장지 I.C로 나가려는 것일까. 주유소가 생각보다 재빠르게 그를 스쳐 갔다. 2백 미터 전방에 현대 오일뱅크 주유소가 나타났다. 거의 동시에 체어맨의 브레이크 등이 들어왔다. 속도를 줄이겠다는 뜻일까. 아니라면. 그러나 찰나, 속도를 줄였던 체어맨은 반대편 3개 차로를 가로 건너며 오일뱅크를 향해 돌진했다.

"어······ 어."

감탄사도 찰나. 황재현 역시 체어맨을 뒤따르며 똑같은 행동을 하고 있었다. 오일뱅크 간판 탓에 잘 보이지 않았지만 대조된 어둠 사이로 2차선의 소방도로가 나 있었다. 녀석은 주저 없이 그 길로 진입했다. 황재현 역시 마찬가지. 끊어질듯 이어지는 길은 꼬불꼬불 전진을 허락했다. 줄어들 듯 줄어들지 않는, 가까워질듯 가까워지지 않는 5분여의 추격전이 이어졌다. 그러나 이제 마침표를 찍어야 할 시간이었다. 길이 끝나는 지점. 그곳에 세브란스 정신건강병원이 도사리고 있었다. 길의 마지막, 그러나 속도를 줄이지 않은 똥개는 그대로 주차 제지봉을 부수며 직진했다.

"크흐, 으하하."

---

[6] 운계 정뇌경의 묘.

황재현은 자신도 모르게 웃음이 터져 나왔다. 길의 끝. 막다른 골목, 이제 마지막이 존재하는 것 아닐까. 네가 붙잡히든, 내가 죽든.

황재현은 더욱 속도를 높였다. 이제 더 달릴 곳도 더 속도를 낼 곳도 없었다. 점차 속도를 잃어가는 체어맨을 향해 그는 마지막 남은 모든 속도를 쏟아부었다. 파열음과 마찰음. 몸이 들썩이는 요동. 에어백이 그의 얼굴을 가렸다. 그러나 권총을 쥔 손에서 힘을 빼지 않았다. 충격도 무시한 정신이 황재현을 바깥으로 이끌어냈다. 똥개 역시 비틀거리며 운전석 문을 열었다.

"뭐냐, 넌 정체가 뭐야? 어째서 이런 곳으로 차를 몰고 온 거지?"

황재현의 일갈에도 아랑곳없이 비틀거리던 똥개는 "왜, 영웅 노릇이라도 하고 싶어?"라며 꼿꼿이 온몸에 힘을 주었다.

"영웅? 그런 거 한 번도 생각해 본 적 없어. 다만……."

황재현은 깊은 한숨을 쉬었다. 단 한 번도 생각해 본 적 없던 감정이 가슴 저 밑바닥 언저리에서 꿈틀대는 것을 느낄 수 있었다.

"다만 뭐? 나를 죽이기라도 하고 싶다고? 크하하. 바보 같은 소리. 당신이 형사라고 하지만 그 어떤 증거라도 가시고 있나? 내가 찍힌 사진, 내가 범행한 그 어떤 실마리라도 있냐고? 무능력한 새끼들. 그러고 여기가 어딘지 둘러봐."

똥개는 그의 이야기에 신빙성을 부여하려는 듯 고개를 돌려 주변을 응시했다. 녹색 네온사인 십자가가 동이 터오는 아침에도 길을 잃지 않고 반짝거렸다. 세브란스 정신건강병원.

"보다시피 난 정신병자라고. 환자! 네가 아무리 나를 어쩌고 싶어도 그러지 못한다는 뜻이지, 알겠나?"

끓어오르는 분노가 황재현을 어지럽혔다. 그렇지만 그것은 개인적인 감정일 뿐 그것을 앞세워 대의를 그르칠 수 없었다. 그는 형사이지 않던가.

"그러고 당신들은 뭔가? 그냥 형사야. 당신들이 할 수 있는 것은 없다고. 당신이 나를 쫓았다고 아무리 주장해도 나는 병원을 잠시 나와서 드라이브를 했다고 주장하면 그만이야. 당신이 미친 듯이 내 차를 쫓아왔다고 말하면 그만이고. 당신은 미치도록 범인을 잡고 싶겠지만 그건 환상일 뿐이라는 사실이지, 알겠어? 바보 같은 새끼. 할 수 있는 거라고는 총을 겨누고 큰소리치는 게 전부면서 왜 나를 쫓나. 나처럼 칼을 휘두를 줄 아나, 사람을 향해 총을 겨눌 줄 아나! 당신이 이 사건의 언저리라도 찾아왔다는 게 대견할 따름이야. 이 사건은 당신이 죽을 때가지 아무것도 파헤치지 못한 채 끝이 날 거야. 바보 같은 새끼들. 시체? 내가 죽인 사람들이 백 명이 넘는다 한들 어쩔 거냐고. 백용준? 지금쯤 정신 못 차리는 식물인간이나 되어 있겠지. 죽어버렸어야 했는데. 당신도 마찬가지야. 언젠가는 내 총알이, 내 칼날이 너의 심장을 도려내는 날이 올 거야. 그게 내 평생의 가장 즐거움이 될 거고. 바보 같은 녀석."

황재현은 바닥으로 떨어지는 무언가를 느꼈다. 그것은 자존심이라고 말하기는 너무 무겁지만 운명이라고 말하기는 너무 가벼운 어떤 것이었다. 지금 저 녀석을 붙잡아 간다고 해도 살인범으로 체포될 확률이 얼마나 될까. 똥개는 눈앞에서 사람을 죽였다. 그리고 조금 전에도 여섯 명에게 리볼버를 겨누어 당겼다. 그들은 생명이 경각에 달렸을 것이다. 아니, 목숨을 잃었을지도. 지금 그를 붙잡아 간다고 해도 그의 말처럼 풀려날지 모른다. 풀려날 확률 역시 높다. 게다가 현재까지 똥개에 관한 결정적인 어떤 증거도 확보하지 못했다. 과학수사? 이런 마당에? 그 모든 것을 차치하고라도 그가 저지른 살인은 몇 건이나 될까? 당장 눈에 보이는 수치인 30? 아니라면 50? 그보다 많다면…… 그를 붙잡아 간다고 해서 무엇이 해결될까. 황재현은 그가 분명히 인식했던 차 번호를 한 번 더 확인했다. 01 수 9691. 땅에 떨어진 어떤 것은 불타는 감정으로 그에게 되돌아왔다. 그를 겨누었던 총 끝에 힘이 들어갔다.

똥개는 더욱 그를 조롱하듯 큰소리를 치며 두 손을 모았다.

"자, 잡아가 보라고. 수갑 채워봐. 얼른."

어떻게든 되겠지. 사건해결, 사는 거, 저놈이 사는 것보단. 어떻게든 되겠지.

타앙.

한 방의 종성이 긴 파열음을 만들며 아침을 깨웠다. 그 한 방의 총성이 서울을 돌아앉은 세브란스 정신건강병원 야산을 때리며 메아리가 되어 황재현에게 비릿한 웃음으로 돌아왔을 때, 똥개 역시 비릿한 웃음으로 무릎을 꿇으며 쓰러져 갔다. 황재현은 들어간 힘을 거두지 않으며 마저 메아리를 깨웠다. 두 번, 세 번,

네 번. 이내 총알을 다 써버린 리볼버에서 따각, 따각거리는 격발음이 되돌아온 메아리와 마주하며 작은 울림을 만들어낼 따름이었다.

사
는
법

　겨울의 중심에서 사이렌이 울렸다. 매서운 칼바람을 뚫은 사이렌은 점점 데시벨이 높아졌다. 한 무리의 사이렌 앞에서 비켜선 것이 추위만은 아니었다. 아우토반의 무법자처럼 하이빔을 쏘며 질주하는 사이렌이 무차별적인 속도를 줄인 곳은 곤지암 I.C였다. 곤지암 I.C를 통과한 사이렌이 그곳을 기점으로 나뉘어졌다. 한 무리는 389번 국도로 우회전, 다른 무리는 3번 국도로 하행하기 시작했다. 3번 국도로 하행한 무리에는 여러 대의 구급차가 뒤따랐다.
　처음은 미비하였다. 보잘것없는 사건이었다. 그저 집 나간 며느리 같은 살인자 한 명을 붙잡는 일이 전부였다. 서울에서만 한 해 200건 이상 일어나는 살인, 일견 그중에서도 싸고 쉬워 보이는 지방의 살인이었다. 그것이 전부였다. 그러나 단 며칠 사이,

사건은 건드린 벌통처럼 윙윙거리며 대한민국 구석구석을 헤집었다. 그리고 오늘 새벽, 7명의 경찰이 사망했으며, 12명은 중태, 게다가 이번 사건의 중요 피의자 중 한 명인 일명 '이구아나' 마저 승합차 앞 유리에 박힌 채 사망하고 말았다. 사건이 창대해진 것이었다.

2011년 11월 14일, 지극히 이례적으로 대통령이 수사본부가 차려진 송파경찰서를 방문했다. 정확히 오후 2시에 방문했던 대통령은 한 시간여를 머문 뒤 청와대로 향했다. 대통령은 질책과 함께 노고에 대한 감사도 잊지 않았다. 그것은 기자들을 통해 단어 하나까지 틀리지 않은 채 기사로 송부되었다. 그러나 강남길 송파서장과 단독 면담을 가진 30분에 대한 것은 어디에도 공개되지 않았다.

대통령이 떠난 4시간 뒤 송파경찰서는 사건에 대한 수사 중간발표를 했다. 정확히 7시였다. 이례적인 발표였으나 국민적인 관심과 대통령의 질책에 대한 여론 무마용이라는 비아냥거림도 없지 않았다.

송파서장 강남길은 익숙하지 않은 수사발표에 몇 번 헛기침을 해댔다. 나무토막처럼 삐쩍 마르고 멀대 같은 그가 고개 숙여 인사를 했다. 앞머리와 달리 휑한 윗머리가 카메라 플래시를 반사했다. 곧바로 그는 "자, 시작하겠습니다."라며 스스로에게 기합을 넣었다.

"1차 수사결과를 발표하겠습니다. 이번 사건은 살인자 이대형을 검거하는 수사에서 출발했습니다. 이대형은 10년 동안 도피생활을 했으며, 그 대부분을 노숙자로 살아왔습니다. 그가 모습을 드러낸 것은 2011년 10월 5일입니다. 그를 수상하게 눈여겨본 동사무소 직원에 의해 처음 그가 수사선상에 올랐습니다. 10월 25일, 송파경찰서 강력형사 2팀이 그를 검거하기 위해 투입되었습니다. 이 과정에서 한차례 검거를 시도했으나 사람이 많은 공공기관이었고, 그로 인해 2차, 3차의 추가피해가 우려되는 등 몇몇 불가항력적인 일이 겹치며 체포에 실패했습니다."

이 순간 기자들은 수사발표를 하는 송파서장에게 일제히 질문공세를 퍼부었다. 안이했던 것 아니냐, 무능력을 미화시킨 것 같다, 부끄럽지 않으냐 등의.

안경을 올려 쓰고 잠시 관망하던 송파서장은 어떤 답변도 없이 준비해 온 프린트대로 발표를 이었다.

"곧 강력형사 2팀과 1팀이 공조수사를 했으나 수사정보가 새고 있다는 판단을 내린 강력형사 2팀은 비밀리에 독자적인 수사본부를 차려 수일간 이대형을 쫓았습니다. 그 결과 10월 29일, 잠실 백마 아파트까지 쫓아가게 되었습니다. 그곳에서 사건은 급박하게 돌아갔습니다. 불법총기류 1점과 불법무기 1점, 인질을 붙잡아 형사를 협박, 탈취한 총기 1점을 가진 이대형과 공범이자 전직 군인 출신 흥신소 직원인 양성철과 신원불상의 통개로 지칭되는 살인청부업자 등이 대치하여 이곳에서 경찰에게 사격을 가했고, 이 과정에서 응사하며 도합 5발의 총알이 발사되었습니다."

머뭇거리던 강 서장은 연단에 마련된 물컵을 들어 벌컥벌컥 마셨다. 그가 우려한 다음 내용을 직접 발표해야 하는 때문이었다.

"지금까지 수사를 위해 비밀에 부쳤던 현장에 대한 설명을 하겠습니다. 탄도전문가와 범죄전문가가 현장을 정밀 감정한 결과, 1차 격발자는 송호근 경감으로 그는 무릎을 꿇은 사업가 이지훈의 머리를 향해 총알을 발사했습니다."

기자회견장은 순간 태풍이 휘몰아쳤다. 24구 사체에 대한 옐로우 저널리즘이 쓴 소설이 아닌 경찰이 명백한 범죄로써 살인을 저질렀다는 사실을, 그것도 수사지휘권을 가진 송파경찰서 강력형사 1팀 송호근이 사업가인 이지훈을 살해했다는 사실을 시인한 것이었다. 그것은 지금까지 각종 매체와 네티즌들이 소설을 쓰듯 사체 24구에 대해 내놓았던 추정과 추론에 종지부를 찍는 것이기도 했다.

"자, 잠시 진정하고 들어주시기 바랍니다. 그 즉시 편취한 총을 들고 있던 이대형이 송호근의 심장을 겨누어 발사했습니다. 이 과정에서 맞응사한 송호근의 총알이 백용준 경사의 머리에 박혔습니다. 이어서 신원불상의 범죄자인 일명 똥개가 이대형을 향해 총을 발사했으며, 연이어 고무총을 들고 있던 양성철과 똥개가 서로를 향해 격발했습니다. 이 과정에서 고무총을 맞고 잠시 의식을 잃었던 똥개는 사태를 수습하려는 경찰에게 종구를 들이대고 협박한 뒤 도주하였습니다. 지금까지 수사가 비밀리에 진행된 이유는 동일 범죄자라고 믿었던 똥개와 양성철, 그리고 이대형이 왜 송호근을 겨누었고, 또 서로를 겨누어 격발했는가. 송호근은 왜 사업가 이지훈을 겨누었는가에 초점이 맞추어져 있었습니다."

강남길 서장은 잠시 침을 삼켰다. 거짓말에 익숙하지 않은 탓이었다. 지금까지 수사초점은 청장의 압력으로 24구의 사체에만 집중되어 있었으니까.

"명백히 그것이 사건을 푸는 단서이자 열쇠였던 것입니다. 현재 이 부분에 대한 수사는 상당 부분 진전되었습니다. 오늘 벌어졌던 총격사건 또한 이 수사과정에서 벌어진 것입니다. 자세히 말씀드리자면 백마 아파트에서 벌어졌던 총격사건에서 도주한 똥개를 쫓는 과정에서 발생한 사건입니다. 이 총격사건으로 인해 생극치안센터 소속 경찰 두 명이 사망했고, 송파서 강력형사팀 두 명이 사망했으며, 경찰기동대 세 명 사망, 그 외 십여 명은 중상을 입었습니다. 그러나 이 과정에서 이번 사건의 주요용의자인 임철영 역시 사망하고 말았습니다. 오늘 발표는 여기까지입니다. 며칠 내로 2차 수사결과를 말씀드리겠습니다."

기자들이 일제히 일어섰다. 그들은 카메라와 마이크, 각종 취재장비를 들이대며 목소리가 가장 크고 빠른 사람을 뽑는 경연장처럼 일성을 토해냈다.

머리에 붕대를 감은 채 묵묵히 그 상황을 지켜보던 한 남자가 회견장을 빠져나갔다.

송파서장의 발표로 인해 언론사들은 그 즉시 '상당 부분 진전된 수사'를 어떻게든 알아내기 위해 그들의 연줄을 모두 동원했다. 그러나 대통령이 다녀갔고, 송호근이 이지훈에 대한 격발 사실을 공식적으로 발표했다는 것, 그것이 경찰에 미칠 파급력을 생각한 경찰정보통들이 굳게 입을 닫으며 기사는 송파서장의 이야기를 도식화하거나 그래픽화, 또한 현장상황을 영상으로 재생하는 정도에 그쳤다. 아울러 그들이 '더티 해리'로 표현했던 송호근에 대한 영웅 만들기를 자제하며 향후 수사를 기다리는 뉘앙스의 기사가 타전되었다.

 기자회견을 하기 직전, 수사본부는 경찰병원으로 비밀리에 옮겨졌다. 경찰병원 특실을 임대한 송파서장은 수사가 마무리될 때까지 강력형사 1, 2팀이 그곳에서 수사를 할 수 있도록 최대한의 조치를 취했다. 그 기저에는 똥개가 총을 맞는 즈음, 또한 어깨를 관통당한 정덕화가 경찰병원으로 후송될 즈음, 의식을 되찾은 백용준을 믿은 때문이었다. 더불어 송파서장은 그간 24구의 사체에만 집중되어 수사가 난항을 겪었던 사실을 자연스레 똥개와 이구아나, 그리고 송호근에게 옮겨놓았고 언론 역시 새로운 방향에 초점을 맞추기 시작했다.

 특실에는 총을 맞은 정덕화와 백용준의 침대가 마련되어 있었다. 이미 보름 가까이 의식을 찾지 못했던 백용준은 그것과 달리 상처가 대부분 아문 상태였다. 다만 총알이 뚫고 박혀 버린 두개골이 완치되는 데만 시간이 걸릴 뿐이었다. 황재현 역시 똥개를 사망케 한 경과를 기다리기보다 오히려 석극석으로 사선에 재투입되었다. 절차보다 사건 해결이 우선이라는 의지의 표현이었다.

 송파서장이 출입 기자들에게 상당 부분 미진했던 기자회견에 대한 입막음용 저녁 자리가 있는 그날 밤 12시, 서장은 즉각 수사회의를 소집했다. 특실에는 최소한의 인원들만이 비밀스럽게

모였다. 황재현, 정덕화, 백용준, 강남길 송파서장과 최재환 형사 과장만이 참석했다.
"백용준에게 박힌 총알이 뇌를 건드리지 않은 건 확률상으로 기적에 가깝다며? 에, 정 팀장은 그냥 누워서 듣게. 먼저 대통령의 이야기부터 전하겠네. 자리에 연연하거나 목이 날아갈 것을 우려해 사건이 답보 상태에 빠진 것 아니냐고 질책하셨네. 더불어 송호근이 죄질이 나쁜 범죄자로 밝혀진다 해도 억지에 가까운 문책인사는 없을 것이라고 덧붙이셨어. 황재현 경사가 똥개를 사망에 이르게 한 것도 잘한 거라고 하셨네. 오히려 이런 부분은 밝혀지는 것보다 묻히는 게 나을지도 모르니까. 에, 문책은 없을 거야. 그리고 모든 지원을 아끼지 않을 테니 사건을 해결하라고도 하셨어. 대신 이 부분에서 확고한 의견을 말씀하셨는데 일주일 안에 가시적인 성과가 없다면 거시적인 수사팀을 꾸리게 할 거라고 하시더군. 아마 일주일이 우리에게 주어진 전부라고 보면 되겠지. 이때까지 해결하지 못하면······. 뭐 이 이야기는 일단 넘어가자고. 자, 누구부터 시작하겠나? 도대체 사건이 어떻게 돌아가는 건가?"
입술을 굳게 다물며 서장은 팔짱을 꼈다. 안경 너머 서장의 눈빛은 그 어느 때보다 반짝거렸다. 일순 그들을 감싼 정적이 특실 내부를 휘감았다. 그러나 오래가지 않았다. 붕대를 감은 백용준이 손을 든 때문이었다.
"저부터 시작해야 할 것 같습니다. 너무 오랫동안 제가 침묵하고 있었던 터라."

오른 검지로 머리를 톡톡 두드리는 시늉을 하며 어색한 웃음을 지었다.

"음, 이 자리 때문은 아니지만 이 자리를 위해 제가 꼭 깨어나지 않은 느낌입니다. 기자회견은 봤습니다. 만감이 교차하던데요. 먼저 제가 송호근이 죽기 전 했던 이야기를 통해 알게 된 사건 전체를 짚어드리겠습니다."

백용준은 총을 쥐었던 송호근을 떠올렸다. 그리고 찰나생멸의 눈 깜짝할 사이에 이슬이 되어버린 이지훈을 떠올렸다. 그가 한 일이란 그저 누명을 벗기 위해 몸부림친 것이 전부이지 않던가. 그의 넋을 달래는 일은 이번 사건을 통해 잘못된 모든 것을 바로잡는 방법뿐이었다.

모든 상황은 가짜였다. 백용준이 쫓았던 이대형은 가짜였다. 버젓이 사업가로 행세하던 이지훈도 가짜였다. 가짜, 이 뒤에는 그림자가 있었다. 송호근이 있었고 똥개가 있었으며 양 상사가 있었다. 이것은 중대한 사실을 내포하고 있었다. 장대한을 살해한 살인범을 체포하는 것이 의미가 없다는 것을 뜻했다. 가짜와 진짜, 거짓과 진실. 첫 단추는 어디이고 마지막 단추는 어디일까. 어디서 잘못 끼워졌고, 마지막 남게 될 단추 하나, 그 결말은 어디일까. 잘못 끼워신 첫 단추, 장대한의 살인은 조작이었다. 그러나 이 단추는 10년 가까이 제대로 끼워져 있었다. 그렇다면 시작은 어디인가?

시작은 더 거슬러 올라가야 했다. 살인범 이대형이 되었던 남자, 이지훈은 무릎을 꿇은 채 총을 맞은 그를 이동훈이라고 말했다. 백용준은 분명 그 이름을 들었다. 이동훈. 그렇다면 사건은 살인자 이대형도, 그가 아니라고 주장하는 이지훈도 아닌 바로 이동훈에게서 시작해야만 했다. 그리고 그가 버젓이 사업가 이지훈으로 바뀌는 과정에서 송호근이 어떻게 가담하게 되었는가, 똥개가 무엇을 했는가, 더불어 이구아나와 양 상사가 했던 일은 무엇인가를 밝혀내야만 했다. 허와 실, 바로 허와 실을 명확히 구분하고 허가 아닌 실을 쫓아야만 했다. 그랬기에 허에 해당하는 장대한과 이대형은 결국 의미를 잃을 수밖에 없었다.
"잘 이해가 가지 않는데."
최재환 형사과장은 아랫입술에 잔뜩 힘을 주며 백용준을 보았다. 최재환은 철저하게 증거에 입각한 과학수사를 천명하며 순경에서 형사과장 자리까지 오른 입지전적인 인물이었다. 그의 입장에서는 이해가 되지 않아서가 아니라 현실적으로 불가능하지 않느냐라는 뜻이 담겨 있었다.
백용준은 그를 보며 쉽지 않은 살인의 역학관계에 대해 설명해야 한다는 것을 알아차렸다. 두 번 꼬아놓은 뫼비우스 띠 같은, 일반인들은 꿈도 꾸지 못할 살인, 그것을 역학관계까지 만들어 들키지 않을 방법으로 그들은 살인을 해왔다. 그 살인은 모두 허가 아닌 실이었다.
그때 황재현이 끼어들었다.
"이번 사건은 경찰청 지문관련 전산, 그리고 현재로는 추정 불가능한 어떤 세력에 의해 조작되어진 주민등록 전산을 통해 새로운 신분을 취득시켜 주는 것이었습니다."

설명이 복잡해질 것을 알아차린 황재현이 병상에 누웠던 탓에 새로운 정보가 완벽하지 않은 백용준을 대신해 준 것이었다. 그와 동시에 송파경찰서장의 입에서 "새로운 신분?" 하는 놀라움이 되돌아왔다.

"말도 안 돼. 현실적으로 불가능하지 않은가? 어떻게 우리나라에서 이런 일이? 에잇, 아니지, 이건 아니야."

서장은 황재현의 이야기를 믿지 못해서가 아니라 사안의 중요성과 그것의 대범함에 놀라움을 금치 못해 재차 자문을 던졌다.

"아니야. 그건 아닌 것 같아."

형사과장도 고개를 가로저었다.

"사실입니다."

백 형사가 단언했다. 그가 총에 맞기 전, 그와 황재현이 설마 하며 유추했던 가뭇한 상황을 송호근은 한 방에 정리하고 말았다. 물론 그것이 총알 한 방으로 재정리되어 버렸지만.

"지금까지 수사로 알려졌던 각 용의자들에 대한 정보, 그것을 무시해야 합니다."

백용준은 호흡을 가다듬었다. 그로서도 납득하기 힘든 사실이었으며, 그것이 현화되어 실제 존재하리라곤 꿈에도 생각지 못했다. 흡사 방정식 같은 살인대위법에 대해 그는 수학선생님처럼 설명해야만 했다.

"아니, 그럼 지금까지 수사가 그것을 바탕으로 했기 때문에 진척이 없었다는 건가?"

"그렇습니다."

형사과장의 질문에 백용준은 이야기를 이었다.

"우리가 아무리 수사에 달인이며 범죄자를 잡는 데 전문가라고 하지만 잘못된 정보를 가진 수사는 결국 잘못된 길로 갈 뿐입니다. 벌써 십 년 가까이 잡히지 않던 이대형만 해도 그렇습니다."

"이대형은 총을 맞고 죽었지 않나?"

다시 형사과장이 맞섰다.

"수사단계에서 정 팀장님이나 황재현 경사도 이야기를 정확히 꺼내지 못했을 겁니다. 수사를 떠나 이 사건이 과연 어디까지 흘러갈지 예상할 수 없었으니까요. 실제 이대형은 죽은 지 십 년은 됐을 겁니다."

백용준은 이대형에 대해 짚이는 것이 있었지만 일단 그것은 이야기하지 않았다.

"한 달 전, 총격에서 사망한 것이 아니란 말인가?"

이번에는 송파서장이 맞받아쳤다.

"아닙니다. 장대한 살해사건이 2002년 9월에 일어났으니 신분 세탁을 위해 그 이전에 제거되었을 겁니다. 게다가 제가 듣기로 경찰청장님의 노발대발로 24구의 사체에 대해 수사초점이 맞추어졌다고 들었습니다. 이번 사건은 바로 그런 모순들 때문에 사건 자체를 제대로 볼 수 없었던 겁니다. 말씀드리자면 그날 총격을 받아 사망한 이지훈은 이지훈이 아니었습니다. 더불어 살인범 이대형 역시 이대형이 아니었던 겁니다."

"뭐야, 아버지가 아버지가 아니고, 형을 형이라 못 부르는 겐가?"

"그게 그렇게 되나요? 제가 총을 맞았고, 김해에서 오신 황 경사는 찬밥 신세였을 거라 그의 의견은 반영되지 않았을 겁니다. 아니, 때를 기다렸다는 것이 맞을지도 모르겠습니다. 십 년을 기다렸는데 며칠을 못 기다렸겠습니까. 더구나 황 경사도 제가 일어나야만 사건에 대한 정확한 윤곽을 알 수 있었을 겁니다. 솔직히 수사에서는 황 경사가 가장 앞서 있었겠지만 우리는 소설가가 아니라 형사니까요. 황 경사 역시 그가 정확히 쥘 수 있는 증거가 필요했을 겁니다. 먼저 우리가 살인범 이대형이라고 쫓던 남자는 실제 이지훈이었습니다. 그리고 이지훈으로 살았던 남자는 이동훈입니다. 이 사람에 대해서는 새로이 수사가 진행되어야 할 것입니다. 이번 사건은 바로 행정안전부 주민등록과 경찰청 지문에 손댈 수 있는 자들이 결탁해 신분을 1대 1로 맞바꾸어 주며 그 과정에서 누명을 쓴 살인범에게까지 새로운 신분을 부여해 그들의 뒤에 도사린 실제 범죄자들이 드러나지 않도록 완벽하게 꾸며진 범죄였습니다. 사건을 드러나지 않게 하기 위해 두 번이나 꼬았던 겁니다."

"이해가 가지 않는데?"

"이번 사건을 예로 들어 말씀드리겠습니다. 먼저 이동훈이라는 인물이 있습니다. 아직 이동훈에 대해 수사가 이루어지지 않은 터라 정확한 사실 설명은 힘듭니다만, 그는 어떤 이유로 인해 새로운 신분이 필요했습니다. 그리고 이동훈에게 애인인 조영미가 있었습니다. 조영미의 남편인 장대한은 죽기 직전, 수령액이 몇십억 원에 달하는 생명보험금을 납입하고 있었습니다. 이대로 살인과 보험금 수취가 일어난다면 불 보듯 뻔하게 경찰에서 수사에 나섰을 겁니다. 간단한 보험사기 살인이 되는 겁니다. 그런데 이 사이에 어떤 식으로 송호근과 똥개, 그리고 이구아나가 끼어들었습니다. 먼저 이동훈과 조영미를 갈라놓았습니다. 갈라놓았다기보다 다른 수단을 동원해 그들이 사용하는 연락 방법을 바꾸었다고 보는 게 맞을 겁니다. 이동훈에게는 전제로 새 신분이 필요하다고 말씀드렸습니다. 그 새 신분의 대상이 바로 이지훈이었던 겁니다. 그리고 이지훈은 장대한을 죽일 살인자가 되는 겁니다. 그런데 여기서 문제가 발생합니다. 만에 하나, 이지훈이 장대한을 죽인 살인자가 된다 하더라도 이지훈으로 살아가는 이동훈이 있습니다. 이들의 커넥션이 드러나지 않으려면 이지훈은 전혀 다른 사람이 되어 살인자의 누명을 써야 했던 겁니다."

"그게 이대형이라는 건가?"

놀란 표정을 감추지도 않은 채 형사과장은 격앙된 목소리로 물었다. 굳이 이 자리에서 놀란 심정을 감출 필요조차 없었고. 형사과장은 재차 질문을 이었다.

"그 허수아비 이대형을 쫓았기 때문에 사건은 십 년 가까이 해결되지 않았던 거고?"

"맞습니다. 일단 그것은 조금 있다 말씀드리죠. 사건을 위해 가장 먼저 이지훈이 이대형이 되는 것이죠. 이 과정에서 실제 이대형은 사망했을 겁니다. 여기서 주민등록이 한차례 바뀝니다. 일반적인 사람들, 범법 행위를 저지르지 않는다면 자신의 신분을 경찰이나 동사무소에 가서 내가 누군지 알아봐 달라, 이런 사람 없잖습니까? 이 한차례 과정에서 범행, 즉 장대한을 죽일 시간을 벌었을 겁니다. 이후 다시 살인팀이, 아마 똥개였을 겁니다. 장대한을 죽이는 겁니다. 그리고 이 과정에서 이대형의 범행으로 보이게끔 이구아나가 위장했을 거고요. 수사에 돌입하거나 낌새가 보일 무렵, 송호근과 드러나지 않은 제4, 내지 제5의 범죄자가 이 모든 것에 대한 범인으로 이대형, 즉 실제 이지훈을 지목하는 것이죠. 이 모든 것은 일시에 완벽히 짜 맞추어져 일주일 내에 벌어졌을 겁니다. 그리고 저희 같은 수사팀이 범인에 대해 수사를 하고 이대형을 쫓을 때는 이미 늦은 겁니다. 이대형에 대한 모든 것은 이제 누명을 쓴 이지훈으로 바뀌어 있는 상태니까요."

"허, 제기랄. 희대의 범죄구만. 이건 연쇄살인이나, 아니, 대한민국에서 벌어졌던 그 어떤 범죄보다 죄질이나 방법에서 악랄하고 완벽하군 그래."

송파서장이 혀를 차며 분노를 표출했다. 그 즉시 형사과장이 이야기를 맞받았다.

"아니, 사태가 이런데 어째서 이대형, 아니, 실제 이지훈이 죽지 않고 살았던 거지?"

"송호근이 저에게 그랬습니다. 당시에는 장대한 건이 두 번째여서 자신들도 노하우가 쌓이지 않았었다고요. 그것을 추측해 보면 최초에는, 송호근을 위시한 범죄팀이 1대 1과 1대 1이 맞물린 신분 세탁과 살인의 과정을 정착시켰던 것이 아니라, 한 사람을 제삼자로 바꾸는 신분 세탁 과정을 구상했던 것 같습니다. 거기서 일어나는 살인은 송호근과 똥개, 이구아나 등으로 이루어진 살인팀이 해주고 이동훈은 이지훈으로, 그리고 이지훈을 장대한이 죽인 것으로 꾸미는……."

"이것만 해도 완벽한데 왜?"

형사과장은 이제 화가 치밀 대로 치민 얼굴이었다. 예상치 못한 전개에 두려움마저 느끼는 것 같았다.

"범죄팀, 즉 이 사건을 계획하고 주도한 송호근과 똥개, 이구아나, 김 사장과 양 상사 팀, 그리고 아직 드러나지 않은 나머지 인물이 발각될 위험이 있었던 겁니다. 그 맹점에는 이동훈이 이지훈으로 살고 있었다는 거죠. 단 한 번의 신분 세탁 과정을 거치는 통에 살인자가 이지훈이 되어버렸을 때, 물론 그들은 이지훈을 죽여 어딘가에 매장하면 그만이라고 생각했던 것 같습니다만, 이지훈의 사체가 행여 뒤늦게라도 발각되면 어쩔 거냐는 그들 스스로의 질문이 있었던 것 같습니다. 그렇게 되니……."

"이지훈에게도 아예 새로운 신분이 필요했다 이건가?"

조금 냉정을 되찾은 송파서장은 큰 숨을 내쉬며 백용준에게 물었다.

"맞습니다. 거기서 더 생각해 보세요. 누명을 쓴 이지훈을 이대형으로 바꾸어 자살한 것처럼 위장이라도 한다면…… 게임 오버죠."

"그런데 왜 이대형, 아니, 실제 이지훈을 제거하지 못했지?"

강 서장을 향해 이번에는 당시 수사를 담당했던 황재현이 대답했다.

"그게 참 기막힐 타이밍입니다. 그 몇 달 사이, 아니, 며칠 사이였을지도 모릅니다. 실제 이지훈이 빚쟁이에게 쫓기게 돼버렸습니다. 정말 기막힌 타이밍이었죠. 그 과정에서 그는, 그러니까 실제 이지훈이 엉뚱한 결정을 하게 되었던 겁니다. 빚에 쪼들려 그것을 갚으며 사는 대신, 노숙자라는……. 그게 뭘 의미하는지 아시겠죠? 법적으로, 또 현실적으로 실제 이지훈이 사회에서 증발해 버렸던 겁니다. 아마 IMF 이후 살인적인 독촉이 시작된 탓인지 모르겠지만 이후 그는 모든 생을 내려놓고 거의 십 년을 노숙자로 살았던 겁니다. 살인이 일어나고 그들의 노하우가 완벽하지 않아 그들도 어떤 식으로 처리할지 왈가왈부하던 그사이에 말입니다. 송호근 팀도 방심했었던 겁니다. 지령이 없던 며칠 사이였으니, 이구아나로 추정됩니다만, 어느 한순간에 노숙자를 선택한 이지훈을 놓쳐 버린 겁니다."

"그렇게 십 년 넘게 이지훈은 노숙자로 살았던 거죠. 그가 의도한 것은 아니지만 경찰에도, 또 이 범죄팀에게도 이지훈은 그렇게 사건의 수면 아래에서 잠수를 하게 되어버렸던 겁니다. 그러다 남보라라는 여자 친구가 생기자 아시는 것처럼 이지훈이 이 대형으로 드러나게 된 겁니다."

백용준과 황재현이 서로가 더 잘 아는 것들을 번갈아가며 실명했다. 황재현은 맞받아 이야기를 이었다.

"그런데 인연이란 게 참 무서운 겁니다. 아니, 결론적으로 그 인연이 이번 사건 전체를 드러나게 만들었지 뭡니까."

황재현이 잠시 호흡을 끊자 병실에는 의문을 담은 공기가 가득

찼다. 그 공기가 터져 버릴 만큼 팽창했을 때 황재현이 입을 뗐다.

"이지훈을 노숙자로 내몬 장본인이 바로 실제 이동훈이었습니다."

그 순간 서장과 형사과장의 입에서 장탄식이 터졌다.

"전 어차피 송파서에서 찬밥이라 백용준 경사가 깨어날 때까지 그와 추리했던 부분을 파고들었습니다. 왜 내가 십 년이나 이 사건을 놓쳤던가에 대한 의문을 찾아갔다고 보는 것도 맞습니다. 애초에 잘못된 전제를 가지고 출발했었으니 해결할 수가 없었죠. 행정전산과 경찰청 전산에 기초해 말씀드리자면, 제가 주장하는 것은 한낱 소설에 불과합니다. 이 사건이 일반적이었다면 절대 형사들이 파헤칠 수 없는 지점이 바로 거기입니다. 아시다시피 형사들이야 증거가 가장 우선이지 않습니까? 그렇지만 백용준 경사가 말했듯 행정전산과 지문이 살인자라고 지목한 이대형을 이지훈으로 바꾸어서…… 그러니까 백 경사와 제가 추리한 대로 이대형을 이지훈으로, 그리고 이지훈을 제삼의 인물로 전제를 뒤바꿔 탐문을 했습니다. 그리고 그 탐문은 십 년을 거슬러 올라가서야 그들이 바뀌었다는 것을 찾아낼 수 있었습니다. 그러나 그것이 국가적인, 또 실증적인 증거를 의미하지는 않습니다. 아시다시피."

황재현은 뒤바뀌었다는 의미로 손바닥을 몇 번 뒤엎는 시늉으로 심정을 대변했다.

"국가적, 또한 전산적으로 확인할 수 없는, 오로지 입에서 입으로 확인한 이야기를 빌어 말씀드리면." 하고 황재현은 어이없다는 웃음을 터뜨렸다.

"해웅음료에 이지훈은 군면제 대졸 5년 차로 만 4년을, 이동훈은 대졸자로 2년을 다녔다고 합니다. 그중 마창 지사에서 육 개월 남짓 이들은 말단 영업사원으로 함께했습니다. 그것이 결국 악연과 함께 서로의 종말을 가져오고 말았습니다. 솔직히 이 사건에 이동훈이라는 자가 개입되어 있는지 저는 몰랐습니다. 오후에 백용준 경사와 해웅음료를 찾아가며 이 사실은 확실해졌습니다. 백 경사와 이동훈 이야기를 꺼냈거든요. 그리고 닷새 전이었나요? 이대형이 이지훈이라는 가정하에 실제 이지훈을 쫓던 중 마창 지사를 12년째 운영 중인 사장이 이대형의 사진을 보며 아, 이지훈요, 하는 겁니다. 그러면서 그 사람 인생 참 우습게 됐지, 하면서 이동훈과 이지훈의 악연을 설명하더군요. 저는 이거다, 하며 땅을 쳤습니다. 이동훈이 결국 이지훈의 인생까지 송두리째 삼켜 버렸으리라고는……. 그런데 이구아나가 급작스레 등장하는 통에 황급히 그것에 매달려야 했습니다. 워낙에 사안이 시급했잖습니까."

의문이 해결되자 곧바로 침묵이 대신했다. 침묵은 그들이 쏟아낸 열정만큼 길게 이어졌다. 어느덧 시간은 새벽 2시를 넘어섰다.

"이제 어쩌나?"

한숨처럼 형사과장이 뱉어낸 이야기였다. 그 순간 경찰서장이 픽, 웃음을 터뜨렸다.

"그러네. 이거 원. 어디서 뭘 어떻게 시작하나?"

침대에 정좌하고 있던 정덕화 팀장이 침묵을 깼다.

"황 경사가 어찌할 수 있는 상황은 아니었겠지만 결과적으로 똥개의 선택은 탁월했습니다. 그 자신의 죽음까지 말입니다. 그가 살려고 했는지 죽으려고 그랬는지 모르겠지만 어쨌든 그가 죽음으로써 사건에 대해 드러난 그 누구도 살아 있는 사람이 없습니다. 송호근, 오미라, 양 상사 양성철, 김 사장 김주호, 이구아나 임철영. 그것도 모자라 이동훈, 이지훈, 심지어 백 형사까지 사망할 뻔했죠."

정덕화는 백용준과 눈을 맞추었다. 살아주어서 고맙다는 듯.

"저도 이 정도까지일 거라고 생각하지는 못했습니다만……."

정덕화가 황재현을 응시했다. 어쩌면 황재현의 노력이 몰고 온 국가적 재앙에 총을 맞은 피해자가 바로 자신이 아니냐는 듯. 그러나 그것이 곧 계급을 떠난 형사들만이 느낄 수 있는 진한 존경의 눈빛임을 사람들은 알아차릴 수 있었다.

"일단 사건은 몇 가지 의문과 과제를 던져 주었습니다. 먼저 이대형에 관한 것입니다. 백 경사와 황 경사가 추리한 대로라면 실제 이대형, 즉 이지훈과 신분이 교체된 이대형을 찾아내는 것이 요원해 보인다는 사실입니다. 아마 이 사안은 해결되지 않을 수도 있습니다. 솔직히 그런 사건은 한둘이 아니지 않습니까."

황재현이 정덕화의 이야기를 자르며 들어왔다.

"이대형에 대한 것은 솔직히 조사할 만큼 조사했습니다. 애초 장대한 사건 파일에 기록되어 있습니다. 만약 이대형이 이지훈이었다는 어떤 꼬투리나 살아 있는 실제 이대형에 관한 사실을 조금이라도 알아낼 수 있었다면 여기까지 오지도 않았을 겁니다. 타인의 삶이라는 게……. 그렇지만 이대형의 넋을 달래는, 또 실제 이지훈의 넋을 달래는 일은 바로 사건 해결이 아닐까 생각됩니다."

잠시 정덕화는 허공을 응시했다.

"두 번째는 이지훈에 대한 범죄 집단, 송호근이나 똥개, 편의상 이렇게 부르겠습니다. 그들의 실수가 결국 이런 재앙을 불러왔다는 겁니다. 반대로 그런 실수는 한두 번, 그들이 말한 대로 노하우가 쌓이지 않은 이번 건이 처음이자 마지막일 것이라는 추측입니다. 그들이 실제 이지훈이 나타나자 즉각적으로 움직인 이유는 그래야 설명이 됩니다. 그들은 단 하루 이틀 만에 범죄팀 전체가 이지훈을 잡기 위해 움직였습니다. 그리고 결론적으로 이동훈이죠, 이지훈으로 살고 있던 사람과 실제 이지훈을 제거하기로 결론 내렸습니다. 곧바로 실행에 옮겼지만 백용준과 황재현 경사의 끈질긴 집념에 사달이 나버렸습니다. 여기서 눈여겨보아야 하는 대목이 바로 24구의 사체입니다. 이제 이 사체가 의미하는 바를 정확히 알겠습니다. 이번 이지훈 건으로 유추했을 때 범죄 집단이 한 번의 신분 세탁을 거치면 세 구의 시체가 발생되는 시스템을 구축했습니다."

"이해했어."라며 강남길 서장이 끼어들었다. 그는 "24구의 시체, 송호근네 별장에서 발견된 것은 여덟 번의 신분 세탁이 있었다는 거잖아. 그러니까 보험금을 지불해 줄 시체 하나, 위장 신분이 되어줄 시체 둘, 살인자가 되어줄 시체 셋, 이렇게."라며 심각한 표정으로 팔짱을 다시 꼈다.

"그렇습니다. 즉 실수하지 않은 여덟 건의 추가 신분 세탁이 있었을 거라는 사실입니다. 만약 두 구의 사체만을 암매장하고 보험금을 지불해 줄 사체를 정상적으로 묻었다고 치면 열두 건의 추가 신분 세탁이 있었을 겁니다. 일단 이 부분은 잠시 후에 다시 이야기를 나누죠. 세 번째입니다. 이번 사건을 과연 어디까지 공개할 것인가 하는 사안입니다. 이번 사건은 공개 즉시 파문을 몰고 올 것이 뻔합니다. 가장 먼저 우려되는 것은 전례로 비추어 알 수 있는 경찰 기강 해이에 따른 문책성 인사입니다. 곧바로 수사권은 검찰에게 넘어갈 것입니다. 안타깝지만 이렇게 사건이 해결되어 버리면 모든 공은 검찰에게 비난은 경찰이 감당해야 될 겁니다."

정덕화의 이야기를 서장이 되받았다.

"그건 걱정하지 말게. 일주일의 시간이 주어졌다고 했잖아. 그러고 서장까지 했으면 경찰 생활 많이 했지 뭐. 퇴직금이랑 연금 정도면 애들 대학은 보낼 수 있을 걸. 걱정 안 해."

서장은 오히려 덤덤했다. 어쩌면 그것이 대통령에게서 일주일이라는 시간을 벌 수 있었던 결과인 듯했다.

"그리고 문책성 인사는 최소한일 거야. 그건 내가 장담하지."

서장이 한마디를 덧붙이자 분위기가 숙연해졌다. 목숨 내놓고 일하면서 목이 잘리는 현실, 그러나 경찰이라면 당연히 받아들여야 하는 현실이 아니던가. 이런 현실의 경계가 비리 경찰을 만들어내게 하는지도 몰랐고.

"그럼 마저 말씀드리겠습니다. 네 번째, 이제 수사는 어떤 방향으로 진행될 것인가. 솔직히 가장 먼저 떠오른 생각이 물량 공세였습니다. 경찰에서 전산을 다루는 사이버 수사팀이나 신세대 경찰들을 거의 전부 행정안전부 주민등록 전산에 압수수색으로 투입하는 거였습니다."

"나쁘지 않은데. 국민적인 관심도 불러일으킬 수 있고, 무엇보다 이 사건이 왜 해결하기 어려웠던가에 대한 의문을 해소해 줄 수 있잖아. 경찰 전체 투입이라. 재밌겠어."

덤덤하던 강 서장의 입가에 잔잔한 미소가 번졌다.

"그런데 전례라는 게 있잖습니까. 이렇게 되면 검찰이 밥숟가락을 얹으려 할 겁니다. 절대 가만있지 않겠죠. 곧바로 행정안전부 측도 그들이 이용 가능한 모든 루트를 통해 저항하려 들 겁니다. 이건 이번 사건뿐만 아니라 주민등록 전산에 문제가 있었다는 사실을 시인하는 꼴이니까요. 이렇게 되면 적어도 십오 년 전부터 이 전산을 준비한 모든 공무원이나 고위급 관계자들이 가만있지 않을 겁니다. 정치적인 싸움으로 비화될 가능성도 크죠."

"그렇겠구만. 서장님, 이 방법은 전면전이라 얻는 것만큼 잃는 것도 많을 겁니다. 더구나 십 년 동안 사건을 해결하지 못한 경찰의 무능력을 비하하며 언론플레이를 시도한다면 저희도 상당수 피해를 감수해야 할 것 같은데요."

형사과장이 이야기를 되받았다. 곧바로 생각에 잠겼던 강남길 서장이 이야기를 꺼냈다.

"일단 드러난 것으로 정리를 해볼게. 이번 사건의 대장? 뭐, 가장 윗선은 일단 송호근이야, 그지? 송호근은 그가 가진 커넥션을 통하거나 사건 청탁, 수뢰하려는 모든 사람에게서 소위 돈이 될 만한 사람을 짚어냈어. 그 뒤 똥개나 이구아나, 김 사장이나 양 상사 따위를 시켜 사건을 계획하고 실행에 옮겼어. 그 결과 이지훈? 아직도 헷갈리는구만. 이동훈? 이런 신분 세탁을 거친 새로운 인물이 탄생했고. 그런데 사건을 어디부터 파봐야 할까. 송호근은 파볼 만큼 파봤는데……."

그러자 병실 안에는 다시 무거운 기운이 감돌았다. 그 찰나생멸의 기운이 소멸하자 사람들은 일제히 정덕화를 응시했다.

"서장님, 과장님. 조금 전에 제가 말씀드렸잖습니까. 실수하지 않은 여덟 건의 신분 세탁. 24구의 사체에 대해 조금 있다 이야기하자고요."

"아하, 알겠습니다."

오랜 침묵을 깨고 백용준이 미소를 지었다. 곧바로 수사회의는 속결되었다. 서장은 한포국한 웃음을 지으며 병실을 빠져나갔다. 형사과장도 서장을 뒤따랐다. 상황이 수습되자 진력이 빠진 정덕화와 황재현, 백용준은 각자의 침대에 누워 버렸다. 보호자용 침대에 누운 황재현이 천장을 바라보며 "내일 해는 내일 뜨겠죠." 하고 물었다. 그 즉시 정덕화와 황재현은 킬킬거리며 웃기 시작했다. 백용준도 웃음을 터뜨렸다. 서러움을 담기도 한, 그렇지만 유쾌하기도 한 그 웃음은 한동안 병실을 떠나지 않았다.

아침 회진이 끝나고 의사가 나가자 정덕화가 백용준에게 물었다.

"뭐래?"

"몇 달 조심하라는데요. 총구멍으로 뇌가 쏟아질지도 모른다고."

"저, 정말?"

"농담입니다. 총구멍 난 곳에 뼈가 얼마나 자랄지 모르니까 몇 달은 두고 보아야 한데요. 그런 뒤 혹시라도 구멍이 메워지지 않으면 텅스텐이나 기타 재질로 씌워야 할지도 모른다고 그 얘기 하던데요."

그때 똑똑 하고 노크 소리가 들렸다. 정덕화가 "네." 하고 대답하자 머리 하나가 불쑥 문 사이로 들어왔다. 곧바로 헤, 하고 웃는 모습으로 변한 얼굴이 백용준을 응시했다.

"미숙 씨."

백용준이 벌떡 일어섰다. 세수를 하고 나오던 황재현도 박미숙을 보자 얼른 인사를 건넸다.

박미숙은 혀를 쏙 내민 뒤 "깨어나셨다고 해서."라고 말했다.

"이분이 사건을 수면 위로 끌어 올리신 분입니다."

백용준이 박미숙을 정덕화에게 소개했다. 그 즉시 정덕화는 "아, 백용준이가, 내가 아는 백용준이가 처음으로 하던 일까지 그만두고 만나러 갔던 여자분이 이분이신가."라며 스스럼없이 웃었다. 백용준은 얼음, 박미숙은 홍당무가 되었다. 그들을 본 황재현도 크게 웃었다.

자리가 진정되자 박미숙은 "당분간 보라 씨와 함께 살려구요." 라며 백용준에게 말했다. 흡사 허락을 구하는 듯했다. 이어서 "그녀가 극심한 우울증에 시달리는 것 같아서요." 하고 덧붙였다.

"아, 잊고 있었습니다. 사건의 피해자인데. 사실 우리 사회도 마찬가지고 저희도 사건 해결에만 급급하다 보니. 죄송합니다."

오히려 정덕화가 고개 숙여 사과했다.

"사건은 어떻게 돼가나요?"

박미숙이 질문하자 백용준이 고개를 저었다. 그것을 말해줄 수 없다는 뜻으로 받아들였는지 그녀는 "비밀인가 보군요." 하고 대답했다. 그러자 백용준이 얼른 "아닙니다."라며 고개를 저었다.

"실은 아직까지 해결된 것이 하나도 없습니다. 보름이 넘게 지났지만 그날이나 지금이나 드러난 사실은 똑같습니다. 허상을 쫓았거든요. 제가 드러누운 동안에."

백용준의 대답에 미안했는지 정덕화가 부연 설명을 했다.

"일단 황재현 경사와 함께 쫓을 수 있는 실재를 쫓았습니다. 똥개와 이구아나, 그리고 미숙 씨가 모르시겠지만 흥신소를 하는 김 사장을 통해 그 실재를 밝히려 했습니다. 그렇지만⋯⋯."

"아, 그렇게 된 거군요. 무슨 뜻인지 알겠습니다. 그렇지만 지훈 씨는 제게 많은 것을 선물했습니다. 인생이란 것을 통째로 다시 생각해 보게 한 남자였어요. 비록 사랑이나 이런 것과 다르지만 많은 것을 다른 관점에서 보게 만들어준 분이었어요. 사건을 반드시 해결해 주십시오. 부탁입니다."

박미숙은 스스로의 감정에 고조되어 눈물을 흘렸다. 눈물이 진정되자 박미숙은 백용준에게 악수를 건넸다. 그러면서 그녀는 그녀가 가진 최고의 힘으로 손을 꽉 쥐었다. 그녀의 기운을 전달하겠다는 듯. 그녀는 귓속말로 "우리 일은 이 사건 다음에 해결하죠." 하며 속삭였다.

백용준은 그녀가 나가자 크게 상심하고 말았다. 기대를 저버린다는 것이 어떤 의미인지 알 것 같았다. 그것은 부모님이 원하는 1등과는 다른 의미였다. 반면 그녀가 남긴 마지막 말이 그를 들뜨게 하기도 했다.

"반드시 잡을 거야. 그러니 힘내자고."

어젯밤 그들은 전혀 다른 방법으로 사건에 접근하기로 했다. 그것은 24구의 사체가 던져 준 방법이었다. 동시에 죽어버린 이동훈이 던져 준 방법이기도 했다. 그것을 위해 강력형사 1, 2팀을 현재 관여하는 모든 사건에서 손을 떼도록 조치했다. 그리고 그들을 형사과장이 직접 지휘하기로 결정했다. 형사과장이 맡기로 한 임무는 과거를 파헤치는 것이었다. 가짜 이지훈에 대한 기록, 가짜 이대형에 대한 기록을 바탕으로 한 수사는 결국 벽에 부딪힐 수밖에 없는 태생적 한계를 안고 있었다. 그리고 그 기록은 온진히 2002년 9월 23일, 즉 정대헌의 살인사건이 발생한 날 이후부터 조작되어 있었다. 그 탓에 사건은 지지부진했으며, 앞으로 나아가지 못했다. 하여 형사과장은 1, 2팀 형사 전원을 4팀으로 나누었다. A와 B팀은 10년 이전의 이지훈과 이동훈에 대해 파헤치도록 힘쓰기로 했다. 그래야만 새로이 접근하기로 한 방법

이 탄력을 받을 수 있기 때문이었다. 나머지 C팀과 D팀은 퉁개
와 이구아나를 파헤치기로 했다.

❖

머리에 붕대를 감싼 백용준과 어깨와 팔에 고정장치를 한 정덕
화가 금융감독원에 들어가는 순간, 세 명의 경비가 그들을 제지
했다. 그들은 흡사 보험관련 범죄를 저지르다 뜻대로 되지 않자
금융감독원을 항의 방문한 범죄자처럼 취급되었다. 그들 열 걸음
뒤에서 낄낄거리며 웃던 황재현이 수색영장을 보여주자 경비들
은 혼비백산하듯 관계자에게 그들을 안내했다.
금융감독원 보험업무 전산파트에서 세 형사는 하루를 보냈다.
전산 계약직들이 일하는 빈 사무실로 안내되었다. 점심은 자장면
으로 때웠다. 저녁이 되어 강남길 서장의 호출에 기지개를 켜기
까지 묵묵히 빈 책상에서 머리를 조아렸다. 세 형사는 번갈아 졸
기도 하고 고통스런 신음을 지르기도 했다. 몸 쓰는 일에 익숙한
세 사람에게 깨알 같은 글씨를 읽어가는 업무는 그만큼 고통스러
웠다.
"어떻게 됐어?"
그날 밤 수사회의에서 강남길 서장이 세 사람을 번갈아 보며
물었다. 최재환 형사과장도 궁금한 눈빛으로 세 사람을 바라보았
다.
"눈이 제일 고생했습니다."

"아직 건진 게 없습니다."

"그래도 멀지 않았다고 생각합니다."

누가 먼저랄 것도 없이 세 사람이 대답했다. 대답은 그들이 바라보는 서장에 대한 위치대로였다. 오랜 세월, 서장을 알고 지낸 정 팀장은 농담 같은 대답을 했고, 서장에 대해 알지 못하는 황재현은 원론적인 답변을 했다. 그에 비해 가장 나이가 어린 백용준은 성실한 대답을 했던 것이다.

"금융감독원에서 뺑뺑이를 돌리려는 건지 정확한 자료는 내일이 되어야 스킵해서 줄 수 있다고 합니다. 오늘은 장대한 건을 면면이 살폈는데요. 솔직히 별다른 것은 없었습니다. 보험 가입을 권유한 설계사에 대한 자료부터 생명보험에 대한 약관까지 세세하게 살폈습니다만, 눈에 띄는 것은 없었습니다. 내일 금감원에서 자료를 받으면 그것으로 추려내야 할 것 같습니다."

"고생했고, 최 과장은?"

"생각보다 만만치 않습니다. 오늘 해웅음료에 대해 수색영장을 가지고 이지훈과 이동훈에 대해 조사를 실시했습니다. 그런데 이동훈의 인사파일은 완전히 삭제되어 복구가 불가능했습니다. 그리고 이지훈의 이력서와 기타 스캔된 파일을 불러내자 전부 이동훈의 모습으로 바뀌어 있있습니다. 그들에게 내색을 할 수 없었지만 전산 쪽 자료들은 이런 식으로 거의 완벽하게 바뀌어 있지 않을까 생각됩니다. 해웅음료에서 십 년 이상 근무한 본사 직원들을 대상으로 이동훈과 이지훈의 사진을 번갈아 보여주었습니다. 모두 여덟 명이었는데요. 해웅음료는 대기업이 아닌 중진

기업이고 회사가 팽창과 약진, 퇴진을 거듭하며 그동안 이직이나 퇴직이 엄청나게 이루어졌다고 합니다. 이들 여덟 명 중에서는 이지훈이나 이동훈을 알아보는 사람이 없었습니다. 이지훈이 본사 인사과에서 근무했던 때가 2002년경인데요. 이즈음 본사에서 근무했던 직원 명단 29명에 대한 신상자료를 건네받았습니다. 내일 아침부터 곧바로 A팀과 함께 조사에 돌입할 겁니다."

최 과장은 잠시 호흡을 가다듬은 뒤 이야기를 계속했다.

"김해에 내려갔던 이대식, 장필임 조가 조금 전에 연락을 해왔습니다. 이동훈이 잠적하기 전, 2002년 여름에 종로경찰서에서 이지훈이 이동훈에게 뇌물을 수수한 것이 아닌가 싶어 조사를 받은 적이 있었다고 합니다. 전산이 바뀌기 전의 확실한 이지훈에 대한 일이고 해서 급하게 그쪽 순경을 시켜 창고를 뒤졌습니다. 진술 서류마다 간인으로 지문을 찍잖습니까."

"그렇지. 어떻게 되었나?"

송파서장의 눈빛이 반짝거렸다.

"아쉽지만 인주가 세월 탓에 번져 알아보기 힘들다고 합니다."

"CSI 영화처럼 과학수사 뭐, 그런 걸로도 안 된다던가?"

서장은 음성이 높아졌다. 그러나 그것이 곧 그의 고집일 뿐이라는 사실을 알아차리고 "미안하네." 하며 사과했다.

"이대식, 장필임 조에 따르면 해웅음료 마창 지사 사장이 이동훈과 이지훈을 똑똑히 알아보았다고 합니다. 황재현 경사가 말한 대로였습니다. 단순 진술이 전부이지만 때에 따라 중요 참고인으로 활용할 수 있을 것 같습니다."

"세월과의 싸움이구만. 안 되면 대학 동기, 고등학교 동기까지 전부 찾아내서 이동훈과 이지훈에 대해 알아내자고. 어차피 일주일이 지나면 공개수사로 전환하게 될 거야. 그렇게 되면 생각보다 쉽게 이지훈과 이동훈에 대한 진술을 얻을 수 있을지도 몰라. 하지만 그땐 아마 우리는 이 사건에서 손을 뗀 뒤일 테니까."

처음으로 강남길 서장의 눈빛이 흔들렸다. 덤덤하게 경찰 생활을 오래했노라 후임들에게 고백했지만 애증이 녹은 경찰이란 직업을 쉽게 놓을 수 있는 것은 아니었을 것이다.

"이제 육 일 남았나? 어쨌든 이삼 일 안에 승부가 갈리겠지. 최 과장은 반드시 백 형사와 황 형사가 알아낸 것들을 뒷받침할 단서를 찾아내야만 해. 반드시 다수의 증인들을 확보해서 진술의 객관성을 유지해야 하고. 우리가 싸우는 것은 사람이 아니라 국가가 인증한 전산이잖아. 경찰도 쓰고, 국가도 쓰는. 정 팀장 쪽도 이삼 일 안에 모든 걸 확보해야 해. 오늘은 이렇게 넘어간다지만 내일부터는 밤을 새서라도 찾아내야 한다고. 알겠지?"

강 서장의 물음에 수사회의실 내부에는 기합이 들어간 대답이 돌아왔다. 하루는 그렇게 가버렸다.

다음날 채 9시가 되기도 전에 정덕회 팀장을 위시한 두 형사는 금융감독원으로 향했다. 전날 그들이 원한 자료는 1억 이상 생명보험금 수령자 중 고령으로 자연사한 사람이 아닌, 재해사망으로 1억 이상 보험금을 수령한 사람들에 대한 자료였다. 자료의 민감성 때문인지 전날과 달리 자료를 받기 위해 보험업 서비스 본부

부원장보를 직접 만나야 했다. 그는 영장을 몇 번이나 확인했으며 수사 외에 어떤 자료로도 활용하지 않는다는 서약서까지 받은 뒤에야 자료를 건넸다.

"장대한, 여기 있습니다. 수령인은 조영미. '7개 보험사 12종류 보험, 27억 8천만 원' 입니다."

병원 특실에 앉아 서류를 뒤적이던 황재현이 두 사람에게 들릴 정도의 목소리로 이야기했다. 그는 곧 "최근 십 년간 수령액만으로 100위 안에 들어가는데요."라며 놀라움을 표시했다.

"단일 생명보험에 십억 원 이상이나 되는 사망 보험금 수령자도 갈수록 늘어나는군요."라며 백용준도 놀라움에 동참했다.

"그래, 자료를 찾았으니 그들 하나하나를 훑자고. 보험금 수령자도 중요하지만 그들이 현재 누구와 살고 있는지도 중요해. 아마도 이동훈이 이지훈으로 살았던 건과 비슷하게 범행이 이루어졌을 테니까. 보험금을 수령한 사람이 일단 여자, 그리고 그 여인이 새로 재가한 경우, 그 재가한 상대가 이동훈이나 이지훈처럼 고아이거나 혈연관계가 어려서 모두 끊어진 사람들일 경우, 일단 눈여겨보라고. 알겠지? 물론 이 자료만으로 범행을 모두 찾아내지는 못하겠지만 적어도 한두 건은 찾아낼 수 있을 거야."

최근 10년간 한 보험사에서 10억 이상의 보험금을 수령한 사람은 100명이 조금 못 되었다. 그러나 그것을 5억 이상, 1억 이상의 보험금 수령인으로 카테고리를 하향하면 기하급수적으로 숫자가 늘어났다. 그것을 전체 보험사로 확대하자 500여 건에 이르렀다. 그들 중 상속인이 부인 혼자인 사례는 122건이었다.

"일단 이 건들을 살피자고."

스킵한 자료들을 뒤적이던 정덕화의 목소리가 추려진 자료를 보자 금세 격앙됐다. 그것들을 처음 살핀 지 4시간이 지난 오후 2시였다. 정덕화가 100여 건, 백용준과 황재현이 약 200건씩을 맡았다. 모든 고액 보험 수령 건에 대해 체계적인 조사가 이루어졌다. 대부분은 기초적인 D조회, 즉 신원조회에서 걸러졌다. 그렇지만 신원조회를 통해 가족 전체를 살피고 거르는 데 하나당 30분이 넘게 소요되었다.

하루가 저물었다. 일주일 중 이틀째가 저문 것이다. 어둠이 가무스름하게 병실을 휘감도록 정덕화 팀의 업무 진척은 미진한 상황이었다. 500여 건에 이르는 사례를 하나하나 따지는 것은 그만큼 시간과의 싸움이었다. 일반적이지 않은 사례 또한 20여 건에 달했다. 다시 그들 하나하나를 집중적으로 따지고 파보면 무언가 거리가 나타날 것이다. 그러나 이것은 산이 돕지 않으면 볼 수 없다는 천왕봉 겨울 일출을 찾아가는 지난한 과정이나 마찬가지였다.

황재현이 자판기에서 커피 3잔을 뽑아왔다.

"황 경사도 마음이 무겁지? 똥개 때문에. 용준이나 나는 몸을 다쳤지만 사네는 마음에 총상을 입은 기분일 거야."

커피를 마시는 황재현을 향해 정덕화가 쓴웃음을 지었다.

"그냥 머릿속에서 떠나지 않는 게 있어서요. 똥개……."

똥개라는 이름을 말하며 황재현은 말을 뭉개 버렸다. 똥개가 세브란스 병원을 향했을 때, 그리고 황재현이 끈질기게 그를 추적했을 때 똥개는 어떤 결말을 원했던 것일까. 송호근이 감추었던 것들이 수면 위로 드러난 순간, 어쩌면 똥개는 모든 것을 묻으려고 했던 것이 아닐까. 그가 상황을 지배할 수 있을 것이라고 여기며 차량 추격전까지 벌인 것은 무모함이 아닌 철저한 계획이었을까. 마지막 순간, 똥개가 초개같이 버린 그의 목숨까지도. 만에 하나라도 똥개가 바란 결말이 그것이었다면 황재현은 보기 좋게 그의 손에서 놀아난 것이 아니던가. 평생을 잡히지 않고 살아왔던 살인자, 그렇다면 살인에 관한 그의 지능지수는 어디까지일까. 황재현이 이토록 몹쓸, 양심의 가책마저 짊어진 채로 살아갈 것까지 똥개의 계산에 포함되었던 것일까.

"사는 법이 뭘까요? 잘 사는 거, 행복하게 사는 거, 이런 거에는 무슨 법이 필요할까요? 그게······."

황재현은 이번에도 말을 삼키고 말았다.

"이 사람 참, 사건만 해결하자고. 그 이상 확대해서 생각하거나 일어나지 않은 일로 고민도 하지 말고. 그냥······ 해석은 세상이 해주는 것 아닌가? 어떤 때는 민중의 지팡이, 어떤 때는 짭새처럼."

"이럴 땐 소주 한 잔이 딱인데."

정덕화의 이야기에 백용준이 머리를 건드리며 아쉬워했다.

"그래도 전 상관없거든요. 오늘은 저만의 특권을 좀 누리렵니다."

황재현은 쓸쓸한 미소를 지으며 병실을 빠져나갔다. 5분 뒤 돌아온 그의 손에는 검은 비닐봉지가 들려 있었다. 그리고 그 속에는 캔 맥주 3개와 800냥 오다리라고 적힌 전기구이 오징어다리가 있었다.

"이 캔은 정 팀장님 거, 이건 백 경사 거지만 오늘은 제가 다 마시겠습니다."

"어허, 그건 안 되지. 이 정도로 죽겠어?"

기어이 정 팀장이 캔 맥주를 집어 들었다.

"에라, 모르겠다. 보름이면 나을 건 다 나았겠죠? 총알이 뇌를 피해 박힌 것도 기적이라는데, 까짓 맥주야."

백 형사 역시 캔 맥주 하나를 챙겼다. 그러나 아무도 서로를 제지하지 않았다. 사건 해결이라는 명분으로 억눌러 왔던 그들의 감성도 사람이라는 이름 앞에서 때로는 터져 나오는 법이었으니까. 세 사람이 차례로 캔을 따자 그것에 반응한 것처럼 미소가 걸렸다.

"오다리 세 개 사오지. 나누기 힘들게."

정덕화는 말을 뱉고 픽, 웃어버렸다. 그 웃음은 백용준과 황재현을 전염시켰다. 픽, 그리고 픽.

20여 건에 이르는 일반적이지 않은 사례에 대해 심층 조사가 이루어졌다. 1분도 지체할 수 없는 사안이었기에 잠깐의 감성 소비도 아까울 따름이었다. 달이 이슥해진 그날 밤, 낭보를 전한 것은 최재환 형사과장이었다. 예의 진행된 수사회의에 최 과장이 전화를 걸어왔다. 그는 "실마리를 찾았습니다." 하고 기뻐했다.

[병원으로 오는 도중에 D팀에서 연락이 왔습니다.]

"D팀이라면 이구아나 쫓던 조달진, 민기식 형사 조군요. 뭐랍니까?"

정덕화가 물었다.

실마리는 이구아나가 죽기 직전 사용했던 대포폰에서 불거졌다. 그 휴대전화로 이구아나가 통화를 할 당시 그것과 같은 반경 내에 있던 모든 휴대전화 번호가 용의 대상에 올랐다. 즉, 이구아나가 전화를 사용하던 동일 시간대에 그것과 가까운 곳에 있던 휴대전화 전체가 용의 대상으로 지목되어 번호 하나하나마다 수사가 이루어졌던 것이다. 그중 하나를 통해 용의자가 즉시 소환되었다.

수사회의를 소집했던 강남길 송파서장 역시 그의 역량을 발휘했다. 세간의 눈, 특히 기자들의 눈이 송파서에 집중되어 있던 점을 감안, 그들을 따돌릴 수 있는 안전한 장소를 물색해 냈던 것이다. 그리고 소환된 용의자의 심문에 정덕화 팀장이 투입되었다.

곧바로 경찰병원 앰뷸런스를 이용해 30여 분을 달렸다. 그들이 도착한 곳은 삼청동 국무총리 공관 근처였다. 엄밀히 말하자면 국무총리 공관을 지키는 당직 경찰들이 묵는 안전가옥 중 하나였다. 국무총리 공관이 있는 삼청동은 정문을 마주 볼 때 왼쪽에 마을이 형성되어 있었다. 그런 탓에 국무총리 공관 왼쪽에 난 소방도로로 일반인들의 출입이 잦았다. 할 수 없이 마을 입구 집 몇 채를 경찰청이 구입했다. 그중 정문 바로 곁에 위치한 붉은 벽돌 주택은 마을을 지키는 상징처럼 경호경찰들이 상주하고 있었다. 그 외 두 채는 당직 경찰이나 그때그때 국무총리 공관 근처에 묵어야 하는 경찰들이 이용했다. 강 서장은 그것을 기억해 냈던 것이다.

재빨리 안전가옥에 들어선 정덕화와 황재현, 백용준은 놀라움에 입이 벌어지고 말았다. 형사과장이 용의자로 긴급 소환한 사람은 다름 아닌 두꺼비 영감이었던 것이다.

"영감."

정덕화가 낮게 외치자 두꺼비 영감은 "허, 이거 참. 그렇게 됐네." 하고는 쩝 소리를 내며 웃었다. 그의 두꺼운 볼 사이로 날름 나온 혀가 아쉬움을 담은 느낌으로 입술을 핥았다.

"그다지 하고 싶은 말은 없는데……."

예정대로라면 그는 지금쯤 베트남에서 유명 한국 메이커의 통닭장사를 하며 입주 메이드를 둔 채 여생을 보내야만 했다.

"당신 나를, 아니, 경찰을 가지고 놀았던 거야? 그런 거냐고?"

정덕화는 화가 치밀어 두꺼비 영감이 손을 괸 탁자를 발로 걷어차 버렸다. 영감은 잠깐 중심을 잃었지만 금세 쩝 소리를 내며 웃었다. 이구아나를 키워냈던 그는 경찰마저 간단하게 가지고 놀 정도로 수완이 좋은 사업가였던 것이다. 그리고 정덕화마저 그의 경험과 수완에 놀아나고 말았다.

"허허, 나도 이렇게 될 줄 몰랐다고. 충북 음성에 있던 그 집 말이야, 나랑 철영이가 오래 전에 살았던 곳이야. 철영이 어렸을 적에. 내가 경찰에 그곳을 흘리겠다고 그곳에 가지 말라고 그렇게 일렀는데, 마지막으로 거기 가 있을 줄 몰랐어. 어쩌면 죽음을 직감했던 거겠지, 철영이가. 사람 산다는 게, 참 그러네. 마음대로 안 돼."

두꺼비 영감은 어떤 마침표를 찍는 듯 눈을 감았다. 연이어 안전가옥 당직실 내부에는 침묵이 펼쳐졌다. 형광등에 반사된 철제 책상 4개가 침묵과 달리 반짝였다. 누구도 먼저 이야기를 꺼내지 않았다. 눈을 감은 두꺼비 영감이 겨울잠을 깨기를 기다린다는 듯.

"어떻게 해줄까?"

10여 분이 지나자 두꺼비 영감이 눈을 떴다.

"어떻게 이럴 수가 있습니까?"

"어차피 자네들은 철영이를 잡으면 미끼로 쓸 거였잖아. 안 그래? 자네들 의도가 순수하지 않은데 왜 나는 순수해야 하지? 그렇지 않으냐고? 자네들은 수사라는 이름으로 어떤 방법이든 정당화시키지만, 당하는 입장에서마저 그것이 정당하진 않다고. 아나? 지금도 얼마나 많은 일반인들이 부당하게 경찰에게 당하는지 아냐 말이야? 나쁜 의도를 가지고 무고한 상대를 고소해도 경찰이 제대로 된 수사 같은 거라도 하냐고? 얼마나 수동적인 게 경찰이야? 안 그래? 그런 자네들인데 내가 왜 능동적이어야 하지? 얼른 수사하셔서 정의사회 구현해 주십시오, 하고 바랄 줄 알았나? 내가, 나 두꺼비가? 아니지, 아니야. 자네들이 정의나 정당성에 대해 고민하기나 해봤겠어? 언제나 강자의 입장에서 수집하듯 범죄자를 다룰 뿐이지. 안 그래?"

"궤변입니다."

정덕화는 책상을 두 주먹으로 내리쳤다.

"그건 자네가 좋은 경찰이라는 소리지. 얼마나 많은 경찰들이 범죄자들, 이 부분은 정정하지, 악랄한 조직범죄자들과 형님 동생 하며 지내는 줄 아나 말이야. 그들과 경찰들이 다른 이유가 뭐냐 말이야. 자네들도 그렇잖아? 강력계 형사들일수록 강력한 범죄자들과 친하잖아. 수사상 어쩔 수 없었다고 하면서 밥 한 그릇, 소주 한 잔, 그러다 녀석들과 마음을 트잖아."

"됐고."

분에 못이긴 세 사람보다 먼저 말을 자른 것은 최재환 형사과장이었다.

"영감님, 헛소리 그만하시죠. 형사들 데리고 노는 것도요. 당신이 당신 입으로 무어라고 하든 당신은 사회의 좀벌레입니다. 당신이 뚫은 구멍을 우리가 메우고 있구요. 당신이 이곳을 재빨리 떠나지 않은 것도 당신의 욕심 때문 아닙니까? 당신이 유통시킨 프로포폴과 BZP 대금, 그거 받으려 했던 거 아니냐고요."

최재환이 일갈하자 영감은 쩝 하며 입을 다물었다. 그의 두터운 입술은 그 뒤로 열릴 기미가 보이지 않았다. 영감을 다그치던 최재환은 결국 채찍 대신 당근을 꺼냈다.

"협조하시면 증인보호프로그램은 힘들겠시만 최대한 정상참작 하겠습니다. 프로포폴 건은 입 다물어 드릴 수도 있고요."

그제야 영감은 쩝 소리를 내며 입맛을 다셨다. 맛있는 무언가를 먹기라도 하는 것처럼.

"내가 아는 최대한 협조를 하겠네. 이미 똥개가 죽었으니 두려울 건 없지. 그렇지만 여생을 편히 살고 싶어. 그게 전부라네. 그것만 보장해 준다면……."
"이미 한 번 보장하지 않았습니까? 뒤로 범죄를 저지른 건 당신이고요."

황재현이 분노를 억누르며 말했다. 그러자 재빨리 형사과장이 그를 제지했다. 찰나였지만 형사과장은 지금까지와 다른 느낌의 표정을 지었다. 그러나 황재현을 제지한 순간만큼 재빠르게 그 표정은 사라졌다.

"빠지자고. 여기서 우린 빠지자고."

그 순간 정덕화가 황재현과 백용준을 데리고 당직실을 나왔다.

"참기 힘드네요."

백용준이 문밖에서 씩씩거렸다. 그러자 정덕화는 "과장, 무슨 꿍꿍이가 있는 것 같아. 냅둬 봐. 과장도 한때 날렸던 형사니까. 우리 일이나 하자고."라며 두 사람을 독려했다. 급박했던 둘째 날도 그렇게 끝이 났다.

아침이 되자 병실 침대를 차지한 것은 형사과장이었다. 밤새 잠 한숨 들지 못했다던 형사과장이 침대에 누우며 세 사람에게 제안을 했다.

"두꺼비 영감, 임철영이…… 그 이구아나 녀석이랑 끈끈한 유착관계였더라고. 그가 지시를 내리면 임철영이가 행동을 했다고 보는 게 맞을 정도로. 즉, 수직적인 관계라는 거지. 강남 일대에 유통된 거의 모든 프로포폴이 두꺼비 영감 손을 거쳐 조직폭력배들에게 들어갔더라고. 아직 루트까지 확인하지는 못했지만 홍콩이나 중국 등지를 통해 서해 공해상에서 값싼 프로포폴이나 BZP, 즉 벤질피페라진을 제공받는 것 같아. 큰 항구는 눈이 있으니까 서해 섬들, 그런 작은 어촌에서 영감과 이구아나가 직접 운전해서 받아왔던 것 같아. 그런 뒤 유람선을 타고 인천으로 다시 오고. 두꺼비 영감이 조직폭력배들에게 그들만의 방법으로 연락을 취하면 이구아나가 마저 배달하고. 이들은 조직이 크지 않은 터라 외상 거래를 했던 것 같아. 대신 조직폭력배가 운영하는 상가나 소유 건물에 대해 담보를 받았고. 두꺼비 영감의 사업수완이지. D팀이 가지고 온 정보는 강남서 첩보야. 며칠 내로 두꺼비 영감에 대해 구속영장이 발부될 거고. 아직 시인을 하지 않고 묵비권을 행사 중인데 곧 손들겠지. 아, 그러고 이제 그만 자네들도 나누지? 이번 사건에 대해 가장 잘 알고 유능한 당신들이 한데 뭉쳐 있는 것만큼 비효율적인 것도 없잖아. 어차피 며칠 동안은 누구도 터치하지 않을 거고."

교통사고에서 돈을 받고 죄 지은 상대측에 서는 증인들은 비일비재하다. 증거가 없고, 증인뿐일 때 수사가 엉뚱한 결론을 내리는 일은 뉴스 축에도 끼지 못한다. 형사들은 두꺼비 영감의 손에 완벽히 놀아난 꼴이었다. 병실 내부에 자리한 형사들의 입에서 장단식이 흐른 것도 어찌 보면 놀랄 일도 아니었다.

벌써 사흘째. 대통령이 밝힌 대로 이제 그들에게 보장된 나흘의 시간만이 남았을 따름이었다. 수사가 상당 부분 진행된 것은 맞지만 그렇다고 특별히 해결된 것도 없었다.

"형사과장님 말씀도 틀리진 않군요. 이제 보험 건도 스무 개

이하로 압축되었는데 그것도 효율적일 것 같습니다. 대신 지금 수사하는 조들과 겹치지 않으려면, 음…… 전 장대한이 죽음을 맞은 시기를 전후해서 두꺼비 영감을 뒤져 보겠습니다."

황재현이 그의 성격처럼 독자적인 방향 하나를 제시했다. 그렇지만 정덕화와 백용준은 일단 압축된 보험 건에 집중하기로 했다. 그들 중에서 용의자를 찾아낸다면 사건은 분명 급물살을 탈 테니까.

황재현은 즉시 송파서로 향했다. 두꺼비 영감에 관해 자료를 뒤지기 위해서였다.

두꺼비 영감의 본명은 임돌석이었다. 1939년생, 평양 출신으로 이구아나는 정식 입양아는 아니었다. 그러나 그가 임철영에게 이름과 성을 주고 그를 키운 것으로 확인되었다. 임돌석은 전과 7범이었다. 대부분 벌금형이었다. 그의 전과를 살피던 황재현에게 2002년 5월에 발생한 사건 하나가 종기처럼 일어났다. 장물 취득 건이었는데 강도를 당했던 여인이 사망하며 혐의 없음으로 처리된 사건이었다.

2002년 5월이면 고소하고 몇 개월 지날 동안 수사가 이뤄지지 않았을까. 그것보다 두 번째라던 장대한, 이지훈 사건의 첫 번째에 해당하는 일을 저지른 뒤나 그즈음이 아니었을까.

황재현은 사건을 담당했던 종로경찰서를 향했다. 종로서에서 수사기록보존을 담당하는 경장이 탐탁지 않은 눈빛을 보냈지만 웃음으로 무마했다. 창고에서 서류를 찾아낸 그는 서류 전체를 복사했다. 굳이 남의 서에까지 와서 눈칫밥을 먹을 생각은 없었다. 서류를 든 그의 발걸음이 자연스레 경찰병원으로 향했다. 시간을 아끼기 위해 지하철에서 서류를 살폈다. 당시 강도를 당했던 57세의 이순자 여인은 골동품점을 운영하고 있었다. 그녀의 가게가 지하 금고까지 몽땅 털렸고, 피해액은 15억 원에 달했다. 곧바로 지목된 용의자는 그녀의 동거남인 이휘도였다. 그는 범행을 부인했다. 장물이 발견되지 않은 탓이었다. 그러다 도난품으로 진술했던 난계 박연의 초상화가 암시장에 나왔다는 첩보를 입수했다. 입소문만 나돌았고, 추정가만 2억에 이르는 보물급 문화재였다. 종로서 형사들이 소문의 진원지를 덮쳤다. 그곳이 바로 강남에 위치한 임돌석의 사무실이었다. 급습을 받은 두꺼비 임돌석의 사무실에서는 모두 100여 점의 고미술품이 발견되었다. 그러나 임돌석은 매매계약서를 들이밀었다. 급전이 필요했던 여인이 절반 가격에 이르는 7억 원에 모두 매매했다는 것이었다. 여인은 펄쩍 뛰었고, 추가 수사가 이루어졌다. 그즈음 여인이 사망했던 것이다. 사망 원인은 자살. 여인은 평생 모았던 재산에 대한 상실감으로 자살한다는 짧은 유서를 남겨놓았다. 강도사건이라는 증거가 분명치 않았고, 임돌석의 매매계약서 또한 그녀가 사용했던 인감과 인감증명서까지 첨부되어 위조라 판단하기 힘들었다. 수사는 그대로 종결되었다.

   황재현은 수사파일을 살펴보며 미소를 지었다. 그의 손에는 불시에 급습을 당했던 임돌석이 미처 숨기지 못했던 전화들에 대한 착발신 정보가 고스란히 남아 있었던 것이다.

   병실에 들어서는 그에게 백용준은 "뭐가 있던가요." 하며 심드

렁해했다. 황재현이 사무실에 도착한 저녁 무렵까지 서류에만 파묻혀 있었던 게 뻔했다.

"환자팀은 뭐 좀 찾았나요? 팔 못 쓰고 머리 못 쓰는 환상의 팀인데."

황재현이 킥킥거리며 질문을 되받았다. 그런 황재현을 정 팀장도 웃으며 맞았다.

"뭐 하나 찾아냈나 보네. 오랜만에 활짝 웃는 걸 보니까. 우리도 다섯 건으로 압축했지. 종일 서류와 전화, 조회사항을 기다리느라 지치기는 하지만. 자네 이야기부터 들어볼까."

정덕화는 왼손으로 뒷목을 만지며 황재현을 응시했다.

"연결고리를 찾아낼 수 있을 것 같습니다."

황재현은 의미심장한 한마디를 던졌다.

"그렇지만 부정 탈 것 같아 오늘은 말씀드리지 않으렵니다. 일단 곧바로 송파서로 가서 찾은 자료를 좀 더 뒤질게요. 오랜 시간이 흘러 만만치 않을 것 같기도 하지만요. 그럼."

황재현이 급하게 사무실을 나가자 백용준은 "신이 났네요."라며 부러움을 표시했다.

"우리도 마저 정리하고 뒤져 봐야지. 이렇게 있는 것도 오늘로 안녕 하고 싶다고."

"그런데 보험 사건만이 아니라면요. 우리가 장대한 건 때문에 보험에만 너무 집중하는데 상속 건도 있을 수 있잖아요. 사회 전반에 걸쳐 광범위하게 진행되었다면 찾기가 더욱 힘들어질 텐데요."

비록 상상 하나가 붙었을 뿐이지만 그것은 오히려 거대한 범죄의 일각을 보여주기에 충분했다. 보험은 그저 보험일 뿐, 거기에 실제적인 유산까지 범죄로 거래되었다면…….

백용준은 낙담한 듯한 표정이었다.

"하나만 찾아내면 돼. 딱 하나만."

정 팀장은 이미 어두워진 창밖으로 눈길을 돌렸다. 밤이 되어 눈을 뜨는 도시, 그것은 낮에 눈을 뜨는 도시와 무엇이 다를까. 흡사 선과 악의 세계처럼 양분된 낮과 밤의 도시, 같지만 다른 도시가 빛을 삼킨 채 눈을 끔뻑거렸다.

황재현은 송파서에 도착하자마자 70여 페이지에 달하는 다른 기록은 접어두고 휴대전화 기록에만 매달렸다. 100여 쪽이 넘는 수사기록 중 30쪽 이상이 휴대전화 기록이었다. 폰트가 겨우 9나 8에 그친 글씨들을 샅샅이 뒤지는 것은 꽤 집중력이 필요했다. 그것들 중에서 임철영의 대포폰을 찾아내기만 하면 된다. 운이 좋아 임철영이 아닌 다른 커넥션을 찾아낼 수 있어도 마찬가지.

낯선 번호 하나마다 형광펜으로 줄을 그었다. 그리고 그 번호가 얼마나 빈번하게 두꺼비에게 전화를 걸고 받았는지 체크했다. 어차피 번호만으로 미루어 짐작하는 것은 불가능했다. 하지만 찾아낼 수 있는 방법은 생각 외로 간단했다. 정상적인 번호를 걸러내면 되는 것이니까. 2002년 5월을 기준으로 했던 30여 장의 전화기록에서 찾아낸 번호는 모두 781개였다. 곧바로 황재현은 정 팀장에게 전화를 걸었다.

"팀장님, 이곳이 아무래도 제 홈그라운드가 아니다 보니 편법으로 수사할 수 있는 정보원이 없습니다."

괜스레 편법이라는 말에서 황재현의 목소리가 기어들어 갔다.

"영장을 받으려면 최소 이틀은 걸릴 테고……. 그래서 부탁인데 휴대전화 번호로 신원을 확인할 수 있는 정보원 없습니까?"

[왜 없겠나? 그렇지만 지금 시간을 좀 확인하라고. 응? 자네도 참, 사건 하나에 빠지니까 천생 형사고만.]

정 팀장의 푸념에 황재현은 얼른 고개를 들었다. 새벽 3시 45분.

"그럼 내일은 정 팀장님이랑 저랑 보조를 좀 맞추었으면 합니다."

[그래, 그러자고. 그러잖아도 내일 일은 용준이 혼자 알아봐도 될 거야.]

전화를 끊은 황재현은 눈을 비비며 사무실 소파에 누웠다.

5분도 채 눈 붙이지 못한 것 같았는데 분주한 소리가 귀를 건드렸다. 떠지지 않는 눈꺼풀을 억지로 치켜 올리며 벽을 보았다. 7시 48분. 상체를 일으키자 사무실이 시끄러운 이유를 알 수 있었다. 오랜만에 사무실로 출근한 백용준 때문이었다. 다른 팀의 동료들과 함께 자판기 커피를 마시며 담소를 나누고 있었다.

"야, 막내 현정아. 커피 한 잔만 부탁한다. 황 경사님 꺼."

백용준이 말을 마치자 "네, 욘 사마 형사님." 하며 젊은 여순경이 뛰어나갔다. 최현정은 미다졸람으로 무장한 살인마를 체포한 덕에 영등포서에서 이례적으로 송파서로 전근 요청된 전도유망한 강력계 여형사였다.[7] 백용준은 황재현에게 "팀장님은 서장실 갔어요. 금방 오실 거니까." 하며 오랜만에 일상으로 빠져들었다.

나흘째 아침이었다. 10분 정도가 지나자 정덕화가 사무실로 들어섰다. 고정 장치를 한 오른팔과 달리 표정은 밝았다.

"일단 용준이는 막내 최현정이 데리고 나가. 우리가 안 보이니까 살판난 모양이던데, 오늘 좀 굴리라고. 그러고 황 경사는 어제 말한 대로 나와 같이 행동하고. 나머지도 어둠을 습격하는 전사처럼 소리 없이 움직이라고. 정보 새나가면 안 돼. 각자 수사하는 비밀은 각자가 책임져야 돼. 알았지?"

일사불란하게 지시를 내린 정 팀장은 황재현을 이끌고 신천역 근처로 움직였다. 신천역 2번 출구에서 300미터 가량 떨어진 곳에 위치한 이동통신 대리점이었다. 문을 열고 들어간 정 팀장은 "이곳은 악의 소굴이야."라며 큰소리를 쳤다.

"흥, 악덕 형사는 어떻고. 자네가 아직도 잘리지 않았다는 것에서 대한민국 부패 척도를 가늠할 수 있다고."

사장으로 보이는 50대의 남성이 정 팀장을 향해 악담을 퍼부었다. 보라색 카디건을 걸친 남자는 말투에 비해 점잖은 인상이었다.

"입담은 살아서. 장사 잘 돼?"

어리둥절해하는 황재현은 그제야 한시름을 덜었다. 정덕화 팀

---

7) 2010올해의 추리소설 〈악마는 꿈꾸지 않는다〉 중 '서명합니다' 에서 그녀의 활약을 만날 수 있다.

장 같은 베테랑 형사가 무턱대고 시비를 걸진 않겠지만 그의 기세는 그만큼 맹렬했다.

"여기, 황재현 경사라고. 부탁 좀 하려고."

"나에게까지 온 것 보니 어지간히 급했군. 오늘 장사 접을 정도인가?"

남자의 물음에 정 팀장은 대답 없이 웃을 따름이었다. 긍정이라는 뜻.

"여긴 마낙훈이라고, 예전 같이 일하던 동료."

정 팀장의 소개에 황재현은 고개 숙여 인사했다.

"송파서 황재현이라, 이번 신문에 났던 것 같으네. 무슨 건인지 짐작이 가는구만. 귀찮겠다."

그렇게 퉁퉁거리듯 말을 하면서도 마낙훈은 웃음을 잃지 않았다. 즉시 컴퓨터 앞에 앉은 마낙훈은 황재현에게서 추출된 전화번호를 받아 들었다. 곧바로 황재현은 옆 컴퓨터를 통해 메신저 음성전화를 걸었다. 상대는 수사지원팀 순경이었다.

마낙훈이 통신회사 프로그램에 번호를 입력하면 황재현은 곧바로 막내 순경에게 주민번호를 확인하여 전과 유무와 기타 기록을 확인하도록 했다. 정 팀장은 곧바로 사무실로 복귀했다.

지난한 작업이었다. 그렇지만 전화기록은 가장 기본이며 세밀하게 조사해야만 하는 작업이었다. 인간은 사회적 동물이다. 그리고 인간은 사회적 지표를 만들고 형성한다. 한 인간이 살아가며 거미줄처럼 형성되는 그것을 가장 쉽게 도식화할 수 있는 것이 바로 전화 기록이다. 가장 친한 사람, 자주 전화하는 사람, 직업적으로 연락을 주고받는 사람, 그 모든 것들이 바로 사회적 지표이다. 그래서 전화 기록은 사회적 지표를 가장 단순화하며 하나의 라인으로 도식화할 수 있는 것이다.

반드시 드러난다. 반드시 찾아낼 수 있다.

황재현은 끊임없이 781개의 자료가 두꺼비 임돌석과 도식화되는 순간을 지켜보았다. 그러나 여지없이 그것들은 빨간 줄이 그어졌다. 정상적이지 않은 번호와 인물을 찾는 것이기에 정상적인 것들에 오히려 줄이 그어져 버렸다. 그렇게 781개에 달하는 신원조회가 끝나자 하루도 저물어가는 중이었다.

방향을 잘못 잡았을까.

정상적인 것들을 죽 지운 뒤 남은 것은 14개의 번호였다. 781개 중에서 14개 번호, 그중 하나를 뒤져 보면 이구아나의 대포폰이 나타날 것이라 기대했다. 반드시 그래야만 했다.

"자장면이나 한 그릇 하자고. 벌써 5시인데 점심도 굶었잖아. 안 그래?"

마낙훈은 단골 식당에서 식사를 주문했다. 금세 도착한 자장면에서 랩을 뜯던 마낙훈은 "이 번호 범죄자 번호야?"라며 황재현이 골라낸 번호에 대해 물었다.

"네."

"그럼 자네는 뭘 찾는 겐가?"

"이자가 데리고 있던 남자 중에 이번 사건의 주요 피의자가 있었습니다. 이구아나라고 불리는데 임철영이라고, 녀석이 사용하던 팔구 년 전 대포폰을 찾아내면 그것과 관련된 모든 당시의 번호를 뒤질 작정이었습니다."

무슨 뜻인지 감을 잡았다는 듯 마낙훈이 고개를 끄덕였다.

"난 아까 죽 그어버린 번호 중에 하나가 이상하더라."

"어떤?"

황재현은 자장으로 인해 검어진 나무젓가락을 놓았다. 저절로 몸에 기합이 들어갔다.

"왜 행정자치부에서 사무관용으로 배정돼 있던 휴대전화 번호. 윤리과 번호였잖아."

"그거야 정상적인 번호잖아요. 사건 기록에도······. 가만. 가만······."

황재현은 잘못 건드린 고압전류가 뒷목을 때리고 지나가는 것 같았다. 그가 늘 경찰기관쯤으로 치부하는 국립과학수사연구소조차 경찰의 기관단체가 아니었다. 국과수는 행정안전부 산하단체였다. 더구나 2011년, 현재의 행정안전부 산하에는 경찰위원회라는 것까지 있어서 미국과 같이 행정부 산하에 경찰조직을 두기 위해 국가적으로 연구, 준비하고 있었다. 게다가 수완 좋은 두꺼비 영감이라면 가장 안전하고 의심받지 않을 방법으로 사건의 조력자, 또는 윗선에게 연락을 취했을 것이다.

일반적인 범죄자와 반대되는 방법으로.

행정안전부, 주민등록 전산, 두꺼비 영감, 윤리관. 전혀 다른 이름들이 하나의 선으로 연결되는 것 같았다.

"말도 안 돼."

벌떡 일어선 황재현은 가져왔던 서류를 집어 들었다. "자장면이라도 먹고 가."라며 외치는 마낙훈에게 얼버무리는 고갯짓으로 뛰쳐나와 버렸다. 곧바로 황재현은 송파서로 향했다. 그가 생각하는 상상이 현실이 된다면 살인을 떠나 국가 보안체계의 구멍을 뜻하는 것이었다. 게다가 모든 사건의 증거는 멸절되어 버렸을지도 몰랐다.

제기랄. 애초부터 그 가능성을 생각하지 못하다니. 너무 근시안적으로 드러난 사람만 쫓았던 거야. 똥개, 이구아나, 김 사장, 양 상사, 이지훈, 이동훈 따위, 드러난 것에만 너무 초점을 맞추었던 거야. 범죄자에게만 초점을 맞추었던 거라고. 그렇지만 흔적을 찾아낼 수 있을까. 더구나 눈에 보이지도 않을 흔적인데.

송파경찰서에 도착한 황재현은 정덕화를 뒤뜰로 불러냈다.

"반장님, 혹시 말입니다. 혹시, 이 사건의 배후가 두꺼비였고, 두꺼비와 함께 동업하는 예전 행정자치부 행정관이 있었다면요? 저희가 상상하듯 송호근이 가장 위에서 똥개와 이구아나, 김 사장을 지휘한 것이 아니라 두꺼비가 지휘했다면요. 생각해 보세요. 일전에 그가 사수팀에 등장해 사건에 대해 물 타기를 시도하는 바람에 저희는 이구아나를 쫓았습니다. 어제 두꺼비 영감 말처럼 거기 철영이가 있을 줄 몰랐다고……. 똥개를 잡을 미끼이기도 했지만, 당시로 보자면 저희는 실체가 드러난 이구아나만을 쫓을 수밖에 없었습니다. 두꺼비 영감이 잠깐 푸념했던 말처럼 만약 이구아나를 놓쳐 버렸다면 수사팀은 완전히 주의가 분산되는 거죠. 분명히 벽에 부딪혔을 겁니다. 그동안 똥개가 칼을 휘두르고 다니며 모든 관계자를 없애 버렸다면요……. 똥개는 백 형사의 입까지 막

앉을 거라고요. 그새 증인보호프로그램에 등록된 두꺼비 영감은 베트남으로 유유히 사라지는 거죠. 사건의 실체가 펑, 마술처럼 사라지는 겁니다. 그런 뒤 세간이 잠잠해지면 남아 있던 똥개와 이구아나만으로 다시 그들만의 범죄를 시작하는 겁니다."

그러면서 황재현은 017로 시작되는 번호 하나를 정덕화에게 건넸다.

"제 짐작이 맞는다면 두꺼비가 전화를 건 이 번호가 바로 그와 동업을 했던 사람일 거예요. 두꺼비는 경찰에게 급습을 당한 터라 당시에 어떻게든 계획하던 거대 범죄에 대해 경고를 할 필요가 있었을 겁니다. 이 번호, 당시 행정자치부 산하 윤리실장의 번호였습니다. 지금으로 치면 윤리복무관에 해당되더군요."

곧바로 황재현과 정덕화는 송파서장실로 뛰어올라 갔다.

백용준은 추리고 가려낸 단 1건에 주목했다. 2005년, 4개 생명보험사에서 12억 4천만 원의 보험금을 수령한 부인 건이었다. 보험 외에 유산까지 합치면 상속 총액이 40억 원대에 이르렀다. 그녀는 한때 모 보험사의 광고카피에 등장할 정도로 센세이션을 일으켰다. 남편인 성형외과 의사가 보험을 가입한 지 여섯 달 만에 실족사하고 말았다. 그것이 2004년 12월. 겨울 산행을 좋아했던 의사는 북한산에서 실족사했다. 당시 함께 사진을 찍으며 현장을 목격했던 부인은 극심한 우울증에 시달리다 2005년 말경 호주로 이민을 가버렸다. 그런데 우울증이 극심했던 그녀가 희한하게도 호주에서 한국 남자와 결혼을 했던 것이다. 그것이 2007년 초.

장대한의 건과 거의 일치하는 케이스였다. 그것을 찾아내는 데 하루 전체를 허비했다. 이제 대사관과 법무부 등을 통해 이들의 목을 죄는 일만 남은 것이었다. 목을 죄다 손에서 빠져나가더라도 그만큼 확신이 서는 케이스였다.

알아낸 사실을 보고하기 위해 사무실로 차를 몰았다. 오래된 경찰 승합차가 매연을 내뿜는 게 룸미러로 보였다. 그때 휴대전화가 울렸다. 송파사거리 부근에 차를 세우며 전화를 받았다.

[얼른 들어와.]

"양반되기는 틀리셨어요. 지금 들어가는 중인데. 혹시?"

[그래. 얼른 들어와, 얼른. 아, 병원으로 와. 거기만큼 조용한 곳이 없으니까.]

백용준이 병실에 들어서자마자 회의가 소집되었다. 서장을 비롯해 형사과장까지 금세 자리했다.

황재현이 짚어낸 인물은 이민호였다. 그는 행정자치부 윤리실장으로 근무하다 2004년 정년퇴임했다. 그 뒤 자본금 1억 원의 벤처기업을 설립, 몇몇 기업을 인수하여 지금까지 CEO로 재직 중이었다. 벤처기업이라고 하지만 행정안전부 산하 정보화전략실에 딸린 정보기반정책관이 담당하는 업무 중 프로그램 사후관리를 담당하고 있었다. 간단히 전 국민의 주민등록 정보에 대한 프로그램 사후관리 업무를 담당했던 것이다. 그리고 그는 행정통으로 불리는 18대 국회의원이었고 차기, 또는 차차기 행정안전부 장관으로 여러 차례 거론된 인물이기도 했다.

"이제 검찰과 공조수사가 불가피해 보이네. 그렇지만 어떻게 해야 할지 난감하기는 해. 일단 용의선상에 오른 인물을 찾아냈으니 속전속결하자고."

"어떻게요?"

강남길 서장의 이야기에 형사과장이 물었다.

"잠시만요. 일단 사건 관련해서 처음부터 하나하나 정리부터 하는 게 어떨까요? 그래야 빈틈없이 작전을 수행할 수 있지 않을까요?"

신중한 정덕화 팀장의 성격이 묻어나는 답변이었다. 그 말에 황재현이 수사에 참여하게 되었던 시작부터 백용준이 뛰어들게 되었던 것과 이후 강력형사 1, 2팀의 보고가 오갔다. 그런 뒤 백용준이 오늘까지 알아낸 것들을 설명했다. 바로 유력시되는 보험과 상속 관련 범죄였다. 이것을 두꺼비 영감에게서 출발해 이민호와 연결시킬 수만 있다면 검찰과 공조를 하더라도 경찰에게 확실한 승리 카드가 되어줄 수 있을 거란 전망이 지배적이었다.

"오케이. 그 카드, 어디에도 발설하면 안 돼. 사건에 대해 이민호가 확실히 범인이라는 확증이 생기면 꺼내자고. 그때까지는 백용준 경사 혼자 은밀히 그 보험 건에 대해 파헤치라고. 여차하면 호주까지 출장 가는 것도 허락하겠네."

곧바로 형사과장은 자체적으로 지휘 중인 네 팀에 대한 설명을 시작했다. 그중 김 사장과 양 상사를 맡은 B조가 김 사장 차명으로 된 별장을 찾아냈으며 현재 그곳을 뒤지는 중이라고 설명했다.

"이번 일을 검찰에 알리기 전에 청장님과 전적으로 상의할까 해. 이런 비겁한 표현은, 그래 자존심이 상하고 그렇지만, 청장님 라인이 대통령과 닿으니까 비밀리에 일을 진행시킬 수 있을 것 같거든.

나도 이렇게 일해본 적은 없지만 지금은 그래도 되지 않을까."
　침묵.
　강남길 송파서장은 뜻을 전했다는 듯 소파에서 일어섰다. 아무도 그를 제지하거나 반박하지 않았다. 그들 스스로 떨어진 자존심과 함께 약간의 충격이나 상처를 받은 것이 사실이었지만 그를 제지하지 못했다. 역시 사건이 최우선이라는 인식 때문이었다. 현재 벌어진 사건만 해도 일파만파였다. 하지만 해결 과정만이 남은 상황에서 무엇보다 우선시되는 것은 보안이었고, 팀 전체의 일사불란이었다. 어떤 상황에서도 수사본부에서 활동하는 이들이 입을 잘못 놀리거나 일사불란하지 못하다면 사건은 검찰에 수사지휘권을 박탈당하거나 압력을 행사하려는 정치인에게 좋은 먹잇감을 제공해 줄 뿐이었다. 결과적으로 자존심보다는 사건 해결에 최우선적으로 매진해야만 했다. 대통령과 경찰청장의 도움이라면 사건은 어느 때보다 조용하고 날카로운 역습처럼 전개될 것이었다. 그것이 상황을 묵인하게 만들고 말았다.
　서장이 황급히 병실을 빠져나갔다.
　"일단 우리 할 일을 하자고. 서장님 연락 올 때까지. 정 팀장은 황재현 경사와 비밀리에 그거 더 파헤쳐 보고. 백 경사도 누구에게 집중해야 하는지 알지? 자네가 물어온 먹잇감, 날려 버리지 않게 조심조심 낚아채라고. 그런 뒤 한 방에 해결하자고. 어때?"
　최재환 형사과장이 사뭇 비장한 어조로 이야기를 마쳤다.

　하루가 지났다. 그리고 이틀이 지났다. 12월을 관통한 바람은 몹쓸 거짓부렁 같은 세상에 휑한 차가움을 전달했다. 끝이 비고 공허한 바람이었다.

무전기를 든 정덕화가 종로구 YMCA 회관 뒤편에 위치한 5층짜리 건물을 향해 소리쳤다.

"진입."

오전 9시 46분이었다. 그와 동시에 송파경찰서 강력형사 1, 2팀과 경찰기동대 2개 소대가 무장한 채 건물로 진입했다. 나머지 의경 1개 중대가 건물을 곧바로 포위했다. 그들은 주위에서 눈치챌 것을 우려해 관광버스 4대에 나눠 타고 있었다. 사안의 중요성 때문에 경찰로서는 도박을 건 셈이었다. 채 2분이 지나지 않아 건물을 접수했다. 그리고 5분이 지날 무렵 현직 국회의원인 이민호가 소환되어 나왔다. 이 건물에서 이민호가 운영하는 회사 중 세명전산에 대한 압수수색이 이루어진 것이다. 모든 컴퓨터와 전산관련 자료, 기타 운반이 가능한 대부분이 압수조치 되었다.

급습은 예정대로 진행된 셈이었다. 이 급습을 위해 경찰청 사이버수사대 전체가 동원되어 세명전산을 비밀리에 수색했다. 이민호에 대한 광범위한 조사가 수사지원팀과 검찰을 통해 이루어졌다. 송파서장이 수사지원팀을 직접 지휘하며 혹시 있을지 모를 입막음을 했다. 그리고 맞물려진 팀 전체가 충분히 결론 내릴 시간적 여유를 가진 뒤에 이루어진 급습이었다.

30분 뒤 국회의원 이민호는 검찰청 집중심리실로 소환되었다. 강제소환이나 마찬가지였다. 비밀리에 대통령과 국회가 조율을 마쳤다고 했다. 대통령은 여당의 국회의원이 관계된 것에 당혹해

했으나 오히려 시원하게 밝히는 것이 득실을 따졌을 때 득이라는 결론을 내렸던 것이다. 그도 그럴 것이 웬만한 정치 사건과는 차원이 다른 사건이었다. 이미 죽어나간 사람만 30명이 넘었다. 국민적 관심은 어떤 사건보다 뜨겁게 타올랐다. 이로 인해 현역 국회의원에게 이례적으로 즉시 소환과 취조가 이루어졌다. 그러나 곧바로 변호사가 그에게 달려왔고, 그는 묵비권을 행사했다. 국회의원 이민호에 대한 정치공세라며 변호사가 맞받았다. 그는 2012년 19대 총선에도 여당 후보로 고향인 경기도 K군 소속으로 재당선이 유력하다며 조심하라고 덧붙였다.

　묵비권을 행사하는 이민호에게 대질심문이 이루어졌다. 변호사의 만류에도 이민호는 떳떳하다며 수락했다. 그리고 그는 이번 일의 책임을 반드시 묻겠다고 호통쳤다.

　검찰과 함께 수사를 담당한 정덕화도 동참했다. 검찰이 급박한 시한과 수사의 전문성 탓에 이례적으로 정덕화를 참여시킨 것이었다. 이민호가 앉은 맞은편, 심리실 거울을 향해 정덕화가 손짓했다. 이미 계산된 연극이었다. 그러자 스피커를 통해 "알겠습니다."라는 앳된 여성 검찰관의 목소리가 울렸다. 수초 뒤 수갑을 차고 있는 두꺼비 영감 임돌석이 집중심리실에 등장했다. 정덕화는 이민호의 맞은편에 두꺼비 영감을 앉게 했다. 내용을 알지 못하는 이민호와 두꺼비 영감, 임돌석이 급작스레 맞닥뜨린 것이다. 둘이 마주앉은 순간, 임돌석은 고개를 오른쪽으로 돌려 외면했다. 이민호는 고개를 떨어뜨렸다. 둘은 눈을 마주치지 않았다.

　"이제 진실을 말씀하시죠? 죗값을 받아야 하지 않겠습니까?"

정덕화는 애써 감정을 억누르며 이야기했다.

그들은 그러나 아무 말도 하지 않았다.

정덕화는 지금까지 알아낸 것들을 이야기하고 싶었다. 1939년 평양 출생인 임돌석은 6.25동란이 일어나기 직전, 손윗누이와 어머니의 등쌀에 못 이겨 6세 어린 남동생을 데리고 월남했다. 아버지가 서울에서 쌀집에 일하고 있으니 그곳에서 호구지책이라도 하라는 이유였다. 그 무렵 아버지는 이미 다른 살림을 차려 서울에서 결혼한 상태였다. 그러나 찾아간 서울에서 아버지는 그들을 문전박대했다. 그즈음 6.25동란이 터졌다. 동생을 데리고 남쪽으로 도망가던 임돌석은 동란의 와중에 동생을 잃어버리고 말았다.

세월이 흘러 이산가족찾기 광풍이 불었던 1983년, 임돌석은 방송에서 그를 빼닮은 한 남자를 보게 되었다. 그는 1968년 제6회 행정고등고시를 통과한 고위공직자로 6.25동란 중 손을 놓쳐 버리고만 형을 찾고 있다고 말했다.

"크흑. 으하하하."

급작스레 두꺼비 영감이 웃음을 터뜨렸다. 그러나 그의 눈에는 붉은 이슬이 맺혀 있었다. 감정의 풍파에 휩싸인 그의 눈은 충혈되었고, 실룩이는 숨소리는 몰라 보게 거칠어졌다.

"이제 그만할까. 지금까지 잘살았는데. 어이, 이보슈, 이민호 의원. 왜 나에게 평생을 협박받으며 살았다고 말하지 않는 거요?"

남들이 알아차리지 못할 찰나 동안 이민호를 응시한 두꺼비 영감은 "담배나 하나 주슈, 이왕이면 국산 말고 양담배로." 하고 말한 뒤 다시 큭큭거리며 웃어젖혔다.

"이 사건 다, 내가 지휘하고 설계한 거요. 아시겠소? 저 사람은 그냥 나에게 꼬투리 하나 잡혔던 것뿐이오. 그것 때문에 지금까지 어쩔 수 없는 청탁을 들어주었던 거고. 저 사람 죄 없소."

담배를 입에 문 두꺼비 영감은 크게 소리 친 뒤 다시 웃어젖히기 시작했다. 크게 웃던 그는 사례가 걸린 듯 몇 번 기침을 했으나 눈물이 섞인 웃음을 멈추지 않았다.

"우리가 지금까지 조사한 사실과는 다릅니다. 이민호 씨는……."

"증거 있는 이야기만 하시오. 난 당신들이 철영이를 죽게 한 것도 그렇고, 정당하지 못한 방법으로 내 주위를 캐는 것에 신물이 났으니까. 모든 일은 내가 지휘했소. 그렇다고 살인을 의뢰한 적은 없소. 그건 똥개 그 녀석이 알아서 했을 뿐."

똥개의 신원도 밝혀졌다. 지문이 없었던 그는 세명전산에서 압수수색 된 컴퓨터 하드디스크 하나에서 주민등록 전산 A/S 과정 중, 8년 전 삭제 처리되어 있었다. 본명은 이재국, 나이 40세. 그런 탓에 전과는 삭제된 것이나 마찬가지였다. 그것과 함께 그의 사진과 가짜 지문으로 등록된 4개의 신분 또한 밝혀졌다.

세명전산은 최초 주민등록 전산을 개발한 컨소시엄 업체 중 하나였다. 그들의 시작은 K도 M시에서 시세 고지서를 제작하는 업무에서 비롯되었다. 그들은 영세한 규모로 아파트 고지서 따위를 제작하는 것이 전부였지만 1995년 M시 전체 고지서가 전산화되며 지역 업체인 세명전산에게 발주가 떨어졌다. 그 무렵 당시 사장이었던 이옥이 여인은 M시에 전방위적인 로비를 벌인 것으로 드러났다. 공보담당관에게는 현대차 소나타를 선물했으며, 수도 과장에게는 2천만 원의 뇌물을 제공했던 것으로 확인되었다. 그러나 시세 고지서를 처리할 능력이 미비했던 이 업체는 96년 엉터리 수도고지서를 발부했고, 뇌물을 받은 이들이 쉬쉬한 탓에 시 전체 5만여 건이 유야무야 엉터리 처리되고 말았다. 그중 항의를 한 세대만이 두 달 뒤 정상처리 된 고지서를 발부받았다. 이미 공소시효가 지난 이 일은 세명전산을 수사한 B팀 이대식, 장필임 조가 당시 이 일로 회사에서 쫓겨난 직원에게 확인한 내용이었다. M시의 비호를 등에 업은 세명전산은 1년 사이, 급격한 확장을 이루었으나 지역 업체라는 한계성을 지니고 있었다. 이때 세명전산을 인수한 인물이 바로 이민호였다. 그는 차명으로 회사를 인수하여 이 회사가 뒤늦게 주민등록 전산업무에 뛰어들도록 알력을 행사했다. 그리고 그가 공직에서 퇴직하며 정식으로 회사를 인수한 이후 지금까지 주민등록 전산 관련 모든 분야에서 유지보수를 담당하며 탄탄한 경영을 과시하던 중이었다.

    정덕화가 세명전산에 관계된 자료를 두꺼비 영감에게 내밀었다. 그러자 그는 단칼에 그것을 찢어버렸다.

    "난 모르는 일이오."

    두꺼비 영감이 모른다는 세명전산, 그곳은 죽은 이지훈에게 암흑의 소굴이었다. 아니, 24구의 사체에게 그곳은 그들의 모든 것을 조작하고 바꾸어 이름마저 사라진 채 묻혀야만 했던 지옥 그 자체였던 것이다. 얼마나 많은 자료들이 저곳에서 조작되었던 것일까.

    한참을 웃어젖히던 두꺼비 영감은 "증거만 들이미시오." 하고 웃음을 멈추었다. 그때까지 이민호는 입을 굳게 다문 채 아무 말도 없었다. 변호사는 곧바로 "협박이 있었다지 않소."라며 항거 불능 상태에서 이루어진 것은 범죄가 아니라고 주장했다.

황재현이 곧바로 심리실로 불려왔다. 그의 손에는 백용준이 호주에서 찍어 보낸 사진 10여 장이 들려 있었다.

"저도 놀랐습니다. 예전 10억을 받았습니다, 하며 광고에 나왔던 바로 그 부인이라고 하더군요. 그 남자가 바로 그 부인에게 10억 보험을 권유한 설계사라며 파견된 형사가 놀라워했습니다. 비록 신분이 바뀌었지만요. 곧 한국으로 송환될 예정입니다."

황재현이 두꺼비 영감에게 설명했다. 사진에는 망원렌즈로 촬영된 여인과 아이, 그리고 남자의 모습이 있었다.

"여자 이름이 손영우라고 하던가요? 남자는 호주로 이민할 무렵 완전히 신분이 바뀌었더군요. 이기호에서 김대길로요. 안타깝게도 손영우는 이번 사건에 대해 전혀 알고 있지 못하는 눈치였습니다. 장대한의 아내, 조영미처럼요."

황재현은 사진을 심리실 테이블 위에 툭 던진 뒤 곧바로 등을 돌려 사라졌다.

"미리 말했지만 난 몰라, 난 이 사람을 협박해서 송호근이 원하는 일만 하게 했다고. 돈을 억 단위로 준다니까 한 거라고. 모든 건 송호근이가 한 거라고. 그게 전부야. 알겠어?"

두꺼비 영감은 남자의 사진을 바라보며 잠시 격앙되었다. 그렇지만 이내 말꼬리를 내렸다.

그날 오후, 검찰은 드러난 사건만으로 두꺼비 영감 임돌석을 기소했다. 유례없는 재빠른 기소였다. 압력이 작용하지 않았다고 말할 수는 없었다. 배경에는 사건에 쏠린 국민적인 관심을 해소함과 아울러 대통령 지지율 향상이라는 정치적 목적이 깔려 있었다.

국회의원 이민호의 목도 차근차근 조여졌다. 검찰은 그의 모든 계좌를 추적했고, 상당 부분 후원금이 두꺼비 임돌석의 계좌에서 입금된 사실을 확인했다. 그것도 모자라 임돌석에게서 전해진 돈이 상당수의 정치인에게 뿌려진 단서를 잡았다. 불법 정치자금 공여와 수수 포착이었다. 그로 인해 국회의원 10여 명에 대한 출국금지 조치가 이루어졌다.

임돌석은 살인교사와 주민등록 위조, 폭력교사, 마약유통, 뇌물공여 등의 혐의로 기소되었다. 임돌석은 살인교사를 제외한 혐의 대부분을 인정했다. 검찰은 그에게 남겨진 24구의 사체와 더 밝혀질 사건의 정황상 추가 기소가 불가피함을 피력했다. 이제 길고 긴 재판 과정만이 남은 상황이었다.

"거의 한 달 만에 사건이 일단락되는군요. 그렇지만 봉합일 뿐이라는 생각은 저만 드는 건가요?"

공항으로 백용준을 마중 나간 황재현이 정덕화에게 말했다.

"그렇지. 그냥 봉합이고 일단락일 뿐이지. 이 사건, 아직 끝난 것 아니잖아. 계속 파야지. 그렇지만 어느 순간 우리도 제지당할지 몰라. 이번 사건은 그만큼 첨예한 부분이 있었으니까. 어쨌든 멈추게는 했잖아. 어, 저기 오네."

정덕화가 어색하게 왼손을 들었다.

백용준이 나부대대한 얼굴에 웃음을 달고 뛰어왔다.
"어휴, 왜 의사 말씀 전해주시지 않았어요?"
백용준은 화가 난 듯도, 반대로 들떠 있는 듯도 했다. 황재현과 정덕화는 머리에 총상을 입은 그가 비행기를 탈 경우 급격한 압력의 변화로 뇌에 무리가 갈 수 있다는 사실을 숨겼다. 엄밀히 말해 숨겼다기보다 사건이 급해 그 사실을 간과하고 말았다. 그 사실을 깨달았을 때는 이미 백용준이 비행기에 오른 뒤였다.
"1팀이 곧바로 공항에서 용의자 데려가기로 했어. 알지?"
정덕화는 백용준의 질문을 뭉개며 되물었다. 짐짓 태연한 체했지만 말끝이 떨리고 있었다. 모르는 게 약이라며 뭉갰지만 내심 백용준의 안위가 걱정된 탓이었다.
"이제 뭐하죠?"
백용준이 두 사람에게 물었다.
"전 김해 야산 한 번 휩쓸렵니다. 장대한 발견되었던 장유계곡 인근 야산요. 거기밖에 짐작 가는 곳이 없거든요. 장대한 묻을 때 근처에 같이 묻지 않았을까, 아니라도 멀지 않은 곳에 묻었지 않을까 싶어서요. 경남 경찰청 의경이랑 전경 전체 풀어서 산을 뒤지다 보면 발견할 수 있지 않을까요?"
황재현이 그것밖에 더 있겠냐는 표정으로 말했다.
"누구를요?"
백용준은 금세 눈이 커지며 무슨 일이냐는 표정으로 변했다.
"그게 말이야, 자꾸 걸리네. 죽은 이지훈이. 그 사람이 살인자 이대형으로 변했는데 실제 이대형은 산청 출신이었다는 것 빼고 알아낸 게 없어서. 이지훈이 넋을 달래는 게 또 이대형을 찾아내는 것 아닌가 싶어서. 그래야 이대형의 넋도 달래질 거고. 정 팀장님, 이번 건, 승인해 주실 거죠?"

황재현은 백용준을 마주 보던 얼굴을 정덕화에게로 돌렸다.

"글쎄다. 정치적인 의도가 깔리겠지. 강남길 서장이 사표를 냈으니, 어떤 서장이 오느냐에 따라 달린 것 아니겠어? 나야 찬성이지만."

"사건 때문에 제가 입 닫고 있었는데 이동훈이 죽어서 떠올랐다던 마산 앞바다 사체, 그게 실제 이대형이 아닐까요? 왜 당시는 신분을 맞바꾸는 데 한 단계를 더 생각하지 못했다고 했었잖아요. 그게 그럴 것 같은데…… 이제 웬만큼 일이 진전되었으니 황 경사님은 김해 야산 뒤지기 전에 그것부터 찾아보는 게 어떠세요?"

백용준의 이야기에 황재현은 손바닥으로 이마를 딱 쳤다. 깜빡 잊고 있었다는 듯.

세 사람은 씁쓸한 웃음을 지으며 인천국제공항을 빠져나왔다. 인천국제공항 외벽 유리를 통해 비쳐 드는 햇살이 긴 그림자를 만들었다. 곧바로 그림자는 그들과 함께 공항 바깥으로 향하기 시작했다.

〈죽어야 사는 남자〉 END

:: 작가 후기 ::

백용준 3부작의 두 번째 이야기이다.

기 발간된 〈합작―殺人을 위한 殺人〉이 본격이었다면 〈죽어야 사는 남자〉는 여러 이야기가 분화되어 합치되는 사회파 추리소설로, 발간 예정인 〈클라인펠터 증후군〉은 크라임 스릴러로 기획했다. 개인적으로 이 3부작이 빛을 보게 되었다는 사실에 감개무량하지 않을 수 없다.

때론 범인으로, 때론 형사나 조력자로 등장한 내 주변의 사람들에게 심심한 감사의 말을 전한다. 그들 이름 하나하나는 소설에 등장하니 감사는 그것으로 대신하겠다.

일선에서 늘 귀감이 되는 한국추리작가협회 이수광 회장님과 이상우 전 회장님, 오현리, 검궁인, 백휴 선생님을 비롯해 황세연, 정석화, 서미애, 류성희, 김차애, 최혁곤, 박광규, 김재성 선배님께도 늘 존경하고 감사하다는 말씀을 드리지 않을 수 없다. 오늘도 추리소설 창작에 여념이 없을 분우와 후배들인 한이, 정명섭, 김주동, 신재형, 박하익, 김지아, 이대환, 김경로, 김재희, 조동신, 최지수 작가에게도 감사의 말씀을 전한다. 영화사 문와쳐 윤창업 대표 및 식구들에게도 감사 또 감사.

책을 펼치기 전까지 어떤 인물로 나올지 모르고 있을 친구 조영미에게는 미안하다는 말을 해야만 한다. 내가 그녀를 너무 끔찍한 악녀로 만든 것은 아닌가 하는 자책감이 드는 탓이다. 아, 이건 〈합작―살인을 위한 살인〉의

최정미 양에게도.

책이 만들어지는 동안 누구보다 꼼꼼하고 감동적인 리뷰와 편집을 해주었던 황금펜 조수희 씨, 고마워요! 또한 작품에 대해 늘 진지한 고민을 들어주었던 수담옥 작가와 서경석 청어람 사장님께도 감사합니다!

마지막으로 내가 힘들고 어려울 때 든든한 조력자이자 그림자가 되어주었으며 쿨하게 밥 한 끼를 선물했던 친구, 박현주 작가에게 고맙고 사랑한다고 거듭 말하고 싶다.

2011년, 한국 추리소설은 새로운 시험대에 오른 기분이다. 예년에 비해 많은 작품들이 출간되는 탓이리라. 1986년 일본에서는 신본격이라는 이름으로 추리소설의 재부흥기가 도래했듯 한국에도 그런 날이 곧 펼쳐질 것이라 믿는다.

'오직 존재하는 것은 해석뿐이다.' 라던 니체의 말을 예로 든다면 거창하겠지만 글이 활자와 지면으로 옮겨진 뒤엔 독자의 해석만이 남는 것 같다. 〈죽어야 사는 남자〉의 나머지 바통은 이제 독자에게 넘긴다. 그렇지만 〈죽어야 사는 남자〉에서 궁금증을 남기는 인물이나 이야기는 곧 다른 작품에서 만날 수 있을 것이라 약속드린다.

죽어야
사는 남자

초판 1쇄 찍은 날 2011년 9월 28일
초판 2쇄 펴낸 날 2012년 3월 10일

지 은 이 | 손선영
펴 낸 이 | 서경석
편 집 장 | 권태완
책임편집 | 조수희

펴 낸 곳 | 도서출판 청어람
등록번호 | 제1081-1-89호
등록일자 | 1999. 5. 31
어람번호 | 제10-0007호

주소 | 경기도 부천시 원미구 심곡2동 163-2 서경B/D 3F (우) 420-822
전화 | 032-656-4452 팩스 | 032-656-4453
E-mail | chungeoram@chungeoram.com
HOMEPAGE | http://www.chungeoram.com
NAVER CAFE | http://cafe.naver.com/goldpenclub

ⓒ 손선영, 2011

ISBN 978-89-251-2637-1 03810

※ 파본은 구입하신 서점에서 교환하여 드립니다.
※ 저자와 협의하여 인지를 붙이지 않습니다.
※ 이 책은 도서출판 청어람과 저작자의 계약에 의해 출판된 것이므로,
　무단 전재 및 유포·공유를 금합니다.